À PROPOS DE L'AUTRICE

Férue d'Histoire et de belles histoires, **Anna Lyra** a une formation d'historienne et nourrit une véritable passion pour le passé, les vies de nos ancêtres telles qu'elles ont pu être. L'écriture, elle la vit depuis qu'elle sait tenir un crayon : elle a remporté son premier prix littéraire à douze ans, a été publiée à dix-sept ans sous un autre nom. Cette jeune maman a coutume de dire qu'elle a les pieds dans le présent, le cœur dans le passé et la tête dans les nuages. Sa plume pétillante nous emporte dans un tourbillon de romance, d'Histoire, d'aventure, avec une petite touche d'humour.

Cœur de Saxonne

Collection : VICTORIA

HARPERCOLLINS FRANCE
83-85, boulevard Vincent-Auriol, 75646 PARIS CEDEX 13
Service Clients — https://www.harlequin.fr/contenu/contactez-nous
ISBN 978-2-2805-1635-8 — ISSN 2493-013X

Édité par HarperCollins France.
Composition et mise en pages Nord Compo.
Imprimé en janvier 2026 par ScandBook UAB en Lituanie
en utilisant 100% d'électricité renouvelable.
Dépôt légal : février 2026.

FSC
www.fsc.org
MIXTE
Papier | Pour une gestion forestière responsable
FSC® C021394

Pour limiter l'empreinte environnementale de ses livres, HarperCollins France s'engage à n'utiliser que du papier fabriqué à partir de bois provenant de forêts gérées durablement et de manière responsable.

ANNA LYRA

Cœur de Saxonne

Victoria

HARLEQUIN

À toutes les femmes oubliées
ou effacées de l'Histoire,
dont les murmures bruissent encore
dans le chant des Âges.

Jadis avint en Normendie

Une aventure mut oïe

De deus enfanz que s'entr'amerent ;

Par amur ambedeus finerent.

Jadis advint en Normandie

Une aventure bien souvent entendue

De deux enfants qui s'aimèrent l'un l'autre ;

Par amour, tous deux finirent.

Marie de France, *Lais*, *Les Deux Amants*.
XIIe siècle

Prologue

Palais de Westminster, île des Épines[1]*,*
an de grâce 1064.

Le roi Édouard fit tourner le vin d'Hispanie[2] dans son hanap avec la lenteur de l'homme rompu à mener aussi bien combats que discours, sans se soucier de l'incontestable impatience de son hôte. Jouir de l'agitation des autres sans s'en émouvoir était bien l'une de ses royales prérogatives. L'une des seules qui lui restent restent, sans doute.

Car le roi Édouard, troisième du nom, n'était plus à même de mener ses hommes au combat, quant aux discours… Le grand hall du palais des Épines ne bruissait plus des conversations des courtisans depuis fort long temps, pas plus qu'il ne résonnait des rires et des chansons accompagnant les belles agapes d'antan. Ménestrels et jongleries avaient cédé la place aux apothicaires, aux gibernes[3] débordantes de pharmacopées puirantes[4] et de cataplasmes couleur de chiure d'oiseau.

1. L'ancienne île de Thorn, ou Thorney Island, disparue au XIXe siècle.

2. Espagne.

3. Besaces.

4. Puantes.

Peste soit de la sénescence !

Telles étaient les sombres pensées d'Édouard alors qu'il noyait son regard dans les ondes rubis du breuvage épicé, ignorant les mouvements furtifs de son hôte dansant d'un pied sur l'autre.

La roue de la fortune, décidément bien cruelle, ne cessait sa course qu'à l'abord du tombeau ! Peu d'élus franchissaient les marches et la porte cintrée des appartements royaux. Le roi Confesseur, lui qui avait été si proche de ses conseillers qu'il leur prêtait toujours une oreille fort attentive, se sentait plus que jamais abandonné par Dieu.

Seul, rongé par un mal qui lui fouaillait les entrailles avec la vigueur d'un cochon sauvage acculé par les chiens, il devait se résoudre à détourner son regard des fiers souvenirs du passé pour leur préférer les brumes inquiétantes de l'avenir. En premier lieu, il lui fallait se soucier de sa succession dans le royaume terrestre que Dieu lui avait confié... Succession pour laquelle il avait résolument pris une décision des plus hardies.

Édouard but une gorgée revigorante, qui réjouit son corps las tout en chassant, pour un temps, les effets de la maladie. Même sa vieille cicatrice à la hanche daigna se taire un instant.

— Ainsi, tu sais tout désormais. Tu partiras dès que les routes maritimes seront sûres, dit-il finalement. J'ai fait envoyer un messager hier afin de prévenir Guillaume.

— Mais, Votre Grâce...

— Tu iras, car je le veux. N'es-tu point heureux du grand honneur que je te fais ? Tu seras ma voix.

Le roi claqua de la langue, savourant la saveur inimitable des rayons de soleil de Cordoue, qui s'attardait sur son palais, puis considéra son beau-frère avec l'expression patiente d'une mère envers son garnement le plus buté.

Harold, fils de Godwin, avait été la plupart du temps un

homme loyal, tout prêt à mettre flamberge au vent[1] au nom de son comté de Wessex pour soutenir son souverain et maître. La plupart du temps. Après tout, treize années s'étaient écoulées depuis la fâcheuse affaire de Dubrith[2]... Sans doute était-il temps de lui pardonner certaines folies de jouvence[3]. Sans la néfaste influence de son père, qui avait rejoint Dieu voici une décennie, du moins Harold s'était-il montré bien plus loyal envers le trône.

Pourtant, en ce jour, une lueur nouvelle flamboyait dans ses prunelles sombres et sa moustache frémissait de paroles contenues.

— Eh bien ? l'encouragea Édouard avec un geste de son hanap. Parle librement à ton roi.

— La tradition veut que le souverain soit élu parmi les héritiers directs ou dans la famille proche du défunt monarque, et...

— Ce sera Guillaume. Ainsi ai-je dit.

— Il en sera fait selon vos désirs, Votre Majesté, toutefois... Je ne peux m'empêcher de me questionner sur cette brusque décision. Pourquoi Guillaume ? Pourquoi maintenant ?

— Parce que je n'ai que trop tardé, soupira Édouard en laissant son regard se perdre par-dessus l'épaule du frère de son épouse bien-aimée, loin, fort loin par la croisée étroite surplombant les fumées de la cité et, encore plus au sud, par-delà le bras de mer et les rivages du duché de Normandie.

Sa Normandie...

Combien de souvenirs de chasses, de jeux et de ripailles peuplaient sa mémoire, au crépuscule de sa vie ! Le lointain duché avait été un merveilleux lieu d'exil, durant sa jeunesse,

1. Dégainer son épée.

2. Douvres. En 1051, une émeute éclata à l'occasion du passage du seigneur Eustache de Boulogne, le beau-frère du roi Édouard le Confesseur. Harold et son père, Godwin de Wessex, refusèrent de punir les coupables ; ils furent déchus de leurs titres et exilés pendant un an.

3. Jeunesse.

et Édouard se plaisait à fermer les yeux pour en revoir les beaux castels et les verts coteaux. Il songea soudain qu'il n'avait pas revu Guillaume depuis la première chasse du damelot[1], ce qui remontait à loin !

Le temps passe si vite, pour un vieil homme…

— Le temps risque de me manquer, murmura-t-il pour lui-même. Je guerroierai jusqu'à la mortaille, bien sûr, et cependant il me vient à l'esprit que j'aurais dû régler tout cela bien avant d'être cloué à ce siège.

Le comte de Wessex se rapprocha de sa haute cathèdre garnie de coussins de plume, et se pencha sur le roi, ce qui eut pour effet de faire choir ses cheveux, dont il enroulait les mèches longues autour de son oreille manquante. Souvenir d'une quelconque forfanterie, sans doute.

Le roi Édouard ne put retenir un frisson ; le comte était le seigneur le plus riche et le plus puissant du royaume, après lui. S'il lui prenait la fantaisie de vouloir précipiter sa mortaille…

Mais, repoussant ces frayeurs de vieillard, il revint bien vite à des pensées plus raisonnables.

— Votre Grâce, fit Harold avec déférence, songez que votre famille sise céans, en notre bon royaume, risque de s'offusquer d'un tel choix…

— Guillaume est mon petit-cousin. Un duc avisé, un esprit brillant ainsi qu'un meneur de troupes. Il fera un parfait successeur, et de plus je me réjouis de le savoir bien marié et correctement pourvu en héritiers lui-même !

— Certes.

1. Jeune homme de noble origine.

— Guillaume sera donques[1] élevé sur le pavois[2] après mon trépas. Telle est ma volonté.

Le comte grimaça, ce qui n'échappa point à la sagacité du vieux roi. Il but une autre gorgée tandis que son beau-frère reculait d'un pas, la fit durer le temps de choisir ses mots avec soin. Son affection pour Harold lui intimait de ne point l'outrager davantage qu'il venait de le faire, en lui ôtant toute illusion de faire sien le trône... Il le convoitait certainement, Édouard le savait fort bien. Tout comme son défunt père, le comte de Wessex ternissait son caractère par une pratique abusive du péché d'envie.

— Guillaume t'est aussi lié par le sang, Harold : par moi. Je gage qu'il ne l'oubliera point, et qu'il sera pour toi un seigneur bon et sage.

Il sortit une missive enroulée et scellée des plis de son mantel[3] d'hiver, et la tendit à Harold.

— Porte ceci à Guillaume. Il s'agit de sa désignation officielle.

— Bien, Majesté.

— J'ai d'ailleurs veillé à renforcer vos liens, ajouta-t-il en lissant sa barbe de neige un peu clairsemée, fier de son stratagème pour s'attacher la fidélité du comte jusqu'au bout.

Harold haussa les sourcils.

— Comment cela ?

Tu as bien une fillotte dans un couvent, n'est-ce pas ? En âge de prendre époux, il me semble.

Les joues du comte se colorèrent. Il n'aimait guère évoquer cette fillotte, déjà âgée, qui n'avait point conclu d'épousailles à cause d'un malencontreux défaut de caractère, et qu'il s'était

1. Donc.

2. Couronné. Allusion à la tradition franque de porter leur nouveau roi en triomphe sur son bouclier.

3. Manteau.

vu contraint de reclure loin de la cour afin de faire taire les moqueries.

Il hocha la tête, la langue nouée.

— Comment s'appelle-t-elle, déjà ? insista le Confesseur avec douceur.

— Aelfgyva, Votre Majesté.

— Où se trouve-t-elle ?

— Dans l'abbaye de Wylye Town[1]. L'autorité de mère Wulfhild lui fait le plus grand bien.

— Ah ! Bien sûr. Ma chère et tendre Eadgyth, notre reine bien-aimée et ta sœur bénie, Harold, a elle aussi été éduquée là-bas : c'est un bon endroit pour forger des épouses instruites et dociles. Quel âge a Aelfgyva, à présent ?

Le regard d'Harold se durcit légèrement.

— Ce printemps sera son vingt-deuxième.

— Fort bien ! clama Édouard en frappant l'accotoir[2] orné d'une tête de lion avec son hanap vide. Tu l'emmèneras en Normandie, et Guillaume lui trouvera un bon époux dans son entourage proche. J'en ai fait l'une des clauses de notre accord. Cela te permettra d'unir enfin ta fillotte à quelque gentil seigneur, tout en te rapprochant du duc de Normandie, ton futur souverain.

— Si je puis me permettre, Votre Grâce…

— Oui ?

À son tour, le comte parut chercher ses mots.

— Les Normands ne seront peut-être pas fort heureux de cette union ainsi conclue… Ma fillotte est loin d'être un modèle d'épouse accomplie. Elle est indisciplinée, querelleuse, elle nourrit sans cesse de sottes idées… Sur tout ! La vie, la messe,

1. Wilton, près de Salisbury.

2. Accoudoir.

la guerre, les épousailles, les repas, les devinances[1], même sur le temps qu'il fait ! Et elle veut toujours avoir raison.

— Dans ce cas, tu auras le temps de la traversée pour remédier à cela ! Allons, efface ce masque déconfit ! ajouta-t-il dans un rire silencieux. Ta fillotte est une digne Saxonne, voilà tout. On dit que l'épouse de Guillaume elle-même, parfois, ne fait point montre de la retenue attendue d'une épouse… Certains l'accusent même d'avoir esprit leste et langue bien pendue. Va donques, et sans respit !

Harold s'inclina profondément en serrant la missive contre son bliaud[2].

— J'obéirai. Dieu soit avec vous, Votre Majesté.

— Que la route te soit douce, mon bon Harold ! Transmets mes amitiés fidèles aux religieuses de Sainte-Eadgyth, et ne faiblis point face aux sottes idées de ta fillotte.

1. La divination.

2. Tunique.

1

Abbaye de Sainte-Eadgyth, Wylye Town,
Carême de l'an de grâce 1064.

Un lièvre poursuivant un faon juché sur un navire.

Ou bien...

Un gros champignon en feu qu'un farfadet coiffé d'un bonnet s'apprêtait à dévorer, coutel[1] *en l'air.*

Il y avait tant de choses à deviner dans les nuages ! Tant de formes, maintes et maintes fois assemblées puis éparpillées par les vents, tant de silhouettes oncques[2] achevées ou de scènes condamnées à disparaître à peine esquissées... Comment pourrait-elle s'ennoier[3] ? Même alors qu'elle était ainsi enfermée, entourée en tout et pour tout d'un lit à cadre de bois, un chapelet et un petit coussin pour dire ses prières de façon plus confortable, la haute fenêtre percée dans la sévérité du mur de pierre lui fournissait encore une plaisante distraction.

Sœur Cynethryth en serait fort fâchée, si elle savait ! Et mère Wulfhild davantage encore.

1. Couteau.

2. Jamais.

3. S'ennuyer.

L'abbesse de Wylye Town parlait fort peu, et toujours à bon escient. Autant dire qu'Aelfgyva ne connaissait point le son de sa voix… Car mère Wulfhild n'avait jamais jugé Aelfgyva digne de recevoir sa parole – même pour des remontrances. Le temps d'une abbesse était précieux. Au moins autant que ses mots.

Quant à la sœur chargée des oblates, elle aimait croire Aelfgyva dûment contrite dans sa geôle, mélancolique et éplorée. Pétrie de remords pour sa faute du jour. Il était inutile de la détromper…

Quant à sa faute de ce jour, il était même inutile de s'y attarder ; si Dieu estimait que trébucher des lèvres sur un passage de la première épître aux Corinthiens de Paul de Tarse constituait un grave péché, alors la salle capitulaire était emplie de pécheresses ! Et puis il s'agissait d'une phrase terrible soulignant l'indissolubilité du mariage et la nécessaire soumission de l'épouse à l'époux.

Le coutel s'effilocha et le farfadet perdit un bras.

La jeune fille s'interrogea : se pouvait-il qu'au même instant, d'autres prisonniers engeôlés observent ces mêmes nuages, loin au-delà du Wessex ? On disait le monde si vaste ! Même les vestiges de l'antique Rome, déjà sis en une contrée fort distante, soumise à la brûlure du soleil et à des vents pernicieux, ne marquaient que la fin du monde civilisé et le début des terres sauvages des Maures. Et, encore au-delà…

Un coup léger frappé à la porte de sa cellule arracha la jeune fille à ses rêveries.

Elle ne broncha point, car ce coup ne témoignait nullement d'une demande d'autorisation à entrer mais tenait plutôt lieu de gentil avertissement. Dans ce lieu saint, où oblates[1], novices et religieuses vivaient dans la seule et unique joie d'observer mutisme et dénuement, conscientes que chaque privation ici-bas leur promettait une place mieux lotie au ciel.

1. Jeune fille n'ayant pas prononcé de vœux, placée au couvent pour y recevoir une éducation.

Et, de fait, le visage austère de sœur Cynethryth apparut prestement.

— On vous demande au parloir, ma sœur. Votre aïeule vous est venue visiter.

Aelfgyva sentit son cœur battre plus vite.

Enfin, il se passait quelque chose entre ces maudits murs ! Non seulement c'était la première fois qu'elle recevait une visite depuis son admission à Sainte-Eadgyth en tant qu'oblate – sujet de moqueries, car elle était bien trop âgée pour ce rôle – mais, de plus, sa grand-mère s'était déplacée en personne !

Un frisson d'appréhension la parcourut comme elle sautait sur ses pieds, bien vite remplacé par celui de l'excitation.

Enfin, Dieu avait entendu ses prières et semé les germes d'un changement, si minime soit-il, dans sa morne vie de recluse !

— Vous avez maigri, observa dame Alversa sitôt la porte refermée sur les oreilles curieuses de sœur Cynethryth.

— Comment pourrait-il en être autrement ? répondit Aelfgyva après s'être inclinée respectueusement devant son aïeule. Avec le pauvre pain qui nous est servi pour accompagner le brouet, et avec le Carême en sus...

— Il suffit. Point d'impertinence, damoiselle.

Alversa n'avait guère besoin d'élever la voix pour se faire obéir. Une fois encore, Aelfgyva lui envia sa digne assurance ainsi que la noblesse de son allure : même affligée des outrages du temps, dame Alversa n'avait rien perdu de son autorité naturelle ni de son altière beauté. Sa fille en avait hérité, elle à qui l'on attribuait un col de cygne[1] pour souligner son élégance, mais sa petite-fille s'était toujours vue traiter d'indifférence par les membres de sa famille. Il est vrai qu'à un caractère fantasque elle adjoignait un visage commun et l'allure dégingandée d'un

1. Édith au cou de cygne.

damelot… Ses jeunes frères et sœurs avaient davantage satisfait aux exigences familiales, et on l'avait recluse à Wylye Town afin de taire jusqu'à son existence même.

À cette heure précise, drapée dans un mantel bordé de fourrure de martre, parée d'or aux mains et aux poignets et traînant dans son sillage un long voile blanc rappelant son veuvage, dame Alversa aurait pu poser pour une miniature de sainte Anne veillant sur Marie et l'Enfant Jésus.

Les yeux clairs de l'aïeule, plus perçants que des carreaux d'arbalestrie et tout aussi redoutables, effleurèrent la robe de laine brute d'Aelfgyva, puis les mèches rebelles échappées de sa capuche de guingois.

— Tu ne ressembles guère à ta tante, avec cet affublement[1] mal agencé… Tout juste à une fillotte de porcher.

— Mais…

— Tu es nièce de roi ! Tu te dois de semer dans tes pas respect et dignité, vêtue de soie ou bien de pauvre laine. Redresse ton dos.

Aelfgyva s'exécuta en prenant soin de ne rien montrer de son agacement, ce qui ne lui aurait apporté que davantage de récriminations. Elle écouta sagement sa grand-mère la sermonner sur les vertus de la docilité, de la piété, ainsi qu'un énième panégyrique de sa glorieuse tante, la sœur de son père et reine d'Angleterre, Eadgyth. C'était à elle que l'on devait la nouvelle aile sud en pierres de taille, ainsi que la réfection du clocher et d'une partie du transept.

Un prénom si courant, songea la jeune fille comme ses pensées recommençaient à dériver. Sa propre mère s'appelait Eadgyth. La fille de dame Alversa. Et même cette abbaye était consacrée à une autre Eadgyth – une sainte, morte entre ces murs à l'âge de vingt-trois années, qui n'était point de sa famille mais de celle du roi Édouard.

1. Habillement.

Une cousine de l'austère mère Wulfhild, s'était-elle laissé dire.

— Aelfgyva !

— Oui ?

— Je t'ai dit de préparer tes affaires : tu viens avec moi sans respit. Nous rentrons à Westminster pour la nuitée et demain, tu partiras avec ton père pour la Normandie.

Par la Sainte Mère !

Avait-elle mal entendu ? Certes pas, cependant ses rêveries l'avaient certainement privée de quelque information d'importance. Comme elle hésitait à questionner sa grand-mère aux paroles si hérissées d'épines, celle-ci poussa un soupir.

— Tu pars avec ton père en Normandie pour tes épousailles.

— Mes... Mes... Quoi ?

— Ferme cette bouche, avant d'avaler une mouche ! Par la Sainte Croix ! On dirait que je viens de t'annoncer le supplice de la roue.

— Mais... pourquoi ?

— Parce qu'il en a décidé ainsi ! Réjouis-toi, petite, ajouta-t-elle en s'approchant pour lui saisir le menton entre deux doigts osseux. Ton père a négocié pour toi un bon mariage, tu seras une dame là-bas, en Normandie.

— Et ma mère ? Que dit-elle de tout cela ?

L'aïeule haussa les épaules.

— Que pourrait-elle dire ? Tu es trop âgée, maintenant, pour t'enquérir de l'avis de ta mère.

Aelfgyva baissa les yeux sur les dalles du sol, aussi dures que le cœur de sa mère. Par Dieu, elle aurait dû se montrer plus brave que cela ! Elle ne pouvait s'empêcher, malgré toutes ces années, de regretter encore l'absence d'amour maternel.

Il y avait bien longtemps qu'Eadgyth au col de cygne ne se souciait plus de son aînée ; son quotidien de comtesse de Wessex, assortie d'une ribambelle d'enfants plus prometteurs qu'elle à élever, lui donnait d'autres priorités. Aelfgyva ressentait toujours un pincement douloureux dans la poitrine, quand elle évoquait le souvenir de sa mère... De l'autorité d'Alversa, elle n'avait hérité que le tranchant ; de sa beauté, que la froideur.

En fin de compte, cette mère, elle ne la connaissait point trop. Sa présente défection devant la décision de son père n'était cependant pas pour la surprendre...

— Je pensais que vous m'obligeriez à prononcer mes vœux et à devenir novice avant la Noël.

Aelfgyva avait seulement réfléchi à voix haute, toutefois sa grand-mère n'était pas femme à laisser passer le moindre murmure sans y réagir aussitôt.

— Est-ce là ce que tu préférerais ?

— Je... Oui, peut-être... Nenni ! Ces murs me rendraient folle.

— Alors, tout est pour le mieux. Une femme n'a d'autre choix que les épousailles ou le couvent : songe un peu à celles qui ne peuvent s'enorgueillir de haute naissance, qui doivent partager la paillasse pleine de vermine d'un bûcheron niquedouille[1] ou d'un maroufle[2] boiteux !

Aelfgyva haussa les épaules sans répondre, ce qui lui valut une réprimande. Cela l'indifférait. Elle avait un autre souci, bien plus lacrimable[3] : on la mariait.

Un nœud se forma dans son ventre à la pensée d'être bientôt soumise à l'autorité d'un époux. Un homme qui n'aurait aucune des prévenances que l'on pouvait attendre de sa fratrie, de sa famille de sang ; un homme qui aurait toute latence de la rudoyer sans que personne ne trouve à y redire.

Les mots de Paul de Tarse qui l'avaient troublée, au matin, lui revinrent à l'esprit avec force.

« Union indissoluble, hormis par le trépas.

1. Idiot.

2. Vaurien.

3. Susceptible de faire pleurer.

L’épouse doit nécessaire et totale soumission à l’époux. »

Ces murs-là seraient autrement plus sinistres que ceux de l’abbaye, pour sûr ! Indestructibles.

— Je ne veux point me marier, protesta-t-elle tristeusement.

Aelfgyva tâcha de rassembler ses pensées. Si elle nourrissait depuis des mois des rêves d’évasion, ce n’était point pour tomber dans les rets d’un époux ! Son rôle consisterait à obéir, encore et toujours, et à porter les enfants d’un seigneur inconnu qui... D’un seigneur comment, au juste ?

— Qui vais-je épousailler ? demanda-t-elle soudain, plongeant son regard dans celui de sa grand-mère, qui se voila durant un court instant.

— Quelle importance, petite ?

— Quel est son nom ? Qui est-il ? Je ne goûte point de ne rien savoir de tout cela.

— Détails ! lâcha Alversa avec un geste dédaigneux.

— Nenni ! S’il vous plaît... Dites-le-moi, je vous en prie.

Dame Alversa se tut un court moment, évaluant en silence la détermination de sa petite-fille... ou bien son obstination. Aelfgyva doutait qu’elle fasse montre de gentillesse pure avec elle, alors elle retint son souffle en comprenant qu’Alversa capitulait pour cette bataille insignifiante.

Je l’ignore, mon enfant.

— Vous... Mon père va me donner à un inconnu ? C’est... Je ne peux le croire.

Un pâle sourire anima le visage ridé de dame Alversa, qui s’adressa à elle avec une douceur empreinte d’une tristesse résignée qui l’effraya bien plus que tout le reste.

— Nous autres, femmes, devons accepter notre destin et accepter le sort voulu par Dieu. Nos armes ne sont point celles des hommes, mais devons-nous nous abstenir d’en user ?

L’oblate secoua la tête. La main de sa grand-mère se posa cette fois sur son épaule, serrant sa chair à la meurtrir.

— Bien. Ces armes, ma fillotte, tu les affûteras en temps et en heure. Si ta tête est souvent pleine de sottises et de révolte, tu n'es point sotte. Ni couarde. Tu apprendras, et tu survivras ! Comme tes aïeules avant toi.

L'expression étrange de son regard persuada Aelfgyva que son aïeule cachait bien des blessures, bien des combats menés dans l'ombre… Et qu'un jour, si Dieu lui prêtait vie, son propre visage de vieille dame ressemblerait à celui-ci.

Un lien étrange se forgea soudain entre elles, l'ancienne et la jouvencelle, l'automne glorieux et le tendre printemps. Les deux faces d'une même monoie[1]. Seul un souffle de vent les séparait, comprit Aelfgyva. Deux générations, qu'était-ce ? À peine le temps d'une respiration, à l'échelle de la Création.

Les yeux de dame Alversa trahissaient à la fois une usure sans âge et une grande force, comme si elle avait traversé nombre d'épreuves sans oncques ployer le genou. Sans doute était-ce le cas.

Saisie de vertige, Aelfgyva perdit un instant ses repères… C'était comme si leurs identités se dissolvaient pour mieux se mêler. Égarée dans la tempête qui agitait les yeux clairs de sa grand-mère, la jeune fille ne sut plus, l'espace d'un battement de cœur, laquelle des deux femmes elle était… À quelle extrémité de ce lien elle se trouvait.

— Tu survivras, répéta Alversa. As-tu compris ?

— Oui.

— Tu survivras, parce qu'il le faut. Montre-toi docile en tout, au moins en façade, mais ne laisse personne te causer du tort. Tu devras tenir le logis de ton époux et lui donner des enfants. Si tu accomplis cela, alors tu prendras du pouvoir sur lui.

Aelfgyva sentit la panique s'emparer d'elle.

— Et si je n'y arrive pas ?

1. Monnaie.

— Balivernes ! Tu y arriveras. Comme ta mère avant toi, comme moi, comme ma propre mère et sa mère avant elle. Et, pour les moments difficiles, garde toujours en mémoire la devise de notre famille, « Ma force d'en haut » ! Dieu nous donne à la fois nos pires épreuves et nos plus grandes bravoures. Notre famille tient sa fermeté de Dieu lui-même, alors tu devras t'en montrer digne.

Alversa ôta sa main de l'épaule de sa petite-fille, y laissant une impression de chaleur.

— Je le ferai, murmura la jeune fille.

— Prends ceci.

Alversa lui tendit une cassette et une clé accrochée à un ruban.

— Qu'est-ce là ?

— L'héritage de ton sang. Non, ne l'ouvre point ici ! Et n'en parle à algu[1]. Ne la montre point et surtout pas à ton époux ! Cela ne regarde que les femmes de notre famille. Lorsque le temps sera venu, tu transmettras ce trésor à ta propre fillotte… ou bien à sa fillotte.

— Pourquoi ne pas l'avoir donné à ma mère ? murmura Aelfgyva, sourcils froncés. Ou même à l'une de mes jeunes sœurs ?

L'aïeule eut un sourire matois, comme si elle connaissait à l'avance certains cheminements du destin prévu par Dieu et n'en révélerait rien à personne même sous la question[2].

— Parce que c'est toi, petite, qui en auras besoin.

— Pourquoi ?

— Cesse de poser des questions ! Quand le jour viendra de faire appel à ceci, ajouta-t-elle en posant une main aux doigts déformés sur le coffret, tu le sauras. Aussi sûrement que tu connais ton nom ou celui de tes parents ! Tu sauras, et tu feras ce qu'il faut. En attendant ce jour, protège cette cassette des

1. Personne.

2. Torture.

yeux et des oreilles indiscrets sans cesser de croire en la force de ton sang. Personne ne doit la voir ! Personne. As-tu compris ?

La jeune fille hocha la tête, la boîte nichée au creux de ses paumes comme si elle s'y sentait à sa place. Elle ne comprenait goutte à tout cela, mais il était inutile de parlementer avec sa grand-mère.

— Bien ! fit Alversa. Rassemble tes affaires prestement. Un charroi nous attend.

Aelfgyva obéit après s'être inclinée brièvement.

Elle courut à travers la cour carrée, puis dans les couloirs du dortoir, courut sans s'émouvoir des cloches qui sonnaient sexte[1], sans orienter ses pas vers l'église où toutes les femmes du couvent se dirigeaient à présent pour assister à la messe.

Cette vie-là était terminée pour elle !

Quel que soit son avenir, il ne se confinerait point aux quatre murs de l'abbaye et elle ne trépasserait point comme sainte Eadgyth, cloîtrée dans l'humidité austère d'une cellule sans rien avoir vu du vaste monde.

Non.

Aelfgyva allait se marier, certes, mais avant cela elle allait voyager ! Prendre la mer. Vivre des aventures, à n'en point douter, et voir des choses merveilleuses. Depuis le temps qu'elle rêvait de découvrir de lointaines contrées ! La Normandie possédait déjà quelque accent exotique sur sa langue, quelque attrait grisant sur son jeune cœur en mal d'ailleurs.

Elle fourra ses maigres possessions dans un sac de toile, glissa le chapelet dans la bourse qu'elle avait apportée de sa vie à la cour, puis la glissa à sa ceinture de corde. Quant à la précieuse cassette de sa grand-mère, elle la déposa soigneusement au sommet de ses affaires avant de serrer le lien de son sac.

Quand le temps serait venu d'affronter son destin, elle se

1. Midi.

montrerait forte. On n'allait tout de même pas l'unir à un ogre ! Elle ne regretterait ni le froid de sa cellule, ni les lectures de la Bible, ni les messes nocturnes, ni les repas frugaux, ni la sévérité de sœur Cynethryth ou la mine impénétrable de mère Wulfhild !

Aelfgyva quitta la pièce le menton haut. On l'aurait jurée prête à entrer en lice plutôt qu'en épousailles.

2

Palais de Caen,
13 août de l'an de grâce 1064.

Le coup de corne du guetteur fit sursauter le vicomte de Thouars alors qu'il étudiait un manuscrit sur sa table de travail. Il se précipita à la croisée de sa chambrine, qui, par un heureux hasard, donnait sur le nord et la porte principale du castel de Caen.

Ils arrivent.

Ce n'étaient encore que d'infimes points à l'horizon noyés dans la poussière soulevée par les sabots des chevaux, parfois masqués par le feuillage des arbres bordant la route… Pourtant, Aimery ne pouvait détacher ses yeux de la petite troupe qui chevauchait vers le castel ducal. Les captifs, enfin libérés, convoyés par Guillaume en personne et un détachement de soldats en armes.

L'histoire aurait prêté à sourire si elle n'avait tourné à l'aigre pour lui… Harold Godwinson, comte de Wessex envoyé en délégation par le roi Édouard d'Angleterre pour une mission diplomatique, avait essuyé un grain en mer et accosté un peu trop au nord, sur les terres d'un vassal de Guillaume du nom de

Guy de Ponthieu. En vertu du droit d'épaves[1], Guy avait aussitôt fait main basse sur les deux navires et leurs occupants, à la suite de quoi des pourparlers avaient été ouverts.

Guillaume avait tempêté toute une journée après avoir reçu le messager de son vassal ainsi que sa demande de rançon. Aimery se trouvait céans. Il avait vu et entendu la fureur du duc, l'avait adouci de ses paroles prévenantes, émoussé son ire.

C'est alors qu'il avait appris le pire.

Pétrifié, le vicomte contemplait son avenir en marche tout en repassant dans son esprit les paroles de Guillaume.

« Harold vient avec sa fille afin qu'elle épouse l'un d'entre nous. Je ne puis lui donner un homme de ma famille, je ne désire point faire de Godwinson mon parent... Je puis encore moins choisir un homme en qui je ne puis me fier : et si, plus tard, cette Saxonne soulève son époux contre moi ? Ce sera donques toi, mon fidèle ami. »

Les jointures d'Aimery blanchirent alors qu'il contractait ses mains sur l'encadrement de la croisée.

Ah, ça ! Guillaume l'avait bien floué !

Dans l'entourage d'Aimery, nul n'ignorait qu'il ne désirait plus d'épousailles. Nul n'aurait osé aborder le sujet devant lui, encore moins lui choisir une épouse de force ! Encore qu'il ne s'agisse point d'un affront personnel...

Tel était Guillaume qu'il ne voyait partout que du bel et bon. Ce n'était point un méchant homme, loin de là, et le vicomte Aimery de Thouars, fraîchement surnommé « de Barbastro » suite à la prise de cette ville qui appartenait auparavant aux Maures, était persuadé que son suzerain était lui-même convaincu d'avoir trouvé la meilleure solution pour tous. Il lui faisait ainsi grand honneur, et parachevait l'auréole de gloire qu'Aimery avait récemment gagnée.

1. Un seigneur pouvait récupérer tout ce qui s'échouait sur les côtes de son domaine.

Malgré toutes ses réticences, il lui aurait été bien difficile de garder rancune contre un compère de toujours, aussi chevronné en tout, aussi chaleureux et bon gaultier[1] ! Au fil du temps, Guillaume et lui avaient forgé une amitié plus solide que fer de lance, aussi immuable que l'or. Ils partageaient à la fois l'âge, les vues de la vie, une forte carrure et le goût pour guerroyer… Ils s'appréciaient mutuellement en dépit de leurs différences ; Aimery vouait à son duc une affection profonde et véritable, fondée sur un respect réciproque.

Mais depuis cette annonce, quoi qu'il fasse, la bile ne cessait de lui remonter dans la gorge.

Elle vient.

Les cavaliers, à présent, franchissaient la muraille du château par la tour-porte nord. Il reconnaissait aisément Guillaume, son vert mantel flottant au vent, l'allure souple sur Vaillant, son étalon noir redouté de tous les palefreniers pour son caractère irascible et sa morsure facile.

Aimery fouillait l'horizon, en vain. Sa future épousée se trouvait là, quelque part parmi les otages saxons – probablement montée en croupe derrière Harold, étant donné qu'il n'y avait nul charroi au sein de la troupe. Seulement des cavaliers, accompagnés de chiens aboyant à pleine gorge, ivres d'une ardeur toute semblable à celle qui précédait la curée ; ceux d'Harold joints à ceux de Guillaume, certainement. Un seigneur digne de ce nom ne se déplaçait jamais sans ses chiens.

Aimery jeta un œil sur le sien, qui n'avait guère bougé de sa position stratégique devant la porte de la chambrine, sur un tas de paille bien épais[2]. Le mâtin, tête dressée, orientait ses oreilles en arrière. Il entendait, lui aussi.

1. Joyeux luron.

2. Au Moyen Âge, on recouvrait les sols de paille pour les habitats les plus modestes, de jonc ou d'herbes odorantes dans les castels. Cela avait l'avantage d'isoler du froid, d'absorber l'humidité et de parfumer légèrement les pièces.

— Repos, Fendeur. Reste sage.

Il reporta son attention sur la troupe qui approchait. Et sa future, où se trouvait-elle ? Il l'imaginait aisément : une pucelle effrayée essuyant ses larmes sur le mantel de son père, les mains crispées sur sa ceinture, le voile de sa chevelure flottant au vent…

Le vicomte croisa les bras, les décroisa, marcha sans but dans la chambrine lambrissée sous le regard vigilant de Fendeur. Une angoisse sourde lui poignait le cœur. Et aussi, étrangement, la sensation désagréable d'être pris au piège.

Elle vient. Pardonnez-moi, Seigneur, si je ne puis respecter mon serment… Mon duc en a décidé autrement.

Car serment il y avait eu. Juste après le trépas de sa troisième épouse, devant son corps encore tiède, Aimery avait juré de ne plus jamais convoler en noces.

Trois épouses.

Trois morts.

Sans compter les enfants. Cela ne suffisait-il point, aux yeux de Dieu ? Pourquoi fallait-il qu'une autre innocente lui soit livrée en pâture ?

Aimery se gratta le crâne sous ses longues mèches qu'il n'avait point eu le temps de couper depuis son retour de bastaille de l'autre côté des Pyrénées. Il ne s'était pas rasé, non plus, et arborait une barbe hirsute et mal taillée. Guillaume s'était fort dégenglé[1] à ce sujet.

« Ainsi embroussaillé, tu vas vergogner[2] ta future… Ou pire, la faire trembler d'effroi ! Elle va te prendre pour un leu[3] venu la dévorer ! »

Il s'était esclaffé.

Pas Aimery.

1. Médire, se moquer.

2. Faire honte.

3. Loup.

C'était exactement ce qui allait se passer… Il était un danger pour toutes les femmes, mais cela Guillaume ne pouvait le concevoir. Il le croyait juste affligé par ses deuils, peut-être un peu mélancolique de par son retour d'Hispanie après avoir occis des infidèles.

Le vicomte ne pouvait le détromper, lui avouer ce qu'il avait fait – ni ce qu'il était susceptible de faire, encore.

Un tueur de femmes, voilà ce qu'il était. Nul doute que celle-ci ne vivrait point longtemps après leurs épousailles !

Aimery revint à la croisée, les entrailles nouées. Il répugnait à faire une autre victime. Il n'avait pourtant pas le choix ! Les cavaliers s'étaient rapprochés, et… Nulle part il n'apercevait de damoiselle en croupe.

Au moins, s'il lui est arrivé malheur avant les épousailles, ce ne sera point de mon fait !

Cette couarde pensée le rasséréna un peu, à sa grande vergogne. Il fronça les sourcils, rentra la tête dans les épaules comme pour se lancer dans la mêlée. Son regard d'aigle scrutait chaque silhouette, en vain.

Où est-elle, par ma foi ?

La troupe s'avança jusqu'à la porte de la citadelle. Bien malgré lui, Aimery sentit ses entrailles se tordre au son de la cavalcade, à la vue des reflets métalliques et des lances dressées dans l'air vif de la campagne normande. Un bref instant, il crut entendre des criements – qui n'existaient que dans ses souvenances, il le savait fort bien.

Alors, il rejeta son trouble de toutes ses forces pour se concentrer sur le moment. Aimery prit soin de détailler chaque cavalier, un par un. C'est alors, en croisant le regard hardi d'un jeune garçon à la mise étrange, portant deux longues tresses, qu'il comprit son erreur.

C'était elle.

Oui ! Il n'y avait aucun doute à avoir : quelle autre femme

aurait ainsi convoyé avec les captifs saxons ? Elle n'était pas vraiment une beauté de fée, mais n'avait point non plus une trogne à faire tourner le lait... Plutôt menue, elle portait braies et bliaud court d'homme, et chevauchait sans retenue. Il n'était point étonnant qu'Aimery l'ait prise pour un damoiseau !

Troublé, il sentit un frisson étrange le parcourir.

Cette fille-là n'était point du tout comme les autres. Était-ce là un heureux présage, ou bien une annonce de malheur ?

Le vicomte de Thouars apportait mortaille à toutes les femmes qu'il touchait. Elles finissaient toutes cousues dans un linceul, enfouies dans la terre froide avec tous les secrets d'Aimery. C'était ainsi, par la volonté du Seigneur. Charmogne[1] ou malédiction, c'était ainsi...

Et la prochaine à trépasser avait nom Aelfgyva de Wessex.

1. Sortilège.

3

Dès après son entrée dans la haute cour du castel de Caen, après avoir franchi une étonnante porte aux piliers à têtes de dragons d'un rouge éclatant, Aelfgyva eut l'impression d'être avalée par un tourbillon bruyant et coloré de soldats et serviteurs de toutes sortes, vêtus de braies ou de gonnelles[1]. Tout le monde se bousculait, hélait un comparse, et la voix du duc de Normandie dominait tout le reste. Il était si grand que nul n'aurait pu le manquer, enroulé dans son mantel vert, montant un démon noir qui claquait impatiemment du sabot comme pour déjà repartir en folle chevauchée.

Aelfgyva nota que nobles et soldats partageaient l'affreuse apparence d'une nuque rasée d'aussi près que le visage, ce qui lui paraissait le comble de la laideur. En Angleterre, les hommes portaient cheveux longs dans le cou et moustache, en signe de vigueur. Ils sacrifiaient du temps à leur apparence, appréciaient les beaux peignes d'os autant que les femmes. En parlant de femmes, elle se demanda brusquement comment elles se coiffaient ici, et aussi si elles...

— Aelfgyva !

Elle sursauta, raffermit dans sa main les rênes de sa monture,

1. Sorte de tunique-jupe ample tombant aux genoux, portée par hommes et femmes.

une paisible jument isabelle nommée Pitance qui cherchait à se rapprocher de l'escuerie[1] la plus proche. Un homme aux jambes courtes et arquées, à peine de la taille d'un jeune garçon mais à la barbe noire taillée en pointe, tendit la main pour recevoir les rênes qu'Aelfgyva lui abandonna.

Elle mit pied à terre et récupéra aussitôt son grand sac dans les fontes de sa jument ; elle ne laissait personne y toucher.

Le comte de Wessex, déjà à terre en compagnie de deux de ses hommes les plus proches, lui adressa un regard sévère.

— Les femmes vont t'emmener. Tu dois te montrer irréprochable – et, avant tout, redevenir une gente damoiselle. Tu ressembles à un escuyer en fuite !

— Oui, père, mais...

— Tout ceci est fort éloigné d'une arrivée en grand arroi[2]... Puisse ton futur époux ne point t'apercevoir ainsi !

— Je doute que cela importe, père...

— Bien sûr que cela importe ! Nul homme ne souhaite une épouse aventureuse ou déguisée en jouvenceau. Enfin, nul homme de... de... faisant montre de mœurs naturelles, nullement répréhensibles par l'Église, et... hum.

La suite de sa phrase se perdit dans un toussotement, avant qu'il ne reprenne la parole d'une voix dure.

— Si tes épousailles sont compromises, je veillerai à ce que l'abbesse Wulfhild te mette au pain sec et à l'eau dès ton retour à Sainte-Eadgyth. Est-ce bien compris ?

— Mais...

— Est-ce bien compris ?

— Père, je...

Déjà, Harold camouflait nerveusement son oreille manquante en se dirigeant vers le duc normand.

1. Écurie.

2. En beau cortège.

Aelfgyva retint de justesse un cri de protestation. Ainsi, c'en était fait de sa brève période de liberté... La menace était parfaitement claire. Comment Aelfgyva aurait-elle pu l'outrepasser, elle qui avait tant souffert de sa réclusion au couvent ? Certes, elle allait se soumettre à la loi d'un époux, mais cette malaventure qui avait frappé la délégation du comte n'avait fait que la conforter dans une idée : si on l'enfermait à nouveau au couvent, elle trépasserait.

Une cloche sonna, au loin ; une mélodie rapide aux notes enjouées. Aelfgyva, elle, n'entendit que le glas des meilleurs jours de sa vie.

Elle se laissa entraîner par deux femmes fort révérencieuses à travers couloirs et escaliers.

D'extérieur comme d'intérieur, tout lui paraissait grand, et beau, et brillant. Les hautes tourelles, les tuiles vernissées, les arcades et les colonnes ornementales peintes d'un bleu profond, les bois précieux, les épaisses tentures à scènes de chasse, les sièges garnis de coussins, les vases d'argent et d'or...

Aelfgyva prêta à peine attention aux meubles de prix qui émaillaient les grandes pièces aux volumes impressionnants, étourdie par l'écho des conversations sous les plafonds aux poutres peintes d'animaux fabuleux.

Un étroit escalier plus tard, elle se retrouva bientôt dans une vaste chambrine où s'activaient une demi-douzaine de valets et servantes, qui disparurent promptement en ne laissant que deux autres personnes avec elle.

Deux femmes. Toutes deux légèrement plus petites qu'elle. L'une d'elles était aussi mince qu'une jouvencelle tout en portant les stigmates de la maturité, ainsi que deux longues tresses sous son voile aussi blanc et aussi léger qu'une plume de cygne. Quelques mèches argentées illuminaient davantage encore sa chevelure tressée, d'un blond d'or pur.

Elle darda sur elle un regard pénétrant.

— J'ai nom dame Mathilde, épouse du duc Guillaume. Que la journée te soit belle et douce ! C'est un plaisir pour moi que de te recevoir dignement, avec tout le confort nécessaire. Voici ta chambrine, jeune Alfyva.

Elle tressaillit, hésitant à reprendre son interlocutrice sur la prononciation de son prénom ; l'impression de majesté qui se dégageait de cette petite femme au port royal l'intimidait fortement. Elle était aussi fatiguée de sa longue chevauchée, même si elle en avait savouré chaque seconde, et n'aspirait qu'à prendre un repos bien mérité.

Voyant son trouble, la duchesse fit un geste rapide de la main.

— Tu es lasse. Je te laisse reposer ; je vais te faire monter un bain. Les tables seront dressées avant la nuit. Nous nous verrons plus tard ! En attendant, voici Adélaïde.

La seconde femme, qu'Aelfgyva avait presque oubliée, s'avança d'un pas.

— Maîtresse.

— Adélaïde sera à ton service personnel durant ton séjour céans, précisa dame Mathilde. Elle t'aidera à te vêtir : il y a des cottes[1] dans le coffre près du lit.

Aelfgyva bredouilla un remerciement dans son normand un peu maladroit – puisqu'elle n'avait jamais eu l'occasion de l'exercer à Sainte-Eadgyth –, mais déjà dame Mathilde poursuivait.

— Adélaïde te sera dévouée. Tu puis lui demander n'importe quoi et, en cas de besoin, elle viendra m'informer en personne. À tantôt !

Elle disparut dans un bruissement de tissus, laissant Aelfgyva face à la dénommée Adélaïde. Celle-ci la fixait sans mot dire de ses grands yeux noisette, visiblement aussi curieuse qu'elle.

Gardant souvenance des conseils de sa grand-mère, Aelfgyva

1. Robes.

se reprit. Elle était une princesse saxonne ! Il n'était guère envisageable de se laisser intimider par une simple servante.

— Où sont ces cottes, Adélaïde ?

— Ici, maîtresse. Je vais ranger vos affaires...

— Non ! Merci, mais je préfère m'en charger.

Son normand devait être acceptable, car la jouvencelle renonça à saisir son sac, puis s'inclina brièvement avant d'aller ouvrir un vieux coffre de bois noir. Elle en sortit plusieurs vêtements de couleurs différentes, de tailles diverses, qu'elle étala avec soin sur la courtepointe brodée.

Après avoir examiné rapidement les tissus, de la meilleure qualité, Aelfgyva sélectionna une cotte bleu ciel et un voile assorti, puis examina Adélaïde à la dérobée tandis que celle-ci repliait et rangeait les autres vêtements.

Fine comme un roseau, elle déployait les gestes vifs et précis d'une femme sûre d'elle. Ses petites mains manipulaient le tissu avec une dextérité étonnante, mais elles pouvaient aussi manœuvrer le lourd couvercle du coffre car ses bras possédaient une vigueur étonnante malgré leur finesse. Ses cheveux, dont deux mèches dépassaient d'un voile de lin tout simple mais d'une blancheur parfaite, étaient aussi roux que le pelage d'un goupil[1]. Son profil était fin, son nez droit et, d'après ce que ses réponses lapidaires permirent de lui révéler, elle possédait toutes ses dents. Bien blanches, correctement alignées.

Sainte Mère ! Cette jouvencelle possède la beauté discrète d'une matinée de printemps.

Adélaïde n'était guère plus âgée qu'Aelfgyva, cependant, à ses côtés, celle-ci se sentit malhabile et dépourvue de charme. Une pointe de regret lui rappela qu'elle n'avait point hérité des traits harmonieux de sa mère, ce qui la conduisit à songer aux

1. Renard.

siens, à tout ce qu'elle avait laissé là-bas, en Angleterre... Sa mère pensait-elle parfois à elle ?

« Ma force d'en haut », se souvint-elle.

Aelfgyva devait se montrer digne de dame Alversa ainsi que de leur devise familiale. Elle se reprit et questionna Adélaïde sur dame Mathilde, les habitudes du castel, sans oublier l'entrevue du duc avec son père, le comte de Wessex ; qui devait se tenir à cette heure.

— Où se trouve la salle de réception ?

— Vous ne pouvez l'apercevoir de votre croisée, maîtresse.

— Où sera logé mon père ?

— Dans une aile différente. Dame Mathilde a songé que votre séjour serait plus confortable ici, car les cuisines ne sont point éloignées et il est plus aisé de faire monter l'eau chaude pour un bain.

Aelfgyva se déplaça pour la laisser verser un breuvage dans une coupe, qui patientait de l'autre côté du lit.

— De l'hydromel, maîtresse. Si vous souhaitez vous désaltérer.

Elle prit la coupe avec reconnoissance, car elle avait en effet grand soif.

— Désirez-vous autre chose ?

La voix d'Adélaïde était douce. Y avait-il une seule chose chez cette jouvencelle qui ne fût plein de charme ?

La froideur.

Car ce beau visage n'exprimait qu'une parfaite indifférence, cette voix ne trahissait nulle émotion. Aelfgyva se demanda si ce détachement empreint de politesse lui avait été imposé par dame Mathilde... Que cachait-elle ?

Consciente que la servante attendait une réponse, elle secoua la tête.

— Nenni, grand merci à toi.

— Dans ce cas, maîtresse, je vais préparer des linges pour votre toilette.

Elle s'activa alors dans une petite pièce adjacente, qui était une sorte d'étuve[1] privée. Aelfgyva posa sa coupe et glissa son sac sous la couche, à l'abri des regards indiscrets. Ensuite elle entra dans l'étuve, décidée à profiter de ce bain bien mérité après deux mois passés chez Guy de Ponthieu – qui, sans vivre dans une masure de porcher, ne jouissait cependant pas des mêmes commodités. Il serait bien temps, ensuite, de songer aux bastailles à venir.

Son futur époux ne serait certainement pas un ogre !

Une fois dans le bain fumant, la clé de sa cassette toujours pendue à son cou au bout de son ruban, elle ferma les yeux et se détendit réellement, pour la première fois depuis son départ d'Angleterre. Elle ne vit point Adélaïde, dans la pièce adjacente, fouiller méticuleusement ses affaires et tendre la main vers le sac caché sous la couche...

1. Bains publics.

4

Le souper fut éprouvant pour Aelfgyva. Il y avait tant de convives que le bruit des conversations, couplé au chahut des chiens se disputant les os, au chant des trouvères et au vin fort, lui donna bien vite mal à la tête. Le gibier en sauce n'arrangea rien.

Fort heureusement, en tant que jouvencelle étrangère mais invitée d'honneur, elle jouissait d'un statut privilégié à la table du duc sans pour autant se trouver au centre de toutes les attentions.

Cela lui permit d'observer autant qu'elle le pouvait.

D'un côté du duc Guillaume se trouvait son épouse, toujours magnifiquement vêtue, son nez droit s'agitant en l'air comme elle commentait une saillie de l'homme qui se tenait à sa dextre[1].

Il était aussi blond que Guillaume, et une certaine similitude dans leurs traits réguliers laissa penser à Aelfgyva qu'ils étaient de la même famille… Elle fit un geste vers Adélaïde, qui se tenait debout derrière sa chaise.

— Oui, maîtresse ?

— Qui est-ce là ? L'homme près du duc ?

— Maître Odon, le comte de Conteville et l'évêque de Bayeux. Le frère cadet de messire le duc.

Aelfgyva hocha la tête, enregistrant les détails dans sa mémoire. Les petits yeux vifs de l'autre homme croisèrent alors

1. Droite.

les siens, sans s'y attarder. Il répondit à l'hôte assis de l'autre côté du duc Guillaume, qui n'était autre que le comte de Wessex, éclata de rire puis enfourna dans sa bouche un gros morceau de sanglier piqué sur son coutel.

— Et lui ? souffla-t-elle ensuite, montrant du doigt l'autre voisin d'Odon.

— C'est messire Robert, le fils aîné de Guillaume de Normandie.

Seul enfant à la table d'honneur, c'était un damoiseau de treize ans. Aelfgyva n'en vit pas grand-chose, excepté sa frange blonde et son nez pointu – incontestablement celui de dame Mathilde. Il semblait devoir aussi à sa mère une voix claire et énergique, ainsi que la petitesse de ses jambes.

Seul manquait un visage, celui qu'Aelfgyva désespérait de découvrir... Hélas, si elle connaissait son nom depuis peu, elle ignorait tout encore de son apparence et n'aurait pu le reconnoître.

— Mon promis est-il déjà en ces lieux ?

La voix étouffée d'Adélaïde lui parvint après une hésitation.

— Oui, maîtresse. Il vient d'entrer.

— En retard ?

— Il semblerait.

Aelfgyva se tourna vers les portes de la grande salle.

Un homme de haute taille, plein d'assurance mais plus échevelé qu'un ours des cavernes à son réveil d'hibernation, avançait à longues enjambées en direction de leur tablée.

Non. Avec sa démarche souple, féline, il ressemblait plutôt à un lion – du moins, à l'idée que s'en faisait Aelfgyva d'après les illustrations qu'elle avait pu en voir.

Majestueux.

Fier.

Sauvage.

La bouche d'Aelfgyva s'ouvrit sur un cri de stupeur muet... Quel mari lui avait-on trouvé là ? Elle parvint fort heureusement à conserver son impassibilité, et détourna bien vite la tête.

— Adélaïde ?

Celle-ci se rapprocha un peu, afin qu'un souffle suffise à Aelfgyva pour se faire entendre.

— Oui, maîtresse ?

— Est-ce bien lui ?

Comme elle en obtenait confirmation, elle secoua légèrement la tête avec incrédulité avant d'oser un autre regard vers son futur époux.

Une épaisse barbe lui rongeait les joues. Des boucles indisciplinées lui tombaient dans le cou. Rien à voir avec les cheveux brillants et les moustaches des hommes saxons ! Celui-ci paraissait simplement avoir passé les dix dernières années au fin fond d'une caverne.

Il était fort grand, les épaules larges et puissantes. Des prunelles grises et dures, comme de l'ardoise. Un corps de guerrier, assez similaire à celui du duc Guillaume qui semblait emplir tout l'espace, où qu'il se trouve. Sauf que son promis, lui, possédait quelque chose d'inquiétant en sus ; ses mouvements souples et précis paraissaient receler une menace cachée, comme s'il avait été capable de sauter sur la table en pleine assemblée, bousculant les plats de ses bottes, pour enlever sa promise au nez et à la barbe de tous avant de la jeter sur le dos de son cheval et de s'enfuir avec elle dans la nuit...

Allons, ce n'est guère possible !

Aelfgyva avala une gorgée de vin qui chassa ses folles pensées, tâcha de restaurer son calme. Elle aurait été bien en peine de formuler de quoi il s'agissait... Et pourtant, une corde se pinça dans son cœur en le voyant prendre place à la grande table, à quatre toises d'elle.

Un sentiment dérangeant l'envahit.

De la peur ? Pas exactement. Plutôt une crainte sourde, de celles que l'on ressent devant un danger inconnu ou une menace tapie dans l'ombre.

Plus exactement, cela ressemblait à l'impression d'avoir rencontré un fauve prêt à bondir. Avec sa crinière et sa démarche, sire Aimery avait tout d'un lion en captivité. Puissamment dangereux.

Comme toute proie dans le règne animal, Aelfgyva ne savait si elle devait se cacher ou fuir à toutes jambes… Dans le doute, elle ne parvenait plus à porter la nourriture à sa bouche, encore moins à mâcher. Il lui sembla qu'elle ne pourrait plus avaler une seule miette en la présence de cet homme.

Adélaïde posa une main légère sur son épaule pour s'enquérir de ses souhaits : désirait-elle regagner sa chambrine ? Personne n'y trouverait motif à grief, étant donné la longue route qu'elle avait parcourue, sans parler des deux mois incertains qu'elle avait passés.

Aelfgyva se racla la gorge avant de poursuivre d'une voix qu'elle découvrit un peu altérée, à son grand désarroi.

— Nenni. J'ai juste tant fait bonne chère que je me suis sentie un peu lasse, mais c'est terminé. Cet homme, mon promis… Mon père m'a donné son nom : Aimery de Twer, c'est bien cela ?

— De Thouars.

— Que peux-tu me dire sur lui ? souffla-t-elle tout bas, car les hauts plafonds de la salle d'apparat répercutaient chaque son au centuple.

Le minois d'Adélaïde apparut dans son champ de vision, plus fermé qu'une huître à marée basse.

— Le sire de Thouars est un grand seigneur, maîtresse. Il a moult possessions, moult vassaux. Il est craint et respecté. C'est une fort belle union pour vous.

Elle se retira à nouveau derrière Aelfgyva, tandis que Guillaume riait à quelque propos du comte de Wessex. Aelfgyva rechercha le regard de son père, en vain… Il l'ignorait ostensiblement, tout entier tourné vers son tranchoir[1] et ses compagnons du moment. Elle aurait tout aussi bien pu ne point se trouver là, au milieu de ces étrangers bruyants !

Le cœur d'Aelfgyva se serra quelque peu. L'indifférence de son père l'avait toujours peinée, autant sinon plus que l'absence récurrente de sa mère.

Soudain, une question surgit dans son esprit ; sur un geste de sa main, Adélaïde se pencha sur elle.

— Oui, maîtresse ?

— Pourquoi ne se rase-t-il point la nuque, comme les autres seigneurs céans ?

— Je l'ignore. D'ordinaire le vicomte de Thouars se montre toujours fort apprêté… Son retour de bastaille sera la cause de cette négligence, à n'en point douter.

Aelfgyva fronça les sourcils, attendant la suite.

— Le sire de Thouars nous revient d'Hispanie.

— Vraiment ?

Le nom de ce royaume voisin, qui sonnait si exotique à ses oreilles, eut le don de détourner Aelfgyva de l'extravagance capillaire de son promis.

— Pour quelle raison ?

— Pour défendre les chrétiens de ces royaumes, et les libérer des Maures et des Sarrazins d'Al-Andalus… On dit qu'il s'est montré fort brave, fort hardi au combat, et que son général l'a récompensé avec grande générosité. On le nomme désormais sire de Thouars et Barbastro.

— Comment dites-vous ?

— Barbastro. C'est le nom de la citadelle maure où nos armées chrétiennes ont vaincu les infidèles, grâce à Dieu.

— Oh ! Je vois.

Elle jeta un rapide regard vers le vicomte de Thouars,

1. Tranche de pain servant d'assiette.

présentement occupé à mordre dans un petit pain saupoudré de graines d'anis. Il était assis au côté du petit homme à barbe noire qui avait pris les rênes de Pitance, à son arrivée, ce qui avait pour effet de faire paraître son promis encore plus grand et plus puissant.

Aelfgyva sentit son cœur s'emballer à la pensée de tous les infidèles que cet homme devait avoir occis, là-bas, dans ces royaumes perdus de l'autre côté des monts Pyrénées...

Mais Adélaïde poursuivait sans s'apercevoir de son trouble.

— On dit que le sire de Thouars fut si redoutable qu'il fit fuir une compagnie entière de soldats sarrazins... Bien des rumeurs courent sur lui !

— Te voilà bien informée... Pour mon grand plaisir.

Ainsi encouragée, la servante se pencha plus près. Les deux jeunes femmes formaient un petit monde clos, et il sembla à Aelfgyva que les rires s'éloignaient pour leur laisser plus d'intimité.

Les oreilles grandes ouvertes, elle enregistra chaque parole d'Adélaïde avec un excitant frisson de peur.

— On dit qu'il a pillé un fantastique trésor dans la ville de Saragosse... De l'or, des joyaux. On dit aussi qu'il est rentré avec cent coffres de pierreries et deux cents femmes maures !

— Des... Des femmes ? balbutia Aelfgyva, interdite.

— Oui. Les Maures prennent tous moult épouses, et ils les enferment dans d'obscures pièces sans qu'elles voient jamais la lumière du jour.

— Seigneur !

— Et ce n'est pas tout...

— Parle, allons !

— Je ne sais si je puis vraiment vous dire cela... Vous allez épousailler le sire de Thouars devant Dieu...

— Telle est la raison pour laquelle je dois tout savoir de lui ! Tout, entends-tu ?

La servante hocha la tête avec une réticence légèrement

amusée, comme si elle songeait en son for intérieur qu'il était impossible de tout savoir d'une personne aussi aisément.

Pourtant, les mots jaillirent enfin de sa bouche, dans un souffle éperdu.

— Certains disent que le vicomte a eu plusieurs épouses. Toutes mortes. Leurs enfants aussi.

Les yeux écarquillés, Aelfgyva prit peur.

— Chut ! Plus un mot.

— Mais...

Elle changea prestement de sujet, le ventre noué par la peur. Quel monstre allait-elle donc épouser ? Il ne lui manquait plus que des crocs pour paraître un lion affamé de chair humaine...

— On dit que le soleil est si ardent, en Hispanie, que la peau brûle si on l'y expose ! Peux-tu le croire ? Notre roi Édouard est grand amateur de vins d'Hispanie, par ailleurs. Mon promis y est-il resté longtemps ? Je n'ai jamais ouï dire que les Espagnols suivaient une telle mode pour leur barbe et leurs cheveux...

— Il y a passé une année, maîtresse.

— Une année entière ? Comme cela doit être merveilleux !

— Une année à guerroyer, maîtresse.

L'enthousiasme d'Aelfgyva retomba aussitôt, soufflé par la réprimande à peine voilée.

Aelfgyva puisa dans tous ses souvenirs de la hautaine autorité de dame Alversa, et promena sur Adélaïde un regard froid.

— Je n'ai point sollicité ton avis. Je vois que la cour de Normandie jouit d'une incroyable liberté !

— J'implore votre pardon...

— Ne recommence point.

— Nenni, maîtresse.

Elle s'inclina respectueusement, non sans qu'Aelfgyva eût le temps d'apercevoir l'éclat dur de ses yeux. Une brusque pensée l'assaillit : et si la domestique, sous ses abords indifférents et son efficacité irréprochable, lui avait été assignée tant pour l'espionner que pour la servir ? Le fait serait naturel. Ces Normands, qui l'environnaient désormais comme autant de mouches intrusives, devaient nourrir à son encontre une due méfiance.

Méfiance qu'Aelfgyva aurait peut-être dû leur rendre dès le départ !

Agacée, elle fit signe à Adélaïde de la laisser poursuivre ses agapes et évita soigneusement de se tourner en direction de l'impressionnant tueur de Maures et de Sarrazins, possesseur d'un harem, mari et père de trépassés...

Son futur époux.

5

Palais de Caen,
16 août de l'an de grâce 1064.

« Jour d'épousailles vaut semailles », d'après le proverbe.

La belle affaire ! De semailles, Aelfgyva n'en voulait point vraiment… Comment nourrir le souhait d'avoir des enfançons, quand on n'a encore rien vu du monde, rien accompli de sa courte existence ? Telle était son opinion, toute hérétique qu'elle soit aux yeux de tous.

D'épousailles, elle en voulait encore moins ! Pas avec ce rustre au poil hirsute et à moitié sauvage.

— Maîtresse, votre voile.

Les dents serrées, Aelfgyva se tourna afin de laisser Adélaïde envelopper sa tête d'un voile bien serré, comme celui qu'elle portait au couvent. Sauf que celui-ci était rouge vif, brodé de roses, et fleurait bon le bois de santal. Sans doute fallait-il en remercier la duchesse, dont le goût raffiné imposait sa marque partout dans le castel…

Adélaïde fixa une broche d'or sur la poitrine de sa maîtresse, avant de s'incliner devant elle.

Aelfgyva se tourna sans un mot. L'impertinence dont la servante avait fait preuve lors du banquet d'accueil du duc l'avait mise fort mal à l'aise… Elle ignorait comment s'adresser à elle sans marquer trop de familiarité, ni se montrer trop autoritaire. Pour elle qui sortait à peine du couvent, où les relations entre sœurs et oblates étaient parfaitement définies, il n'était guère aisé de trouver sa place.

Alors, elle s'abstenait la plupart du temps de parler.

Elle souleva sa cotte bouton-d'or afin d'enfiler ses socques, ces semelles de bois qui protégeraient ses fines sandales de chevreau de la boue et des cailloux.

— Or i allons[1].

Lorsqu'elles débouchèrent à l'air libre, Aelfgyva prit une profonde inspiration.

Plus que quelques toises à franchir.

Plus que quelques toises, et c'en serait fini de ses rêves... Toute son existence à venir ne serait plus qu'obéissance et devoir, travaux d'aiguille et maternité. Le tout sous la férule d'un homme féroce, à qui elle oserait à peine adresser la parole... Encore fallait-il qu'elle survive à cet ogre, dont épouses et enfançons étaient précipités au tombeau avant l'heure.

Quelques toises comme frontière avec l'enfer.

Allons, hardie ! Ma force d'en haut.

Aelfgyva puisa dans la devise familiale suffisamment de vaillance pour parcourir sans faiblir le court trajet, qui la mena des appartements privés des ducs à la grande porte de la haute cour où l'attendait toute une assemblée.

Les épousailles avaient lieu en plein air, et dans un endroit neutre. Adélaïde lui avait confié du bout des lèvres que le duc Guillaume s'était querellé avec le clerc, Jehan d'Asfrediville[2], et obtenu que la cérémonie soit placée sous son autorité, à lui. Une manière de rappeler à tous que ces épousailles constituaient

1. Allons-y.

2. Amfreville.

une alliance diplomatique très importante entre duché de Normandie et royaume d'Angleterre.

Une alliance délicate. Majeure. Une gageure, porteuse de promesses de paix pour l'avenir des deux parties.

Une enceinte de bois rudimentaire protégeait les bâtiments principaux comportant les appartements, la chapelle et la grande salle d'apparat. La porte était encadrée par ces deux colonnes terminées par des dragons crachant le feu qui avait attiré son attention, à son arrivée.

Il y a trois jours... ou plutôt quelques siècles.

Aelfgyva n'était déjà plus cette jouvencelle pleine de joie qui avait chevauché à travers la Normandie pour rejoindre le castel de Caen, pantelante mais heureuse. Elle portait désormais le deuil de ses espoirs, de sa jeunesse achevée et de son avenir perdu. Hélas ! Avoir connu une telle liberté ne lui rendait ses perspectives d'avenir que plus odieuses.

Elle veilla à ne pas ralentir le pas malgré sa peur : il était impensable de fournir à ces Normands un sujet de moqueries !

Alors, elle se contenta d'enfoncer ses ongles dans ses paumes tout en avançant d'un pas assuré, la tête modestement baissée mais les yeux secs. Elle était déterminée à conserver cette ultime fierté de ne point se laisser aller au désespoir devant tout ce monde.

— Par ici, ma dame.

Elle sentit une main saisir son coude pour la guider jusque sous le porche aux têtes de dragon. Elle adapta son pas à l'homme. Un bref regard sous le bord de son voile écarlate lui apprit que le propre frère du duc, le comte Odon en personne, la conduisait à l'autel improvisé sous l'arche. Allait-il conduire lui-même la cérémonie ? Il était évêque, après tout. Mais la présence d'un autre homme au crâne tonsuré la détrompa aussitôt. Certainement le dénommé Jehan d'Asfrediville, qui l'unirait pour toujours à Aimery de Thouars.

Plus qu'une seule toise, et ce sera terminé.

La porte était si haute qu'elle masquait le soleil au-dessus de l'autel à la nappe brodée. La curiosité dévorait Aelfgyva, malgré tout le reste... Des dragons, ici ? Comme sur les navires des terrifiants pirates du Nord, mais aussi comme dans la légende de Beowulf dont elle raffolait, étant enfant. Sa mère, Eadgyth au col de cygne, possédait un bijou en tête de dragon ajourée qu'elle aimait exhiber sur sa poitrine lors des grandes occasions...

Aelfgyva se sentit un peu rassérénée. Ces dragons lui évoquaient son foyer. Le dragon du Wessex ne flottait-il point sur les bannières de son père ?

Elle ne put s'empêcher de lever subrepticement la tête juste avant d'atteindre le seuil du portail, et fut frappée de stupeur devant les expressions terrifiantes des bêtes cornues... De près, elles semblaient presque vivantes. Aussi rouges que son propre voile, elles crachaient le feu de part et d'autre du domaine du duc Guillaume tout en braquant sur elle des pupilles d'un noir charbonneux.

Aelfgyva frissonna en s'arrêtant dans l'ombre des colonnes. Ce n'était point de froidure.

Il était là, bien entendu.

De lui, elle ne discernait que l'extrémité de ses bottes à deux pans de sa cotte. Il ne la regardait pas : il était tourné vers l'assemblée, lui aussi. Sans doute ne voulait-il point d'elle, comme elle-même ne voulait point de lui... Ils partageraient au moins cela.

Ma force d'en haut !

Aelfgyva s'exhorta au calme tout en osant lever suffisamment la tête pour découvrir l'identité de ceux qui lui faisaient face. Outre le clerc, qui se tenait à son côté et s'adressait à la foule, et Odon qui s'éloignait, elle reconnut le duc au centre de l'auditoire, aussi imposant et massif qu'un chêne centenaire.

Odon le rejoignit. La duchesse se tenait près de lui, bien que sa place de femme aurait davantage été au second plan – mais la tendresse que partageaient les époux était manifeste et Aelfgyva en ressentit une vague jalousie.

Non loin se tenait une ribambelle d'enfants, qu'elle soupçonna être les héritiers ducaux, sous la supervision d'une femme sévère. Le garçon du banquet, la posture fière malgré sa petite taille, ainsi que deux fillottes à peine plus jeunes, l'une fine et timide, l'autre plus forte et le regard brillant. Venaient ensuite un garçon d'une dizaine d'années aux traits déjà fort beaux, puis un autre de trois ou quatre ans à peine, ses cheveux de feu ébouriffés et l'œil querelleur. La nourrice serrait dans ses bras un bébé vagissant.

Son père, Harold Godwinson, lui adressait un regard d'avertissement depuis le côté de Guillaume. La dureté qu'il affichait ne trompait point, et Aelfgyva n'aurait pu oublier le châtiment dont il l'avait menacée...

Pas question de retourner au couvent !

Elle s'arracha au feu de ses prunelles. Aelfgyva eut tout juste le temps de remarquer quelques seigneurs au premier rang, qui se démarquaient des autres : un fort et ventru sire aux allures de soudard, le visage rubicond disparaissant à moitié sous une impressionnante moustache recourbée ; un chevalier plus petit, les traits anguleux et un début de calvitie allongeant son visage sévère marqué par une tache rose ; et un autre encore, brun de cheveux mais partageant avec Guillaume et Odon une pureté de traits couplée à un front haut et une mâchoire carrée. Un autre frère, sans le moindre doute.

En fin de compte, Aelfgyva dut baisser la tête derechef. Il était inutile d'essayer d'échapper encore à celui qu'elle redoutait le plus, et dont la pointe des bottes, à présent, dardait droit sur elle.

Le silence se fit.

Étourdissant. Il semblait pulser entre les battements de son cœur, qui rugissaient à ses oreilles.

Aelfgyva sursauta lorsque le clerc Jehan lui toucha l'épaule.

— Ôtez votre voile, ma fille, pour vous soumettre au regard de votre époux et recevoir la bénédiction nuptiale.

Hochant la tête, Aelfgyva repoussa l'étoffe de ses mains tremblantes. Elle s'était à nouveau abîmée en rêveries... Du coin de l'œil, elle remarqua que son père passait nerveusement d'une jambe sur l'autre, sans doute prodigieusement agacé par son étourderie.

Une main s'empara brusquement de la sienne, celle de son promis, afin de la forcer à lui faire face.

Un regard de glace, un visage sombre qui la dominait.

Lui...

Aimery de Thouars de Barbastro, son époux devant Dieu.

Il était si près qu'Aelfgyva pouvait compter les quelques fils d'argent de sa chevelure et de sa barbe. Pourtant, une puissante énergie se dégageait de lui, de son corps musclé mais svelte, de sa posture, de ses jambes fermement plantées dans le sol...

S'il était plus âgé qu'elle, Aelfgyva dut reconnoître qu'il paraissait fort jeune. Et plutôt beau, car dépourvu de la plupart des vilaines cicatrices dont les hommes se paraient avec vanité ! Il n'y avait qu'à voir cette assemblée de nez tordus, joues couturées, chevelures clairsemées autour de lèvres mal refermées, mains balafrées ou doigts raccourcis... Auprès d'eux, son époux paraissait gracieusement épargné par le sort : son visage était net, sa peau quasiment sans défauts. Il serait certainement fort beau sans cette barbe hirsute ; un bel homme, fort et séduisant. Plein d'une assurance tout en tranquillité.

Cela devrait rendre les choses plus faciles...

Pourtant, ce n'était pas le cas !

Il tendit la main pour saisir la sienne, avec cette fois plus de douceur, ensuite le clerc prononça les paroles rituelles.

C'était fait.

Aelfgyva sentit ses jambes faiblir. Elle dut se raccrocher à toute sa volonté pour ne point montrer sa brusque défaillance... Aimery de Thouars pressa sa main plus fortement, se pencha un peu sur elle.

— Allez-vous bien ? fit-il d'une voix basse, grondante comme une cavalcade de loups entre les arbres d'une forêt inconnue.

Aelfgyva ne put répondre. Une flambée de peur embrasa tout son être...

Elle ne pouvait pas devenir l'épouse de cet homme, elle ne pouvait pas lui appartenir ! Tout en lui inspirait la crainte... Il semblait plus dangereux qu'un loup, plus indomptable qu'un étalon. Étrange et indéchiffrable. La seule chose dont elle était certaine, c'est que cet homme – son époux ! – était un être dangereux.

Mais la cérémonie n'était point terminée ; pourquoi ces Normands s'embarrassaient-ils de tous ces vieux détails ? Le clerc, soudain, haussa durement la voix.

— Ton engagement tiendras, ta vie engageras !

Et il gifla Aelfgyva à toute volée.

Sous le choc, la jeune fille porta la main à sa joue cuisante. Des larmes, tant de douleur que de rage, montèrent à ses yeux. Son voile avait glissé, laissant ses cheveux libres sous le soleil normand, exposant sa honte à toute l'assemblée...

Pourquoi cette humiliation ? Cette brutalité injustifiée ? Les derniers mots du clerc lui revinrent, cependant Aelfgyva ne parvenait point à comprendre les raisons de son geste. Elle ne pouvait pour autant prendre le risque de mettre en péril cette union par une réaction inappropriée... Son père était bien capable de la réexpédier au couvent le jour même.

Elle aurait voulu se cacher.

Elle aurait voulu crier sa colère.

Mais le clerc continuait comme si de rien n'était, et seuls

quelques rires étouffés secouèrent l'auditoire. Telles étaient donc les traditions normandes qu'elles sacrifiaient l'honneur et l'intégrité d'une jouvencelle en public ?

Ils mériteraient la bastonnade, pour un tel affront, tous autant qu'ils sont ! Ils mériteraient les mille tourments de l'enfer !

Retenant les criements[1] indignés qui lui montaient aux lèvres, Aelfgyva perçut un mouvement du côté de son époux mais ne put se résoudre à le regarder. Sa vergogne était bien trop grande. Elle l'étouffait !

La cérémonie prit fin brutalement. Aelfgyva se laissa entraîner vers sa chambrine par Adélaïde et une autre femme, laissant les agapes aux autres pour cette fois... Elle n'éprouvait nulle envie de paraître encore en public alors que l'unique souhait de son cœur était de se pelotonner sous sa courtepointe pour pleurer tout son soûl... Non sans avoir au préalable laissé éclater sa fureur.

Tandis qu'on s'activait autour d'elle pour lui proposer une coupe de vin, des galettes au miel ou bien des dragées de fruits confits à la coriandre... Aelfgyva refusa le tout, et ne se détendit tout à fait que lorsqu'on l'eut laissée seule avec son chagrin. Un détail, qui n'en était peut-être point un, ne cessait de la tourmenter...

Durant cet instant atroce, alors qu'on la rudoyait devant tout le castel assemblé, Aimery de Thouars n'avait point tenté de défendre son honneur.

1. Cris.

6

Ce soir-là, après le coucher du soleil.

— Garde, messire !

Le cri, destiné à prévenir Aimery, n'eut pour effet que de le déconcentrer ; la lame frôla sa joue de si près qu'il en sentit le baiser sur sa barbe.

Il se retourna, furieux.

— Le diable t'estouffe, Jehanounet ! Tu as failli me coûter une estafilade.

Le damelot baissa piteusement la tête, bredouillant des paroles navrées. Aimery le chassa d'un geste de la main.

— Dis à messire Guillaume que je viendrai bientôt.

— J'y cours !

Le garçon s'empressa de décamper, visiblement heureux de s'éloigner de son maître à l'humeur maussade. Aimery en nourrit aussitôt quelque repentir, car son escuyer était un bon petit, aussi travailleur qu'obéissant... Il n'aurait pas dû passer son irritation sur lui.

C'était plus fort que lui : il était furieux.

Et tourmenté.

Même les exercices avec son fidèle maître d'armes, un robuste Pyrénéen au parler aussi rude que son caractère, n'avaient point suffi à calmer Aimery, qui se sentait secoué sur un océan de sentiments contradictoires. Il se trouvait mécontent de tout ! Et, en premier lieu, de cette union imposée par le duc de Normandie, dont il ne voulait point ; une véritable attrapoire[1] qui venait de refermer sur lui ses mâchoires. Guillaume avait bien veillé à conserver la mainmise sur la cérémonie du début à la fin.

Jusqu'à cette sotte coutume de gifle, qui avait amusé l'assemblée tout en tirant à son épouse quelques larmes, il l'avait bien vu. Il n'avait pu empêcher son cœur de se serrer devant un tel chagrinant tableau… La damoiselle, bien que grande, paraissait si fine et fragile qu'il aurait voulu chasser sa peine afin que cessent ces pleurs.

Que sensiblerie ! Une donzelle en larmes ne vaut pas tant de tracas.

Et puis, elle s'était vite reprise. À ses épaules tendues et aux soubresauts agitant son menton, Aimery avait même songé un instant qu'elle allait se mettre à hurler sur tout le monde. Une pensée ridicule !

Toutefois, il n'y avait pas que cela… Une union qui commençait dans les larmes revêtait-elle de bons augures ? Aimery en doutait fortement. Et il n'avait guère besoin d'un mauvais présage en sus de ses propres craintes !

Il avait été pris en otage, de la même façon que Ponthieu avait retenu les Saxons durant de longues semaines… Aimery, lui, était captif d'une ironique destinée qui le poussait à tuer toutes les femmes qui liaient leur vie à la sienne.

Il était maudit.

— Vous désirez continuer ? demanda le maître d'armes, son regard du bleu pur couronnant les cimes fixé sur lui.

Comme à son habitude, il peinait à prononcer certains sons de la langue poitevine[2] et crachait ses *r* comme autant de noyaux de cerises.

1. Piège.

2. Originaire de Thouars, Aimery parle le poitevin.

Aimery s'obligea à repousser sa méchante humeur pour lui répondre avec une affabilité de façade.

— Nenni. Ce sera tout pour ce soir, Bernabèu. Va prendre place à table ! Je gage que le duc nous a encore réservé ses meilleurs plats.

Pour ça, Guillaume s'y entend en bonne chère, et ce qui lui manque en tact est apporté par la duchesse, toujours si gente hôtesse.

Ce repas de noces serait somptueux, il n'y avait point à en douter. Seulement, Aimery avait l'appétit coupé. Il regarda Bernabèu rengainer sa dague puis s'incliner devant lui, il lui rendit son salut et remit sa propre arme au fourreau. Une merveille d'acier de Damas à lame incurvée ornée d'arabesques, au pommeau serti d'un rubis gros comme l'ongle, qui ne cessait de mettre mal à l'aise ceux qui la remarquaient à sa ceinture, depuis son retour. Nul n'avait encore vu pareille arme, de ce côté des Pyrénées...

Aimery serra les mâchoires devant le flot d'images issues du passé qui l'assaillait soudain. La dague. Les remparts écrasés de soleil. Une silhouette fière lui tendant ce même manche orné d'un rubis... Un homme lui confiant son honneur en échange de la vie – de la vie d'une famille, et de celle d'un peuple.

Aimery pesta tout bas. Quel honneur lui resterait-il, s'il conduisait une autre femme à la mortaille ?

Il frotta ses mains moites sur son bliaud, se lava le visage rapidement à l'eau claire. Ensuite il jeta son mantel sur ses épaules, attacha sa fibule et se dirigea vers la porte.

— Pas bouger, ordonna-t-il à Fendeur, qui levait la tête sur son passage. Je reviendrai prestement.

Le banquet était, en effet, particulièrement réussi tant par les mets que par les divertissements. Un habile jongleur parvint à lancer en l'air plusieurs coupes sans les briser ; Turold, un seigneur de la suite d'Odon de Conteville qui ne pouvait prétendre à chevaucher de par sa petite taille, se mêla aux amuseurs en improvisant une danse grotesque au centre de la salle. Il agita sa barbe noire taillée en pointe tout en faisant des pitreries, ce qui amusa beaucoup les enfants ducaux.

Tout se passait fort bien.

Ce qui gâcha les festivités pour Aimery fut la compagnie – ou, plutôt, les plaisanteries grivoises dont il fut l'objet. Le duc et ses deux demi-frères lui faisaient face, ainsi qu'Harold Godwinson, le comte de Wessex. Sur senestre[1], Guillaume de Varenne clignait fréquemment de l'œil du côté intact de son visage, en commentant les boutades d'Eustache aux Grenons[2], sis à la dextre d'Aimery, et dont le rire tonitruant lui crevait régulièrement les oreilles.

— Eh bien, finis ta coupe, que je la remplisse derechef ! hurla l'impressionnant comte de Boulogne, le teint encore plus carminé que de coutume. Prends donques des forces pour la nuitée à venir !

— Il n'a peut-être guère besoin d'encouragements, nota Guillaume de Varenne en trinquant avec Eustache à la place d'Aimery, l'œil pétillant animant son visage taillé à la serpe, que même une ancienne brûlure n'était point parvenue à méhaigner[3].

— Ah, ça ! Il est bien vrai que notre compère n'a pas troussé jupon depuis fort long temps... Je n'arrive même pas à me rappeler la dernière ribaude qu'il a chevauchée !

— Voilà qui doit lui faire bouillir le sang, commenta Odon de Conteville avec malice. Une si belle jeune épouse...

— Palsambleu ! Pourvu qu'il ne fatigue pas trop sa dame... Bon étalon ménage sa jument. Tu entends, Aimery ? Ta femme saxonne attend un gent compagnon courtois et bienséant, et

1. Gauche.

2. Moustaches.

3. Mutiler.

non un âne lubrique ! Nous comptons sur toi pour lui montrer que nous avons de belles manières, de ce côté-ci de la mer !

Aimery poussa son tranchoir du dos de la main. Il lui serait impossible de rien avaler.

— Sans fatrouillage[1], ami Aimery, depuis combien de temps n'as-tu point plongé ta lance ?

— Laisse-le, s'amusa Robert de Mortain, il se concentre justement pour se rappeler où il l'a rangée !

Le rire d'Eustache secoua le banc sur lequel ils étaient assis, et Guillaume, hélas, se mêla aux autres. L'absence de la duchesse, qui venait de se retirer pour la nuit avec sa suite, lui inspirait sans doute une humeur gaillarde.

— Amis, lança Robert de Mortain, je ne doute guère que le sire de Thouars de Barbastro n'ait point jeté sa lance aux oubliettes ! En son jeune temps, il fut même un redoutable rival dans le jeu de l'amour : pas une donzelle ne résistait à son joli minois ni à son batelage[2].

— J'en puis témoigner, Votre Grâce ! s'inclina Guillaume de Varenne en levant sa coupe. Mon cousin a eu l'heur de guerroyer à ses côtés chez les infidèles, et le sire de Thouars n'a pas seulement pourfendu leurs soldats, mais également le cœur de leurs femmes...

— Es-tu sûr qu'il s'agissait bien de leurs cœurs ? s'esclaffa Eustache, décidément bien en verve.

— Allons, bande de coqueberts[3] ! tonna le duc Guillaume. Cessez un peu de vous dégengler à ses dépens. Il est un héros, depuis ses récents succès espagnols flamberge en main, et un nouvel homme, ce soir.

Les rires se turent un à un, tandis que les expressions

1. Bavardage à tort et à travers.

2. Boniments.

3. Nigauds.

s'adoucissaient. Même ce rustaud d'Eustache fit de son mieux pour paraître contrit. Il lissa l'impressionnant appendice pileux qui lui avait donné son surnom, frappa sur la table de l'autre main.

— Ne m'en veux point ! s'écria-t-il avant d'asséner une bourrade sur l'épaule d'Aimery. Me voilà tant en liesse de te savoir à nouveau nanti d'une épouse que je me livre à une honteuse jactance... Aux épousés !

Le vœu fut répété d'un bout à l'autre de la tablée, tirant un sourire forcé à Aimery qui but à son tour. Il se consolait par l'absence de son épouse : il n'aurait point goûté d'affronter, en sus, sa mine choquée ou bien son rougissement de pucelle effarouchée.

Cela, ce sera pour tantôt.

Cette pensée lui noua tant les entrailles qu'il se leva d'un bond, sous les ricanements appuyés de ses compagnons.

— C'est cela, va donques te préparer, heureux sire ! lança Eustache, une main sur le cœur, tandis qu'Aimery quittait la salle d'apparat d'un pas preste. Il est temps de remonter en selle !

— Ne sois point en retard pour la cérémonie du coucher, lui recommanda Odon de sa voix forte.

Plus mort que vif, Aimery s'éloigna sous les étoiles en tirant sur le col de son bliaud. Il transpirait sous son mantel de fête ; non, à la réflexion, il était transi... Ses mains tremblaient. Il chercha une bouffée d'air frais, dépassa les gardes postés devant la tour des appartements ducaux et s'engagea dans le sombre escalier.

Il étouffait.

Par le sang du Christ ! Je ne survivrai oncques à cette épreuve.

Cette damoiselle... Cette pauvre jouvencelle, qu'on lui livrait en pâture... Elle ne méritait point pareil destin ! Elle ne méritait point d'être unie à pareil monstre que lui, de partager sa couche et sa malédiction !

Pauvre créature.

Elle ne serait rien de plus qu'une martyre livrée au lion, un échantillon d'oiseau rare à ajouter à sa volière. Et des larmes, elle allait en verser encore... Aimery connaissait l'issue de cette bastaille-ci : il allait la remporter sans coup férir, et causer encore le trépas d'une innocente.

Quant à une cérémonie du coucher... La seule idée de se rendre dans la chambrine de sa femme accompagné d'Eustache et de ses compagnons, rieurs et effrontés, lui donnait la nausée. Si cela n'avait point été une union d'importance avec le royaume d'Angleterre, alors Aimery aurait pu s'en dispenser... Mais le fait était que son mariage devait être consommé. Dans ces circonstances, la cérémonie du coucher était incontournable.

Ils pouvaient rire, les autres, tous les autres ! Ils n'entendaient rien à son malheur. Et tant mieux : Aimery ne tenait pas à ébruiter l'étendue de son infortune... Certes, il revenait glorieux de bastaille, nimbé d'un grand renom et riche de nombreuses prises de guerre. Sa vie personnelle, en revanche, n'avait point évolué. Il n'avait du moins aucune raison de le croire !

Je suis toujours maudit...

Malgré les prières, les jeûnes, malgré ses victoires en Hispanie, rien n'avait changé. La preuve en était qu'Eustache avait touché juste : les choses de la chair lui étaient désormais interdites.

Dieu ne m'a point accordé son pardon.

Une cavalcade en provenance des étages, assortie d'un concert de piaillements, l'avertit de la présence d'enfants. De fait, une seconde plus tard, les deux fils aînés du duc Guillaume dévalaient les marches droit sur lui.

— Holà ! Prenez garde ou vous allez vous rompre le cou.

— Pardonnez-nous, messire de Thouars...

— Nous sommes pressés.

— Pourquoi cela ?

Les deux garnements sourirent innocemment, ce qui n'empêcha point Aimery de remarquer les traces de miel sur leurs mains et leurs joues. Ils avaient probablement subtilisé des pâtisseries en cuisine, et se cachaient céans pour échapper à une punition.

Il allait passer son chemin lorsque le plus âgé, Robert, qui était aussi malheureusement le plus petit en taille, agrippa son mantel.

— Est-ce vrai, messire, que vous ayez occis tant de Sarrazins qu'il s'est créé une colline de plus autour de Barbastro ?

Aimery s'immobilisa. Si l'enfant n'avait point mentionné la ville où il avait combattu le plus férocement, s'il ne l'avait dévoré de ses yeux si brillants d'admiration, alors il aurait poursuivi sans ralentir…

Mais le jeune Robert, que d'aucuns surnommaient dans son dos Courteheuse[1], lui vouait un attachement qui émouvait Aimery plus qu'il ne voulait l'admettre.

— Il ne faut point prêter l'oreille à toutes les rumeurs, messire Robert… Pour la colline, c'est faux. Quant aux bastailles, elles sont bien souvent moins glorieuses que le chantent les poètes.

— Votre bravoure fait votre renom !

— Merci, jeune Robert. Puis-je te demander comment tu as ouï le nom de Barbastro ? La plupart des damoiseaux ne le connaissent guère et l'oublient rapidement.

Le damoiseau rougit de plaisir, redressant le menton avec une expression qui n'était pas sans rappeler celle de son duc de père lorsqu'il parlait en public.

— Je m'intéresse aux royaumes voisins, messire de Thouars, ainsi qu'aux héros qui s'illustrent à la guerre.

— Bientôt, ce sera à votre tour de vous illustrer ! fit Aimery dans un sourire.

— Si Dieu le veut.

Son cadet de trois ans, Richard, s'impatientait. Il posa une question à son tour afin de faire bonne mesure.

1. Jambes courtes.

— Avez-vous rapporté des épées ? Les armes des Sarrazins sont, paraît-il, bien meilleures que les nôtres. J'aimerais bien en essayer une.

— J'en ai une, acquiesça Aimery, mais il n'est pas question que vous la brandissiez : son fil est plus coupant qu'un rasoir !

Richard haussa les épaules avec fatalisme.

— De toute façon, on ne m'aurait point laissé l'utiliser. Notre maître d'armes prétend que je n'ai pas l'âge pour la quintaine... Il n'y connoît rien !

— C'est toi, qui n'y connais rien, ricana Robert en le poussant du coude.

Aimery eut un pincement au cœur en considérant ces deux frères, si semblables à leur père et aussi si différents, encore pleins de cette énergie de jouvence...

Moi, je n'aurai point de fils.

Il se ressaisit pour leur faire la leçon.

— Jeunes gens, il est fort peu avisé de critiquer votre maître d'armes. Je suis persuadé qu'il connoît son fait bien mieux que vous, alors vous devriez lui offrir respect et obéissance.

Les deux jouvenceaux hochèrent la tête avec réticence avant de prendre congé, laissant Aimery seul dans l'escalier obscur, le cœur tambourinant.

La joie d'avoir un fils à son image, un fils porteur de son sang et de son titre, lui était refusée... Il le savait bien, ce n'était guère une nouveauté pour lui ! Et pourtant...

Pourtant, se trouver ainsi devant les fillots de Guillaume avait brusquement fait resurgir ce regret qui le rongeait de l'intérieur. Il n'aurait point de fillot à lui, personne à qui apprendre à grimper en selle ou à manier l'épée, nul enfançon à serrer contre son cœur lorsqu'il partait guerroyer...

Pour avoir des enfants, il fallait avoir commerce avec une épouse, et cela Aimery s'y refusait ! Il allait d'ailleurs devoir trouver un subterfuge pour y échapper avant la brune[1], car il était censé honorer sa jeune épouse d'ici quelques heures.

Que dirait le prince Tariq de tout cela ? Que me conseillerait-il, pour me conformer au mieux à ce que l'honneur requiert de moi ?

La réponse ne vint pas. Aimery grommela en se remettant en marche. Il devait s'isoler pour prier, pour réfléchir posément et trouver une solution.

Il grimpa l'escalier, une main glissant sur les pierres râpeuses pour se guider dans l'obscurité, avec au cœur la sensation de s'enfoncer malgré lui dans les lugubres tunnels menant aux enfers.

1. Tombée de la nuit.

7

Un instant plus tôt, dans les étages.

Un coup frappé à sa porte tira Aelfgyva d'un mauvais rêve, dans lequel son père et sœur Cynethryth l'abandonnaient à la risée populaire tandis que son époux la battait comme blé mûr devant le couvent de SainteEadgyth, sous le regard amusé de mère Wulfhild.

Il lui fallut un moment pour se souvenir de l'endroit où elle se trouvait...

La Normandie.

Caen.

Les épousailles !

Elle se leva en maugréant, mécontente de l'absence d'Adélaïde et de ces timides coups à la porte qui ne cessaient point.

Diable ! Et si c'était mon époux ?

Le dicton lui revint en tête avec force. « Jour d'épousailles vaut semailles »... Ce soir, son nouveau seigneur et maître viendrait semer sa graine en son sein ; elle ne serait qu'une terre à ensemencer, à ses yeux. Si Aelfgyva n'avait guère été informée de ces choses triviales, elle était cependant curieuse et avait glané des renseignements au fil des ans... Ainsi, elle pensait ne rien ignorer de ce qui se passait entre époux une fois la porte refermée sur le cortège nuptial.

Brusquement pétrifiée, elle considéra le panneau de bois avec méfiance.

— Qui va là ?

— Ce n'est que moi, ma dame : Jehan d'Asfrediville. Voulez-vous bien me recevoir un instant ?

Le clerc. Seule sa tonsure indiquait sa fonction ; malgré sa vesture[1] ordinaire, qui aurait pu être celle de n'importe quel seigneur francien ou même saxon, elle n'eut aucune peine à le reconnoître.

Aelfgyva serra les poings. Étrangement la présence de ce méchant homme de foi eut pour effet de raviver non sa tristesse mais sa plus brûlante colère.

Elle ouvrit rudement la porte.

— Que voulez-vous ?

Jean d'Asfrediville eut une moue chagrine qui le fit paraître plus jeune, plus aimable.

— Je souhaitais simplement m'enquérir de votre santé, ma dame, comme vous n'avez point reparu du jour. Les festivités du soir commenceront bientôt. Si je vous ai heurtée de quelque façon que ce soit, croyez bien que…

— Heurtée ? reprit Aelfgyva, incrédule. Vous m'avez frappée en plein visage !

— Si fait. C'est là une tradition particulière.

— Fort particulière, en effet !

Le clerc leva les mains comme pour calmer un cheval nerveux.

— Allons, ma fille, je suis justement venu vous expliquer la signification de tout ceci… Ce geste de ma part m'a été demandé par Sa Grâce le duc Guillaume, et le sire comte de Wessex, votre père, a donné son assentiment.

Aelfgyva se sentit pâlir.

— Qu'avez-vous dit ? Mon père… Il a…

1. Vêtements.

— Cela n'avait pour but que de signifier publiquement le sérieux de cet accord d'épousailles, qui engage nettement plus que votre personne mais les relations entre notre duc bien-aimé et le roi d'Angleterre ! Cela conférait plus de poids à l'union, qui se doit d'être particulièrement... indissoluble. Comprenez-vous ?

Comme elle ne répondait pas, Jehan d'Asfrediville pénétra plus avant dans la pièce. Aelfgyva était trop choquée pour s'en formaliser ; elle s'efforçait d'assimiler la dernière trahison de son père, le cerveau en ébullition.

Durant ce temps, Asfrediville s'excusait sans fin en faisant le tour de la chambrine, examinant rapidement les vêtements jetés sur le coffre, les onguents de beauté disposés sur le guéridon, les draps froissés.

— Vous voilà bien installée ! J'en suis heureux. J'aimerais que vous ne me gardiez nul ressentiment.

Il avait l'air si navré qu'Aelfgyva ne remarqua pas immédiatement qu'il s'était approché d'elle... Bien trop.

— Bien entendu, vos épousailles ne seront valables aux yeux de Dieu que lorsque messire de Thouars aura pris votre vertu... Vous le comprenez, n'est-ce pas ?

— En quoi venez-vous m'entretenir de ces choses-là ? Votre rôle est terminé.

— C'est là que vous faites erreur, ma fille.

Aelfgyva fronça les sourcils. Elle ne comprit l'étendue du danger encouru que lorsque la main du clerc se posa derechef sur sa joue, bien différemment que tantôt.

Elle sursauta.

— Que... Que faites-vous ?

— Je suis bien marri d'avoir ainsi dû vous blesser dans votre chair et dans votre orgueil. Votre pauvre joue...

Les doigts du clerc, à présent, caressaient sa peau de façon fort déplacée. La joue d'Aelfgyva la brûla à nouveau, de vergogne et de peur, cette fois.

— Ôtez votre main.

Au lieu d'obéir, l'homme rit tout bas en glissant un bras autour de sa taille.

— Allons, ne vous montrez point sans cœur…

— Ôtez vos mains, ai-je dit !

L'homme emprisonna ses bras, soufflant son haleine dans son oreille.

— Si vous êtes sage, ce sera rapide. Venez là !

Il tenta de l'entraîner vers le lit, mais Aelfgyva rua de toutes ses forces. Elle ne pouvait plus réfléchir, seulement se battre contre un sort qu'elle refusait de tout son être ! Elle qui avait déjà bien du mal à se faire à l'idée de partager sa couche avec son époux, comment aurait-elle pu envisager de se laisser toucher par… par… un clerc indigne ! Un méchant homme ! Un houlier[1] de la pire espèce !

Une main rude lui broya le bas du visage, et Aelfgyva comprit qu'elle avait craché ces insultes à haute voix.

— Vas-tu te taire, oui ? Fillotte du Malin ! La peste soit de ces femelles indociles !

Il voulut la frapper encore, mais Aelfgyva esquiva par réflexe tout en retrouvant l'usage d'un bras. Elle lui griffa le visage, tirant un grand plaisir du cri étouffé de cet ignoble personnage.

Hélas, cela décupla la rage de l'homme, qui la jeta de l'autre côté de la pièce. Folle de terreur, Aelfgyva comprit à la lueur cruelle de son regard qu'elle allait regretter son geste de défense…

Soudain, comme le clerc marchait sur elle, son regard tomba sur la petite table, près de la croisée, où elle s'avisa qu'une âme prévenante – Adélaïde, peut-être ? – avait déposé à son intention un plateau avec des victuailles. Un bol de légumes rôtis, deux petits pains ronds… ainsi qu'une brochette de viande.

Aelfgyva n'hésita point.

1. Débauché.

Bondissant sur le côté, elle se rua sur la broche et la brandit en direction de son assaillant, qui écarquilla les yeux à travers les griffures qui lui barraient le visage.

— Satanée gueuse !

— Eh bien ? Approchez, si vous l'osez ! le défia Aelfgyva, la gorge sèche mais déterminée à ne point céder sans se battre jusqu'à la limite de ses forces.

Jamais elle ne jetterait l'opprobre sur sa lignée. Sa force, elle ne la tirerait pas du ciel, en cet instant, mais bien d'elle-même !

Le clerc se jeta sur elle, et une lutte s'ensuivit. Il était malheureusement plus fort qu'elle... Aelfgyva combattit bravement, cependant elle n'était pas de taille devant cet adversaire.

La broche tomba au sol dans un claquement étouffé par les joncs odorants du paillage, projetant de la sauce sur les dalles. Aelfgyva tenta d'envoyer des coups de ses mains et de ses pieds ; elle fut prestement maîtrisée et acculée au mur, bâillonnée d'une main implacable.

Jehan d'Asfrediville afficha un rictus malveillant à deux pouces de son visage empourpré par l'effort.

— Assez bouffonné ! Le temps presse.

Il plongea sur elle, retroussant sa cotte de sa main libre tandis que ses dents plongeaient dans la chair tendre du cou... Aelfgyva voulut crier, frapper, l'empêcher par tous les moyens de prendre ce qu'il voulait, et...

Un chuchotis de métal résonna, quelque part dans la pièce dont le clerc lui bouchait la vue.

Une seconde plus tard, Jehan d'Asfrediville la libérait de son poids pour voler à l'autre bout de la chambrine, tandis qu'un terrible hurlement faisait trembler le plateau sur le guéridon.

Le souffle court, Aelfgyva se laissa glisser sur les joncs.

Un géant fou de rage à la crinière léonine tenait le clerc par le col, appuyant sur sa gorge une étrange lame courbe qui jetait des reflets de sang.

8

— Vil maraud ! Sale trogne d'âne en rut ! Révise ton latin, charogne puirante, car tu vas rejoindre Dieu sans tarder.

Aimery appuya sur la dague, arrachant un couinement au gredin qu'il tenait à sa merci. La colère l'envahissait si puissamment qu'il avait l'impression de nager dans un brouillard rouge... Il fallait qu'il tue. Il fallait qu'il lave l'affront !

C'était ça. Laver. Nettoyer sa vie de tout ce qui la salissait, ôter la souillure pour atteindre la pureté de l'âme... Ôter la vie à ce maraud ne pouvait qu'amender le monde.

Une main légère se posa sur son bras.

— Je vous en prie, messire ! Vous ne pouvez point l'occire !

— Ah non ? C'est pourtant mon droit ! Mon droit le plus absolu ! N'ai-je point droit de vie et de mort sur celui qui convoite mes biens ?

Aimery se tourna vers son épouse, et son souffle se coupa.

Elle était si belle, les cheveux libres de tout voile, les joues roses, les yeux brillants... Elle n'avait point la beauté étourdissante de certaines femmes, capables de rendre les hommes malades d'amour, mais ses expressions spontanées, sans artifices, possédaient un charme désarmant. Une véritable vision de paradis. Un ange descendu du ciel...

Un ange que ce maudit maraud avait voulu lui ravir, dans la chambrine nuptiale qui plus était !

Sa haine revint, plus forte que jamais, et Aimery secoua le clerc d'un bras tout en s'adressant à sa femme.

— Ce freluquet de tonsuré n'a aucun droit de vous toucher, et il va le payer de sa vie ! Tu entends, maraud ? Tu vas rendre gorge prestement !

Cette jouvencelle ne se rendait point compte de ce qu'était son époux ? Un tueur, voilà ce qu'il était : tueur de femmes, tueur d'infidèles. Et tueur de petits moines égrillards, s'il devait en être ainsi !

— Il... Il ne m'a rien fait, du moins il n'en a pas eu le temps... Je ne suis point blessée, messire.

— Que m'importe ? rugit Aimery, au comble de la fureur. Vous êtes ma propriété, personne ne peut poser les mains sur vous sans en payer le prix !

Alvi... Affu... Quel que soit son nom, la Saxonne s'immobilisa, interdite, ses beaux yeux aussi ronds que des boucliers saxons. Puis sa mâchoire se contracta, et elle repoussa le bras d'Aimery ; pas fort, car il ne ressentit qu'une faible secousse, mais cela fut suffisant pour qu'il se sente tout vergogneux.

Les mains d'Aimery se crispèrent, et une goutte de sang perla à la pointe de sa dague.

— C'est là tout ce qui vous préoccupe, messire ? finit par articuler la Saxonne d'une voix rauque. Que nul ne s'approprie ce qui vous appartient ? Dans ce cas, je vous en prie : allez-y, trucidez cet homme de Dieu céans, devant notre couche... Quel horrible présage !

Aimery accusa le choc. Son bras faiblit légèrement ; le clerc s'agita et il le fit taire d'une nouvelle secousse.

— Ne bouge point, toi !

Un funeste présage... Encore un ? Cette maudite donzelle avait le don de pointer le doigt sur la plus douloureuse blessure ! Elle n'en avait point conscience, évidemment, et pourtant Aimery venait de recevoir un choc terrible.

Un présage.

On allait donc encore trépasser par sa faute ?

Aimery avisa la rigole de sang qui courait dans le cou du clerc, de plus en plus épaisse. Il profitait de sa force, ce qui le ravalait au rang de ce pendard de clerc impie, ce sacrilège, ce mécréant !

Je ne vaux guère mieux qu'un boucher.

Ses yeux se posèrent à nouveau sur le rubis de sa dague, avant de se perdre dans les brumes du temps, vers d'autres lieux, loin au sud, par-delà les monts enneigés...

Des criements, des larmes.

Du sang.

Les plis soyeux d'une robe rose au liseré d'or, retroussée sur des jambes douces fleurant l'huile d'amande, un voile couleur safran froissé dans une main sale, des prunelles noires écarquillées d'horreur...

Il revint brutalement au présent suite à une injonction de sa nouvelle épouse. Il cligna des yeux, un peu perdu. Peina à stabiliser son souffle.

— Ne le faites point, messire ! Cela souillerait votre âme éternelle à tout jamais.

Il est trop tard pour moi...

— Que vous importe ? grogna-t-il sans se laisser fléchir par la douceur de cette voix.

Il ne voulait point qu'elle s'approche davantage. En lui adressant un regard de biais, lèvres retroussées, il se fit l'effet d'un mâtin rétif sur le point de mordre... Pourtant, sa jeune épouse ne sembla point en prendre ombrage.

— Il m'importe que, tout à l'heure, pour le coucher, la compagnie ne trouve point de mare de sang au pied de notre couche ! Est-ce trop vous demander ?

— Oui ! aboya-t-il, gêné de songer qu'il se comportait réellement comme un mastiff hargneux.

— Et comment expliquerez-vous cela ? Vous serez contraint de révéler ce qui s'est passé, et...

— Et après ? Je suis dans mon droit, personne ne le contestera.

— Avez-vous songé à moi ?

Confondu, Aimery la regarda – il la regarda vraiment, pour la première fois. Et il comprit que la fragilité apparente de la Saxonne n'était que menterie... Ce qu'il lut dans son regard ferme se rapprochait de ce qu'il éprouvait lui-même à cet instant : ire et grogne.

Il haussa les épaules sans relâcher le clerc.

— Que voulez-vous dire ? marmonna-t-il.

— Avez-vous songé à ce que l'on dira de moi, s'il apparaît que vous m'avez trouvée en compagnie d'un étranger dans ma chambrine, le soir même de nos épousailles ?

— Il vous molestait !

— Oh ! comme si cela pesait dans la balance, lâcha-t-elle avec aigreur.

— Êtes-vous folle ?

— Je suis une femme, c'est bien assez...

Aimery secoua la tête, de plus en plus confus.

— Je ne comprends goutte à tout ce que vous dites. Expliquez-vous !

— Messire, je vous en conjure...

— Silence ! cria-t-il à Jehan d'Asfrediville, qui tentait encore de plaider sa cause.

— Vous aurez beau dire, se lamenta la Saxonne en rajustant de son mieux sa cotte froissée, tout le monde me prendra pour une dévergoigneuse[1] et une adultère. Les épousailles seront brisées. L'accord entre le duc et notre roi Édouard itou ! Vous passerez pour un cornard et moi pour une ribaude.

La Saxonne se détourna, mâchoires serrées.

1. Dévergondée.

Morbleu, elle a raison !

Le cœur d'Aimery accéléra à la pensée qu'il tenait là l'occasion rêvée de briser ces maudites épousailles pour revenir à sa vie d'avant.

Oui ! Il pouvait retourner paisiblement à Thouars, où son domaine l'attendait, et où il reprendrait sa douce existence de chevauchées matinales et de collecte d'objets ou de manuscrits rares… Tout cela ne serait qu'un lointain souvenir.

Il suffisait que tout soit dévoilé, ce qui ne manquerait point de se produire puisque chaque minute écoulée les rapprochait de la cérémonie du coucher. Ne le voyant nulle part, le duc Guillaume ferait ratisser le castel pour le trouver, puis une assemblée de joyeux compères accompagnerait Aimery à la porte de son épouse…

Ici même.

La décision devait être prise céans et sans plus tarder ! Mais lorsqu'il s'approcha de la Saxonne pour lui suggérer une telle possibilité, traînant derrière lui le clerc gigotant, il se figea en découvrant des larmes silencieuses sur ses joues. Elle ne sanglotait point. Elle les laissait simplement couler sans chercher à les endiguer, ce qu'Aimery trouva fort perturbant. Quels que soient ses torts envers les femmes par le passé, il ne pouvait contempler une donzelle en larmes sans ressentir l'envie viscérale de la réconforter.

À sa grande surprise, la Saxonne s'écarta vivement.

— Je ne peux me permettre de voir échouer cette union, messire ! Il y va de mon honneur et de ma vie.

Elle planta les yeux dans les siens.

— Ne m'abandonnez point, messire. Je jure d'être une épouse aussi bonne que possible si vous préservez mon honneur en cette affaire.

Aimery poussa un soupir exaspéré. C'était là une requête raisonnable, car il ne souhaitait pas plus passer pour un cornard qu'elle pour une ribaude… Et cependant, il ne pouvait laisser ce misérable clerc s'en tirer ainsi, sans le moindre châtiment pour son impardonnable affront !

Las de toute cette affaire, il redressa sa proie sans desserrer sa prise, tout en remettant dague au fourreau d'un geste fluide.

— Fort bien !

Et il asséna un puissant coup de poing au clerc, qui s'affaissa au sol, inanimé.

— Qu'avez-vous fait ? s'affola la Saxonne.

— Je me suis débarrassé de cet importun pour fatrouiller librement ! Par Dieu, c'est un peu fort : une fois vous m'interdisez de l'occire, une fois vous vous pâmez parce que je l'ai un peu cogné sur la tête… Je vais finir par croire qu'il était réellement votre galant !

— Vous n'êtes point aussi fol.

— Qu'en savez-vous ? fit Aimery d'une voix basse, souhaitant effrayer cette damoiselle pour qu'elle le laisse enfin en paix.

Ce fut efficace, car elle recula d'un pas. Elle frissonna et se frictionna les bras, respira profondément avant de trouver le courage de s'adresser à nouveau à lui.

— Et si… si cet homme avait agi en connoissance de cause, dans l'intention de faire annuler ces épousailles ?

— Pourquoi diable aurait-il fait cela ?

— Je n'en sais rien, mais… une personne aurait peut-être intérêt à briser l'alliance. Qu'en pensez-vous, messire ?

Aimery se tourna afin de lui cacher son trouble. La rage qui l'avait submergé plus tôt avait reflué, emportant avec elle toutes ses certitudes sur l'honneur et le nom pour ne laisser que des bribes de souvenirs déplaisants et la sensation d'être un molesteur de faibles. Ce qu'il n'était point !

À présent, son sang tiédissant dans ses veines, il retrouvait raison et voyait plus clair dans tout cela. C'était chose nouvelle. Habituellement, lorsqu'il entrait dans la rage du guerrier, il se voyait pris d'une telle frénésie qu'il peinait à recouvrer son calme. Bernabèu en faisait souvent les frais...

— Or ça, messire, qu'en pensez-vous ? répéta son épouse, un rien hagarde. Si algu avait voulu... détruire l'alliance ?

— C'est possible, fit-il enfin.

Il s'assit sur la couche sans façons. Il réfléchissait toujours mieux lorsqu'il était assis. Cela calmait ses inquiétantes impulsions, qu'il ne maîtrisait point toujours. Et puis, cette Saxonne le perturbait, avec ses grands yeux emplis de questionnements... Elle éveillait quelque chose en lui, sans doute à cause de ce mélange de douceur de pucelle et de fermeté : elle venait de se faire violenter mais ne perdait point son bon sens.

— Nous n'avons point moult respit pour songer à tout cela, le pressa-t-elle au bout d'un moment. La cérémonie du coucher...

— Certes.

— Messire ? Que devons-nous faire ?

Aimery se passa une main sur le visage comme pour chasser de lui toute hésitation puis se redressa, plein d'une résolution nouvelle.

— Vous avez le choix, ma dame : nous tenons là l'occasion fortuite d'annuler les épousailles. Soit nous profitons de l'événement pour les briser, quitte à nous déshonorer tous les deux, soit nous cachons ce qui s'est passé... et n'en parlerons oncques.

— Messire, m'est avis que...

— Je ne tiens pas plus que vous à cette union, la coupa-t-il, mal à son aise. Cependant, il est des raisons plus élevées que notre simple bon plaisir et, si nous persistons à nous unir, rien ne devra rompre notre engagement.

— N'était-ce point l'objet de cette gifle de tantôt ? laissa échapper la jeune femme d'un ton amer, en effleurant sa joue du bout des doigts. Je vous assure que j'ai parfaitement saisi.

— Bien. Je tâcherai d'être pour vous un bon époux et j'attends de vous que vous m'acceptiez entièrement, tel que je suis. Inutile de venir vous plaindre de mes absences ou de mon caractère !

— Même si vous souhaitez occire un homme devant ma couche ?

— Même ! Je suis maître chez moi. Si j'ai envie d'embrocher un coquin, que ce soit devant votre couche, dans le cellier ou sur le chemin de ronde, j'en ai bien le droit.

Elle baissa la tête, le souffle court, pâle comme un revenant. À l'évidence, elle réfléchissait intensément.

— Je suppose que vous dites vrai, vous en avez le droit.

— Grand merci ! Autre chose. Pour cette fois, je reconnais votre innocence car je suis arrivé à temps... Gardez-vous, toutefois, d'éveiller mes soupçons. L'adultère est chose abominable, surtout pour une femme, et je n'escompte point que mon nom soit terni.

— Comment cela ? Pourquoi serait-ce plus abominable pour une femme que pour un homme ?

— Pardon ?

Elle semblait plus curieuse que combative, comme si elle débattait des théories d'un penseur. Aimery secoua la tête, dérouté par le comportement inhabituel de cette jouvencelle... Pour quelle raison ne se contentait-elle point de gémir et de sangloter, comme toute pucelle sauvée de justesse du déshonneur ?

— Concrètement, reprit-elle, pour quelle raison est-ce que la faute serait plus grave pour une femme que pour un homme ? Je ne saisis point votre propos, messire.

— Peut-être parce que nul homme n'a envie d'élever l'enfançon d'un autre ?

— Oh ! fit-elle après un temps de silence. Je vois.

Cette fois, elle eut l'heur de rougir comme une digne jouvencelle, innocente et chaste. Aimery se sentit un peu rassuré par cette réaction, qu'il jugeait parfaitement naturelle.

Il se leva, s'approcha d'elle lentement, avec précautions, comme il l'aurait fait pour un cheval blessé au combat.

— Mes conditions vous agréent-elles ?

— Oui, messire.

Elle recula d'un pas. Les yeux affolés de la Saxonne suivaient chacun de ses mouvements. Elle était tendue. Aimery comprit qu'elle redoutait qu'il ne la violente à son tour, comme le clerc tantôt, et qu'elle était prête à tout pour se défendre. Puis, son pied heurta un objet en fer.

— Qu'est-ce donques ?

— Je... C'était pour... Enfin, je n'ai pas réussi à l'utiliser pour me défendre. J'ai essayé...

Aimery sourit, soudain amusé.

— Avec une broche à viande ?

— C'est tout ce que j'avais en réserve ! Voyez-vous une panoplie[1] de guerre autour de vous ?

Il la dévisagea avec des yeux nouveaux. Encore une fois. Décidément, cette damoiselle avait le don de le surprendre sans cesse...

Pas une damoiselle : mon épouse.

Le sourire d'Aimery disparut. Il fit un pas en arrière.

— Alors, que choisissez-vous ? Épousailles, ou point d'épousailles ?

Elle dansa d'un pied sur l'autre, hésitante.

— Vous-même, messire... Que choisissez-vous ?

Ils se considérèrent un instant en silence, et n'eurent point besoin de paroles pour entériner leur décision commune.

Ils seraient donc mariés.

Advienne que pourra !

Aimery se détourna pour charger le clerc, toujours inconscient,

1. Support d'armes à but décoratif.

sur son épaule. Au moment de quitter la chambrine, il eut soudain pitié de sa jeune épouse et lui adressa un regard appuyé.

— Soyez prête. Et si vous le désirez, vous pouvez conserver la broche à viande à portée de main…

— N'avez-vous point crainte que je vous embroche, messire ? souffla-t-elle avec un demi-sourire.

Il s'attarda un instant sur sa taille fine, les douces rondeurs qui tendaient sa cotte aux endroits appropriés, puis sur son cou blanc où palpitait une veine… Il sut alors qu'il était perdu, car il désirait ces épousailles. Que Dieu lui pardonne ! Il avait envie de cette femme.

— Je prendrai le risque ! lâcha-t-il en claquant la porte.

9

D'une épine fleurie
Au fond d'un jardinet,
Mathieu et la Florie
Se faisaient un bouquet

Et autre chose itou,
Que je n'ose dire, dire, dire…
Et autre chose itou,
Je ne dirai meshuy[1] *tout*[2] *!*

Lorsque le joyeux cortège des noceurs parvint devant sa porte, Aelfgyva fut troublée par les plaisanteries grivoises ricochant contre le battant… qui s'ouvrit sur un Aimery à l'expression presque aussi noire que tantôt, alors qu'il s'apprêtait à occire un homme de Dieu sans autre forme de procès. Elle ne put s'empêcher d'en ressentir un cruel pincement au cœur. Avait-il si peu envie de la prendre pour épouse que partager sa couche lui semblât une si rude épreuve ?

C'était un rien humiliant.

1. Aujourd'hui.

2. Chanson grivoise de la fin du xve siècle, aux origines probablement plus anciennes.

— Allons, les mignons ! Sous la couverture, et prestement !

— Eustache, gronda le sire de Thouars, ne plaisantant qu'à moitié. Je te prierais de ne point franchir les bornes...

— Et ta jouvencelle ? Elle va déposer sa vêture toute seule, peut-être ?

— Cela n'est point de ton ressort. Et maintenant, vous allez vous ôter de ma vue.

— Ah, mais ! gouailla un autre luron. Il faut des témoins, messire !

— La couche ! La couche !

— Eustache, si tu veux te gaver les prunelles, ce ne sera point à mes dépens.

— Mais...

— Va donques caguer dans les orties !

— N'aie crainte, Aimery, ce n'est point ta pendeloche qui nous intéresse ! Aie d'ailleurs la bonté de ne point nous la montrer : garde-la pour ton épouse !

— Sur la couche, les époux !

Aimery poussa un soupir résigné. Ce qu'il fit ensuite, cependant, plut beaucoup à Aelfgyva : il claqua la porte au nez des seigneurs aussi ivres de vin que de joie et frappa une série de coups sur le battant.

— Il suffit ! Allez beuvailler[1] ailleurs ! Par ma foi, ajouta-t-il à voix plus basse, assez pour une soirée...

— Je suis bien d'accord avec vous.

Il se tourna, surpris, comme s'il avait oublié sa présence. Repoussant sa nervosité, Aelfgyva sourit faiblement. Son regard erra un instant sur les épaules larges de son époux, son ceinturon ajusté à sa taille svelte, la peau hâlée de ses mains aux ongles nets.

Elle frissonna d'anticipation.

1. Boire en quantité, comme à la taverne.

De peur, un peu.

Mais aussi d'intérêt en train de s'éveiller : comment serait-ce, d'appartenir à un homme ? Même cet homme-là, tout impressionnant fût-il ? Elle n'avait point oublié son accès de fureur, avec le clerc… Pour la sauver, certes. Cependant, le seigneur de Thouars s'était montré fort redoutable… Porteur d'une fureur plus divine qu'humaine, un éclat de mortaille dans les yeux.

Pourtant… ce frisson la reprit, et n'y restait nulle trace de crainte. Avec l'attente, les craintes d'Aelfgyva s'étaient attiédies, ne laissant que cendres de ses inquiétudes de jouvencelle et braises de curiosité attisées par tout ce qu'elle avait ouï dire de la chose.

— Messire ? finit-elle par articuler devant un Aimery figé sur place.

— Oïl[1], ma dame ?

— Allez-vous bien ?

— Certes.

— Ah.

Voilà qui ne l'aidait en aucune manière… S'il restait là, immobile, plus silencieux et morne qu'un tombeau, cette affaire n'allait point beaucoup avancer ! Aelfgyva, pour sa part, ignorait ce qu'elle devait faire… En fait, personne ne lui avait dit qu'elle devait faire quelque chose de particulier à part laisser son époux agir à sa guise avec son corps.

Au bout d'un instant de silence fort gênant, elle insista ; non sans embarras.

— Alors… messire, m'entendez-vous ?

— Si fait.

— Ne devrions-nous point… euh… faire quelque chose ?

— Oh !

— Ou bien…

1. « Oui » dans le nord de la France.

— Par ma foi, nous allons... faire quelque chose. En vérité. Point de broche à viande ?

Le cœur d'Aelfgyva se mit à battre si fort qu'elle en eut le tournis. Elle dut prendre une longue inspiration avant de répondre, d'une voix bien moins assurée qu'elle l'escomptait.

— Point, messire. Il serait malséant que je transperce la peau de mon époux le soir de nos épousailles.

— Ne craignez-vous point...

Il poussa un nouveau soupir puis détourna le regard, cherchant ses mots.

— Ne me craignez-vous point ?

— Nenni, messire. Vous êtes mon époux désormais. Je me plierai à vos exigences, quelles qu'elles soient.

Il cligna des paupières, fronça les sourcils. Manifestement dérouté par ses propos, Aelfgyva en était consciente. Il s'attendait donc à ce qu'elle se défende de lui ? Une frayeur la reprit tandis qu'elle s'interrogeait sur ce qui l'attendait, au juste...

De l'autre côté de la porte, les chanteurs entamèrent un couplet des plus licencieux qui lui fit venir le rouge aux joues.

Il la prend, il la b...
La jette sur le gazon,
Et puis tout à son aise
Il lui prend le menton

Et autre chose itou,
Que je n'ose dire, dire, dire...
Et autre chose itou,
Je ne dirai meshuy tout !

Aelfgyva se tourna vers la croisée aux tentures tirées. Son cœur cognait contre ses côtes, comme pour s'enfuir loin de cette chambrine assaillie par une compagnie aussi ivre que portée sur le lyrisme romantique ! Pour s'enfuir sur les côtes saxonnes, si sauvages, assaillies par l'écume et les souvenirs de pillages danois. Loin vers un monastère niché au creux d'une courbe marécageuse de la Wylye...

Elle se reprit aussitôt.

Rien ne valait de retourner derrière ces murs gris, ces colonnes ternes, sous ce ciel de plomb enfermé dans le carcan d'une lucarne ! Mieux valait encore affronter son destin de femme. Et puis, elle n'était point la première femme à prendre époux ! Elle survivrait bien à cette nuitée. Du moins, il fallait l'espérer ; il lui vint à l'esprit que les précédentes épouses de son mari avaient vécu au moins assez longtemps pour concevoir un enfançon en leur sein...

Elle sentit Aimery de Thouars s'approcher, derrière elle, aussi silencieux qu'une ombre, ou qu'un gros chat parti en chasse. Aussi calme et assuré. Alors qu'elle avait redouté une brutalité de guerrier, il se montrait d'une douceur de prédateur.

Il ne parla point.

La chaleur de sa main se diffusa bientôt dans l'épaule d'Aelfgyva, sans qu'il ose entrer en contact avec elle pour autant... Sans cesse, sa main s'approchait pour mieux reculer. Il essayait de la toucher sans y parvenir.

Par la Sainte Vierge ! Suis-je si repoussante ?

Haussant le menton, elle pivota brusquement pour se planter devant son époux, bras croisés. Sa réserve la blessa dans son orgueil, même si elle n'en montra rien.

— Ils ne partiront donques point ? demanda-t-elle en désignant la porte de la tête.

— Nenni. Ils attendront d'entendre... ce qu'ils veulent entendre. Pour être sûrs que les épousailles sont... enfin...

— Consommées ?

Le vicomte hocha la tête sans bouger d'un pouce, si près d'elle qu'Aelfgyva devait lever la tête pour harponner son regard.

Enveloppée de sa chaleur, de son odeur de pain chaud et de vin, elle sentit vaciller la maigre confiance en elle qu'elle arborait tantôt aussi fièrement qu'un gonfanon[1]...

Et puis, il pinça les lèvres en masquant son regard sous un froncement de sourcils fort léonin, tout comme tant de choses chez lui. Il n'en fallait guère plus pour blesser Aelfgyva encore davantage, lui rappeler sa propre insignifiance, à laquelle elle devait de n'avoir jamais attiré la tendresse maternelle, d'avoir été enfermée au couvent pour y sombrer dans l'oubli, puis finalement emportée en Normandie pour y être livrée à un inconnu, un inconnu qui ne voulait même pas d'elle, qui détournait le regard de sa personne inintéressante et insipide...

Enfin, Thouars poussa un soupir tenant presque du grondement, puis il lui saisit le coude.

— Venez, qu'on en finisse !

Comment ? Ainsi, sans discussion, sans... Sans rien du tout ?

Interdite, Aelfgyva le suivit jusqu'à sa couche – *leur* couche – et s'enjoignit de ne point bouger tandis qu'Aimery, front plissé et moue agacée, lui ôtait peu à peu sa cotte, son bliaud, sa chemise... Aelfgyva avait pris soin d'ôter la clé au bout de son ruban. Les gestes de son époux n'étaient point doux. Son regard l'était davantage, toutefois il ne cessait de fuir le sien.

Avait-il honte ? D'elle, de lui ?

Était-il en colère ?

Le sire de Thouars se hâtait, certes, mais sans paraître la désirer. Il semblait accomplir là une besogne pénible mais nécessaire, guère plus !

Aelfgyva ne comprenait pas, s'effraya soudain de ce silence pesant qui faisait contrepoids aux railleries et aux chansons, toujours plus égrillardes, qui traversaient la porte. Ce tumulte lointain, ce mutisme tout proche, ainsi que la posture du sire

1. Étendard de combat.

de Thouars, qui semblait aussi guilleret qu'un condamné à la potence... Tout cela formait en elle comme un vitrail insolite aux angles trop aigus, aux couleurs mal assorties, tantôt fanées et poussiéreuses, tantôt plus vives qu'un rayon de soleil en plein midi, de ceux qui éblouissent puis restent cachés sous les paupières...

Tout cela affola Aelfgyva.

Elle aurait voulu parler, dire sa peur. Peut-être ses regrets. Mais sa voix se raccrochait désespérément à sa gorge et refusait de sortir.

Alors, elle laissa ses mains parler pour elle.

Elles découvrirent. Coururent sur le bliaud qui, bientôt, s'effondra à terre tel un animal blessé. Les froissements de tissu remplacèrent les paroles, emplissant l'espace de la chambrine... Ils finirent même par occulter les joyeux convives qui continuaient à s'amuser derrière la porte.

Aelfgyva sourit, perdue dans ses pensées.

À tant vociférer, ils ne risquent point d'entendre quoi que ce soit.

L'air froid sur ses cuisses, qui tendit bientôt ses mamelons exposés, la ramena au présent et à son époux nu jusqu'à la taille qui la dévorait des yeux, toujours mutique mais nettement plus attentif. Elle décela même une rougeur sous sa barbe hirsute... Serait-il enfin un peu troublé – même juste un peu ?

Aelfgyva aurait aimé se couvrir mais n'osa point.

Alors, pour se soustraire au regard affamé du vicomte sans pour autant perdre la face, elle se plaqua étroitement contre lui ; là, bien à l'abri dans la chaleur de ses bras, le visage enfoui dans les poils de son torse, Aelfgyva respira à fond. Elle trouva un apaisement. C'était une étreinte maladroite, un peu rude, et l'espace d'un moment elle eut l'impression d'enlacer un fauve... Puis elle sentit les grandes mains de son époux parcourir les courbes de son dos, de ses hanches, et tout changea.

Thouars la serra contre lui, lui coupant presque la respiration.

Ses gestes se firent plus saccadés. Il marmonna quelque chose dans son cou, qu'il embrassa méticuleusement, avec un soin scrupuleux ; aussi sérieusement, sans doute, qu'il aurait suivi la messe.

Au moins, il ne se montre pas brutal !

Aelfgyva s'en trouva fort aise, appréciant à sa juste valeur cet instant incroyablement excitant. Son caractère aventureux s'enivrait de chaque découverte qui lui était permise, et elles n'étaient point fréquentes ; parmi elles, la découverte de l'amour suscitait un fol émoi en son cœur. Aelfgyva se sentait osciller au bord d'une révélation d'importance, prête à plonger dans un abîme inconnu aux profondeurs ensorcelantes...

Son époux, alors, s'écarta légèrement pour ôter ses braies, et Aelfgyva risqua un regard curieux vers le membre qui se dressait fièrement devant elle. Une douce chaleur l'envahit à cette vue. Sa bouche s'assécha, et son cœur battit plus vite. Plus fort.

Quitte à devoir épouser cet homme pour se libérer du couvent, elle voulait tout découvrir des mystères de l'amour ! Tout dévoiler, aussi sûrement qu'ils s'étaient eux-mêmes dévêtus.

Aimery l'attira à nouveau contre lui, lui procurant d'indicibles sensations du bout de ses doigts. Légers effleurements, timides, telles des ailes de papillon glissant sur ses reins, le creux de sa taille, les cotes de ses seins... Des caresses qui faisaient naître en Aelfgyva des sensations inédites, aussi violentes qu'un orage d'été et tout aussi destructrices. Déjà, sa pudeur était en lambeaux : elle désirait contempler encore ce corps d'homme si fort, si différent du sien par bien des aspects.

Il lui embrassa le bord de l'oreille tout en mignonnant[1] sa hanche, et elle chancela sur ses jambes.

— Messire...

— Souhaitez-vous que je cesse ?

1. Caresser délicatement.

— Nenni ! Encore, messire. Encore…

À leur tour, les mains d'Aelfgyva dansèrent sur les collines et les fossés de ce paysage nouveau pour elle, se perdirent dans les ombres, rejaillirent à la lumière, mues par une volonté propre.

Puis elles ralentirent. Elles caressèrent. Elles suivirent sur la peau d'Aimery de délicieux frissons, sitôt apparus, sitôt dissipés. Délectables preuves de son émoi d'homme.

Le monde vacilla, autour d'elle, et Aelfgyva se retrouva allongée sur la courtepointe, aussitôt recouverte par le corps délicieusement pesant d'Aimery de Thouars.

Peu à peu, elle perdit pied avec la réalité.

De doux baisers pleuvaient sur son corps tremblant, les mains de son mari s'aventuraient de plus en plus loin sur ses cuisses, la pétrissaient avec davantage de force, d'impatience.

Un genou remonta entre ses jambes, frôlant le secret de son intimité, et Aimery laissa échapper un grognement frustré en s'immobilisant durant un instant. Puis il reprit ses baisers, ses caresses, et Aelfgyva comprit.

Il tente de faire durer le moment… Il me désire ! Impossible de l'ignorer, à présent.

Elle bougea légèrement, sentit son époux se tendre contre elle.

— Cessez de vous agiter, grogna-t-il.

Cela lui donna une idée… Une idée de plus en plus séduisante.

Comment cela serait-il, de toucher ce membre qui semblait posséder à la fois la dureté de la pierre et la douceur de la soie ? Comment cela serait-il de le tenir dans sa main ? Son époux en concevrait-il de la douleur ? Certes pas, elle en était presque certaine.

La curiosité fut la plus forte et, une seconde plus tard, Aimery bondissait en poussant un croassement rauque. Aelfgyva eut à peine le temps d'éprouver le velouté de la peau, le poids dans sa paume, que déjà l'objet de son intérêt lui était ôté avec fougue…

— Que faites-vous ?

— Oh ! pardonnez-moi ! Vous ai-je fait mal ?

— Mais… Nenni, seulement…

— Alors pourquoi avoir bondi de la sorte ?

— Cessez donques ! trancha-t-il en éloignant sa main curieuse, déjà repartie en exploration. Je m'évertue à… rendre la chose agréable pour vous. Si vous ne cessez point… Cornes du diable ! Cessez, ou je ne réponds plus de rien.

Mortifiée, Aelfgyva sentit la vergogne revenir, sitôt remplacée par l'indignation. De quel droit cet étrange mari exigeait-il qu'elle reste sottement immobile ?

— Pour quelle raison, messire ?

— Comment ?

Il s'écarta, levant vers elle des yeux interrogateurs. Aelfgyva tâcha de restaurer son calme afin d'être capable de répondre posément. Elle déglutit, prit une profonde inspiration qui attira le regard de Thouars sur sa poitrine, puis se lança.

— Eh bien, messire, pour quelle raison devrais-je rester ainsi immobile ? Oh ! Pardonnez-moi, m'est avis que je comprends… Éprouvez-vous des difficultés à vous concentrer ?

— Des… Des difficultés à… Moi ?

— Eh bien ? Qu'ai-je dit qu'il ne fallait point ?

Les yeux d'Aimery s'emplirent de nuées orageuses. Il lui saisit une jambe, qu'il redressa d'une main preste.

— Je vais vous montrer si j'éprouve la moindre difficulté que ce soit. Vous avez ma permission pour bouger… si toutefois vous le pouvez encore.

Son autre main se glissa entre ses jambes, droit sur le point le plus sensible de son anatomie.

Aelfgyva crispa les poings dans la courtepointe.

Seigneur tout-puissant !

Les doigts d'Aimery décrivaient de lents cercles sur son bouton caché, propulsant des ondes brûlantes dans tout son corps. Des ondes de plus en plus puissantes… Aelfgyva ignorait même qu'il fût possible de ressentir le sens du toucher avec une telle intensité !

C'était incroyable.

Parfaitement sublime.

Divin !

Aelfgyva se mordit la lèvre tout en se morigénant – de façon fort fugace, il est vrai – tant elle ne souhaitait point blasphémer en un pareil moment de félicité.

Pantelante, elle demanda à ralentir, ce qui lui valut un sourire arrogant.

— Pour quelle raison ? lui retourna son mari avec un insolent à-propos.

— Je... Je ne puis plus... Messire, pitié !

— Nenni. Je veux vous entendre crier de plaisir. Voilà qui donnera du grain à moudre à nos témoins !

Il remplaça sa main par sa bouche.

Aelfgyva cria, en effet, ce qui déclencha des cascades de rires dans le couloir ; les bruits alentour s'éloignèrent rapidement, cependant, ainsi que ses pensées. Seules restaient les sensations.

Souffle laborieux et chaleur intense...

Battements de cœur douloureux et volupté des sens.

Une immense pulsation la secouait tout entière, de son ventre jusqu'à sa tête... Son sang paraissait s'être mis à bouillir, elle ne pouvait plus empêcher ses membres de tressauter, son dos de se tordre.

Cela ne pouvait point durer ! Si rien ne se passait, si rien ne venait éteindre cet incendie, Aelfgyva sut avec certitude qu'elle allait devenir folle. Alors qu'elle se tortillait sur la couche sous les assauts d'Aimery, qui semblait déterminé à ne point céder avant qu'elle ait sombré dans la folie, elle le sentit revenir vers son visage, qu'il embrassa avec fougue – partout, sauf sur les lèvres, nota-t-elle étrangement alors que toutes ses pensées se réduisaient à un tas de poussière éparpillé par le vent.

Puis, il y eut une impression d'invasion ; une douleur intense qui fleurit dans ses entrailles avant de se faner bien vite... Et un vertige. Aelfgyva se sentit emportée par un tourbillon, entraînée dans une danse frénétique au rythme immémorial.

Des vagues extatiques lui embrassèrent les orteils, remontèrent lentement pour se concentrer sur l'union de leurs deux corps.

Aelfgyva entendit des sons étranges, moitié plaintes moitié gémissements. En un sursaut de lucidité, ils lui semblèrent naître de sa propre gorge.

En elle, un serpent mystérieux s'enroula lentement autour de son ventre, dans une délicieuse torsion qui se fit exigeante. Aelfgyva ignorait de quoi il s'agissait, en revanche elle ne désirait qu'une seule chose : atteindre cet état de félicité qui semblait lui être promis. Libérer ce serpent inconnu, savourer son baiser de feu jusqu'à ne plus ressentir qu'une bienvenue combustion de ce corps délivré de toute bride, de toute entrave, et...

Soudain, tout s'arrêta.

Aelfgyva avait le tournis. Il lui fallut un instant pour s'apercevoir du froid qui l'avait envahie... Et pour cause : Aimery n'était plus là, sur elle, autour d'elle, en elle, mais assis sur le bord du lit, lui tournant le dos. Nue, vulnérable, elle reposait sur la courtepointe froissée de leurs ébats.

Elle se redressa, en appui sur ses coudes. Son cœur se calma lentement, elle retrouva l'usage de ses membres – et de sa langue.

— Messire ? souffla-t-elle.

Mais Thouars ne répondit pas. Il se crispa, tête rentrée dans les épaules, puis se leva d'un bond pour remettre ses vêtements.

— Messire ? Que se passe-t-il ?

Perplexe, Aelfgyva le regarda se rhabiller comme s'il avait le Malin à ses trousses. Le changement en lui était spectaculaire... Mâchoire serrée, sourcils froncés, il paraissait empli de fureur.

— Qu'ai-je fait ? murmura Aelfgyva, davantage pour elle-même que pour lui.

Il ouvrit la bouche pour répondre. Elle ne voyait que son profil, qui se découpait sur les tentures sombres de la croisée. Puis il secoua la tête et quitta la chambrine en claquant la porte.

Frissonnante, Aelfgyva se glissa sous la couverture. Elle avait beau ne rien connoître à l'affaire personnellement, ne rien savoir des détails, elle devinait sans peine que ce qui se passait n'était guère normal. Un époux ne quittait point la chambrine aussi vite après... après...

Après quoi, au juste ?

Aelfgyva soupira dans son oreiller. Les épousailles étaient-elles consommées ? Elle aurait parié que ce n'était point terminé, quand son époux s'était enfui tel un lièvre affolé.

« Jour d'épousailles vaut semailles »...

Mais y avait-il eu semailles ?

Elle s'endormit le cœur aussi lourd que son corps dépité, et ne s'éveilla le lendemain que pour apprendre d'Adélaïde une nouvelle qui causa son désarroi.

Son époux, Aimery de Thouars de Barbastro, venait de partir avec le duc, le comte de Wessex et une douzaine d'autres chevaliers, pour une expédition en terres de Bretagne qui lui prendrait plusieurs semaines.

Elle n'eut d'autre choix, alors, que de prendre sa place auprès de la duchesse Mathilde. Les questions, néanmoins, tournoyaient dans son esprit tourmenté.

Mon époux ne veut point de moi. J'ai commis une erreur, indubitablement, au cours de cette nuitée d'épousailles... Mais laquelle ?

Il faudrait qu'elle demande conseil : Adélaïde lui donnerait peut-être une réponse acceptable... Alors, elle comprendrait et pourrait agir en conséquence.

En attendant, Aelfgyva s'appliqua à devenir une parfaite épouse de seigneur francien, tout en s'efforçant de tenir la bride serrée à son imagination débordante... Imagination qui lui envoyait, nuitamment, de suffocants cauchemars dans lesquels les spectres des défuntes épouses de sire Aimery venaient la mettre en garde contre le croque-mitaine à qui elle appartenait, désormais.

10

Palais de Caen,
18 novembre de l'an de grâce 1064.

— Enfin ! Après tant de mauvais jours à cheval, qu'il est doux de retrouver sa tendre mie !

Revêtu de pied en cap d'une épaisse broigne de triangles de cuir cloutés, le duc Guillaume sauta à bas de Vaillant pour serrer dame Mathilde contre lui sous les rires de ses hommes. Ils échangèrent ensuite un baiser gourmand, confirmant la force du lien qui les unissait.

— Ripailles pour ce soir ! hurla Guillaume à la cantonade, aussitôt acclamé.

Il s'éloigna en compagnie de la duchesse, leur différence de taille aussi comique que leur amour était manifeste.

Pour sa part, Aimery n'était point du tout pressé de revoir sa mie. Il retrouva pourtant les murs du castel de Caen avec soulagement. Le son de la corne du guetteur lui mit du baume au cœur : enfin, il ne serait plus obligé de supporter les railleries de ses camarades sur sa prétendue heureuse épousée qui l'attendait impatiemment sur leur couche !

Si elle m'attend, elle en sera pour ses frais.

Car Aimery ne nourrissait nulle intention de courir auprès

d'elle tel un chien bien dressé. Que nenni ! Son objectif était même tout l'inverse. Il n'avait point du tout le cœur à la frivolité !

Lorsque Conquérant, son destrier favori avec lequel il avait bastaillé dans les coteaux arides d'Hispanie, s'engagea sous la porte aux dragons, Aimery se roidit.

Il jeta un regard inquiet aux fenêtres du logis.

Elle était là, quelque part… Il allait devoir lui faire face à nouveau, lui parler peut-être. Il lui semblait qu'un démon lui fouaillait les entrailles à coups de fer rouge… Malgré tout, sa conscience ne cessait de le tourmenter.

Elle doit m'en vouloir.

En plus de son attitude offensante, Aimery l'avait abandonnée au bord de la jouissance sans lui accorder l'apaisement. Il n'avait point prémédité pareille insolence, certes non ! Seulement, il avait tant perdu ses moyens qu'il avait presque été trop tard pour se retirer à temps ; ensuite, pris d'effroi, et ne pouvant point retourner auprès de son épouse sans poursuivre leurs jeux amoureux, il n'avait rien trouvé de mieux que…

De fuir.

Non ! Ce n'était rien de plus qu'une mise à distance de l'ennemi pour mieux étudier la situation… En aucune façon une fuite. Il n'y avait là rien d'infamant, pas plus que pour leur mission qui s'était éternisée dans les marais de Bretagne !

Il grimaça en mettant pied à terre.

— Prends garde, toi ! tonna-t-il sur un escuyer maladroit qui venait de se heurter à Conquérant.

— Pardon, messire…

— Regarde où tu mets les pieds, ça vaudra mieux. Que les marais bretons te servent de leçon !

Cette expédition bretonne, motivée au départ par la nécessité de remettre un vassal de Guillaume au pas tout en éprouvant la fidélité d'Harold Godwinson, avait prestement tourné à la mésaventure.

Oh ! certes ! Le duc de Bretagne, Conan le Deuxième, avait fini par s'incliner… Après trois assauts, sur Dol, Rennes, et Dinan dont il avait remis les clés à Guillaume de Normandie.

Seulement, l'expédition avait été semée d'embûches plus ou moins sévères, qui allaient des sempiternelles moqueries d'Eustache jusqu'à un enlisement dans les sables mouvants en traversant le Couesnon, près du Mont-Saint-Michel-au-péril-de-la-mer[1]. L'un d'eux, Raoul, était un homme d'Aimery… L'affaire eût pu être fatale pour deux soldats si Godwinson, démontrant une hardiesse remarquable, n'eût plongé pour les sauver en portant même le second sur son dos.

Un acte qui avait fait d'Aimery le débiteur d'Harold, et favorablement impressionné toute la troupe – sauf Eustache, qui ne cessait de jeter des regards noirs au Saxon à l'oreille unique sans rien dire, ce qui, pour lui, était signe de mauvaise humeur.

Aimery revint au présent, tendit ses rênes.

— Jehanounet !

— Oui, messire ?

— Occupe-toi de mon destrier. Ensuite, tu mèneras Fendeur à ma chambrine et, au passage, tu manderas pour moi un baquet d'eau chaude.

L'escuyer s'inclina avant de partir en courant, aussitôt remplacé aux côtés d'Aimery par la face couturée du maître d'armes.

— Messire ? Nos hommes s'impatientent. Combien de temps resterons-nous à Caen avant de rentrer chez nous ?

« Chez nous ». À Thouars ! L'évocation de son cher castel éloigna un instant ses sombres pensées, comme le soleil perçant les nuages après un orage d'été.

— Dès que possible, mon bon Bernabèu ! Je te dirai cela dès que j'aurai parlementé avec le duc.

1. Nom médiéval du Mont-Saint-Michel.

Une bonne nouvelle attendait Aimery : son épouse ne se trouvait point céans. Seule la duchesse Mathilde était restée à Caen attendre le retour de son époux bien-aimé tandis que sa cour, la Saxonne y comprise, devançait tout le monde à Bayeux.

— Pourquoi Bayeux ? demanda-t-il à Bernabèu, qui lui contait ce qu'il venait d'apprendre devant l'âtre froid de sa chambrine.

Il essuya son visage avec un carré de lin prévu à cet effet, sans quitter des yeux le maître d'armes.

— Eh bien ?

— Le duc veut nous y mener tous. Pour une cérémonie, dit-on.

— Quel genre ?

L'homme haussa ses épaules trapues.

— Elle est tenue secrète.

— Plaît-il ?

— Je ne sais rien de plus, messire.

— Or ça, Bernabèu, il va bien falloir que je récupère ma femme pour la convoyer à Thouars ! Quand bien même je préférerais m'estropier une jambe, marmonna-t-il dans sa barbe.

Mais le Pyrénéen était déjà reparti sur un bref salut, laissant son maître seul avec ses tristes pensées. Il s'assit près de l'âtre, Fendeur venant aussitôt lui quémander des caresses qu'il distribua songeusement.

Cette Saxonne est dangereuse : mieux vaut la garder loin de moi.

Après son départ précipité, presque trois lunes plus tôt, Aimery avait ressassé maintes fois le malheur qui avait failli advenir par la faute de cette sotte jouvencelle... Ses intentions pour leurs épousailles étaient alors fort simples : consommer leur union sans délai, sans atermoiements et sans circonvolutions d'aucune sorte, faire ce qu'il fallait pour ne point risquer d'engendrer, puis retrouver sa propre chambrine et les affectueuses effusions de Fendeur avec le sentiment du devoir accompli. Tout simplement ! Ainsi, les épousailles seraient consommées, le duc Guillaume satisfait, et Aimery n'aurait oncques à partager la couche de la Saxonne.

Il avait fallu que cette dévergoigneuse échauffe son sang !

Aimery n'aurait jamais imaginé qu'une innocente jeune épousée puisse l'empoigner de façon si cavalière, encore moins opposer à sa froide détermination une si enivrante candeur... Aimery était parvenu à conserver son sang-froid devant son corps bien tourné, mais ses gigotements avaient eu raison de lui.

Par les enfers ! Une seconde de plus et c'en était fait de moi...

Une seconde de plus et il n'aurait pu se retirer à temps pour éviter d'enfanter. Une seconde de plus... et il aurait renoncé à toutes ses belles résolutions, il le savait. Il l'aurait aimée jusqu'au bout. Pour la première fois depuis des années, il avait apprécié les caresses prodiguées à une femme ! Il y avait tiré un plaisir intense dont le souvenir s'estompait déjà dans sa mémoire... Et il avait eu envie de tout prendre de ce qu'on lui offrait.

C'est là qu'il avait saisi l'ampleur du danger : cette maudite femme pouvait causer sa perte ! Car Aimery avait déjà transgressé un serment en reprenant femme, il ne pouvait se permettre d'en fouler un autre aux pieds en tuant à nouveau son épouse. Or, chaque fois que l'une de ses femmes avait porté enfant, il les avait perdus l'une et l'autre.

Trois femmes.

Trois enfants.

Tous avaient rendu leur dernier souffle par sa faute, certains avant même d'avoir inspiré le premier. Conseillers et sages-femmes lui avaient maintes fois répété que c'était là chose naturelle, que parfois la future mère ne survivait pas à la naissance, et parfois l'enfant non plus, et parfois...

Cela faisait beaucoup de « parfois ». Six victimes, c'était bien assez ! Inutile d'y ajouter encore cette sotte de Saxonne à la langue bien pendue et aux mains fort audacieuses.

Il les avait tous occis ! Tous les six. Car, s'il n'avait partagé la couche de ses damoiselles, elles n'auraient point porté ses fruits et n'auraient point trouvé mortaille en les mettant au monde...

Des visions cauchemardesques de sang et d'entrailles se superposèrent dans son esprit aux visages de ses femmes trépassées, des nourrissons tirés sans vie de leur sein ou bien roides dans leur berceau, puis au front blanc et aux grands yeux de sa nouvelle épouse, la Saxonne...

Assez !

Aimery se leva d'un bond.

Il s'approcha de la malle qu'il avait laissée à Caen durant son absence afin de vérifier rapidement que tous ses manuscrits s'y trouvaient encore. Rassuré sur ce point, il saisit un parchemin usagé, déjà gratté une paire de fois, et sortit d'une besace son nécessaire à écriture.

S'adresser au prince Tariq, même à des lieues de lui et par message interposé, lui apporterait sans doute la paix de l'esprit, à défaut de celle de l'âme.

11

Bayeux,
25 novembre de l'an de grâce 1064.

— Dorénavant, j'aimerais être avertie de l'heure à laquelle on me monte de l'eau chaude.

Adélaïde s'inclina respectueusement, mais son regard demeurait aussi froid qu'une pierre au clair de lune. Cela agaça Aelfgyva, qui enfila ses socques d'un geste brusque.

— Et cette servante n'avait point à essayer d'ôter ce ruban de mon cou ! Elle n'a récolté que le fruit de son outrecuidance. Tu en parleras à la duchesse Mathilde en ces termes, dès son retour !

— Je le ferai, maîtresse. Elle sera bien marrie de vous trouver offensée par l'une de ses domestiques.

Ce qui contrariait surtout Aelfgyva, c'était d'avoir été surprise par Adélaïde en train d'arranger sa cassette sous ses vêtements afin de la mieux dissimuler, puis d'avoir dû s'accrocher à la clé pendue à son cou telle une cuisinière à celle du garde-manger.

Ces Normandes étaient-elles donc butées ! Ne pouvaient-elles entendre qu'une damoiselle nourrisse des secrets ? Qu'elle possède des biens propres, dont l'usage lui soit réservé ?

Si elle avait commencé par se sentir soulagée du départ impromptu de son époux, Aelfgyva avait éprouvé bien des difficultés à s'habituer à la cour de la duchesse Mathilde, où nul ne pouvait rien soustraire aux yeux et aux oreilles indiscrètes, qui étaient légion dans les larges couloirs du palais. Elle n'était parvenue à sauvegarder son bien clandestin qu'au prix de ruses et de mensonges.

Soupirant, elle balaya l'air de la main.

— L'histoire est dite, n'en parlons plus. Or i allons ! J'ai grand hâte de retrouver mon père.

— Oui, maîtresse.

À peine avait-elle fermé son long mantel qu'une cavalcade éclata au-dehors, assortie des criements retentissants typiques d'hommes au retour de guerre ou de chasse. Aelfgyva sentit son souffle se bloquer dans sa poitrine...

Son mari était de retour.

Il était bien là.

Là, avec les autres grands seigneurs, au premier rang de la cérémonie tenue en la cathédrale Notre-Dame de Bayeux. N'était-il point, désormais, le gendre d'Harold Godwinson, le grand homme du jour ?

Aelfgyva n'avait point encore aperçu son père mais, à l'évidence, cela ne saurait tarder : il serait le centre de l'attention. Les bruits qui couraient depuis la veille voulaient que le duc Guillaume s'apprête à sceller le rapprochement de la Normandie et de l'Angleterre, en témoignant de son affection et de son respect pour le comte de Wessex.

Mais tout cela ne représentait rien pour Aelfgyva.

Car, ensuite, son père partirait rejoindre les rives anglaises ; quant à elle, son sort serait à jamais lié à celui d'un époux indifférent, qui la jetait aux oubliettes sitôt après les épousailles !

— Par ici, maîtresse.

Derrière elle, Adélaïde crut qu'elle ne savait où diriger ses pas et lui indiqua le premier rang de l'audience.

— Je n'ai point besoin de ton aide, se rebiffa la jeune femme, encore irritée contre elle et aussi un peu nerveuse.

Avait-elle aperçu la cassette ? Point, sans doute. Il fallait l'espérer. En tout cas, Adélaïde avait vu la clé autour de son cou.

N'y songe plus ! Il y a plus urgent.

Aelfgyva tremblait de rage et de peur mêlées, car elle savait qu'elle devait à présent se rendre près d'Aimery afin de se montrer au côté de son mari, fidèle et modeste, sage et pudique... Une parfaite épouse. Même si, dans le secret de son cœur, Aelfgyva vouait le sire de Thouars aux gémonies !

Comment avait-il pu s'enfuir au beau milieu de leur nuitée d'épousailles, comme si le Malin avait mis le feu à la couche ? Au fil des semaines et des mois sans lui, elle avait eu le temps de réfléchir, pauvre épouse sitôt délaissée... Et sa conclusion tenait en peu de mots : si elle avait fait quelque chose de mal, il devait simplement le lui dire et ne point se sauver tel un lièvre débusqué par les chiens. Son attitude avait été indigne d'un noble seigneur ; et elle comptait bien le lui faire comprendre.

Voilà, il était là, devant elle.

Elle ne le regarda point ; elle le salua respectueusement, sans toutefois poser les yeux sur son visage. De lui, elle ne vit qu'une silhouette imposante, toujours couronnée de cheveux hirsutes, bien campée sur ses jambes et qui se roidit ostensiblement lorsqu'elle prit place à son côté.

Il la salua du bout des lèvres – de mauvaise grâce, de toute évidence. Elle ne lui rendit point la pareille.

— Nous convoierons pour Thouars dès après la cérémonie, ma dame, grogna Aimery de façon fort discourtoise, et avec une telle discrétion que tout le premier rang gloussa.

Aelfgyva hocha la tête. Toujours raide comme une statue de pierre.

— Vos affaires sont-elles en ordre ? Sinon, envoyez votre servante tout préparer. Je n'ai guère envie de m'attarder.

Encore une fois, Aelfgyva se contenta d'un bref acquiescement. Ce qui eut l'heur, visiblement, de faire enfler le courroux d'Aimery.

— Eh bien ! Vous a-t-on coupé la langue ?

Aelfgyva sursauta de frayeur. Son mari avait vraiment une voix bourrue, lorsqu'il haussait le ton... Pourtant, le cœur battant une marche guerrière, elle ne pouvait se résoudre à ouvrir la bouche de crainte qu'un flot de reproches n'en jaillisse, tout prêt à engloutir Aimery dans ses tourbillons sombres et trompeurs...

Elle se sentait au bord du point de rupture ; sauf qu'elle ne luttait point contre une féminine pâmoison, mais bien plutôt contre une envie de plus en plus vive de secouer Aimery comme un tapis afin d'obtenir de lui quelques excuses. Objectif fort peu réalisable, de toute évidence.

— Foutredieu ! jura celui-ci dans sa barbe, assez fort pour s'attirer des froncements de sourcils alentour. Vous allez me répondre, et sur-le-champ !

— Sinon quoi, messire ? Vous lancerez votre ost contre moi ?

— Vous me devez le respect !

Il l'avait saisie par le bras, et Aelfgyva sentit des larmes monter à ses yeux sous sa poigne puissante. Elle essaya de se libérer... en vain. La force de cet homme était bien supérieure à la sienne.

— Je ne vous permets point de me violenter devant tous ! siffla-t-elle sans cesser de se contorsionner.

— Préférez-vous que nous nous retirions, dans ce cas ?

— Nenni... Messire, vous me faites fort mal !

— Et vous, vous me déshonorez, lui glissa-t-il à l'oreille, tout bas cette fois. Avez-vous oublié ma promesse ? Si je ne puis vous faire confiance, je vous tiendrai recluse à Thouars. Vous ne verrez plus l'immensité du ciel, je le jure ! Je le ferai.

Un étau glacé se referma sur son cœur.

Enfermée ! Encore ? Non, elle ne le supporterait jamais.

Alors, Aelfgyva ravala douloureusement sa rancœur pour trouver les mots qui éloigneraient d'elle le tant redouté châtiment.

— Vous... Ce n'est pas nécessaire, messire... Je vous assure.

— Vraiment ? Alors, tenez votre rang et témoignez-moi le respect qui m'est dû.

Il la lâcha si rudement qu'elle vacilla un instant sur ses jambes. D'instinct, Aelfgyva serait bien repartie à l'assaut de ce rustre qui essayait de la dominer... mais pas ici. Pas devant tout le monde, sous peine de devenir la risée de toute la contrée.

Un éclair de compréhension passa entre eux.

Aelfgyva reconnut ensuite la main secourable d'Adélaïde, qui s'était rapprochée dans son dos.

— Avez-vous besoin d'aide, maîtresse ?

— Nenni. Va préparer mes affaires mais ne touche point aux cottes qui sont pliées. Je les rangerai moi-même.

— Bien, maîtresse.

Aimery considérait sa femme avec irritation. L'œil noir, mâchoire serrée. Il ne plaisantait point ! Il attendait véritablement d'elle qu'elle lui témoigne publiquement de l'attachement...

Allons ! Un effort, pour ta liberté.

Prenant une profonde inspiration, Aelfgyva se rapprocha d'un pas et inclina la tête devant lui.

— Pardonnez-moi, messire, murmura-t-elle avec peine, ravalant tels des cailloux les mots d'indignation qui lui montaient aux lèvres. Je suis bien aise de vous revoir et espère que vous fîtes bonne route.

J'aurais préféré que vous trépassiez dans ces maudits marais dont tout le monde parle !

— Mmmh.

L'expression d'Aimery s'adoucit – de fauve furieux, il devint simplement un jeune lion repu en quête d'un endroit où passer sa sieste.

Elle se détourna, furieuse. Ce n'était pas tant la douleur de cet affrontement qui la consumait, car malgré les accusations qu'elle lui avait jetées au visage il avait veillé à ne point la blesser, mais bien plutôt une ire sourde liée à l'humiliation qu'il lui avait infligée.

Pourtant, elle savait qu'il n'avait rien fait qu'un autre homme, saxon ou francien, aurait été en droit de faire avec son épouse... Aussi, lorsqu'il lui adressa à nouveau la parole, s'efforça-t-elle de ne point montrer ses fougueux sentiments. Mieux valait qu'il la pense timorée, soumise.

— J'ai fait bonne route.

— Bien ! Vous devez cependant être las ?

— Nenni ! Ces chevauchées ne sont rien comparées aux charges menées sous les remparts de Saragosse.

L'intérêt d'Aelfgyva s'éveilla soudain, et bien malgré elle.

— En Hispanie ?

— Si fait, murmura-t-il. On nous regarde : prenez mon bras.

— Oui, messire.

Elle n'aurait pas dû éprouver tant de gêne à enrouler sa main autour de ce bras tendu, ce bras qui l'avait tenue si fort en tenue d'Ève quelques lunes plus tôt... Et pourtant, Aelfgyva se sentit rougir lorsqu'il posa son autre main sur la sienne dans un geste possessif.

Il signifiait à tous qu'elle lui appartenait.

Et, étrangement, cela troubla Aelfgyva plus que de raison... Oubliée, sa colère ! Le contact de cette chair chaude et ferme, de ces doigts puissants emprisonnant les siens, lui faisait battre le cœur plus vite.

Elle se détourna vers les hérauts, qui venaient de souffler dans leurs instruments.

— Sa Grâce le duc de Normandie ! annonça le plus âgé. Monseigneur l'évêque de Bayeux, et le comte de Wessex.

Les trois personnages firent une entrée triomphale, puis marchèrent vers l'autel sous les louanges et les vivats de l'assemblée. Deux catafalques patientaient là, drapés de gueules[1] et de sinople[2]. Les reliques de saint Raven et de saint Rasiphe, ces anciens Saxons martyrisés huit siècles plus tôt ; tout le bourg en parlait, des dames aux lavandières, des sentinelles aux porchers. On avait sorti les saintes reliques de la cathédrale en vue de la cérémonie, comme si cela pouvait conférer un honneur plus grand encore à Harold Godwinson, héros du jour.

Aelfgyva risqua un regard vers l'auguste profil de son époux, qu'elle trouva à nouveau fort sombre. Comme si l'insouciant dialogue qu'ils venaient de partager n'avait point existé.

— Allez-vous bien, messire ?

Il la fit taire d'un regard.

— Que vous importe, ma dame ? Voyez donques votre père honoré par notre duc. Ensuite vous lui ferez vos adieux et nous partirons.

Aelfgyva se détourna, la gorge serrée. Plus que jamais consciente qu'elle devrait bientôt abandonner sa vie passée, qui ne serait plus qu'un souvenir à exhumer de sa mémoire les soirs d'hiver, quand elle serait seule et désemparée.

Elle ne prêta guère attention à la cérémonie qui se déroulait sous ses yeux. Elle préférait poser son regard sur les colonnes fraîchement peintes de motifs géométriques, sur les voûtes nouvellement arquées au-dessus du chœur et des nefs, sur les vitraux récemment posés. Elle s'imagina oiseau voletant dans cet immense volume, cherchant désespérément une issue vers le ciel pur...

La cathédrale avait été rebâtie voici quelques années après une attaque des Danois puis un incendie qui avait achevé de ravager les vestiges de l'ancien bâtiment. L'évêque Odon, le demi-frère du duc Guillaume, venait d'achever les réfections.

1. En héraldique, rouge.

2. Vert, même référence.

Aelfgyva songea avec amertume qu'elle en avait plus appris, ces dernières semaines, sur la politique et la marche du monde que sur la vie maritale...

Aimery lui pressa la main.

— Regardez.

Harold, devant l'autel, encadré par Odon et Guillaume, avait revêtu une broigne couverte d'anneaux de fer et un casque à nasal. Le duc de Normandie lui apposait symboliquement une main sur la tête.

Eh bien ? Essaye-t-il de l'adouber ? Par Dieu, mon père est déjà chevalier ! Il a juré allégeance au roi Confesseur.

Puis, elle comprit.

Guillaume étant reconnu comme le prochain roi d'Angleterre – telle était la teneur de la missive officielle apportée par Harold, elle le savait fort bien –, son père ne faisait là que confirmer à l'avance son futur serment de fidélité. Rien de plus.

Mais ce n'était point encore le paroxysme du spectacle, ainsi que le découvrit Aelfgyva. Une clameur ramena son attention sur le chœur de la cathédrale, où son père se tenait seul entre les deux châsses étincelantes d'or martelé. Les mains tendues devant les églises miniatures abritant les reliques sacrées, Harold parla haut et fort et chacune de ses paroles marqua le cœur d'Aelfgyva au fer rouge.

— Moi, Harold fils de Godwin, comte de Wessex par la grâce de Dieu, je jure de servir loyalement le duc Guillaume de Normandie ma vie durant. Contre lui, ni ma lame ni ma langue ne se tourneront point. Qu'il soit en danger et mon ost sera à lui. Qu'il soit blessé et il trouvera asile en mon foyer. Qu'il m'appelle et j'obéirai.

Aelfgyva sentit une larme rouler sur sa joue.

Elle aussi était liée aux Franciens par un serment, et non des moindres : un serment d'épousailles. Impossible à rompre. De plus, elle avait eu le choix et décidé d'accepter ces noces...

Elle n'avait point mesuré l'ampleur de son engagement avant ce moment précis, ce moment où son propre père se liait pour toujours au duc Guillaume, engageant son honneur et sa vie. Ainsi qu'elle l'avait fait en épousant le sire de Thouars !

Les parjures devant Dieu sont damnés.

L'énormité du bouleversement de sa vie lui apparut brutalement. Il ne s'agissait point d'une simple union, ce qui nécessiterait déjà une rupture de son quotidien, non... C'était plutôt un reniement. L'abandon de tout ce qu'elle connaissait, de tout ce qu'elle aimait ou détestait, du moindre de ses repères. Le renoncement à tout ce qui constituait sa vie.

Comme si cela ne suffisait point, Aimery se pencha sur son oreille, si près qu'elle sentit son souffle s'enrouler autour de son cou. Elle frissonna en se souvenant des délicieuses sensations qu'il lui avait fait découvrir nuitamment... Il y avait bien long temps, mais elles lui revinrent avec force comme s'il ne s'était pas écoulé plus de deux jours ! Ce mélange de peur, de détresse et de désir charnel possédait quelque chose d'enivrant – de terrifiant, aussi.

— Votre père est des nôtres, à présent. Vous aussi, vous le serez.

— N'est-ce point déjà le cas ? osa-t-elle en se tournant vers lui. Je suis votre épouse, messire.

— Je ne risque point de l'oublier...

— Moi non plus.

Il était si proche que ses lèvres se pincèrent juste à la hauteur de ses yeux. Aelfgyva eut toutes les peines du monde à ne point imaginer lesdites lèvres en train de l'embrasser à divers endroits, y compris le lieu le plus secret, le plus sensible de son corps... Un autre frisson la parcourut, et elle se mordit la lèvre pour se rappeler à l'ordre.

Que lui prenait-il, de se laisser aller à pareilles rêveries tout juste dignes d'une dévergoigneuse ?

Les yeux d'Aimery suivirent son mouvement, et elle le vit déglutir. Puis, il se recula et reprit une expression impassible.

— Votre nom est impossible à prononcer, ma dame. Puisque vous êtes dorénavant une des nôtres, il vous faut un nom francien. Un nom poitevin… Que mon épouse ne soit point traitée en étrangère.

Éberluée, Aelfgyva crut avoir mal saisi les propos de son époux.

— Plaît-il ? Vous ne suggérez tout de même point que…

— À partir de maintenant, vous aurez nom Emma. C'est simple, pratique, joli. Tout le monde connoît au moins une Emma, demandez à qui vous le souhaitez.

— Emma ?

— Si fait.

— Emma ? répéta la jeune femme, totalement sidérée par cette décision abusive qui la laissait comme assommée.

— Cela ne vous plaît-il point ?

— Mais… ce n'est point mon nom !

Aimery haussa un sourcil impérieux.

— Tel est votre nouveau nom. Votre nom d'épouse. Ainsi ai-je décidé, et ainsi en sera-t-il fait.

Il n'y avait plus à tergiverser… Toute discussion ne ferait que le mettre davantage en colère, Aelfgyva le sentait bien. Si elle souhaitait contester cette décision, cela ne devait pas avoir lieu en public.

Mais, après tout, ne lui fallait-il pas changer de vie ? Adopter un nouveau nom, ce n'était là qu'un détail. Au contraire, même : cela l'aiderait probablement en lui rappelant qu'une vie nouvelle commençait ! Elle pourrait peut-être tourner le dos plus aisément à ses jeunes années saxonnes…

Oui, tout est pour le mieux.

Elle se répéta cela encore et encore, jusqu'à s'imaginer en être convaincue.

Aelfgyva de Wessex n'était plus : elle devait devenir Emma de Thouars.

Cette fois, ce furent de véritables larmes de chagrin qui brouillèrent pour elle les acclamations de l'assemblée puis, plus tard, le départ des cavaliers saxons et la perte définitive de son identité.

12

Thouars,
décembre de l'an de grâce 1064.

Rien n'aurait pu véritablement préparer Aelfgyva au castel de Thouars. Il semblait être une contradiction à lui seul, un peu comme son seigneur...

Pour commencer, la forteresse était immense ! Aelfgyva – ou plutôt Emma, ainsi que tous l'appelaient désormais – avait pris ses quartiers depuis plusieurs jours et n'avait point encore exploré tout le logis seigneurial... En sus du poulailler et des quelques cochons de la cour basse, la cour haute possédait également un petit enclos où s'ébattaient des animaux étranges, ainsi que, près du pigeonnier, une volière pleine d'oiseaux encore plus étranges qui laissaient Emma émerveillée.

Le contraste était saisissant entre ces merveilles et le reste du castel. L'actuel vicomte avait récemment fait agrandir l'ancienne enceinte et remplacer les bâtiments de bois par des édifices de belle pierre. Néanmoins, malgré sa surface et la modernité de la construction, le logis de Thouars conservait un abord rustique et un plan labyrinthique qui semblaient remonter au roi Clovis.

Pierres froides, joncs épais au sol, lourdes portes, bougies de suif et cheminées qui tiraient mal, enfumant les hauts plafonds... Un véritable antre d'ogre. Ce n'était que corridors étroits et salles obscures, le plus souvent biscornues et tristeusement meublées d'objets hétéroclites. Des vieilleries, d'après le jugement sans appel d'Emma.

Et puis, le castel d'origine lui-même était vieux. Correctement entretenu et régulièrement agrandi de nouvelles ailes, de nouveaux étages… tout aussi farfelus que les précédents. Le cœur du castel, cependant, comprenait un donjon parcouru par plus de courants d'air que de serviteurs, ainsi qu'un bâtiment bas en bois sombre, vermoulu par endroits, que l'on disait aussi vieux que la colline depuis laquelle le domaine surplombait la course paisible du Thouet.

— La tour était bien plus haute, auparavant ! lui avait assuré Crespina, une servante entre deux âges aux joues rebondies, qui était venue s'ajouter à Adélaïde pour constituer sa suite personnelle. C'est le roi Pépin qui l'a détruite, dit-on. Dieu sait qui l'avait construite… On l'appelle la tour Magne[1]. Quoiqu'elle soit pas si grande que ça, maintenant qu'il en reste que le bas ! En tous les cas, messire Aimery tient beaucoup à la garder telle quelle.

Crespina était la seule des servantes qui adaptait son débit de paroles à la compréhension d'Emma, en plein apprentissage du poitevin. Une langue voisine du normand, mais dotée de particularités qui la laissaient parfois songeuse.

— Pour quelle raison ? s'était enquise la jeune fille, son éternelle curiosité piquée au vif.

— Comment saurais-je, maîtresse ? J'ai juste ouï dire, comme tous ici, que notre maître aime passer du temps dans ces pièces sombres. Il y réfléchit mieux, paraît-il. Mon avis, à moi, c'est qu'on profiterait mieux du soleil en faisant tomber tout ça ! Ça fait de l'ombre aux cuisines, et puis un jour ou l'autre ça tombera tout seul.

1. Grande tour.

Grande becnaude[1] devant l'Éternel, Crespina ne goûtait rien tant que colporter des ragots, toutefois elle demeurait muette sur le sujet qui consumait Emma de curiosité… Elle refusait de prononcer un seul mot sur les précédentes épouses d'Aimery.

Tout comme le reste du castel, Crespina semblait tout ignorer de ces femmes trépassées ! Ses lèvres demeuraient scellées, aussi sûrement qu'avec de la cire.

— Comment les épouses précédentes de messire Aimery ont-elles trouvé mortaille ? avait un jour demandé Emma, profitant d'un effet de surprise.

Crespina avait tant plissé les yeux que les rides à leurs extrémités s'étaient creusées tels de profonds sillons de printemps.

— Dame Emma, votre jugement est attendu en cuisines pour les plats qui seront servis pour la Fête des Fous. J'ai affirmé que vous diriez votre préférence avant demain, si cela vous agrée, car la cuisinière a besoin de savoir si elle doit utiliser des peneaux[2] séchés ou des moyeux[3] pour ses gastelets[4], et je pense aussi qu'elle attend votre approbation pour le choix des poulardes, gourmandées[5] ou non, et…

— Certes. Et quelles sont les préférences de messire mon époux ?

— Oh ! messire aime la bonne chère et les lècheries[6] ! Les plaisirs de la table sont pour lui fort importants.

— Et… qu'auraient choisi ses précédentes épouses ?

1. Bavarde.

2. Raisin blanc.

3. Prunes confites.

4. Petits gâteaux.

5. Lardées.

6. Gourmandises sucrées.

— Le soleil baisse, ma dame, il est temps de rejoindre votre chambrine, si cela vous agrée. Mon ouvrage m'attend, et je suis sûre qu'Adélaïde voudra bien m'apporter son aide sur ce point compliqué qui me tend des embûches depuis hier...

Elle s'éloigna tout en fatrouillant, laissant Emma se résoudre à la suivre d'un pas pesant.

C'était inutile. Nul ne lui apporterait la moindre information, de toute évidence ; alors, Emma avait changé de sujet. Non sans noter mentalement cette information supplémentaire au sujet de la gourmandise de son mari, toujours auréolé de mystère à ses yeux.

Ils se croisaient souvent, ne se parlaient guère. En tout cas, pas plus de quelques mots. Toujours respectueux. Aussi froids que la chambrine d'Emma, qui passait ses soirées devant son feu, serrée dans deux épaisseurs de laine. Adélaïde et Crespina bavardaient à ses côtés, généralement, et elle se contentait d'écouter leurs propos sans y réagir.

Sa chambrine exerçait aussi le principal attrait d'être meublée d'un coffre aux ferrures extravagantes, tout en courbes, de tabourets massifs aux pattes de lion, d'un lit fort haut et garni d'une dizaine de coussins aux motifs plus colorés les uns que les autres. L'un d'eux portait même des pompons.

Céans, l'imagination débordante d'Emma n'avait aucun mal à s'évader. Et heureusement, car elle ne disposait point de beaux divertissements pour songer à autre chose qu'à l'indifférence qu'on lui montrait partout, ou bien à son époux absent...

Aimery, en effet, n'avait jamais semblé vouloir partager à nouveau sa couche, ce qui plongeait la jeune femme dans des affres de questionnements sans fin. Si elle était honnête envers elle-même, Emma songeait qu'elle aurait aimé que cette première expérience dure un peu plus longtemps, ou au moins se renouvelle, afin d'y voir plus clair dans ses sentiments et ses pensées.

— Maîtresse ! Prenez garde !

Emma sursauta et évita de justesse l'étron canin dans lequel sa fine chaussure de cuir avait manqué s'écraser.

Elle se retourna, agacée. Pourquoi fallait-il que cette diablesse d'Adélaïde la suive partout où elle se rendait ? Même lorsqu'elle flânait sans but, comme en ce jour, du côté de la volière.

— Tu as manqué me faire mourir d'effroi !

— Pardonnez-moi, maîtresse, mais je souhaitais avant tout sauver vos sandales... Je n'avais aucune envie de passer ma soirée à les nettoyer.

— Au prix de ma mortaille ? Et puis, que fais-tu ici ?

— Je reste à vos ordres, maîtresse. Pour le cas où vous auriez besoin de moi.

Elle désigna l'étron du doigt, un sourire aux lèvres. Emma pouvait difficilement nier les bienfaits de sa présence, en fin de compte, alors elle haussa les épaules en reprenant son chemin d'un bon pas le long d'une clôture de branches entrelacées.

— Sans doute un cadeau du chien de mon époux... « Fendeur ». Je me demande ce que ce nom signifie ; il ne m'évoque rien d'autre qu'un apprenti bûcheron.

Elle fit quelques pas en direction de la volière avant d'attaquer sans préambule.

— Adélaïde, es-tu heureuse ici ?

— Je... Oui, bien sûr. Mais cela n'importe guère. Je suis ici pour vous servir, maîtresse...

— Et m'épargner de marcher dans des excréments, je sais, coupa Emma d'un ton désinvolte. Ce n'était point l'objet de ma question.

— Je...

Emma s'arrêta net, planta son regard dans celui de la jolie servante, qui fronça les sourcils.

— Écoute, je ne comprends pas pourquoi tu es ici. Pour quelle raison la duchesse Mathilde a-t-elle renoncé à tes services pour t'envoyer céans en ma compagnie ? Dis-moi la vérité, Adélaïde.

Cette dernière poussa un profond soupir, détailla les touffes d'herbe sur le bord du chemin, avant de capituler.

— Ce n'est point la duchesse qui m'a envoyée céans, maîtresse : c'est le duc.

— Le duc Guillaume en personne ?

— Si fait. Pour votre sécurité.

Emma se gaussa.

— Pour ma sécurité ? Te croit-il plus redoutable que les troupes de Thouars, pour veiller sur moi ? Je ne te vois guère en mercenaire, vêtue comme un homme, un poignard à la ceinture !

— Nenni, je ne suis point une mercenaire. Je suis une dame de compagnie rompue à tous les arts de la protection : je connais les chevaux, je puis vérifier si un harnachement est correctement fixé ; je monte la garde dans votre chambrine pendant votre bain ; je vérifie vos draps chaque soir ; et je puis déceler du poison dans n'importe quel plat ou boisson.

Interdite, Emma ouvrit des yeux aussi ronds que des meules de fromage.

— Toi, Adélaïde ?

La domestique haussa ses jolies épaules, visiblement offensée par la surprise de sa maîtresse.

— La duchesse Mathilde heurte bien des susceptibilités, en développant une cour de femmes aussi libres. Il y a bien des années que Sa Grâce le duc veille à sa sécurité.

Malgré tout, Emma ne comprenait goutte au besoin de veiller sur *elle*... Une pauvre Saxonne dont tout le monde se désintéressait, à commencer par son propre époux.

— Tu es donques ici pour me protéger ? Mais... de quoi ?

La jeune fille ne pouvait savoir, pour l'attentement[1] du clerc, à Rouen... Elle ne pouvait savoir ! Elle ne devait point savoir : nul ne devait soupçonner qu'il y avait eu une entrave, aussi maigre

1. Agression.

soit-elle, à ses épousailles avec le sire de Thouars. Ils en étaient convenus ainsi. Aimery s'était montré suffisamment clair à ce sujet : Emma entendait encore sa voix grave la mettre en garde.

« Si nous persistons à nous unir, rien ne devra rompre notre engagement. »

« Nous cacherons ce qui s'est passé, et n'en parlerons oncques ! »

Nerveuse, Emma serra ses mains jointes pour les empêcher de trembler.

— Eh bien ?

— Ma dame, commença Adélaïde, choisissant ses mots avec soin. Il y a certaines choses… certains périls qui vous menacent depuis Rouen.

Le sang d'Emma se glaça dans ses veines.

Adélaïde poursuivait sans se rendre compte de son trouble.

— Je vous rejoignais pour vous vêtir, je me trouvais dans le couloir lorsque… j'ai ouï ce qui s'est passé.

Souffle court, lèvres sèches, Emma trouva la force de hausser les épaules comme si elle n'était point prise au dépourvu.

— Vous savez donques que je ne suis point en faute.

— Bien sûr, maîtresse, s'empressa-t-elle de confirmer dans une révérence.

— Tu n'en parleras à nulle personne, en dehors de moi.

Le buste encore incliné, la servante leva les yeux vers elle.

— J'ai failli à ma charge… Je devais veiller sur vous. La duchesse s'est montrée fort mécontente de moi et m'aurait renvoyée, si…

— Attends ! As-tu tout conté à la duchesse Mathilde ?

Adélaïde ne répondit point, mais son beau visage empreint de culpabilité était suffisamment parlant.

Oh ! par la Sainte Croix !

— À qui d'autre en as-tu parlé ? siffla Emma avec empressement. Qui cela ? Parle !

— Je… Nulle autre personne, je le jure ! Seulement…

— Seulement quoi ?

— La duchesse n'a guère de secrets pour son époux et réciproquement. Tout le monde sait cela, en Normandie…

— Sainte Mère, gémit Emma en se détournant, ayez pitié de moi…

— Soyez rassurée, ma dame, ils ont décidé de garder le secret ! Pour ne point rompre les épousailles. Ce serait là grand malheur pour l'alliance avec votre père et le roi d'Angleterre, tels sont les propres mots de Sa Grâce le duc…

— Comment le sais-tu ? Tu les as épiés ?

Adélaïde redressa le menton, lèvres pincées. Emma sut qu'elle l'avait offensée, cependant son effroi était trop grand pour qu'elle s'en souciât.

— Nenni, ma dame. Ils ont parlé devant moi car grande est leur confiance dans leurs gens : j'ai ouï, aussi simplement que je vous ois présentement.

Emma poussa un profond soupir. Après tout, si les seules personnes au courant de l'incident demeuraient bouche close, ce ne pouvait être dangereux…

— Le… Le duc Guillaume a-t-il parlé à messire Aimery avant notre départ ? Sais-tu si…

— Nenni, j'ignore s'il est au courant.

Emma hocha la tête.

— Ne parle de cela à nul autre. Est-ce compris ?

— Oui, maîtresse.

— Et oublie cette histoire ! Me voilà à présent sous la protection du castel de Thouars, nul ne peut me nuire… L'attentement de Rouen ne se reproduira point. Et, même s'il ne m'apprécie guère, je n'imagine point mon époux essayant de me faire occire.

Le regard d'Adélaïde se fit incisif.

— Vraiment ? Pourtant, cela s'est déjà vu.

Une étincelle de connivence jaillit de son regard. Emma frissonna en se remémorant les rumeurs qui couraient sur le trépas des premières épouses du sire de Thouars…

Trois femmes, chacune d'elles épousée et inhumée dans la même année. Il y avait certes de quoi s'inquiéter !

Et si c'était pour cela que personne ne soufflait mot sur ces trépas ? Si son époux en était lui-même à l'origine ?

Pourtant, Emma se raccrochait à un fait tout simple : Aimery aurait pu la violenter et ne l'avait point fait. Il s'était montré doux. Comment pourrait-il attenter à ses jours ? Et puis, ils avaient conjointement décidé d'accepter cette union : ils avaient passé un accord privé, qui à ses yeux possédait davantage de valeur que la cérémonie d'épousailles close par cette humiliante gifle.

Et s'il changeait d'avis dans les mois à venir ?

S'il attendait simplement le bon moment pour se débarrasser de moi ?

Et si...

Voilà que cela la reprenait ! Emma se mordit la lèvre, et la douleur l'aida à interrompre le flux de folles pensées venu l'assaillir ; ce n'était point le moment de douter. Adélaïde la considérait avec circonspection... Il fallait la convaincre qu'Aimery ne tenterait rien, sinon elle ne cesserait de la suivre partout tel un chien de garde.

— Mon époux ne souhaite pas mon trépas, affirma-t-elle. Au contraire, il est bien aise d'avoir enfin une compagne en bonne santé.

Après tout, c'était là une possibilité...

— Et je ne manquerai point de faire appel à toi si un doute me vient.

Cela, en tout cas, était vrai. Adélaïde ne paraissant point convaincue, Emma lui saisit les mains dans un geste spontané qui la prit par surprise.

— Je te garantis que ce n'est point le cas. Me crois-tu ?

La jeune femme la jaugea un instant sans un mot, puis hocha la tête.

— Oui, maîtresse.

— Parfait !

— Or ça ! Le duc pense-t-il réellement que tous les clercs de la terre vont me chercher noise ? C'est arrivé une fois. Il n'y aura point de deuxième.

— Si fait, maîtresse, cependant...

— Et non parce que tu veilles sur moi, ou bien parce que mon époux poste des sentinelles à tous les corridors ! Cela n'arrivera plus car le prochain homme qui m'approchera sans ma permission, je l'épinglerai sans hésiter ! Clerc ou pas.

Pour illustrer ses propos, elle sortit une courte dague de son mantel et l'agita à hauteur de gorge d'un assaillant imaginaire.

— Es-tu satisfaite ?

La servante s'inclina.

Emma sursauta soudain, tendit l'oreille. Adélaïde avait entendu aussi car elle posa un doigt sur ses lèvres tout en tirant de sa ceinture un poignard, plus long et effilé que le petit coutel. Mortel.

— Continuez à parler, murmura-t-elle, ses yeux vadrouillant dans toutes les directions.

— Bien. Ainsi, m'est avis que ce sera parfait. Veille à ce que ma cotte bleue soit brossée pour les fêtes de la Nativité, et essaie aussi de coudre ce galon brodé que j'ai apporté dans mes malles : celui avec les oiseaux. Cela donnera un bel effet, et...

Plus vive qu'un chat, Adélaïde bondit derrière le tronc d'un tilleul, à quelques pas de là, et en extirpa un damelot à la vêture froissée, pâle et gesticulant.

— Holà, garce[1] ! Lâche-moi !

Sans se laisser impressionner, Adélaïde le poussa contre le tronc puis appuya sa lame sur le cou de l'inconnu.

— Un geste de plus et je te tranche la gorge.

1. Féminin de « garçon ».

13

Emma songea tout d'abord qu'elle s'était fourvoyée : cette petite servante normande était tout à fait capable de prendre soin de sa sécurité.

Ensuite, elle frémit en réalisant qu'elle pouvait tout aussi bien attenter à sa vie si son époux s'en abstenait !

D'où sort cette sorceresse ?

Mais il y avait plus grave : Adélaïde menaçait toujours l'homme de la pointe de sa dague. Ce dernier levait les paumes en l'air en adressant un regard des plus noirs à la jeune femme qui le tenait en respect.

— Ce ne sont point des manières de femme.

— Ah non ? Et épier depuis la sécurité d'un tronc d'arbre, sont-ce là des manières d'homme ?

— Bagasse[1] ! lâcha-t-il à mi-voix.

Adélaïde répliqua d'un coup de coude dans le ventre de l'inconnu, qui jura de fort cinglante façon.

— Par les mille couilles du Malin ! Dame Emma, de grâce, rappelez votre chienne de garde !

— Qui es-tu ? questionna Emma en restant à bonne distance, concentrée sur le poitevin rapide de l'homme.

Il parlait fort bien la langue locale, mais Emma le savait

1. Insulte, sens similaire à « ribaude ».

normand ; il en avait le visage ouvert, la chevelure rasée sur la nuque et les yeux d'un bleu de ciel d'été. Cet homme devait être habitué à voyager ou à séjourner en ces terres.

— Ordonnez d'abord à cette furie de me lâcher !

— Réponds à Sa Grâce la vicomtesse ! siffla Adélaïde sans relâcher sa prise.

— J'ai nom Henri, et je suis ici sur les ordres de Sa Grâce le vicomte !

— Oh ! vraiment ?

— Si fait.

— Et depuis quand les envoyés de messire Aimery épient son épouse derrière les arbres ?

— Tu t'y connais, toi, pour épier les gens !

Adélaïde se roidit.

— Qu'est-ce que tu jactes là ?

— Lâche-moi sans respit, si tu ne veux pas avoir à t'expliquer sur...

La fin de sa phrase se perdit dans un hoquet lorsque la servante ôta brusquement son poignard de sa gorge. Elle recula de deux pas, mais sans quitter sa position stratégique entre Emma et le dénommé Henri.

— Tout doux, Adélaïde. Il n'est point dangereux.

Deux regards outrés se tournèrent vers Emma, qui en aurait ri si la situation n'avait été aussi tendue.

— Ne soyez point insultante, Votre Grâce...

— Maîtresse, je n'aime guère ces procédés ! Voyez, il aurait pu vous héler de loin, quêter une audience, et il ne l'a point fait. Tout cela ne me plaît guère.

Elle tenait toujours le poignard dans sa main. Son regard torve, semblable à celui d'un loup acculé, n'était point rassurant.

— Henri, dis-tu te nommer ? demanda Emma, bras croisés dans une attitude sévère. Eh bien, Henri, pourquoi m'épiais-tu ? Que désire messire mon époux ?

— J'attendais simplement que vous soyez seule pour venir me présenter... Ma dame.

Il s'inclina bien bas dans une parfaite révérence. Si ce n'avait été sa chevelure ébouriffée sur le front, qui ajoutait encore à sa mise dépenaillée, il aurait pu passer pour un grand seigneur. Ses traits étaient fins mais pleins de vigueur. Dépourvus de cicatrices ou de marques quelconques. Il portait la nuque rasée, comme les chevaliers, même si ses longues mains blanches ne semblaient pas vouées à brandir les armes...

Se relevant, il sourit. Aussitôt, les nuages semblèrent quitter le ciel. Son sourire était fort gai ! Fort communicatif, aussi, car Emma sentit ses propres lèvres s'étirer, ses épaules se détendre.

Cet homme ne constituait pas une menace, elle en aurait juré, à son tour, sur les reliques de saint Raven et saint Rasiphe.

— Henri de Ferrières, pour vous servir.

Un noble seigneur ? Adélaïde manqua de s'étouffer et s'abîma en révérences afin de lui faire oublier ses menaces précédentes, et surtout son ton familier ; Emma, quant à elle, l'observa avec curiosité. Il devait avoir son âge, vingt et quelques printemps. Il était plutôt grand, bien fait de sa personne, et tout en lui révélait charme et sérénité.

Un jeune seigneur gentil et avenant ? Que diable mijote mon époux ?

Emma se perdait en conjectures lorsque Henri reprit la parole.

— Messire de Thouars m'a confié votre protection en ces murs, et aussi vos divertissements.

— Oh... C'est-à-dire ?

— J'ai pour vocation de distraire par l'élévation de l'esprit ! s'exclama-t-il en levant un bras vers les cieux. Mes mots n'ont pour but que vous faire oublier les vôtres, mots gentils contre vilains maux, ballades ou romances contre ruminations solitaires... En un mot, je suis poète.

Un troubadour, donc. Même si le fait était plutôt rare, certains damoiseaux issus de nobles familles choisissaient parfois de composer leurs propres chants et poèmes, sans rien dédaigner de leurs autres devoirs familiaux.

Henri possédait une voix chaude, veloutée. Le sourire d'Emma s'élargit – au grand dam d'Adélaïde qui dansait d'un pied sur l'autre, visiblement hostile à ce charmant olibrius.

— Tu peux ranger ton arme, lui ordonna Emma avec un geste apaisant.

— Rien n'est moins sûr, maîtresse, marmonna-t-elle en obéissant à contrecœur.

Ils se dirigèrent vers la volière, Emma et Henri devisant gaiement en tête, Adélaïde fermant la marche ainsi que sa bouche. Obstinément muette, elle persistait à marquer sa désapprobation devant l'enthousiasme d'Henri et ne manquait point une occasion de lever les yeux au ciel dès que sa maîtresse tournait la tête vers elle.

La vue des cygnes émerveilla Emma, qui cessa d'écouter les bavardages du damoiseau pour observer les élégants animaux glisser sur la petite mare qui leur était dévolue.

— Comme ils sont beaux…

— Beauté n'est point gage de courtoisie, hélas !

— Que voulez-vous dire, messire ?

Henri fit une grimace.

— Je crains que ces volatiles ne soient de méchantes bêtes, en vérité. Tenez, pas plus tard que le mois dernier, ils ont poursuivi le garçon venu leur apporter leur pitance. Il y a laissé des lambeaux de sa dignité – ainsi que de ses braies.

— Vraiment ?

— J'en ai peur, oui. Alors veillez à ne jamais entrer dans cet enclos !

— Je suivrai ce conseil. Oh ! Cet oiseau, là ! Qu'est-ce donques ?

— Où cela ?

— Derrière ce buisson... Regardez, il sort du couvert ! Dieu, qu'il est beau... Je n'avais jamais vu pareilles couleurs.

L'animal émergea d'un buisson, tête plus bleue que la mer en été fièrement dressée dans la fraîcheur hivernale, traînant dans son sillage un faisceau de longues plumes vaporeuses qui effleuraient l'herbe en une sensuelle caresse.

— C'est un paon. Messire Aimery en a ramené deux paires d'Hispanie, ainsi que d'autres souvenirs pittoresques.

Il aurait été ardu d'ignorer le cynisme de son ton ; aussi Emma se tourna-t-elle vers lui, sourcils froncés.

— Que voulez-vous dire, messire ?

— Rien d'autre que ce que j'ai dit, répondit-il avec l'un de ses charmants sourires. Ne voyez point le mal partout, gente dame... Votre époux est un homme de goût qui s'intéresse à bien des choses.

Là encore, Emma se demanda si elle devait chercher un sens caché dans ses paroles. Adélaïde coupa court à ses réflexions en ouvrant enfin la bouche.

— On vient.

Et, de fait, des cailloux roulèrent bientôt sur le chemin, devant eux, dans la direction de la volière des petits oiseaux et de la tour Magne.

Soudain, Emma éprouva un léger vertige... Elle eut l'impression que son cœur manquait un battement, que le temps ralentissait en imposant silence aux volatiles alentour, pour reprendre subitement sa marche.

Elle comprit que son instinct l'avait avertie d'un danger imminent en voyant surgir son mari, visiblement furieux, une coupure sanglante à la main.

— Seigneur ! Que vous est-il arrivé ?

— Ce n'est rien.

— Vous êtes blessé...

— J'ai dit : ce n'est rien ! Je vois que vous avez fait connoissance avec Henri, selon mes ordres ? C'est bien.

— Vous avez rasé votre barbe.

— En effet, fit-il après un temps d'arrêt, interloqué de la capacité d'Emma à changer de sujet.

— Et votre nuque, également.

— Ma foi, ma mie, on ne peut rien vous cacher, semble-t-il. Laissez-nous, fit-il ensuite en direction du damoiseau et de la domestique.

Une fois seul avec Emma, il se rapprocha lentement tandis qu'elle murmurait du bout des lèvres un commentaire sur sa nouvelle apparence.

— Cela vous sied bien, messire. Je veux dire... Vos traits sont bien plus beaux, ainsi. Je ne devrais peut-être pas dire cela ?

— Que faites-vous céans, ma dame ?

— Je... Comment ?

— Je vous demande ce que vous faites céans.

— Je suis venue admirer les oiseaux, bien sûr. Quoi d'autre ? Oh ! ceux-ci, avec ces couleurs vertes et bleues, sont absolument merveilleux !

Aimery sembla se détendre. Il croisa les mains dans son dos, sans doute pour lui cacher sa blessure. Bénigne, certes, mais tout de même fort surprenante...

Comment a-t-il pu se blesser ainsi ? Avec une arme ?

Ou bien, plutôt, qui a pu le blesser ?

S'il s'agissait d'un entraînement, son maître d'armes serait là également, et puis ils se seraient affrontés dans une pièce adéquate ou bien en pleine nature, et non ici, près d'une ruine et d'un enclos à volatiles...

— Ma dame ?

— Plaît-il ?

— Vous rêviez donques ?

— Oh ! euh... Oui. Je suis navrée. Que disiez-vous ?

Incrédule, il secoua lentement la tête en la dévisageant.

— Vous rêvassez constamment. Vous devez être plus attentive. Vous êtes une châtelaine, à présent : vous avez des tâches à accomplir, un castel à diriger – du moins pour les parties domestiques. De grâce, grandissez !

Emma, suffoquée, agrandit les yeux.

— Je ne suis point une enfant, messire.

— Prouvez-le, en vous comportant comme il sied à une dame. Henri vous y aidera : il est l'un de mes plus fidèles hommes et je lui ai demandé de vous apporter son aide en tout point. Il vous divertira, et vous protégera également si besoin est. Dieu sait que je ne puis être auprès de vous jour et nuit !

À peine eut il prononcé ces mots qu'Aimery parut comprendre son erreur. Il se détourna et eut la bonté de rougir légèrement lorsque Emma rétorqua :

— Au moins une nuit, ce serait déjà un bon début. Messire, pourquoi n'êtes-vous pas encore venu me rejoindre dans ma chambrine ? Est-ce à moi de venir à vous ? J'avoue n'avoir guère envie de me promener seule la nuit dans les couloirs, même si nos chambrines ne sont que peu éloignées, et...

Il leva les deux mains. En signe de reddition ou d'agacement ? Emma était incapable de le dire : elle ne comprenait point cet homme, qui voulait une épouse puis la négligeait, qui l'évitait mais attendait d'elle qu'elle devienne une parfaite châtelaine... Elle aurait voulu pouvoir lire en lui, mais il se fermait dès qu'elle tentait de l'approcher.

— Il suffit, fit-il, le souffle court comme s'il avait couru. Vous me donnez martel en tête !

Et il s'éloigna à grandes enjambées, laissant son épouse désolée de ce nouveau faux pas, et aussi un brin étonnée de la pudeur de ce grand diable d'homme.

Elle qui s'était attendue à devoir subir les ardeurs d'un mari trop heureux de prouver sa virilité auprès d'une jeune damoiselle... Voilà qu'il se révélait aussi timide qu'une pucelle.

Emma rejoignit lentement sa servante en tournant tout cela dans sa tête.

Me voilà bien avancée, entre une domestique qui manie la dague aussi aisément qu'un éplucheur de légumes, un poète qui m'épie derrière les arbres et un mari qui ne goûte point ma compagnie.

Un mari comploteur, qui se blesse mystérieusement, tout seul dans les ruines d'un vieux donjon en plein après-midi...

D'ailleurs, était-il vraiment seul ?

Qui a-t-il pu rencontrer en secret ?

Et pourquoi ?

Les deux femmes cheminèrent sans un mot, l'une derrière l'autre. Emma ne songea point à interroger sa servante sur ses talents insoupçonnés, tant elle réfléchissait intensément.

Les questions se bousculaient en elle. Plus que jamais, Emma était submergée par cette curiosité qui la rongeait depuis ses plus jeunes années, cette soif de vérité, cette envie de découvrir les mystères de la vie, quel qu'en soit le prix...

Ce besoin de savoir. De comprendre.

Mille pensées se formaient dans sa tête. Mille possibilités, aussi inconsistantes qu'un filet de fumée, qui constituaient des formes fugaces, de plus en plus inquiétantes, avant de s'effilocher pour se muer en autre chose.

Aimery s'était rendu à un rendez-vous clandestin.

Aimery cachait une chose dans la tour Magne... ou une présence.

Aimery avait pu y retrouver une personne mystérieuse, un bandit ? Un être avec qui il ne souhaitait point être vu.

Un être avec qui il avait eu maille à partir, de toute évidence, puisqu'il était blessé à la main...

Ou bien, il s'était ouvert la main en visitant les sépultures secrètes de ses anciennes épouses ? Emma frémit en songeant que ces pauvres femmes avaient parcouru ces mêmes sentiers, ces mêmes couloirs... Elles avaient même dormi dans son actuelle chambrine, probablement.

Sa résolution s'affermit. Elle ne pouvait se contenter de demeurer ainsi dans l'incertitude ! Il lui fallait découvrir le passé de son époux.

Que cachez-vous donc dans cette vieille tour délabrée, messire Aimery ?

Emma franchit la porte du logis d'un pas déterminé, Adélaïde toujours sur les talons. Quoi que cache son mari, elle le découvrirait ! Ce n'était point là pure curiosité... Il en allait également de sa propre sécurité.

Emma aussi avait ses secrets : la précieuse cassette de sa grand-mère se trouvait, à cette heure, proprement dissimulée derrière une pierre du chevet de sa couche, laborieusement descellée de la pointe de son petit coutel. Le discours de sa grand-mère l'ayant dûment impressionnée, Emma était bien décidée à ne point ouvrir le mystérieux coffret avant de sentir, en son for intérieur, que le moment était venu.

Mais son intuition lui soufflait que son époux, quant à lui, nourrissait des secrets bien plus noirs que le sien... Des secrets de poix, serpents sombres et visqueux, tout prêts à s'enflammer au premier souffle de vérité.

Pour commencer, elle devait lever le voile sur le sort des précédentes vicomtesses. Le meilleur endroit pour faire avouer les maris, assurait-on, était la couche conjugale... Ce qui tombait fort bien, puisque Emma comptait bien renouveler la délicieuse expérience de sa nuitée d'épousailles.

— Adélaïde ?

— Oui, maîtresse ?

— Fais préparer un bain.

— Bien sûr.

— Attends ! fit-elle, paume en l'air, alors que la servante

s'apprêtait à courir aux cuisines quêter de l'eau chaude et des bras vigoureux pour l'aider. Ce bain, je le prendrai dans la chambrine de mon époux.

— Maîtresse... Je... Avez-vous demandé l'autorisation à messire de Thouars ?

Emma sourit avec malice.

— Bien sûr que non ! Je désire lui faire une surprise.

Le front haut d'Adélaïde se plissa, effet du calcul et aussi, peut-être, de l'inquiétude.

— Êtes-vous sûre que ce soit là chose avisée ? Sa Grâce risque de ne point apprécier cette intrusion... Je puis monter la garde pour vous ? Je me dissimulerai aisément derrière une tenture...

— Nenni ! Ce n'est point nécessaire, ta présence ne ferait que me perturber.

— Comme vous voudrez, murmura la domestique avant de s'incliner et de disparaître au bout du couloir.

Emma monta dans sa chambrine pour ses préparatifs. Ses mains tremblaient légèrement en choisissant un pot d'onguent pour son corps puis une tunique de nuit si fine qu'elle en était presque transparente.

Ce soir, messire Aimery, vous honorerez votre épouse... Puis vous lui confierez vos secrets.

14

Décidément, la vie réservait aux hommes bien des surprises... Aimery dut en convenir une première fois lorsqu'il rentra dans sa chambrine pour se débarrasser de son bliaud raidi de sueur, fruit de ses efforts pour déplacer ce maudit coffre ferré, et trouva son chien en train de ronger un os énorme sur le grand tapis de Damas aux motifs or et azur qui occupait le centre de la pièce.

— C'est Jehanounet, qui te gâte ainsi ? Il sait pourtant qu'il faut prendre garde à ce tapis... Sacré chanceux, va ! Tu fais un bel avale-dru[1].

Fendeur se précipita aussitôt pour lui lécher les mains.

— Eh bien, que t'arrive-t-il ? Te voilà bien en recherche de cajoleries...

Aimery se baissa pour ramasser l'os visqueux et le jeter dans un coin, sur les dalles de terre cuite, là où il ne souillonnerait[2] aucun trésor pris aux Maures du taïfa de Saragosse... Il était ardu de trouver une surface non occupée par un tapis, dans la chambrine d'Aimery ! Il en aimait la douceur sous les pieds en s'éveillant, les motifs colorés, les souvenances de tièdes nuits étoilées qu'ils éveillaient en lui. En fait, toute sa chambrine avait

1. Glouton.

2. Salir.

été transformée en caverne d'Ali Baba – fameux conte persan dont il avait souvent fatrouillé[1] avec le prince Tariq...

Le dos d'Aimery protesta lorsqu'il se redressa.

Que n'avait-il cure du confort de ses prisonniers, aussi ? Aimery était ainsi fait qu'il souhaitait que le séjour forcé de certains de ses « hôtes » se déroule dans les meilleures conditions possibles. Après tout, ce n'était point n'importe qui ! Il les pourvoyait donc en occupations dignes de leur rang, et comme personne, en dehors de lui, n'était au fait de leur présence à Thouars, il devait tout faire lui-même. Y compris déplacer des coffres ferrés lourds de deux quintaux[2].

Il se massa une épaule en grimaçant.

Un bon bain détendra mon dos.

— Holà ! cria-t-il depuis le seuil. Jehanounet, tu es là ?

— Oui, messire !

Le garçon jaillit comme une puce d'un grabat, l'œil brillant. Il se réjouissait probablement de se rendre utile : Aimery avait bien noté son ressentiment lorsqu'il lui avait ordonné de demeurer au logis, tantôt. Ce qu'il avait à faire dans la tour Magne ne concernait que lui – même le petit Jehanounet, tout féal qu'il soit, ne devait point le suivre dans la noirceur de ces coursives poussiéreuses...

Le domaine des rats et des spectres.

Repoussant un frisson, Aimery s'adressa à l'escuyer d'un ton plus rude qu'il ne le désirait.

— Va aux cuisines, ordonner qu'on me monte de l'eau chaude. Quatre seaux suffiront. Je n'entends point m'immerger jusqu'au nez.

— Ah ? Mais, messire...

1. Bavarder.

2. Le quintal médiéval équivaut à cent livres, soit environ cinquante kilos et donc la moitié de sa valeur actuelle.

— Pas de « mais », galapiat ! File !

— Messire, je pense que vous apprécierez de savoir que...

— Foutredieu ! Ne t'ai-je pas dit de filer ?

Le garçon décampa sans demander son reste. Aimery nourrit quelque remords... Il savait parfaitement l'effet que produisait sa voix grave lorsqu'il décidait de gronder sourdement : à coup sûr, cela effrayait davantage que moult criements.

Alors qu'il refermait la porte, sa blessure l'élança et Aimery serra le poing. Ce n'était qu'une égratignure, mais diablement mal située : au creux de la paume, là où tout mouvement réveillait le tiraillement.

Peste soit de ce maudit clou !

Quatre ou cinq lignes[1] à peine émergeaient du bois noirci de poussière et de fumée au fil des ans ; cela avait suffi à lui déchirer vilainement les chairs. Encore un mal qui s'évanouirait dans la chaleur de l'eau.

Aimery ôta bliaud et tunique d'un seul mouvement, puis déroula les bandelettes de cuir lui ceignant les mollets avant de se déchausser.

Il se dirigea vers la porte basse donnant sur sa salle de toilette privée, l'ouvrit à la volée, et demeura sans voix devant sa deuxième surprise de la journée – et non la moindre.

Son épouse.

Nue.

Devant lui.

Là, entièrement dévêtue dans son baquet déjà empli d'eau fumante, adorablement enveloppée de vapeurs, des gouttes irisées perlant sur sa peau moite, elle pointait sur lui les feux de son regard hardi. Gêné par leur brûlure, il détourna les yeux... sans savoir où les poser pour ne point perdre raison.

Les mains d'Emma tenaient un pain de savon mousseux,

1. Unité de mesure médiévale. Un pouce est divisé en douze lignes.

qu'elles caressaient lentement. Un geste langoureux, même si elle n'en avait conscience, qui eut pour effet de jeter Aimery dans un profond trouble.

L'eau atteignait la pointe de ses seins, dont le téton durci semblait épier ses réactions.

Plus bas, la blancheur fuselée de ses cuisses se devinait sous l'onde fumante, couronnée de cette forêt sombre qu'il avait explorée avec passion à Caen...

Le sang se mit à pulser à ses oreilles.

— Messire ?

Aimery avala sa salive avec quelque difficulté.

— Que faites-vous céans ? parvint-il à articuler.

— Je prends un bain.

— Grand merci pour vos explications ! J'ai des yeux, ma dame. Je cherche juste à comprendre pourquoi vous prenez ce bain dans ma chambrine, et non dans la vôtre... Pourriez-vous, de grâce, cesser de vous savonner lorsque je vous parle ?

Emma haussa ses épaules luisantes d'eau parfumée en un geste qui éparpilla davantage encore les lambeaux de raison du pauvre Aimery.

Que lui avait-il dit, déjà ? De grandir ? Eh bien, il n'y avait nul doute sur sa féminité... Comment avait-il pu se montrer aussi stupide ? Elle n'avait rien d'une enfant. La moindre parcelle de sa peau satinée en témoignait d'éclatante façon.

— Si vous le souhaitez, murmura-t-elle enfin, brisant le silence qui s'était installé.

— Oh ! je le souhaite de tout cœur ! Là, merci.

— Je désirais juste vous faire une surprise...

— Sachez, ma dame, que les guerriers ne goûtent guère les surprises ! Sur le champ de bastaille, cela implique généralement sang et mortaille.

— Certes... Nous ne nous trouvons pas, toutefois, sur un champ de bastaille, ce me semble ?

Rien n'était moins sûr... Aimery rassembla toute sa volonté afin de détacher les yeux de la courbure des seins de son épouse, qui ondoyaient dans l'eau au gré des mouvements de cette méchante dévergoigneuse.

Elle leva les mains dans un soupir.

— Fort bien, j'implore votre pardon si ma conduite vous a déplu. Voulez-vous bien m'apporter votre secours pour sortir du bain ? Ce baquet est fort haut, pour moi.

— Certes. Je sais que... Oh ! foutredieu !

Sans attendre, la voilà qui s'était levée ; elle le considérait de ses grands yeux saisissants de pureté, debout au milieu du baquet, l'eau coulant lentement le long de son corps nu.

Quelle diablesse !

Aimery sentit la colère embraser son cœur aussi sûrement que le désir prenait possession d'une autre partie de son anatomie. Quel jeu jouait donc cette maudite Saxonne ?

Saisissant le linge qui patientait sur un tabouret, il l'enveloppa à l'intérieur puis, prenant fermement le bras d'Emma à travers l'étoffe mouillée, il l'extirpa de l'eau sans douceur.

— Vêtez-vous prestement.

— Si fait, messire, il est inutile de vous agacer de la sorte...

— Vraiment ?

Affermissant sa prise sur ses bras blancs et doux qui maintenaient le linge autour de son corps, Aimery planta son regard dans le sien jusqu'à y déceler une lueur de doute. Il la sentit s'amollir sous ses paumes. Le tissu, de plus en plus imbibé d'eau, s'imprégnait de sa chaleur, de son odeur propre et fraîche.

— Je n'aime point que l'on se joue de moi, gronda-t-il, et vous tentez – fort malhabilement, dois-je préciser – de vous jouer de moi en éveillant mon désir. Pour quelle raison, je vous prie ?

— Nenni ! Je souhaitais simplement prendre un bain avant de vous attendre dans votre chambrine pour vous faire une surprise... Sur ma vie, c'est la vérité !

— J'ai passé l'âge de ces fariboles.

Rougissante, Emma se tortilla jusqu'à ce qu'il la lâche.

— Une épouse ne peut-elle passer du temps avec son mari ?

— Nue ?

— Oh ! euh... Vous n'étiez pas céans, et je croyais que vous seriez absent encore un long temps, et...

Aimery sourit d'un air entendu.

— Cette fois, ma dame, c'est une menterie !

Il se pencha sur elle, pesa chacun de ses mots avant de les lui souffler à l'oreille.

— Vous désiriez que je vous trouve. Que je vous voie.

Et, pour illustrer son propos, il se permit de laisser son regard glisser sur son corps frémissant, dont le drap mouillé ne cachait que fort peu de courbes et de renflements désirables.

Il la vit serrer les dents, les joues de plus en plus roses. Encore une particularité étonnante de son épouse saxonne : quand elle se mettait en colère, elle devenait grandement aguichante... De quoi rendre fol tout homme en âge de trousser jupon.

— Si vous souhaitez partager ma couche, vous n'avez qu'à le demander.

— Oh ! messire !

— Et ma réponse sera simple : nenni, ma dame.

— C... Comment ?

Aimery se détourna de son expression délicieusement furieuse pour chercher de quoi la couvrir.

— Où diable est votre vêture ?

Il saisit entre pouce et index une tunique si fine qu'il voyait sa main au travers.

— Est-ce une bouffonnade ?

— Plaît-il, messire ? Qu'avez-vous à redire à ma vêture ?

— Ce n'est point une vêture ! C'est... C'est... Autant rester nue, cela aura le même effet.

— Si c'est là votre désir...

— Nenni ! Enfilez ceci. Mettez-le et disparaissez de ma vue ! Je souhaite prendre mon bain, moi aussi.

Elle ouvrit la bouche pour répliquer – encore ! – toutefois Aimery la devança.

— Je vais prendre mon bain, et vous allez regagner votre chambrine. Est-ce compris ?

— Bien, messire, fit-elle en s'inclinant à peine. Viendrez-vous me visiter, ce soir ? Il est d'usage que…

— Nenni. Ouste !

Une fois la Saxonne partie, Aimery eut toutes les peines du monde à retrouver son calme. Cette sorceresse avait le don de le rendre fol ! Et son corps s'éveillait traîtreusement devant ses courbes, sous son regard à la fois candide et étrangement hardi.

Morbleu ! Les Saxons n'éduquent-ils point leurs femmes à faire soumission à leurs époux ?

En entrant à son tour dans le baquet, il se fit la réflexion que les choses étaient mieux ainsi. Il n'avait jamais aimé les femmes effacées. Même si celle-ci – la sienne – se révélait dangereuse pour ses résolutions, il appréciait son caractère affirmé.

Un coup frappé à la porte de la chambrine l'alerta.

— Qui va là ?

— Jehanounet, messire ! Vos quatre seaux arrivent.

Le garçon ouvrit la porte pour laisser passer deux servantes rougissantes armées des quatre seaux en question. Aimery secoua la tête.

— Je n'en ai point l'usage. Rapportez-les. Ce sera pour toi l'occasion de te laver, jeune escuyer ! Tu empestes.

— Messire… Il y a autre chose.

— Parle !

— Or ça, Bernabèu a manqué battre le fer avec l'un de

vos hommes qui baillait à mal[1] avec un autre... Bernabèu les soupçonne d'avoir voulu dérober de la nourriture des cuisines.

Aimery poussa un soupir désabusé. Nombre de soldats entretenaient femme et enfants hors les murs du castel, et parfois ils n'hésitaient pas à se servir dans les réserves de provisions pour les nourrir.

— Qui sont ces deux larrons ?

— Raoul et Mathieu, messire.

— Raoul ? Celui qu'Harold Godwinson a sauvé de la mortaille dans les marais ?

— Sire, oïl. Il a persuadé son compère, qui avait tiré l'épée, de la remettre au fourreau.

Aimery grogna.

Ce faquin[2] de Raoul commençait à l'ennoier. À cause de lui, il était désormais redevable à son beau-père saxon ! Et voilà qu'il faisait encore des siennes sitôt revenu à Thouars... Certes, il avait empêché son compagnon de commettre une folie pouvant conduire à la corde, toutefois Aimery n'avait plus envie d'entendre son nom avant long temps.

— Que Bernabèu trouve la punition la plus appropriée. Et que celui qui a tiré le fer fasse trois jours de cachot en sus. Allez !

Seaux et jeunes gens disparurent en hâte, laissant le seigneur seul avec les turbulences de sa pensée et l'agitation de son cœur.

Il laissa sa tête aller en arrière contre le bord du baquet couvert d'un linge.

Pour la première fois de sa vie, Aimery de Thouars de Barbastro, meneur d'hommes et héros de guerre, douta de ses capacités à venir à bout d'un adversaire... Et cet adversaire devait, de plus, partager sa vie jusqu'à son dernier souffle.

1. Avoir de mauvaises intentions.

2. Insolent.

15

Après l'événement du bain, Emma ne chercha plus à entrer en contact avec son époux. Elle partit du principe qu'il était trop buté pour en tirer quelque information que ce fût, et renonça également à bénéficier de ses visites vespérales.

Elle devait se rendre à l'évidence : Aimery ne voulait point d'elle. Il avait accepté cette union, certes, et ne l'avait aucunement maltraitée, cependant il l'évitait comme la malemort ! À peine le croisait-elle lors des repas du soir, et parfois au détour d'un couloir... Il s'écartait alors en marmonnant une vague excuse, avant de disparaître prestement.

Sa froideur n'avait d'égale que sa couardise à l'affronter !

Sans explication de sa part, Emma se mit à lentement dépérir. Elle n'avait plus goût à rien, ni aux mets de bouche, ni à ceux de l'esprit. En vain Henri de Ferrières, qui se révéla au demeurant un joyeux compagnon, essaya-t-il de la faire sourire, de la détourner de ses noires pensées : toujours Emma était emportée par le tourbillon de ses questions sans réponses.

Pourquoi son mari agissait-il ainsi envers elle ?

Pourquoi la haïssait-il à ce point ?

Pourquoi ne partageait-il point sa couche ?

Désabusée, elle comprit qu'elle le rebutait certainement. Nul homme ne dédaigne les plaisirs de la chambrine, elle le savait fort bien. D'ailleurs, il n'y avait qu'à voir l'échec de leur première – et unique – nuitée d'époux : Aimery n'avait guère réussi à aller jusqu'au bout de la chose et il avait fui comme s'il avait le loup à ses trousses !

Avait-on jamais entendu pareille fable ?

Emma taisait ce secret, toute vergoigneuse, et espérait de toutes ses forces qu'Adélaïde ne se doutait point du rejet d'Aimery… Elle n'aurait point eu le courage d'affronter ses regards équivoques. Son mépris. Car on ne peut que mépriser une femme incapable de susciter l'amour dans le cœur de son amant !

Alors, Emma se taisait. Emma faisait semblant.

Et Emma souffrait. Ce n'était point une douleur aiguë, tel un coup de coutel, ni lancinante comme lors de ses lunes… C'était plutôt comme une absence de bonheur. Une interrogation permanente sur les raisons de sa présence céans, et dans ce monde.

Une mollesse de corps et d'esprit qui lui donnait l'impression de n'être qu'une coquille d'escargot dépourvue de son occupant… Aussi vaine, aussi fragile. Aussi insignifiante.

Tout l'inverse de son époux ! Il ne se passait guère une journée sans qu'Aimery ne reçoive moult convives, ou compagnons de chasse… Il vaquait à ses occupations de bonne grâce, ses beaux traits réguliers ne se froissant que lorsqu'il apercevait Emma sur son chemin.

Fort heureusement, la présence d'Henri finit par se révéler distrayante, mais point de la façon que son mari l'avait escompté… Le poète et Adélaïde conservaient chacun une grande rancœur de leur première rencontre et l'un comme l'autre ne manquaient jamais une occasion de se répandre en larmoyantes jactances.

« Messire Henri n'est guère aimable ! Oyez donques ce qu'il m'a dit, ce matin… »

« Votre servante normande est une véritable vipère ! Je gage qu'elle ne vous apportera que du malheur. »

Emma s'amusait de ces disputes quotidiennes, qui rendaient

son séjour à Thouars plus gai, et bientôt elle prit le parti de réconcilier les deux jeunes gens. Malgré ses méfiances persistantes envers Adélaïde, elle ne désirait point être séparée de la personne qu'elle connaissait depuis le plus long temps... Et elle craignait également que le sire de Ferrières ne finisse par jeter sa mission aux oubliettes.

Henri et Adélaïde étaient les deux personnes qu'elle fréquentait le plus, à Thouars. Crespina ne comptait point : cette jacteuse répétait tous ses faits et gestes, aussi Emma se débarrassait-elle de cette importune en l'envoyant sans cesse loin d'elle.

Un jour qu'elle s'ennoiait devant la volière, écoutant pour changer le chant de jolis oiseaux multicolores dont elle ignorait le nom, un bruit étrange en provenance de la tour Magne attira son attention. Cela évoquait un gémissement, ou un cri étouffé... Ou bien, peut-être, une sorte de rire diabolique ?

Tirée de sa torpeur, Emma leva les yeux vers les murs en ruines, dont les pierres semblaient égratigner le ciel d'un gris de cendres.

Le bruit ne se reproduisit point.

Emma, pourtant, se prit à imaginer ce qui pouvait en être à l'origine... Elle fit quelques pas jusqu'aux broussailles dévorant le bas de l'ancienne tour, examinant les murailles avec attention. Il n'y avait ni faille ni ouverture, nul accès visible à l'intérieur, en dehors de la porte verrouillée. Emma apposa ses mains sur les pierres, emportée par des craintes de plus en plus effroyables – et, aussi, de plus en plus fascinantes.

Se pouvait-il qu'Aimery dissimule réellement quelque chose dans la tour Magne ? Peut-être s'y trouvait-il, en ce moment même. Comme lui seul en possédait la clé, nul autre que lui ne pouvait s'y trouver, et...

Oh ! par la Sainte Mère !

Emma se signa prestement alors qu'une pensée terrible se

faufilait dans son esprit : se pouvait-il que la tour Magne soit hantée par les revenants des épouses trépassées d'Aimery ?

Elle sentit ses cheveux se hérisser sur sa nuque. Déjà, elle visualisa des silhouettes pâles enveloppées d'un linceul sanglant, qui se déplaçaient certainement dans les sombres couloirs abandonnés, et...

— Oh ! le bon jour, ma dame ! Enfin, je vous trouve.

Emma poussa un cri de surprise en se retournant, un feu brûlant lui montant aux joues.

C'était Henri de Ferrières, tout sourire et belles manières.

— Vous ! Pourquoi ne m'avez-vous point hélée ?

— Mille pardons, ma dame... Je ne souhaitais point vous effrayer. J'ignorais que vous étiez céans ! Mais que faites-vous, au pied de cette vieille tour ?

— Je... Rien. Rien du tout.

— Reculez, voulez-vous ? Je ne voudrais point qu'une pierre chute sur votre tête.

Emma saisit la main qu'il lui tendait pour l'aider à retrouver le sentier, puis elle frotta sa cotte pour y arracher les herbes qui s'y étaient accrochées.

— Adélaïde n'est point avec vous ? fit Henri, un ton plus bas.

— Nenni, comme vous le voyez. Je désirais être un peu seule.

— Vous ne devriez point !

— Allons, messire Henri, ne soyez point fol : je ne risque rien céans ! Mais vous-même, pourquoi me cherchiez-vous ?

Le front d'Henri se plissa.

— Je... Je souhaiterais vous demander conseil, ma dame.

— Vraiment ?

Il hocha la tête avec vigueur, soudain plus pâle qu'un moine.

— Eh bien, voilà : j'ai reçu hier le courrier de... d'une dame. D'une damoiselle, en réalité, une damoiselle fort chère à mon cœur, et...

Emma ne put s'empêcher de joindre les mains, attendrie.

— Oh ! Henri ! Vous avez une bonne amie ?

— Nenni ! Enfin, peut-être, un jour prochain, si… si mon père et le sien s'entendent, peut-être pourrai-je la courtiser… En attendant, nous nous écrivons.

— J'en suis fort réjouie pour vous ! Cependant, je ne saisis point ce que vous attendez de moi…

Penaud, il baissa la tête.

— Et moi, je ne saisis point ce que la dame de mes pensées attend de moi. J'aurais grand besoin d'un avis de femme, dame Emma… Grand besoin, en vérité !

— Dans ce cas, si je puis vous être d'un quelconque secours…

Henri brandit alors un petit parchemin couvert d'une écriture serrée et malhabile.

— Dans ce dernier message, la damoiselle me demande un gage de mon amour… Un gage ! En présent pour l'Épiphanie, je suppose. Or, je ne sais que lui envoyer… Un poème serait-il approprié ? Ou bien attend-elle un bijou, un objet de prix, censé lui prouver mon attachement ? Un objet à valeur sentimentale ? Ou bien, un simple mouchoir brodé de mes initiales, ou une mèche de cheveux…

Emma l'interrompit d'un petit rire.

— On jurerait que vous jouez là votre vie !

C'est le cas, ma dame.

Le rire d'Emma s'évanouit aussitôt. Ferrières haussa les épaules dans un geste fataliste qui ne trompait personne.

— Que sera ma vie, si je ne puis la partager avec la femme que mon cœur a choisie ?

— Oh ! messire Henri… Vous l'aimez donques à ce point ?

— Y a-t-il plusieurs façons d'aimer ?

Oui. Non ! Je l'ignore…

Emma ne répondit point, laissant à son compagnon tout loisir de s'épancher sur la beauté de sa bien-aimée, son esprit, son rire musical, l'éclat pétillant de son regard, la finesse de ses mains, la courbe de son cou et la légèreté de ses boucles blondes...

Emma sentait son cœur chavirer. Il était si touchant de voir un homme ainsi bouleversé par l'amour ! L'attachement d'Henri à cette mystérieuse damoiselle l'émouvait. Dieu savait comme elle aurait aimé susciter une telle dévotion chez son époux !

Que ne pourrais-je avoir un mari aussi doux qu'Henri ? Un mari au cœur sensible, capable de me vouer un amour aussi profond ?

Mais elle n'aurait point souhaité qu'Aimery de Thouars fût autre, toutefois : malgré ses défauts, elle aimait son honnêteté, sa droiture et aussi – elle rougit en y songeant – sa force et sa virilité.

Elle obligea ses pensées à revenir à Henri, qui attendait son avis avec impatience.

— Cessez de vous tourmenter ainsi, lui dit-elle avec bonté.

— Mais si je commettais une erreur ? Si je la décevais ? Elle ne voudrait plus de moi et ce serait la fin de tous mes espoirs !

Elle posa la main sur le bras d'Henri, qui se risqua à croiser son regard. Emma y lut tant de souffrance qu'elle en fut touchée au-delà des mots. Il avait cela en commun avec Aimery qu'il ne faisait point semblant : il aimait de toute son âme, de tout son cœur, et souffrait tout autant devant l'éventualité de perdre la tendresse de sa mie.

— Interrogez votre cœur, Henri. Vous saurez ce que vous devez envoyer.

Il déglutit ostensiblement, se détourna.

— Si, vous saurez ! insista Emma. Tenez, je sais comment vous le prouver. Qu'enverriez-vous à votre bien-aimée si vous saviez n'avoir plus qu'un jour à vivre avant de rejoindre Dieu ?

Henri soupira, puis se concentra visiblement.

— Je... J'enverrai probablement une chose qui l'aiderait à se souvenir de moi, mais point trop. Je veux dire : quelque chose qui lui apporterait du réconfort et non une peine plus grande.

— C'est un bon début.

— Quelque chose qui ne serait point destiné à me grandir à ses yeux… Donques, pas de poème ni de bijou.

— Bien.

— Et vous, ma dame, qu'aimeriez-vous recevoir ?

Emma ouvrit la bouche, mais ne sut que dire. Un grand vide s'était fait en elle.

C'est vrai… Qu'aimerais-je recevoir de mon époux, en gage de son affection ?

Un grand désarroi envahit son cœur, car cette situation ne se présenterait jamais, et Emma se contenta de secouer la tête.

— Qu'importe ! C'est de vous qu'il s'agit ; de vous et de votre bien aimée.

Henri hocha lentement la tête, une seule fois. À son regard déterminé, Emma sut qu'il avait trouvé sa réponse.

— Dans ce cas, je vais lui envoyer un objet qui ne me quitte oncques, afin qu'elle puisse m'avoir auprès d'elle… L'un de mes encriers. Celui que mon père m'a offert. Il n'a guère de valeur marchande, hormis celle qu'il possède à mes yeux… Et je lui expliquerai mon choix. Oui ! Je vais agir ainsi. Merci mille fois, ma dame ! Je vous suis reconnaissant pour votre aide si précieuse !

— Mais… je n'ai rien fait ! C'est vous qui avez vu suffisamment clair en votre cœur pour opérer votre choix.

— Je n'y serais pas parvenu sans vous. Grand merci !

Et il s'éloigna d'un pas vif, toute considération sur la sécurité de la vicomtesse prestement oubliée. Emma s'en amusa, avant de se rembrunir en songeant à son mariage dénué d'amour.

Levant les yeux vers les hauteurs en ruines de la tour Magne, elle affermit sa volonté. Son mari l'ignorait ? Dans ce cas, elle allait l'obliger à la prendre en considération. Elle existait, par le sang du Christ ! Elle n'était point l'une de ses anciennes épouses, perdues dans l'oubli : elle était céans, au castel de Thouars, bien vivante, elle.

Je découvrirai vos secrets, messire Aimery… Et, quels qu'ils soient, je ne vous laisserai point faire de moi un autre de vos fantômes.

16

Thouars, fête des Fous,
26 décembre de l'an de grâce 1064.

Emma mit un point d'honneur à profiter de la fête donnée au castel, et ce même si son comportement, à l'évidence, ferait cancaner dès le lendemain, des cuisines au chemin de ronde et du logis seigneurial aux cabanes de pêcheurs sur les rives du Thouet.

Sire Aimery, en particulier, ne goûta point son déguisement. Il ne lui adressa pas la parole, préférant lui tourner à demi le dos pour converser avec ses invités – de riches vassaux. Emma s'en félicita : au moins, son expression renfrognée était plus satisfaisante que son habituelle indifférence... La fête des Fous était là pour cela, non ? Permettre toutes les excentricités.

Emma avait choisi de se masquer en revenante. Elle avait rejoint la grande salle enveloppée d'un drap immaculé par-dessus une cotte grise, le teint pâli à l'aide de farine, les cheveux dépourvus de voile et nattés comme pour rejoindre son créateur. Durant tout le banquet, elle poussa même la mascarade jusqu'à agiter regulièrement ses chaînes – de jolies chaînettes d'or fixées en nombre à ses poignets.

Elle rit, but, mangeailla.

Il y eut un duo de jongleurs, des musiciens, et même un

oursailler[1]. De quoi se divertir follement, en comparaison avec ses longues journées solitaires !

Aimery piquait des morceaux d'anguille en sauce sur son coutel lorsqu'il lui coula un regard sombre.

— Vous avez assez mangeaillé, ma dame. Retirez-vous.

— Il est bien trop tôt, messire ! Je n'ai point encore goûté à ce pigeon aux pruneaux, et...

— Retirez-vous. Maintenant.

Il reposa brusquement son coutel sur la table, éclaboussant de verjus son imitation de suaire. Emma ne put retenir un sursaut de frayeur. En quelques instants, son mari était redevenu l'ogre qui l'avait tant impressionnée, à la cour du duc Guillaume... La colère froide qui couvait dans ses yeux lui apprit que, pour lui, la fête des Fous était terminée : il était temps de mettre un terme à cette comédie.

— Bien.

— Imaginez-vous pouvoir n'en faire qu'à votre tête ? grogna-t-il en lui saisissant le bras sous la table, de sorte à n'être vu de personne. Imaginez-vous pouvoir me ridiculiser impunément ?

— Loin de moi l'idée de...

— Vous n'êtes décidément qu'une petite écervelée ! On ne fait point la nique à la mortaille. Vous allez attirer sur nous le malheur !

Il parlait bas, mais point assez pour ne pas embarrasser les convives les plus proches. Emma sentit ses joues s'enflammer de vergogne.

— Ce n'était guère dans mes intentions.

— Je le sais : sottise n'est point malveillance. Maintenant, retirez-vous ! Et revêtez donques un bliaud.

— Comme il vous plaira, messire.

Emma se leva, rajusta son déguisement autour d'elle et quitta

1. Montreur d'ours.

la pièce d'une démarche digne, bien qu'un peu raide à cause de ce maudit drap qui s'enroulait autour de ses jambes.

— Je n'aurais pas dû, n'est-ce pas ?

Adélaïde se mordit la lèvre, indiquant par là qu'elle ne pouvait répondre à cette question sans fâcher sa maîtresse. Emma, qui avait pressé le pas, s'immobilisa sur le seuil du bel escalier qui montait directement au grand logis. Un escalier moderne, à vis, qui montait en s'enroulant sur lui-même autour d'une colonne de pierre. Emma n'en avait encore jamais vu de semblable. Crespina lui en avait parlé avec fierté ; c'était là une merveille de pierre que messire Aimery avait fait construire à grands frais par un architecte italien.

Aimery...

— Je voulais simplement qu'il comprenne qu'il ne serait point malséant de m'accorder davantage d'attention, lâcha-t-elle dans un souffle.

— Certes. Cependant, ses trois précédentes épouses sont trépassées, maîtresse.

— Je le sais bien ! C'est bien pour cette raison que je souhaitais faire réagir sire Aimery... Provoquer quelque chose en lui. Hélas, je gage que ce déguisement n'a fait que rappeler au vicomte de mauvais souvenirs sans pour autant le pousser à s'interroger sur la place qu'il m'accorde au castel...

— C'est fort possible.

— Par la Sainte Croix ! Comme je regrette... Je n'ai fait qu'accroître son ressentiment envers moi, voilà tout.

— Croyez bien que j'en suis marrie, ma dame.

— Il me prend pour une damoiselle sans cervelle – ce que je suis probablement !

— Nenni, maîtresse.

La servante hésita, se demandant sans doute si elle pouvait exprimer sa pensée sans crainte... Puis, elle se lança.

— Vous rêvez souvent en pleine journée et vous agissez spontanément, mais nul ne peut vous accuser d'être dépourvue de cervelle.

Leurs regards se croisèrent et, pour la première fois, Emma sentit s'établir une forme de connivence entre elles deux. Pouvait-elle pour autant se fier à cette femme, qui avait dissimulé sa véritable mission et cachait des talents insoupçonnés avec une lame ?

Elle n'avait pas encore de réponse à cette question, aussi devait-elle se montrer prudente. Elle lui sourit tout en reculant d'un pas, afin de restaurer entre elles une distance de convenance.

— Merci, Adélaïde.

Des pas résonnèrent dans l'escalier à vis. Henri de Ferrières ne tarda point à faire irruption devant les deux jeunes femmes.

— Dame Emma ! Dieu soit loué ! Je vous cherchais.

— Messire Henri ? Pourquoi n'étiez-vous pas au banquet ? Vous n'êtes même pas déguisé !

— Bien sûr, j'étais là ! Je me suis juste absenté car un messager est arrivé pour moi ; j'ai pris connoissance de ce message dans ma chambrine, et… Or ça, bien sûr que me voilà déguisé.

— Et… en quoi, ou en qui, s'il vous plaît de me répondre ? fit-elle en l'examinant des pieds à la tête, déconcertée.

Il portait une cotte verte coquettement assortie à ses yeux, des bas de qualité, des chaussures de cuir souple dont les tibiales[1] se croisaient jusqu'aux genoux, mais… rien qui s'apparente à un déguisement.

Henri se redressa en prenant une pose agressive, les mains levées comme s'il tenait une lance.

— Eh bien ? Vous ne trouvez point ?

Emma fit la moue, chercha le regard d'Adélaïde où elle lut la

1. Bandes de cuir entourant le mollet.

même méfiance teintée de lassitude qui agitait son âme. Puis, elle secoua la tête.

— Navrée, messire Henri… Nenni.

— Regardez, enfin !

Il fit mine de lancer un objet, d'écraser quelque chose avec son pied qui résonna sur les dalles du couloir dans un silence embarrassant.

— Eh bien ? répéta-t-il en considérant tour à tour Emma et sa servante. Je suis saint Georges ! C'est évident, non ?

Un éclair de compréhension traversa soudain son visage exalté, et il se frappa le front de la main.

— Oh ! mais bien sûr ! Il aurait fallu que mon chien soit là aussi… Je l'ai appelé Dragon. Vous saisissez ? Saint Georges et le dragon.

Il frappa à nouveau dans les airs avec sa lance imaginaire, visiblement marri de l'absence de réaction des deux jeunes femmes.

— Saint George et le dragon. Bref ! Je vous cherchais, ma dame, car j'ai reçu une réponse à ma dernière missive, et… Ne pouvez-vous renvoyer votre suivante ? Je n'ai guère envie de parler de cela devant elle.

— N'ayez crainte, Adélaïde ne révélera rien de vos amours ! Elle n'a pas pour habitude de colporter des ragots.

— Si fait, messire, approuva Adélaïde, un sourire narquois aux lèvres. Je puis être un véritable tombeau.

Henri lui adressa un regard torve avant de hausser les épaules.

— Mon présent a eu l'effet escompté.

— Oh ! j'en suis heureuse !

— Moi également.

Il plia la missive, la glissa sous sa ceinture. Puis, il parut remarquer le déguisement d'Emma et plissa le front.

— Je ne vous voyais pas très bien, au bout de cette longue table… Est-ce… Est-ce un suaire, ma dame ?

— Si fait.

— Oh.

Emma se sentit d'autant plus sotte sous son regard à la fois stupéfait et compatissant. Sotte, et infiniment naïve. Ce n'était point de cette façon qu'elle donnerait une leçon à son époux – quant à le séduire, encore moins ! Elle s'était fourvoyée.

Devait-elle pour autant rester sur cet échec ? Cela l'irritait autant qu'une cotte neuve. Oui, elle avait commis une erreur de jugement, et alors ? Il ne serait pas dit que cette nuitée soit aussi vaine que cela ! Il lui restait la seconde partie de son plan. La plus périlleuse.

La fête des Fous ne se terminera qu'au chant du coq… D'ici là, tout peut arriver.

Tout doit *arriver.*

Emma eut soudain le pressentiment que, durant cette nuitée, elle tenait sa seule et unique occasion de percer à jour l'un des plus lourds secrets de son irascible époux. Maîtres et hôtes se trouvaient tous dans la grande salle, occupés à faire ripaille au son des cornemuses des ménestrels, tandis que les domestiques se hâtaient entre cuisines et tablée en transportant des plats…

La tour des chambrines serait déserte.

— Messire Henri, puis-je compter sur votre discrétion en retour de la mienne, au sujet de votre bien-aimée ?

Choqué, il haussa les sourcils de comique façon.

— Dame Emma… Sont-ce là manières de dame ? Vous ne pouvez monnayer ainsi ma loyauté, qui va bien entendu à messire le vicomte.

— Messire Henri ?

— Oui, ma dame ?

— Vous avez affirmé me devoir l'attachement de votre bien-aimée : était-ce vrai ?

— Je… Si fait, mais…

— Bien ! Alors, je vous demande en retour de m'apporter

votre aide cette nuitée et de n'en souffler mot à personne. Ai-je votre parole ?

Henri pinça les lèvres, secoua la tête, visiblement dépité, mais finit par acquiescer à contrecœur. Comme tous les seigneurs, et comme tous les poètes, il accordait beaucoup de valeur à l'honneur et à la parole donnée : Emma ne douta point, alors, de son dévouement.

— Grand merci, messire !

— Sachez que je ne goûte guère ce parfum de perfidie...

— Oh ! nenni ! Nulle perfidie à venir, messire Henri, je puis vous l'assurer.

— Nous verrons... Que dois-je faire ?

— Voudriez-vous aller dans les cuisines et me rapporter un os, je vous prie ?

— Un... Un os ?

— Si fait.

Il se dérida, sa curiosité et son goût de l'aventure prenant le pas sur sa loyauté envers Aimery de Thouars.

— Et quel genre d'os souhaitez-vous ? Celui d'une chèvre ? D'un cheval ? Ou bien d'un dragon ? Vous savez, je ne suis pas réellement saint Georges et je n'ai point d'os de dragon à vous offrir, hélas...

— Peu importe : un os avec encore un peu de viande ou de gras autour. Vous me le porterez devant la chambrine du vicomte, voulez-vous ? Allons, Adélaïde, venez.

Elles le laissèrent là, bras ballants et yeux ronds, encore abasourdi par cette étrange mission.

— Et maintenant, qu'allons-nous faire ? souffla Adélaïde, le souffle un peu court en grimpant les marches juste derrière sa maîtresse.

— Emprunter quelque chose. Étant une revenante pour la nuitée, je m'en vais jouer les passe-murailles !

17

Les chiens participaient d'ordinaire aux agapes dans la grande salle, errant autour des tablées, chapardant une bouchée de temps à autre, mais Aimery préférait garder Fendeur loin de la tentation afin de l'empêcher d'engraisser. Il aimait son compagnon svelte et les sens aiguisés. Emma n'ignorait rien de cela, et remercia le ciel pour la gourmandise sans bornes du brave chien, qui allait ouvrir une voie royale à la première partie de son plan.

Entrer dans la chambrine du vicomte, puis détourner l'attention de Fendeur par le gros os encore enrobé de viande juteuse rapporté par Henri, cela ne s'avéra pas bien compliqué. Trouver l'objet qu'elle convoitait, en revanche, donna à Emma et à ses compagnons bien des gerbes à battre[1].

— La voici !

Lorsque Adélaïde dénicha enfin la grande clé de fer sous le chevet[2] du lit, Emma nota avec inquiétude que son adresse dénotait certainement une habitude bien ancrée.

Heureusement, la cassette de sa grand-mère était, quant à elle, soigneusement dissimulée derrière une pierre de la muraille

1. Expression de la difficulté ; on battait les gerbes de céréales au fléau, opération longue et fastidieuse.

2. Zone de la couche où l'on pose la tête.

de sa chambrine ! Emma se félicitait à présent d'avoir choisi un endroit bien caché.

— Ma dame, murmura Henri, particulièrement pâle. J'ignore ce que vous projetez mais je me dois de vous avertir : vous enfreignez toutes les lois en dérobant nuitamment un bien de votre époux en son absence !

— Ne soyez point offensant ! Je ne dérobe point : j'emprunte, et j'aurai rendu avant que le vicomte soit de retour. Les festivités vont se poursuivre fort tard, certainement.

— De grâce, ne vous compromettez point dans quelque action funeste, qui...

— Maîtresse, où que nous allions, nous devrions nous mettre en route sans tarder.

— C'est juste, approuva Emma sous le regard courroucé du sire de Ferrières. Je vous remercie pour votre aide, Henri. Rejoignez les convives, à présent ! Et pas un mot.

— La voie est libre, maîtresse.

Emma n'était point dupe du fait que l'attitude hardie de sa domestique n'avait pour but que de faire enrager le jeune troubadour, et s'en amusa. Ces deux-là étaient comme chien et chat. Il était temps de se séparer d'Henri avant que leurs disputes n'attirent l'attention.

Elle s'assura que le sire de Ferrières atteignait le bas de la tour avant de refermer la porte de la chambrine, mais elle hésita ensuite. Il était fort tentant de profiter de ce moment pour monter, au lieu de descendre... Explorer la partie supérieure de la tour, où elle n'avait jamais posé le pied.

— Maîtresse ? la héla sa servante, quelques marches en contrebas. Venez-vous ?

— Un instant... Juste un instant. Restez là, je reviens prestement !

Mue par une soudaine intuition, elle grimpa les marches en courant presque.

Juste un prompt regard...

Elle s'arrêta devant la porte de l'étage supérieur ; le dernier avant la salle des gardes, si elle en jugeait par la simple échelle de bois, raide et étroite, qui terminait l'escalier à vis pour mener à une porte basse bardée de fer.

Elle toucha du doigt la porte de cette ultime pièce de la haute tour... Nul bruit ne se faisait entendre. Était-ce une autre chambrine ? Dans ce cas, pourquoi était-elle inoccupée ?

Il s'agit peut-être de la chambrine des précédentes épouses du vicomte ?

Non, c'était impossible : chacune des vicomtesses qui l'avaient précédée avait partagé le lit d'Aimery, elle l'avait appris par Crespina. Il n'y avait qu'elle, Emma, pour occuper une autre chambrine... Mesure de faveur, ou bien volonté du vicomte de la tenir à l'écart ? Elle n'avait pas encore tranché sur cette question.

Elle posa la main sur la ferrure de la porte, prête à tenter de l'actionner, lorsqu'une idée terrifiante la traversa.

Et s'il s'agissait, tout simplement, de la pièce où les anciennes vicomtesses avaient trouvé la mortaille ?

Elle se figea, le cœur tambourinant contre ses côtes.

Alors, elle ouït un froissement de tissu, de l'autre côté du battant... Ainsi qu'un frémissement de la ferrure.

Un être se trouvait de l'autre côté de la porte !

Un être silencieux. Emma entendait son souffle heurter la porte, un peu lourd, saccadé.

Un être qui a aussi peur que moi...

Emma hésita. Devait-elle s'éloigner ? Frapper au battant ? Essayer d'ouvrir ?

Une voix féminine, haut perchée, la fit sursauter.

— *Min hunaka ?*

— *Hal hadha 'ant, messir*[1] *?*

1. « Qui est là ? Est-ce vous, messire ? »

De surprise, Emma manqua tomber à la renverse. Des femmes ? Cette porte dissimulait... des femmes ? Plusieurs femmes à la langue étrange...

La souvenance des rumeurs concernant le harem d'Aimery s'imposa à elle, et elle frémit d'horreur...

Seigneur ! C'était donques la vérité.

Une boule lui serrait la gorge. Mélange d'effroi, de vergogne et de chagrin.

— Maîtresse ?

Adélaïde montait dans son dos ; elle était encore dissimulée par la colonne de l'escalier, mais ne tarderait point à la rejoindre.

Reculant comme si elle s'était brûlée, Emma descendit les marches aussi vite qu'elle le pouvait sans prendre de risques.

— Or i allons ! Il n'y a rien céans.

Emma et Adélaïde redescendirent l'escalier de la tour des chambrines sans un mot. La détermination d'Emma était plus grande encore. Si son époux était capable de telle trahison à sa foi et à toutes les lois du royaume, en entretenant un harem d'épouses étrangères, alors elle n'éprouvait plus aucun scrupule pour ce qu'elle s'apprêtait à faire.

Le pas énergique, elle traversa le logis au niveau du premier étage afin d'éviter la grande salle, Adélaïde sur ses talons. Elle bifurqua ensuite dans un étroit couloir menant à l'aile des gardes et, plus loin, à la chapelle. Il n'y avait qu'un seul flambeau, accroché au mur au milieu du long couloir peuplé d'ombres.

— Que faites-vous ? s'inquiéta Adélaïde. Si nous sortons dans la basse cour, il nous faudra traverser un espace découvert pour rejoindre la poterne de la cour haute, et...

— Cesse de fatrouiller ! Je sais ce que je fais.

De fait, en écartant les tentures pour suivre les murailles à tâtons, Emma poussa soudain une exclamation étouffée.

— Ici ! Il y a bien un passage... Crespina avait raison.

— Vous accordez bien trop foi aux propos de cette vieille chouette... Mille pardons, ma dame, mais c'est là pure vérité !

— En attendant, la mention de ce passage dissimulé dans les murailles n'était point menterie. Regarde : il y a même une torche. Va l'allumer au flambeau, là-bas. Hâte-toi !

La servante obéit, et revint bientôt avec de la lumière qui dévoila un goulet si étroit que les deux femmes allaient devoir s'y engager de profil. La flamme perçait tout juste les ténèbres, aussi denses qu'un brouet au beurre et tout aussi poisseuses. Un vent frais souffla son haleine putride au visage d'Emma, qui ne se découragea pas pour autant.

— Or i allons ! Donne-moi le flambeau.

Le passage n'était point long. Il était juste assez difficile de s'y déplacer, de biais et la torche à la main. Emma devait veiller à garder la flamme éloignée de son drap, la tenant haut au-dessus de sa tête ; elle plissait les yeux pour discerner le sol sous ses pas, que nul paillage ne venait recouvrir, tout en se tordant le cou en avançant de côté, pas après pas.

— Dieu veuille que cela ne nous mène point en enfer, maugréa Adélaïde.

Emma ne répondit point. Elle aussi, éprouvait quelque crainte superstitieuse à s'enfoncer ainsi dans les ténèbres, mais il était exclu de trahir sa peur devant sa domestique.

Il n'y a là nulle diablerie, et quand bien même : je ne crains pas le Malin. Ma force d'en haut !

Après avoir opéré un arc de cercle, ce qui laissa penser à Emma qu'elles se trouvaient à l'intérieur du mur d'une tour, le chemin se poursuivait tout droit sur une courte distance avant de s'effacer sur des marches inégales, fort usées, menant sur une porte basse. Une porte qui n'était point close. Ce n'était guère étonnant : Crespina avait prétendu que les domestiques usaient parfois de ce corridor masqué.

— Dieu soit loué ! Nous sommes vivantes et respirons le bon air du Seigneur...

— Du calme, Adélaïde. Inutile de faire grand bruit.

Une fois franchie la porte, la vicomtesse de Thouars et sa servante se retrouvèrent dans la haute cour, dissimulées par un bosquet décharné par l'hiver. De l'autre côté de la volière se dressait la silhouette bossue de la tour Magne, tronquée par les caprices du temps.

Emma serra la clé de fer dans sa main, le cœur battant.

Voilà qu'elle touchait au but !

Enroulant un pan de son drap autour d'elle pour ne point trébucher, elle se dirigea furtivement vers l'ancien donjon. Adélaïde, derrière elle, pestait tout bas.

— C'est une fort mauvaise idée, maitresse ! Nous n'avons pas le droit d'aller là-bas. C'est sans doute le dernier endroit sur terre où nous pouvons aller ! Si le vicomte votre époux s'en aperçoit, il nous jettera au cachot ! Il nous soumettra peut-être à la question[1]...

— Ne te montre point aussi couarde ! Cela ne prendra qu'un peu de temps, nous serons prestement rentrées et nul ne saura rien de notre escapade.

— Henri de Ferrières le sait, lui !

Pourquoi parlerait-il ? Il m'est redevable. Il ne dira rien contre nous, il s'y est engagé.

— Mais... Mais... Maîtresse, pourquoi cet acharnement ? Il n'y a probablement rien d'autre que des courants d'air, dans cette maudite tour ! Et des araignées.

— Des revenants ?

— Par ma foi, peut-être ! Pourquoi y pénétrer ? Je... Je n'aime point tout cela, je vous l'affirme.

1. La torture.

— Et tu n'es pas curieuse de découvrir ce qui se cache dans cette vieille tour ? Pas même un peu ?

— Certes pas !

— Eh bien, moi, si.

La clé s'inséra parfaitement dans la serrure, puis tourna dans un menu grincement qui parut à Emma un véritable grondement de tonnerre.

L'intérieur de la tour était tout aussi obscur que le passage dans les murailles du castel. Malgré la torche, les flaques de lumière éclaboussaient à peine les dalles de pierre empoussiérées, les tentures rongées par les mites et les tapisseries moisies.

Le nez plissé, Emma fit quelques pas dans l'unique salle, fermant son esprit aux obstacles divers que rencontraient ses pieds.

— Est-ce tout ? murmura-t-elle en tournant sur elle-même, incrédule. Mais... il n'y a rien, céans ! Rien...

Elle fut reconnaissante à Adélaïde de ne point se vanter de l'avoir prévenue ; la domestique se contenta de l'encourager à rentrer au logis sans respit.

— Certes, souffla Emma. Je crois qu'il est inutile de s'attarder, en effet... Toutefois, je comprends d'autant moins l'intérêt de mon époux pour cette pièce abandonnée !

— Chaque homme a ses secrets, maîtresse.

Ainsi que chaque femme.

Emma sentit son cœur se serrer et dut recourir à toute sa volonté pour ne point glisser la main sur la clé de sa cassette, qu'elle portait toujours autour de son cou même sous son déguisement. Comment réagirait-elle, si son époux lui volait cette clé pour découvrir ses propres secrets ? Le coffret ne pouvait contenir une chose d'importance, bien sûr, cependant c'était tout ce qui lui restait de sa grand-mère, la fière dame Alversa, de sa vie passée en Angleterre... Tout ce qui lui restait de son identité, puisqu'elle avait même dû renoncer à porter le nom donné par sa mère.

La cassette représentait bien plus, aux yeux d'Emma, que ce qu'elle renfermait… C'était une image. Un souvenir.

Elle devait respecter les images chères à Aimery, sans chercher à les dérober !

À l'instant où elle se détournait pour rejoindre le seuil de la vieille tour, cependant, un son étrange la figea sur place.

— Seigneur ! Qu'est-ce là ?

Une sorte de gémissement grêle… Un râle d'agonie ? Peut-être y avait-il des chats errants, ou bien des oiseaux de nuit qui auraient niché là ?

— Ce n'est point la voix d'un être humain, réfléchit-elle en levant haut sa torche. Mais alors, qu'est-ce que cela peut-il être ?

Adélaïde, interdite, secoua la tête dans la semi-pénombre où elle se dressait, tout près de la porte.

— Je ne sais… Maîtresse, par pitié, partons !

Concentrée sur la provenance de ce son déplaisant, Emma se déplaçait lentement dans la pièce, se fiant à son ouïe pour localiser l'origine du phénomène. Le son semblait sourdre des pierres elles-mêmes… Du haut, du bas ?

En fin de compte, Emma frappa du pied sur les dalles de pierre.

— Cela provient du dessous.

— Du dessous ? Seigneur Dieu, protégez-nous ! Les enfers…

L'endroit était hanté. Cela ne faisait aucun doute ! Et Emma était persuadée de connoître l'identité des revenants enfermés céans : il ne pouvait s'agir que des anciennes épouses d'Aimery et de leurs enfants infortunés, mécontents de voir le vicomte installer un troupeau d'épouses païennes au sein même du donjon de Thouars…

Les pauvres âmes errantes étaient probablement en quête d'un chemin immatériel vers les cieux. Des cieux dont ils seraient privés à jamais… Mais pourquoi ?

Il y a là quelque vergoigneux mystère... Lié à la façon dont ces innocents ont trépassé, j'en suis certaine.

Oh ! Le Christ me vienne en aide...

Auraient-ils été occis ? Céans, peut-être ?

Emma hoqueta, envahie par la panique.

Engêolés pour l'éternité, maudits et couverts de chaînes, les revenants de cette tour du Malin étaient peut-être assoiffés de sang bien vivant, bien chaud ? D'âmes pures à entraîner dans leur déchéance ? De vivants à persécuter... ou à précipiter vers une mort certaine ?

La lumière vacilla, car les mains d'Emma s'étaient mises à trembler comme une feuille sous le vent.

— A... Adélaïde ?

— Oui, maîtresse ?

— Entends-tu cette... ce... Par le Christ, on dirait un chœur de démons !

Il y avait bien des voix, à présent : rauques, haut perchées, elles se superposaient sans fin et semblaient provenir des tréfonds de la terre...

— Ils nous appellent ! Par le sang du Christ, maîtresse, je vous implore de partir ! Accourez prestement : nous devons fuir le plus loin possible de cet antre du Malin !

— Tu as raison... Oui, partons !

Les deux jeunes femmes se précipitèrent vers la sortie, affolées, et se heurtèrent à des bras puissants qui les saisirent au vol.

Emma hurla, Adélaïde frappa des pieds et des poings...

— Cessez donques, espèce de furie ! Aïe ! Êtes-vous possédée par un démon ?

— Messire Henri ! Vous... Comment...

— Je vous ai suivies de loin, bien sûr. Croyez-vous que je vous aurais laissées perpétrer quelque folie sans intervenir ? J'ai pour mission de vous protéger, dame Emma, y compris de vous-même.

Adélaïde, qui avait prestement repris ses esprits, saisit la clé des doigts gourds de sa maîtresse, referma la porte de la tour Magne d'un geste vif puis se tourna vers le sentier. La volière résonnait de pépiements effrayés ou mécontents.

— Messire, ma dame, pressons-nous je vous en prie !

Emma s'enroula étroitement dans son suaire d'un soir puis elle courut vers le logis… Elle se dirigea droit vers la chambrine du sire de Thouars pour y déposer la clé du donjon abandonné, soulagée d'avoir échappé aux griffes des spectres qui avaient tenté de l'envoyer rôtir en enfer.

18

Thouars,
2 mars de l'an de grâce 1065.

Aimery descendit les marches avec grande vigilance, soucieux de ne point se rompre le cou. Elles étaient inégales, faites de bois vermoulu posé directement sur la terre et le roc, et certaines planches menaçaient de s'effondrer sous son poids – il savait, par exemple, qu'il devait à tout prix éviter de poser le pied sur la troisième et la cinquième.

S'il se brisait un membre céans, personne ne le trouverait jamais ! Il serait condamné à mourir lentement, incapable de se traîner vers la trappe dont il entrevoyait encore les interstices au-dessus de sa tête… Tout comme son hôte, dont personne au castel ne soupçonnait l'existence. Qu'il advienne un incident, et nul ne le nourrirait plus.

Hélas, c'était le prix à payer pour sauvegarder la vie de cet homme. Un ennemi. Un prisonnier. Oui, mais aussi une personne à qui Aimery devait la vie… Et il n'était point homme à manquer d'honneur.

Une vie pour une vie.

Il avait tant à se faire pardonner par Dieu, avec les six existences qu'il avait écourtées ; il ne comptait point tous les soudards qu'il avait pu embrocher sur le champ de bastaille, bien entendu. Seulement les six innocents qu'il avait précipités au tombeau.

Enfin, son pied rencontra le creux de roche aux contours familiers, et il sut qu'il avait atteint le niveau des cachots, creusés dans la colline avant l'époque de Pépin le Bref. C'était la seule partie du vieux donjon à avoir entièrement survécu aux affres du temps...

Aimery fit quelques pas dans ce couloir bas de plafond, marcha dans une flaque putride, pesta tout bas. Les dernières pluies avaient détrempé ce niveau inférieur.

Il parvint devant la dernière des quatre cellules – celle qui possédait une porte récente, de bonne facture, ainsi qu'un solide verrou. De mélancoliques notes de musique flottaient dans l'air puirant la moisissure, évocatrices de mets raffinés, de discussions enflammées, de vastes bibliothèques résonnant de discours scientifiques murmurés dans la douceur du soir, et de cours ensoleillées survolées par des ballets d'étourneaux aux couleurs vives... Une mélodie aussi incongrue céans qu'un cerisier en fleurs en plein hiver.

Avec un sourire indulgent, Aimery déposa sa torche sur le support en fer prévu à cet effet, puis déverrouilla la porte à l'aide d'une lourde clé de fer.

Lorsqu'il entra, il trouva ouvert le damné coffre qui l'avait blessé à la main, et le prince Tariq occupé à pincer les cordes de son *barbat*[1] incrusté de nacre. Une splendeur, qu'Aimery avait tout d'abord choisie pour lui avant de consentir à la céder à son hôte. Nul ne devait s'approprier les souvenirs d'un homme d'honneur, et ce *barbat*, qui n'était pour Aimery qu'un instrument de musique raffiné, représentait bien plus pour le prince...

— Encore en train de jouer ? fit le vicomte en refermant derrière lui.

1. Instrument de musique à cordes inventé en Perse au xe siècle.

Un geste vain, car jamais le prince ne se serait évadé, il le savait fort bien ; un geste qui visait à leur rappeler à tous deux leur délicate situation.

Tariq releva la tête, son regard sombre animé d'une lueur amusée. Plusieurs lampes déposées sur une table marquetée baignaient d'or ses traits fins, aristocratiques. Il portait une barbe noire soigneusement taillée, et un grain de beauté sous son œil senestre, telle une larme figée dans sa chair, conférait à son regard une expression singulière.

— *Ahlan*[1], messire de Thouars.

— *Ahlan wa sahlan*[2], répondit Aimery, tout en notant que le prince avait volontairement utilisé la salutation de l'hôte accueillant un ami en sa demeure.

Une façon, sans doute, de faire montre de politesse en considérant cette froide geôle comme son logis…

Par habitude, Aimery avait parlé avec lui dans un mélange d'arabe et de langue aragonaise, sans s'apercevoir qu'il reprenait la gestuelle des mozarabes[3]. Il laissa retomber sa main, qu'il avait posée sur son cœur, puis s'assit près du prince sur la couche qu'il avait lui-même descendue dans l'obscurité humide de cet ancien cachot. La natte de jonc crissa sous ses chaussures. Il se souvint qu'en Hispanie, les palais étaient paillés de ces nattes aux motifs compliqués… L'espace d'un instant, Aimery voyagea en pensée dans des temps révolus, loin au-delà des monts Pyrénées.

— Grand merci pour m'avoir apporté ce coffre, fit Tariq en s'inclinant.

— Ce n'était que justice.

— Il n'empêche. Les objets recelés sous ce battant clouté

1. Salutation signifiant également « bienvenue ».

2. « Sois parmi ta famille et que ton chemin soit aisé. »

3. Population d'Espagne arabisée.

représentent plus à mes yeux que les trésors les plus précieux du palais perdu de Madinat-Azahra[1].

Tariq désigna le *barbat* tandis que sa dernière note s'attardait autour d'eux.

— J'ignorais que mes choix musicaux vous attireraient aussi prestement !

— Je ne viens guère jouir de la musique en votre compagnie, amir[2]. À ce propos, je me dois de vous préciser que je ne suis point le seul à vous avoir entendu...

Il pointa du doigt le minuscule soupirail ouvert dans la muraille au ras du plafond, à peine assez grand pour laisser passer un rat, et orienté de sorte que les prisonniers ne puissent voir à l'extérieur.

— Des domestiques jurent entendre une étrange musique lorsqu'ils s'approchent de la tour Magne, et même mon épouse, pourtant plus curieuse qu'un pot d'aisance, se fait muette lorsqu'elle oit parler de cette musique du Malin...

Rajustant le pan de son turban sur son épaule, le prince sourit.

— Des rumeurs courent donques sur mon actuel palais ?

— Cessez, je vous prie... Cette tour en ruines n'a rien d'un palais ! Hélas, c'est tout ce que je puis vous proposer : il ne serait guère prudent de vous loger avec nos amies.

— Je le reconnais, en effet.

— En parlant de palais... Je dois vous annoncer que j'ai reçu un pigeon. Barbastro est à nouveau tombée.

— En vérité ? Ainsi, les chrétiens l'ont perdue ?

— Pour ça, oïl ! Ils l'ont bel et bien perdue, au terme d'une

1. Ville andalouse du xe siècle fondée par Abd ar-Rahman III, à l'ouest de Cordoue, qui fut mise à sac quelques décennies plus tard. Ses richesses disparues hantèrent longtemps l'imaginaire du royaume d'Al-Andalus.

2. Titre de noblesse équivalent à « prince ». C'était, notamment, le titre pris par la plupart des gouverneurs des taïfas de l'Espagne musulmane.

lutte meurtrière. Tous ces combats… Toute cette mortaille, pour finalement perdre la ville en quelques mois.

Aimery secoua la tête, amer.

Tariq se leva. Il rangea l'instrument de musique dans le coffre, caressa du regard les trois manuscrits, chèrement rapportés de Barbastro à travers les vallons et les forêts des monts Pyrénées. Ils renfermaient tant de richesses, tant de savoir !

Il y avait là, aussi, tout un nécessaire à écriture ainsi qu'une tenture de soie perlée qui avait jadis orné les murs de sa chambrine. Des onguents pour les mains. Une brosse à manche d'argent martelé où s'épanouissaient les mots du Prophète. Et, surtout, une boîte en bois de cèdre pleine de son mélange de thé favori !

Un véritable trésor, à lui seul.

Car, dès que Tariq savourait une gorgée de ce breuvage, il n'avait qu'à fermer les yeux pour se croire transporté à nouveau sous le ciel lumineux de Saraqusta[1], où le chant des pinsons et celui des fontaines peuplaient les vastes esplanades de marbre blanc, où les ministres de l'amir décidaient de l'avenir du monde entre les colonnades, où les palmes bruissaient dans l'air doux, où l'appel du muezzin tombait sur les jardins dorés par le soir, à l'heure où s'épanouit le parfum du jasmin…

Tariq émergea de ses souvenances et prépara un peu de thé sur le brasero où patientait une petite marmite et de l'eau frémissante.

— Pour en revenir aux rumeurs, fit Tariq, masquant ses émotions de son mieux, que dit-on sur cette tour ?

— On la dit hantée par un esprit en peine.

Tariq émit un petit rire tout en laissant tomber plusieurs pincées de thé dans la marmite.

— Vous devriez être satisfait, dans ce cas : nul ne viendra rôder par ici pour me libérer.

1. Saragosse.

— Seul un fol s'approcherait de la tour, à présent. Nul ne se souvient encore de l'existence de ces anciens cachots... Toutefois, il ne manque point de jeunes gens téméraires pour mettre leur courage à l'épreuve.

— Vraiment ?

— De jeunes sots ! J'ai dû interdire formellement les abords de la tour.

— Hélas... La vie est la même partout, d'un point à l'autre de la terre, fit le prince en écartant les bras dans un geste fataliste. En cela, chrétiens et nazaréens ne diffèrent pas plus des fils d'Allah que le plus humble mendiant des rois perses...

— Je suppose que vous avez raison. Cette curiosité, cependant, n'est point pour arranger nos affaires. Si votre présence venait à se connoître... Si votre oncle vous savait encore en vie, vous seriez probablement en danger.

— Cela n'arrivera pas, *in cha'a Allah*[1].

— Il faut l'espérer ! fit Aimery, que cette confiance inébranlable dans les desseins divins agaçait parfois. En attendant, si vous décidiez de jouer moins fort, voire moins souvent, cela ne pourrait que favoriser la volonté de Dieu... N'êtes-vous pas de cet avis ?

Cette fois, Tariq rit avec une fraîcheur tout droit issue du passé.

— Allah n'a point besoin de notre aide, pour mettre en œuvre ses desseins ! Mais, si cela vous agrée, messire, alors qu'il en soit ainsi. Je ne jouerai plus.

— Je vous remercie, amir.

— Ne vous tourmentez point : il est inutile de lutter contre le destin. *Maktub*[2] !

— Oui. *Maktub*...

1. « Si Dieu le veut. » Expression ancienne et significative de la foi musulmane, qui rappelle la prédétermination de tout événement.

2. « C'est écrit. »

Tariq servit deux tasses de terre cuite de thé fumant.

— Allah sait ; moi, je suis juste le chemin.

Ils burent en silence, savourant autant le breuvage parfumé que le paisible silence installé entre eux. La tranquille confiance de Tariq avait toujours un effet bénéfique sur les doutes d'Aimery. Pour le prince, il était vain de chercher à lutter contre la volonté de Dieu : suivre la voie indiquée, envers et contre tout, malgré les difficultés, malgré les souffrances, tel était le chemin du croyant. Peut-être avait-il raison, songeait le sire de Thouars en terminant son thé.

— Merci, prince.

— Ce fut un plaisir.

Il s'inclina, la main sur le cœur, puis effleura du bout du doigt un os de cheval qu'il portait autour du cou, gravé d'un seul mot. Le prince y déposa un preste baiser.

— Vous ne m'avez toujours pas révélé ce qu'il y a d'écrit là, fit Aimery.

— Oh ! c'est un nom.

— Un nom ? Celui de qui ?

— Un nom porteur de toutes les souffrances, mais aussi de tous les espoirs… *Al-Haqq*. La Vérité. C'est l'un des quatre-vingt-dix-neuf noms d'Allah, celui capable de guider le croyant perdu sur le chemin de la justice.

— Bien.

Aimery se leva, hésita un instant. Il lui répugnait de quitter ainsi son hôte, laissant ainsi l'impression de n'être venu que pour lui ordonner d'abandonner la seule occupation qui lui avait redonné le sourire, depuis son exil.

Point de fourberie ! C'est bien pour cette raison que je suis venu.

Il soupira, tiraillé entre son devoir et son sens de l'honneur. Il aurait voulu installer le prince plus confortablement, comme les femmes de sa maisonnée qui jouissaient, quant à elles, de la chambrine directement au-dessus de la sienne… Elles étaient à l'abri. En sécurité. C'était le seul moyen dont disposait Aimery pour témoigner de sa reconnaissance au prince de Saragosse : lui, devait rester invisible. Car, si ses ennemis le savaient en vie, ils dépêcheraient aussitôt des assassins pour le mettre à mort.

Car Tariq, neveu de l'amir Ahmad ibn Hud et fils de son frère Yusuf, qui gouvernait Barbastro, avait trahi son peuple en menant la reddition de la ville devant les armées chrétiennes. La sentence, pour lui, était la mort.

C'est alors que le prince, comme de coutume, trouva les mots pour exprimer non seulement ce qui tourmentait Aimery, mais aussi une voie nouvelle pour y faire face.

— Portez-vous toujours ma dague ?

Sans répondre, Aimery montra le fourreau courbe à sa ceinture. Le somptueux rubis de son pommeau jetait des feux sanglants à la lueur des lampes.

— Bien, approuva Tariq. N'oubliez point, messire, que tant que vous la conserverez pour moi, ma vie n'aura pas été entièrement inutile. J'accepte avec soumission le sort qu'Allah m'a réservé, du moment que vous respectez votre part de notre accord… Et je sais que vous le faites.

— Si fait.

— Protégez les femmes. Quant à moi, je m'accommode fort bien de tout cela ! Dieu connoît notre cœur : il ne nous impose point d'épreuves trop dures pour nous, pourvu que nous poursuivions sans cesse la voie juste.

Tariq baisa son pendentif avec respect, puis plongea son regard dans celui d'Aimery, son éternelle larme vacillant dans la lumière chiche.

— Comment Yerma se porte-t-elle ?

— Elle se porte bien. Elle a survécu à l'hiver, recouverte de pelisses jusqu'aux yeux et la cheminée flambant nuit et jour.

Les deux hommes se sourirent sans parvenir, toutefois, à chasser de leurs yeux une infinie tristesse. Ces jours étaient bien loin. Les journées n'étaient plus désormais qu'ombres fugaces, et des beautés de Barbastro il ne restait que cendres et regrets.

Barbastro...

Sang. Criements sans fin. Éclairs de terreur pure dans des yeux rehaussés de khôl... Les jambes douces maculées de sang, la robe rose au liseré d'or à moitié déchirée ; le voile couleur de soleil couchant, alors que la folie et la mortaille semblaient avoir pris possession de la terre, désertée par Dieu ainsi que par l'astre du jour...

La peste soit de cette maudite faiblesse !

Aimery secoua la tête, chassant ces cruels souvenirs d'une bastaille sans honneur ni gloire. Il redressa le dos.

— Je dois vous laisser, à présent, amir. Nous nous reverrons demain.

— Bien, messire de Thouars. Puis-je vous demander une faveur ?

— Faites donques.

Les mains du prince s'agitèrent, saisissant une coupe de bronze sur la table basse, la reposant. Il luttait de son mieux contre des sentiments puissants, sans parvenir à conserver son calme.

Lorsqu'il parla, sa voix se brisa sur le nom de sa sœur.

— Pourriez-vous transmettre à Yerma mes tendres pensées ? Ce jour est celui où, l'an passé, les soldats français et aragonais ont pris position sous les remparts de Barbastro.

En ce jour ?

Diable !

Aimery n'avait guère fait attention à la date. Il reçut l'information avec la brutalité d'un coup de masse dans son écu[1], et rentra instinctivement la tête dans les épaules pour mieux endurer le choc.

— Ce sera fait.

1. Bouclier des cavaliers.

— La paix d'Allah soit sur vous et les vôtres.

— Et sur vous, mon ami.

Aimery se détourna alors que le prince s'inclinait légèrement, une main sur le cœur. Il ne pouvait supporter de le voir s'humilier de la sorte !

Il referma la porte à double tour et quitta les anciens cachots l'âme rongée par la vergogne. Pourtant, une autre épreuve l'attendait, et non des moindres...

Yerma et ses voiles sombres, les mains croisées sur ses genoux, le regard baissé, désarçonnait toujours Aimery. Voilà pourquoi il évitait autant que possible de se rendre au sommet du donjon... Il peinait à concilier l'image de cette femme muette et renfermée avec celle de la joyeuse princesse aux robes scintillantes qui avait enchanté son cœur.

Lors du siège de Barbastro, le sire de Thouars et sa compagnie, dirigée par Guillaume de Montreuil, avaient pour habitude d'observer les assiégés depuis les hauteurs d'une petite éminence. C'est là qu'il avait aperçu pour la première fois la jolie Yerma, gente silhouette drapée de soie et entourée d'une suite colorée. Elle se déplaçait souvent sur les remparts, observant les assiégeants de longues heures. Par la suite, il avait appris qu'elle était amatrice de musique enlevée et grande lectrice des légendes persanes de Ferdowsi... Tout ce qu'il avait vu d'elle, à l'époque, s'était pourtant résumé à une frêle silhouette penchée avec inquiétude sur les épais remparts de Barbastro, évaluant avec effroi les lendemains incertains que lui envoyait le destin.

Yerma.

Sur le trajet du retour, Aimery avait ressenti pour elle une simple fascination dénuée d'amour, il le savait... Il ne pouvait plus aimer, de toute façon. Mais cette damoiselle, si élégante, si enjouée, illuminait de douze soleils leur triste convoi par-delà les monts enneigés, et quelques rayons s'étaient frayé un chemin jusqu'au cœur gelé d'Aimery. Ils l'avaient réchauffé. Peu, mais c'était suffisant pour le tirer des marais de sa mélancolie, pour le rappeler dans le domaine des vivants.

Pourtant, leur première rencontre avait été marquée par le sceau de la mortaille.

Le siège de la ville avait été assez bref, l'assaut hardi. Les représailles des chrétiens, qui cherchaient à venger la mort de Ramire Ier d'Aragon, terribles. On avait commencé par obturer le canal menant de l'eau potable à la cité ; il s'était ensuite écoulé peu de jours avant que l'un des notables de la ville négocie une reddition.

Tariq.

Aimery faisait partie de la délégation envoyée sous les murs de Barbastro à la rencontre des chefs musulmans. L'accord avait été scellé ; Tariq lui avait remis sa propre dague en gage d'honneur, et aussi contre la promesse de ne point attenter ni à sa sœur, ni à aucune des femmes de sa maison.

Mais Guillaume de Montreuil n'avait point tenu parole. Il avait massacré les soldats de l'escorte, ouvert les portes de force, occis la garde, et obligé chaque noble survivant à rejoindre son foyer.

Plus tard, les capitaines chrétiens s'étaient partagé les riches maisons de la cité. Chacun était libre de prendre possession de son domaine attribué, et tout ce qui se trouvait à l'intérieur des murs lui appartenait en titre… Y compris les êtres humains. Hommes, femmes, enfants. Dans chaque maison de Barbastro, les soldats s'étaient livrés à des brutalités infamantes, torturant les hommes, violentant les femmes, dans une terrible frénésie guerroyeuse.

Aimery n'avait point voulu participer à une telle vergoigneuse besogne. Mécontent de se voir attribuer une demeure de la ville basse, il avait alors cherché à retrouver ce Tariq à qui il avait donné sa parole… Car il avait engagé son honneur.

Les images se bousculèrent dans sa tête.

Aimery n'avait jamais vécu pareil massacre. Sur les richesses, ils avaient fait main basse ; mais ils avaient laissé une partie de leur âme dans les ruines fumantes de Barbastro.

Il transmit le message du prince Tariq aussi prestement que possible ; de toute manière, il lui était interdit de s'asseoir parmi les femmes ou de leur parler longuement. Cela aurait offensé leur pudeur.

Au moment de prendre congé, toutefois, Yerma esquissa un geste inattendu, qu'elle n'avait jamais fait auparavant : elle planta son regard dans le sien et étira les lèvres en un semblant de sourire. Il y avait tant de secrets enfouis dans ces yeux sombres, tant de reflets différents dans un même miroir, qu'Aimery fut pris de vertige.

Ces mêmes yeux lui revinrent, plus grands, empreints de terreur ; les jambes nues, offertes à la vue, en train de ruer contre l'homme qui lui arrachait son voile safran... L'altier Tariq était alors agenouillé, les mains attachées dans le dos, le visage couvert de sang ; il hurlait sa rage et cherchait à se dégager malgré les coups qu'on lui assénait.

Dans sa souvenance, Aimery revit son bras empoigner l'épaule de l'homme qui menaçait Yerma, sa main planter la dague de Tariq dans la gorge découverte, projetant une gerbe de sang, sous les criements des femmes.

Barbastro et ses mille attentements...

Elle ne parla point. Yerma, comme les femmes de sa suite, connaissait la plupart des auteurs de Kairouan, du Caire, de Damas, de Bagdad ou d'Ispahan... Elles parlaient l'arabe, l'aragonais et quelques rudiments de grec et de latin, mais pas un seul mot des langues de Francie.

Aimery s'inclina, une main sur le cœur, et s'empressa de quitter la chambrine. Il descendit les marches en s'appuyant à la colonne centrale, hanté par tant de fantômes du passé qu'il lui semblait se noyer dans un océan invisible.

Par une étroite fenêtre, tout juste une fente dans la pierre, Aimery aperçut alors le voile immaculé de son épouse, traversant la haute cour en compagnie d'Henri de Ferrières.

Plus naturelle que les autres femmes de sa connoissance ; plus effrontée. Plus libre, peut-être ? En tout cas, Aimery la trouva soudainement bien plus désirable. Elle était joliment tournée, bien sûr, mais c'était surtout cette hardiesse naturelle, spontanée, qui attendrissait son cœur. Dame Emma possédait quelque innocence étrangement pleine d'audace qui lui donnait envie de la quereller gentiment… De la serrer contre lui, afin de la garder de tout danger. De la garder pour lui seul.

Cela était pour lui une nouveauté !

Il se figea, envahi par une sensation étrange… Comme si les choses n'étaient point à leur place. Après tout, c'était la pure vérité ! Il abritait une demi-douzaine de femmes maures au-dessus de sa chambrine, il dormait seul dans un lit vide, son épouse était toujours une étrangère à ses yeux, et un prince en fuite rêvait devant son *barbat* dans un antique cachot datant des premiers rois francs…

Aimery songea alors avec amertume que son existence entière n'était que menteries et vains batelages.

Il devait agir.

19

— Désirez-vous faire une promenade en ma compagnie ? Le temps est clément, ce matin.

Interdite, Emma considéra avec surprise les rênes de Pitance, la jument qu'elle avait montée en Normandie et que le duc Guillaume lui avait offerte en présent d'épousailles.

La main gantée d'Aimery les agita un peu sous son nez.

— Eh bien ?

— Euh... Dès à présent ? balbutia Emma, prise au dépourvu.

— Peut-être souhaitez-vous vous vêtir plus chaudement ?

— Ma foi... Nenni, messire. Cela conviendra et je serai fort heureuse de vous accompagner !

Elle serra étroitement son mantel autour d'elle puis monta en selle avec l'aide d'Adélaïde, dont le visage s'était fermé. Emma savait que la jeune femme n'aimait guère la voir s'éloigner, mais cette fois elle ne serait point seule puisque son époux veillerait sur sa sécurité. Elle refusait de voir un danger potentiel en lui ! Son expression à la fois ferme et douce parlait d'ailleurs en sa faveur.

Non, songea Emma tout en laissant sa monture suivre Conquérant, le fougueux destrier de son époux. *Jamais cet homme ne me ferait le moindre mal.*

Ils franchirent le pont-levis menant à la basse cour, puis la porte d'enceinte et le grand fossé défensif, avant de descendre le long des remparts. Deux gardes les suivaient à distance respectueuse. Emma savoura les rayons du soleil sur son visage.

Une fois lancée au trot sur les chemins dépouillés par le noroît, son voile devenu oriflamme et le givre craquant sous les sabots de Pitance, elle sentit ses inquiétudes fondre sous l'enivrante sensation de liberté. Elle aimait tant sourire dans le vent fouettant ses joues, serrant les jambes autour d'une monture robuste dont l'énorme cœur battait au rythme du sien !

Cela lui rappelait qu'elle était en vie.

Ils empruntèrent un pont de bois au-dessus d'un ruisseau, puis Aimery fit opérer une volte à son étalon pour s'adresser à ses hommes.

— Raoul, Raymond : attendez ici !

— Bien, messire.

— Qu'il en soit fait selon votre volonté.

Les deux hommes s'inclinèrent avant de se poster de part et d'autre du sentier, probablement afin d'intercepter toute personne susceptible de troubler la paix d'Aimery et de sa compagne, lorsque Emma reconnut l'un d'entre eux. Elle s'en ouvrit à son époux une fois qu'ils furent seuls, avançant au pas sous une treille de branches de noisetiers à nu.

— Ce Raoul... Est-ce celui dont mon père sauva la vie, durant votre expédition sur les terres de Bretagne ?

— Si fait, ma dame.

Il lui adressa un sourire intrigué.

— Ainsi, vous gardez souvenance de lui ? Je devrais peut-être vous faire surveiller.

— Je ne me souviens que de son nom, pour être exacte. Quant à me faire surveiller... n'est-ce point déjà le cas ? Les attentions d'Henri de Ferrières ne laissent aucun doute sur sa mission réelle.

L'expression d'Aimery se fit plus dure, à peine une seconde, puis il s'inclina légèrement.

— Mes compliments, ma dame : vous avez déjoué mon meilleur sycophante !

Emma ne sut s'il se moquait, ou s'il était sincère. Dans le doute, elle ne répondit guère que par un haussement d'épaules.

— Entre messire Henri et ma domestique, qui me suit telle une ombre, Dieu sait que je n'ai guère de secrets pour personne.

— Votre sécurité est ma première préoccupation ! Henri assure votre protection. Quant à votre servante, sa présence céans n'est point de mon fait.

— Je le sais. Où me menez-vous, messire ? Je dois dire que je n'ai point de repères... C'est là ma première sortie du castel.

Il opina.

— En ce jour, nous allons combler cette lacune ! Que diriez-vous de découvrir un endroit fort plaisant, où j'aimais m'isoler étant plus jeune ?

— Oh...

L'idée séduisit Emma au-delà de ses espérances, car non seulement son mari en personne l'emmenait en promenade, mais de plus il comptait lui dévoiler une part de son passé ! Si éloignée fût-elle des questions qui hantaient Emma, celle-ci s'en satisferait. C'était un premier pas vers elle...

Elle dut se mordre les lèvres pour ne point laisser échapper une phrase qui l'eût trahie...

Je sais qu'à présent, vous aimez mieux vous isoler parmi vos femmes maures.

Au prix d'un singulier effort, Emma serra les dents et talonna Pitance sans ajouter un mot de plus.

C'était une clairière au cœur d'un bois de hêtres. Lumineuse, un peu fangeuse lorsque l'eau contenue dans le sol affleurait sous les sabots des chevaux. L'endroit devait être charmant à la saison des coquelicots ou même des colchiques ; hélas, les premières primevères n'avaient pas encore pointé leurs pétales et l'ensemble dégageait une impression un peu lugubre.

— Nous y sommes ! s'exclama Aimery, embrassant les lieux d'un ample geste du bras. Voici mon refuge d'antan, où j'aimais à venir m'abriter des colères paternelles.

— Votre père était donques fort rigoureux ? s'enquit Emma en mettant pied à terre, tout comme lui.

— Quel père digne de ce nom ne l'est point ?

Elle fit quelques pas dans la clairière, soucieuse de ne point gâter ses sandales de cuir. Un bain de boue serait difficilement rattrapable…

Elle tenta de voir les beautés du lieu sans toutefois y parvenir. Partout où son regard se posait, ce n'était que ronces, orties et enchevêtrements végétaux dénués de la moindre grâce. Un corbeau croassa bruyamment, tout près, et projeta des gouttes d'eau alentour en s'envolant de sa branche.

Emma frissonna.

— Pourquoi m'avoir menée ici, messire ?

— Souffrez-vous de la froidure ? Tenez.

Et il défit sa pelisse, qu'il enroula maladroitement autour des épaules d'Emma. Elle ressentit brièvement la chaleur de son corps, la force de ses mains, et fut troublée d'en éprouver un doux remous au plus profond de son cœur… Comme un courant caché qui provoquerait des ondes à la surface de son corps.

— Merci, souffla-t-elle en baissant les yeux, soudain intimidée.

Les doigts d'Aimery s'attardèrent sur ses épaules – un instant si fugace qu'elle eût pu croire avoir rêvé… Pourtant, lorsqu'il la lâcha, il ne recula point. Emma sentit sa respiration s'emballer : cette proximité la rendait si nerveuse !

Point craintive, ni ennoiée.

Juste nerveuse… et un peu fébrile.

La souvenance du contact de son torse sous sa joue, de ses bras solides qui l'avaient enveloppée avant de la déposer sur leur couche, la frappa sans prévenir. Ses jambes semblèrent perdre brusquement toute leur force, l'air lui manqua…

Aimery la saisit dans ses bras.

— Qu'avez-vous, ma mie ?

— Rien… Rien du tout, je… je vais bien.

— En êtes-vous sûre ? Vous voilà soudain fort pâle.

— Je me porte très bien, je vous remercie.

— Nous allons rentrer.

— Déjà ?

Aimery poussa un soupir désolé en lui frictionnant les bras à travers sa double épaisseur de pelisses.

— La froidure est encore trop grande, je n'aurais point dû vous mener ici. Votre bliaud n'est guère fait pour supporter ce froid. Choisissez vêture plus épaisse, les prochains jours.

— Je puis vous jurer, messire, que je n'ai point froid.

Rien ne fut jamais plus vrai… Blottie contre son époux, humant son odeur sur son épaisse cotte, Emma se réchauffait à la flamme qui grandissait en elle. Comment aurait-elle pu ressentir le froid, ainsi consumée d'attente et d'espoirs inexprimés ?

Aimery fronça les sourcils, ce qui ne fit que rendre son charme viril plus fascinant encore. Emma ouvrit la bouche pour aspirer bruyamment de l'air, ce qui attira l'attention de son époux sur ses lèvres.

Son regard s'assombrit, la brûla presque… Elle vit son menton, parfaitement rasé désormais, se rapprocher sensiblement tandis que sa bouche, fort jolie une fois dégagée de sa barbe hirsute, s'entrouvrait sur une inspiration hachée.

Il va m'embrasser.

Il me veut, à nouveau !

Mais… que veut-il, exactement ?

Aimery se pencha sur elle. Emma bascula la tête en arrière, irrésistiblement attirée par lui, tel un papillon recherchant la flamme de la bougie. Le souffle d'Aimery caressait ses lèvres.

Elle ferma les yeux, renonçant à toute forme de résistance – car après tout, il n'y avait nul péché à céder à son époux, n'est-ce pas ? Au contraire, même, c'était un bienfait béni par Dieu !

Seigneur, je me soumets à ta volonté.

Sans savoir si elle s'adressait à Dieu ou à son époux, les sens exaltés par une passion balbutiante, Emma se serra contre Aimery... Sentit ses lèvres effleurer les siennes... Puis, ses mains descendre le long de son dos, avec une lenteur exaspérante, pour finalement venir se poser sur le renflement de son postérieur.

C'est alors que tout tomba de lance en quenouille[1]...

Pitance hennit, juste à côté d'Emma. Comme elle ne s'y attendait point, elle sursauta, écrasa le pied d'Aimery sous les siens, ce qui la projeta directement sur ses lèvres, dont elle s'empara par réflexe.

Il lui rendit son baiser plutôt rudement avant de s'arracher à elle, assez choqué de son initiative.

— Par le sang de Dieu ! N'êtes-vous donques qu'une dévergoigneuse, ma dame ?

Elle happa l'air, privée de parole, puis un hoquet se bloqua dans sa gorge et Emma fut prise d'une quinte de toux, brisant pour de bon la magie de l'instant.

Aimery s'éloigna de deux pas, les yeux pleins d'effroi.

— Vous... Vous ne devriez point agir ainsi ! Jouer de la sorte avec mes nerfs.

— Si je vous ai offensé, j'en suis marrie... Ce n'est point ce que je désirais.

— Et que désirez-vous, au juste ?

Vous.

Achever dignement ce que nous avons commencé à Caen...

Comme elle ne pouvait décemment dire ni l'un ni l'autre,

1. Expression qui a donné « partir en quenouille », et qui remonte à la loi salique ; elle illustre une propriété tombant aux mains d'une femme, ce qui était alors considéré comme une catastrophe...

Emma prononça les premiers mots qui lui passèrent par la tête – car c'était là une sourde inquiétude en elle, qui ne la quittait oncques.

— Qu'est-il arrivé à vos anciennes épouses, messire ?

Elle sut aussitôt que c'était là grave erreur... Avant même de lire le choc sur les traits d'Aimery, avant même qu'il ne se détourne dans un mouvement brusque, empreint de colère.

— Halte-là. N'allez pas plus loin, je vous préviens...

— J'en ai assez !

— Diantre ! Vous outrepassez toutes les limites de la bienséance, ma dame !

Mais Emma était lasse de demeurer dans l'incertitude, lasse de n'être guère plus qu'une jolie tapisserie destinée à embellir un intérieur en silence, sans jamais obtenir de réponses à ses questions pourtant accablantes...

— Et vous, vous outrepassez vos droits ! s'insurgea-t-elle.

— Mes droits ?

— Peut-être pas, mais... En tout cas, vous... vous ne pouvez me laisser ainsi dans l'ignorance ! Tout le monde au castel sait ce qui s'est passé, je le vois bien ; nul ne me parle, nul ne daigne me répondre ! On me cache une terrible vérité pour ne point m'inquiéter, mais cela a l'effet inverse. Cette situation est intolérable !

— Je suis bien d'accord avec vous !

Ils se turent l'un et l'autre, la première à bout de souffle, le second à bout d'arguments. Emma se détourna, au bord des larmes. Elle se sentait si impuissante qu'elle en aurait hurlé.

Les mains sur les hanches, elle se força à inspirer profondément afin de se calmer. C'est alors que la voix brisée d'Aimery retentit dans son dos, basse et un peu sifflante, telle la vibration d'un arc après avoir décoché une flèche.

— Mes précédentes épouses, ma dame, ont trépassé en donnant la vie... Ou plutôt, la mortaille. Toutes les trois.

Surprise, Emma chercha ses mots mais le vicomte ne lui laissa pas l'occasion de l'interrompre. Il poursuivit, crachant ses phrases comme une pierrière[1] ses rocs mortels.

— La première a rendu l'âme un jour après la naissance, dans un flot de sang. L'enfançon a survécu une journée de plus. Un garçon. Trop faible. La deuxième est trépassée avant même la délivrance ; on dut lui ouvrir le ventre pour en faire sortir l'enfant. Une fille. Elle vécut un mois entier avant de finalement rejoindre sa mère. La troisième...

Il s'interrompit un instant, le souffle court. Lorsqu'il reprit la parole, ce fut d'une voix brisée.

— La troisième donna naissance avant terme à un enfançon sans vie. Elle survécut une semaine entière. Puis, la fièvre la prit. Elle trépassa dans mes bras. On venait juste d'inhumer notre fils.

L'écho de ses derniers mots plana entre eux quelques instants. Emma osait à peine respirer tant le poids de la souffrance d'Aimery l'étouffait... Elle demeura figée un long moment, avant de finalement se tourner vers lui.

Il était toujours de dos, les poings serrés. Ses épaules tressautaient en silence comme s'il contenait un démon tapi au fond de lui, qui aurait cherché à se libérer.

Le cœur d'Emma se serra.

Elle était certes soulagée : il n'avait point occis ses épouses ! Elle n'était point unie à un ogre, mais à un homme souffrant de pertes cruelles.

Elle fit un timide pas vers lui.

— Comment s'appelaient-elles ?

Il prit une profonde inspiration, jeta la tête en arrière puis se signa. Emma craignit d'avoir, une fois de plus, dépassé les bornes, mais il lui fit réponse dans un murmure.

— Berthe.

1. Arme de siège antérieure au mangonneau et au trébuchet.

Emma avança d'un autre pas.

— Aelis.

Emma fit un dernier pas qui l'amena dans son dos.

— Blanche.

Elle posa doucement la paume sur son épaule, sans mots inutiles. Ils auraient été vides de sens… Elle était douloureusement consciente de ne rien pouvoir faire pour alléger le fardeau de son époux.

Enfin, il se retourna et saisit sa main dans la sienne.

— Tel est le lourd secret que l'on vous cachait, ma dame… Par prévenance envers vous. Nul, au castel, ne souhaite que votre nom vienne allonger cette trop longue liste de mes victimes domestiques.

— Je n'ai aucunement l'intention de trépasser ! Il n'est pas rare que cela se produise… Vous avez cependant joué de malchance.

Il ricana avec amertume.

— De malchance ? Oui, je suppose… Mais guère plus que ces pauvres âmes qui ont eu le tort de partager ma couche.

— Où sont-ils inhumés, tous ? Mères et enfançons ?

— Dans la crypte de la chapelle. Là où est leur place, désormais.

— Oh. Vous… Vous y rendez-vous souvent, pour prier vos défunts ?

Jamais. Je leur ai fait défaut, je n'ai pas su les protéger… Au contraire, m'approcher les a tuées toutes les trois. Quant aux enfançons… Rester à distance est le mieux que je puisse faire pour eux tous. Pour leur épargner ma malédiction.

Il déglutit avec difficulté, les narines pincées. Emma redouta qu'il ne fût à nouveau enflammé par la colère, mais ce fut tout le contraire. Une larme unique, ronde et brillante tel l'astre de la nuit, roula silencieusement sur sa joue.

— Nenni ! Ne pleurez point, messire…

Emma se jeta dans ses bras, profondément bouleversée. Et elle qui avait craint, au début, que cet homme ne l'occise froidement ! Elle s'en voulait, à présent, d'avoir cédé à si grotesque frayeur.

Les bras d'Aimery s'enroulèrent autour d'elle. Elle sourit contre son torse, heureuse d'avoir enfin trouvé le chemin de son cœur, et…

Et elle se figea en sentant gronder dans sa poitrine de terribles paroles.

— Vous comprenez désormais pourquoi nous ne partagerons plus oncques de couche. Ce serait bien trop dangereux pour vous.

— Que… Quoi ?

— Je ne supporterais point de perdre une quatrième épouse. Et puis, vous imaginez les rumeurs qui courraient à mon égard ? Je deviendrais un démon ! Un suppôt de Satan. On peut manquer de malchance, mais pas à ce point…

— Qui vous dit que je trépasserais ? fit Emma, dressant le menton vers lui dans une attitude bravache.

— Je refuse de courir le risque.

Emma plongea sans crainte dans l'océan tumultueux des prunelles grises de son mari.

— Et vos autres femmes, messire ? Celles du donjon. Vous interdisez-vous également leur couche ?

Aimery la repoussa.

— Vous avez fureté chez moi ! De quel droit ?

— Du droit d'une épouse, messire ! Même si je conçois les raisons de vos réticences, vous ne pouvez me tenir à l'écart de votre vie. Or ça, ces autres épouses ? Combien sont-elles au juste ?

Il gronda, ce qui le fit ressembler à nouveau à l'ours qu'il lui évoquait la première fois qu'elle avait posé les yeux sur lui.

— Ce ne sont point mes épouses !

— Vos maîtresses, alors ?

— Non point !

— Eh bien alors, qui sont-elles ?

Il lui saisit un poignet et, sans serrer, l'attira contre lui. Ce n'était cependant pas une étreinte... Emma perçut parfaitement la menace dans sa voix, qu'il n'avait guère besoin d'élever pour l'intimider.

— Désormais, vous cesserez de fouiner partout. Vous cesserez de poser des questions. Vous allez, pour une fois, vous occuper de vos quenouilles et fuseaux sans plus chercher à vous mêler de mes affaires. Est-ce bien clair ?

— Je... Je ne...

— Est-ce bien clair ? répéta-t-il en lui saisissant le menton de l'autre main.

Il ne la brutalisait guère, ses doigts ne pressaient point sa chair au point de lui faire mal, et pourtant Emma sentit les larmes perler à ses yeux.

Je l'ai perdu. Définitivement.

— Oui, messire, finit-elle par articuler. Je regrette...

— Tout comme moi. Maintenant, en selle ! Nous rentrons.

20

Thouars, mois d'avril de l'an de grâce 1065.

Emma reprit deux fois de la truite aux épices avant de se tourner vers dame Adénor, la mère de son époux qui était venue passer l'été dans la confortable forteresse de Thouars. Le reste du temps, ainsi qu'elle l'avait confié à sa nouvelle bru, elle lui préférait un petit castel éloigné avec une domesticité réduite, qui lui permettait de mener une vie simple. Durant les mois les plus chauds, cependant, elle semblait apprécier d'avoir à sa disposition une armée de servantes équipées de petits esmouchoirs[1], des baquets d'eau fraîche à volonté ainsi que des repas froids servis à toute heure.

Or, le printemps étant particulièrement chaud cette année-là, dame Adénor était arrivée à Thouars fort en avance.

— Avez-vous reçu des nouvelles de votre fils, dame Adénor ?

— Nenni, ma fille. Et vous ? demanda-t-elle après un temps, l'œil méfiant.

— Non point.

Bruits de mastication et de déglutition comblèrent à nouveau le silence, qui avait tendance à s'éterniser entre les deux femmes.

1. Sorte d'éventail de crins de cheval, utilisé tant pour éloigner les mouches que pour se rafraîchir.

Crespina, l'oreille aux aguets comme de coutume, errait autour de la table, prête à surgir au moindre signe de main indolent de dame Adénor pour lui verser du vin ou lui couper sa viande.

Emma, patiente, se contenta de terminer sa truite sans rien ajouter. Elle avait appris à connoître sa belle-mère, ces dernières semaines : fort différente de sa propre mère ou de sa grand-mère, dame Adénor ne se montrait jamais autoritaire, encore moins cruelle... mais elle ne l'était pas moins.

Elle possédait un véritable don pour faire sentir à Emma le poids de son infériorité, et elle puisait un vif plaisir à la mener au bord des larmes. Ce qui, fort heureusement, ne se produisait que fort rarement.

Ma force d'en haut.

Toute saxonne qu'elle était, et par conséquent aux yeux de dame Adénor un être rustique, à peine instruit et englué dans de païennes superstitions, Emma puisait du courage dans la fierté de son lignage.

Que savait cette femme ignorante de ses grands ancêtres, grands aristocrates ayant servi les rois depuis Aethelred le malavisé, et à présent comtes de Wessex ? Sa race était plus pure que celle de sa belle-mère, songeait Emma pour ne point prendre ombrage des saillies désobligeantes de dame Adénor.

Ces derniers mois, elle avait appris à patienter. À dissimuler pensées et sentiments sous une épaisse carapace, du moins dans l'attente du retour d'Aimery...

Car le sire de Thouars n'était point céans.

Il avait pris la route avec ses hommes dès le mois de mars, après avoir reçu une missive : Harold Godwinson étant rentré en Angleterre, le duc Guillaume de Normandie requérait à nouveau sa présence. Emma pensait alors, non sans candeur, que son époux serait absent quelques semaines... Celui-ci, toutefois, avait prévu de poursuivre ensuite par une visite de ses vassaux, et quelques chasses.

Emma avait alors compris : il la fuyait. C'était l'évidence !

Le sire de Thouars, fort craint et respecté de ses sujets, fuyait sa propre épouse. Alors seulement, Emma commença à craindre que cela ne devienne permanent… Il ne changerait point d'avis.

En conséquence, certaines craintes la prenaient.

Que ferait-elle, au fil des mois, au fil des ans ? Que deviendrait-elle, simple ornement du castel, vicomtesse en titre mais aussi transparente que de l'eau de source ?

Ce n'était point l'existence qu'elle s'était attendue à trouver… Ce n'était point une existence, du tout. Elle n'était peut-être pas prisonnière comme elle l'aurait été à l'abbaye de Sainte-Eadgyth, sous la férule de l'acariâtre sœur Cynethryth, mais en un sens, il était pire d'être tout simplement…

Rien.

Inexistante.

Insignifiante.

Emma se sentait plus vide qu'une coquille d'escargot, et tout aussi dérisoire. Nul ne se souciait d'elle, en dehors d'Adélaïde et d'Henri de Ferrières, dont les fréquentes querelles avaient fini par s'espacer. Ils se toléraient mutuellement pour ne point être écartés du quotidien de la vicomtesse ; point par attachement, mais par devoir. Emma en était bien consciente.

— Reprenez des œufs de caille, proposa dame Adénor avec un sourire.

Emma, sur ses gardes, prit la jatte qu'elle lui tendait pour saisir une poignée de petits œufs durs déjà écalés. Elle en trempa un dans le verjus d'une coupelle ; elle raffolait de ce mets.

— Profitez-en, ajouta dame Adénor. Un jour viendra où vous ne pourrez plus en manger sans les rendre aussitôt – si Dieu veut que vous deveniez mère.

Et voilà l'épine cachée dans le bouquet…

Emma se raidit, termina sa bouchée sans se presser. Elle

ne comptait point laisser la malice de sa belle-mère lui gâcher le repas.

— Combien votre mère a-t-elle eu d'enfançons, déjà ? persista celle-ci.

— Moult.

— Dans ce cas, vous ne devriez point tarder à vous arrondir… Il nous faut prier pour cela.

Engouffrant un autre œuf de caille dégoulinant de bon verjus acidulé à point, Emma haussa les épaules.

— Peut-être m'arrondirai-je lorsque votre fils sera de retour. Il serait malséant de ma part de le faire en son absence, n'est-ce pas ?

Dame Adénor lui lança un regard noir sous son voile garance.

— Ne jouez point à la plus futée avec moi. Je sais que vous ne partagez point la couche de mon fils : il faut que cela change. Dès son retour, vous irez le trouver à la nuitée.

— M'est avis que cela ne lui siérait guère…

— Tel est votre devoir !

Emma soutint le regard de dame Adénor avec fougue.

— Le vôtre n'est point d'épier ce qui se trame dans la chambrine de votre fils, ce me semble.

Elle se leva sous l'air furibond de sa belle-mère, dont le teint se rapprochait dangereusement de la teinte de son voile, et quitta la pièce en adressant un signe de tête à Adélaïde afin qu'elle lui emboîte le pas.

Elles ne prononcèrent nulle parole en rejoignant la chambrine d'Emma. Elles n'en avaient pas besoin : il aurait été incorrect de parler de la vicomtesse mère en termes peu élogieux en son absence – et puis, Emma connaissait bien les sentiments d'Adélaïde envers dame Adénor. Elle savait qu'elles partageaient la même aversion pour cette femme déplaisante, qui avait toujours une lècherie à portée de main et une méchanceté sur la langue.

Déjà, la colère d'Emma refluait. Des considérations plus importantes la tenaillaient.

— As-tu demandé à Henri ce qu'il en est ? s'enquit-elle en se servant une coupe d'eau fraîche.

— Oui, maîtresse.

— Ah ! Eh bien ? Qu'a-t-il répondu ? A-t-il seulement répondu ? Car je gage que messire de Thouars lui a recommandé le secret et Henri n'est point homme à trahir son maître, et... Qu'y a-t-il ?

Adélaïde posa une main apaisante sur son avant-bras.

— Ne vous tourmentez pas de la sorte ! J'ai les réponses que vous attendiez.

— Dis-moi prestement ! s'impatienta Emma en prenant place sur le banc devant sa croisée. Qui est chargé de s'occuper des femmes maures, en l'absence de mon époux ?

— Cela n'a pas été facile, mais Henri a fini par découvrir la vérité. Il ne l'avoue point, mais je suis persuadée qu'il a grandement apprécié cette petite enquête ! Pour finir, c'est l'apprenti du forgeron, un garçon aussi honnête qu'il semble crédule, qui est le bon ami d'une servante du castel, qui... Mais passons les détails ! Une fillette du nom d'Olivette leur apporte deux repas par jour et pourvoit à leurs besoins.

— Une fillette ?

— Oui. La jeune enfant d'une lavandière du castel, qui aide de temps à autre en cuisine. Sire Aimery voulait conserver le secret et s'est abstenu de mettre une servante du castel dans la confidence ; il aurait prétendu que les femmes ne sont point dignes de confiance.

— Voilà qui ne m'étonne guère ! Il... Lorsqu'il est parti, il était en colère contre moi. Ce n'est rien.

Adélaïde hocha la tête, consciente du trouble de sa maîtresse qui se reprochait toujours son manque de tact passé.

— Il était impossible aussi d'envoyer un écuyer ou un garçon de cuisine, poursuivit-elle. Ces femmes n'accepteraient point la présence d'un homme, quel qu'il soit.

— En dehors de mon époux...

— Oui, maîtresse. En dehors de votre époux, messire de Thouars.

Emma poussa un soupir nerveux. Elle reposa sa coupe, joua un instant avec, la faisant rouler sur le bord de la petite table.

Tant de semaines et de mois, depuis le départ de son époux, et elle ruminait encore leur terrible dispute, celle qui avait précipité le départ d'Aimery – même s'il avait obéi aux ordres du duc Guillaume en retournant en Normandie. Son soulagement avait été tel, en recevant cette missive, qu'il en avait poussé une exclamation ravie tout en renversant le contenu de son hanap sur son omelette aux herbes.

Malgré son habitude de la solitude, Emma se languissait à présent de lui. Elle aurait voulu reprendre les mots accusateurs qu'elle lui avait lancés, mais aussi les formuler différemment pour obtenir des réponses sans le brusquer... Dire qu'il lui faisait assez confiance, alors, pour la conduire dans un endroit qu'il aimait étant jeune ! Et elle, qu'avait-elle fait, à part le confronter à ses secrets et dévoiler sa propre indiscrétion ?

— Olivette se rend dans la tour à l'aube et au crépuscule, reprit Adélaïde. Votre époux, lui, leur rend visite à des heures différentes, lorsqu'il est au castel. Il ne reste jamais très longtemps.

Emma ne réagit pas à cette dernière phrase, manifestement destinée à la réconforter. Un obscur sentiment de jalousie lui dévorait le cœur. Il ne lui avait guère échappé que dame Adénor savait, pour ces femmes. Et passait outre. Le vicomte avait bien le droit d'avoir toutes les maîtresses du monde, tout ce qui importait, c'est qu'elle, Emma, n'était pas encore grosse...

Sans enfants, une femme n'existe point.

Cette dure réalité s'était imposée à l'esprit d'Emma au fil du temps. Elle comprenait maintenant que, tant qu'elle n'engendrerait point, elle serait aussi inconsistante qu'un songe. Inutile. Condamnée à subir les affres du temps, à vieillir seule, sans la moindre marque d'estime, sans le moindre égard de ses proches... Et encore, si Aimery ne se mettait point en tête de la répudier !

Quel avenir lui resterait-il ?

S'il ne change point d'avis, ma vie perdra tout son sens.

Adélaïde la ramena au temps présent.

— Messire Henri prétend que vous n'avez point à vous inquiéter au sujet de ces femmes. Il ne les a jamais touchées, assure-t-il, encore que j'ignore comment il peut garantir ce genre de chose...

Emma, pour sa part, en entrevoyait parfaitement la raison. Elle se tut, laissant Adélaïde poursuivre.

— Sire Henri jure que votre mari n'est en rien intéressé personnellement par ces femmes. Ce sont des sortes de prisonnières, ramenées d'Hispanie.

— Des prisonnières...

— Oïl-da. Elles n'ont guère le droit de sortir de leur chambrine, ne voient personne hormis Olivette et, parfois, le sire de Thouars.

— Combien sont-elles ?

Adélaïde ouvrit de grands yeux.

— Oh ! euh... Je ne sais, maîtresse. Messire Henri n'a pas dû songer à s'en informer. Est-ce important ?

— Nenni, trancha Emma en reprenant courage. Peu importe, en vérité ! Ce qui compte, c'est que mon époux sera bientôt de retour. Voilà qui devrait apaiser un peu les humeurs de dame Adénor !

— Vraiment ? Comment le savez-vous ?

Emma ne put dissimuler un petit sourire triomphant.

— Un pigeon est arrivé hier. J'ai surpris une conversation du sergent intendant avec le capitaine de la garde : messire Aimery sera là d'ici quelques jours.

— C'est une grande nouvelle ! Mais, dame Adénor… ?

— Dame Adénor m'ayant demandé si j'avais personnellement reçu une missive de la part de son fils, ce n'était point menterie de ma part que de répondre par la négative. Il n'aurait guère été courtois de relater une conversation entendue par erreur, ne croyez-vous pas ?

Adélaïde lui sourit en retour.

— Certes, maîtresse.

— Et, lorsque messire Aimery sera céans, j'escompte bien l'inciter à œuvrer activement à la fabrication d'un petit héritier pour son domaine… Apporte-moi mon ouvrage, veux-tu ? J'aimerais terminer de broder mon nouveau voile pour le retour de mon mari.

Adélaïde s'exécuta, puis elle laissa sa maîtresse seule avec ses pensées, plus effervescentes que jamais.

Il fallait opter pour une nouvelle stratégie : ne point brusquer Aimery mais l'amener en douceur à considérer que le meilleur choix, pour lui comme pour elle, consistait à engendrer une descendance. Elle n'était point comme ses épouses précédentes : avec elle, cela fonctionnerait peut-être… Et dans le cas contraire, Emma se consolerait en rejoignant son Créateur plutôt que de s'étioler lentement dans une vie vide de sens.

Elle devait le convaincre !

Emma ne tarda pas à délaisser son ouvrage de petits points serrés pour laisser son regard errer par la croisée. Les nuages filaient dans le ciel à une vitesse prodigieuse, comme pour fuir un ennemi invisible… Ou bien se regroupaient-ils afin de se préparer à la bastaille ?

Je devrais en faire autant. Mon combat ne sera pas aisé…

Aimery avait été parfaitement clair sur le sujet : il ne souhaitait pas partager sa couche. Ni peu, ni prou.

Or, Emma avait été donnée en épousailles, elle n'était point entrée au couvent ! Demeurer éternellement chaste n'entrait point dans ses projets... Et pas seulement dans un but de procréation. Elle voulait aimer, et être aimée de retour. Était-ce trop demander à une femme mariée, que de découvrir les joies de l'amour dans les bras de son époux ? Cela lui semblait parfaitement raisonnable, au contraire.

Aimery était peut-être habitué à guerroyer, cela n'empêcherait point Emma de faire sa conquête ! Cette fois, ce serait elle qui mènerait bastaille, et un échec n'était point envisageable.

Elle se remémora la joie émanant des traits d'Henri, lorsqu'il lui parlait de sa bien-aimée et de leurs échanges réguliers ; à ces moments-là, son charmant visage se distendait dans un sourire dévoilant toutes ses dents, son souffle se faisait court, ses phrases hachées... Ses yeux brillaient plus que les étoiles d'été.

C'est cela, qu'Emma voulait pour elle-même ! Cet embrasement du cœur, cette déferlante de bonheur capable de tout ployer sur son passage. Dans son émoi, elle imaginait que ce serait aussi puissant qu'une armée en marche, aussi flamboyant que l'éclat du soleil...

Tout cela, elle le voulait – et même plus. D'autant que son époux se révélait peu à peu un homme singulier, aux attraits bien plus nombreux que son beau visage et sa stature de héros de légendes...

Il était réservé, instruit, curieux, et plein de bonté. Ces femmes maures, dans la tour, constituaient un autre témoignage de son bon cœur, car quel homme d'armes installerait ses prisonnières dans le logis de son propre castel, et les visiterait en personne ?

Il y avait là encore un mystère à percer. Un de plus. Emma jeta un regard hésitant à la pierre descellée, près de son chevet...

Était-il temps de puiser le mystérieux contenu de sa cassette ? Sa grand-mère avait prétendu qu'elle saurait quand le temps serait venu, aussi sûrement qu'elle connaissait son propre nom...

Et quoi d'autre ? Que c'était l'héritage de son sang, destiné aux femmes de sa lignée, à transmettre plus tard à sa fillotte. Emma n'avait point percé le sens de ces sibyllines paroles... Cependant, le moment était à partir à la conquête de son époux, et peut-être un héritage familial féminin l'y aiderait-il ?

Elle se leva, déposa sa broderie et essuya ses mains moites sur sa cotte.

C'était le moment !

Maintenant.

Après avoir fermé la porte de sa chambrine à clé par mesure de précaution, au cas où Adélaïde viendrait la déranger, elle descella à nouveau la pierre et posa la cassette sur sa couche.

Fébrile, elle puisa la petite clé pendue autour de son cou, l'inséra dans la minuscule serrure...

Il y eut un petit « clic ».

Le couvercle pivota, dévoilant un...

Bijou.

Une broche en or aux délicats entrelacs, sertie de joyaux. Un bijou princier... mais un simple bijou. Assez ancien, de forme démodée. Les pierres comportaient quelques rayures profondes. L'or était patiné aux endroits où il avait longuement frotté cottes et mantels.

Cette broche n'avait rien de particulier. Emma considéra la longue pique supposée retenir la vêture ; se pouvait-il qu'elle doive s'en servir comme d'une arme ?

Non, c'était grotesque.

Elle rangea son trésor à sa place dans le mur, dépitée. Cela ne lui servirait oncques ! Ni en ce jour, ni plus tard.

Emma se rassit près de la croisée puis reprit son ouvrage. Elle ne devait point perdre de vue ses objectifs, et le premier d'entre eux consistait à réserver bon accueil à son époux. Elle serait une épouse sage et docile, gente et courtoise. L'épouse parfaite.

Sa détermination s'affermit en même temps que ses doigts sur la toile, et elle reprit son ouvrage forte d'une nouvelle espérance.

Bientôt, avec l'aide de Dieu, elle séduirait son époux et remporterait son cœur.

21

Quelques jours plus tard.

Le retour d'Aimery fut plaisamment dépourvu de toute difficulté. Lui qui avait imaginé moult péripéties dès qu'il foulerait à nouveau le sol fraîchement paillé du castel – la plupart mettant en scène une Emma capricieuse ou fantasque – fut fort agréablement surpris devant la simplicité de ce retour. Il en conçut un vif soulagement, ainsi qu'une sincère gratitude pour son épouse.

Se serait-elle assagie en son absence ? Voilà qui était fort surprenant. Plus surprenant encore, Emma lui réserva un accueil aussi calme et réservé que celui de sa mère, dame Adénor, fut éprouvant.

Que ne suis-je resté au loin plus longtemps, si mon absence lui est si bénéfique !

Une fois passées les salutations, Aimery laissa Fendeur réclamer des douceurs à Emma qui, décidément, remportait ses faveurs à coups d'os à moelle, puis il s'isola dans sa chambrine jusqu'à la nuitée. Il redoutait un peu que son épouse ne tente de le rejoindre ou de l'aguicher d'une manière ou d'une autre…

Mais, là encore, elle se tint tranquille.

Aimery s'autorisa alors un repas rapide dans sa chambrine,

afin de ne croiser ni son épouse ni sa mère, puis il sombra dans un sommeil agité.

Ce n'est que deux jours plus tard, fraîchement lavé et rasé, qu'il trouva enfin le courage d'aborder avec Emma les nouvelles dont il était porteur.

Il la trouva près de l'échoppe du potier, dans la basse cour. Elle flânait en compagnie de sa domestique et d'Henri de Ferrières, et Aimery ressentit un douloureux pincement au cœur en la voyant si familière avec eux. Pour son bien, elle devrait rester une étrangère à ses yeux, à lui.

Il se glissa dans son dos, suivi par Fendeur, fut repéré par l'œil acéré de la servante, à qui il imposa silence d'un doigt impérieux.

— Puis-je m'entretenir avec vous, ma dame ?

Emma sursauta, Henri posa la main sur la poignée de son coutelas.

— Holà, du calme ! Je me réjouis toutefois de vous voir si prompt à défendre mon épouse, Henri.

Ce dernier s'inclina aussitôt, tandis que l'épouse en question fronçait les sourcils d'inquiétante façon.

— Je n'ai nul besoin de protection céans, ce me semble... À moins que vous ne considériez votre propre castel comme un endroit dangereux, échappant à votre autorité ?

Aimery laissa échapper un rire bref, qui appela un demi-sourire sur le visage de son épouse. Elle n'était donc pas vraiment fâchée, et se montrait prête à plaisanter... Bien.

Le sire de Thouars congédia Henri et la servante, qui s'éloignèrent l'un derrière l'autre, Adélaïde respectant une distance de deux pas.

— Je suis heureuse de vous revoir, messire. Toi aussi, Fendeur !

Aimery se tourna vers Emma, occupée à gratter les oreilles du chien, dont la queue battait la mesure. Elle lui parut soudain tout aussi jeune que dans son souvenir. Insouciante, pleine de vie.

Prenant son bras, il l'attira plus loin.

— Marchons, voulez-vous ?

— Attendez... Je tiens à vous exprimer mes regrets, pour la façon discourtoise dont nous nous sommes séparés. Je... Je n'aurais point dû vous parler ainsi, ni me mêler de votre passé.

Surpris, Aimery prit le temps de sonder son regard dépourvu de toute malice. Il n'y lut que contrition et ferme résolution. Cela lui plut.

Il prit l'une de ses mains dans la sienne, émerveillé de la sentir si délicate.

— Ne vous tourmentez point, ma mie. Tout cela est oublié.

— En vérité ?

— Oui. J'ai la rancune en horreur. Or ça, je suis persuadé que vous n'étiez point motivée par un esprit belliqueux, car ce n'est guère dans votre nature. N'est-ce pas ?

— Je... J'ignore quelle est ma nature, messire, toutefois je puis vous jurer que je ne souhaite point être votre ennemie. Bien au contraire.

Elle resta là, immobile, sa main dans la sienne, le dos plus raide qu'un pavois. Soutenant son regard. Ses doigts, toutefois, possédaient la froideur du marbre et son menton pointu trembla quelque peu. Ces faibles témoignages de son trouble émurent Aimery, qui caressa sa joue avec une certaine maladresse... Il manquait d'expérience en termes de coquetteries galantes.

— Moi non plus, je ne veux point être votre ennemi. Je suis navré du mauvais départ que nous avons pris tous deux, et...

Il s'interrompit, estomaqué[1] de ses propres paroles. Il n'avait guère eu l'intention que ses propos prennent une telle tournure !

1. Surpris.

Il fallait croire que cette damoiselle – nenni, son épouse ! – le troublait bien trop pour qu'il conserve tous ses esprits.

— J'ai des nouvelles à vous transmettre, lâcha-t-il soudain.

Il la vit se raidir encore davantage.

— Des nouvelles...

— Si fait.

— Pour moi ?

— Il semblerait, en effet.

— De bonnes nouvelles ?

— Eh bien... L'une, oui ; l'autre, un peu moins.

— Des nouvelles de Normandie ?

— De Normandie... et d'Angleterre.

Elle retint son souffle, puis se mit en marche lentement vers le centre de la basse cour. Des femmes chargées de seaux d'eau déambulaient entre des artisans pressés et des domestiques au pas pesant ; des enfants couraient çà et là, terrifiant les poules, qui gloussaient en battant des ailes sur leur passage. À leur approche, tous s'inclinaient devant leurs maîtres, mais nul ne prêtait l'oreille aux propos d'Aimery, qui savait fort bien parler bas.

— Quelle nouvelle souhaitez-vous entendre en premier ? La meilleure des deux, ou la plus préoccupante ?

— La meilleure des deux, bien sûr !

— Tiens ? fit-il, surpris par son choix. Je vous aurais crue assez brave pour me demander la pire en premier.

— Détrompez-vous, messire : ma bravoure n'égale certes pas la vôtre, qui passez votre temps à guerroyer ! Je préfère jouir des bonnes choses en premier. Les mauvaises arrivent bien assez tôt, non ?

Il approuva du chef et la tira vers lui pour laisser passer une mule aux bâts chargés de sacs.

— Dans ce cas, je suis bien aise de vous apprendre que Jehan d'Asfrediville ne pourra jamais plus vous nuire. Ce fornicateur est en train, à l'heure où nous parlons, d'expier son crime envers vous.

Emma s'immobilisa brusquement. Fendeur lui rentra dans les jambes et manifesta son mécontentement par un jappement outré.

— Le clerc ?

— Lui-même.

— Enfin, messire… Je croyais que nous étions convenus de garder cet épisode secret, fit-elle dans un murmure qui obligea Aimery à se rapprocher.

— N'ayez crainte, souffla-t-il à son oreille. Nul n'est au courant hormis le duc Guillaume et dame Mathilde. Ce maraud a subi la justice de son duc, qui l'a condamné à une peine infamante… Nul n'en saura jamais rien, mais il purge à présent son crime dans un monastère où il terminera ses jours au rythme de ses mortifications.

Emma se signa.

— Dieu lui pardonne.

— Qu'il le fasse, oui, car moi je ne lui pardonnerai point ce qu'il vous a fait !

Il rencontra à nouveau son regard, aussi pur qu'un ciel d'été, et sentit un frisson remonter le long de son échine.

Aimery recula d'un pas.

— Justice a été faite, ma dame, sans que mes mains ne soient salies d'un sang de moine. Cela devrait vous agréer ?

— Oh ! cela m'agrée ! Je n'aurais point accepté que vous corrompiez votre âme pour moi. Je connais votre droiture, messire.

À nouveau, le frisson. Contre toute attente, ces retrouvailles avec son épouse se révélaient plus aisées que prévu, presque plaisantes… Le vicomte avait l'impression qu'Emma le comprenait, saisissait l'essence de son âme comme personne auparavant, et le tout sans avoir eu l'opportunité de le connoître vraiment puisqu'il persistait à ne point la laisser s'approcher de son cœur...

Et pourtant, elle le comprenait. Sans doute que cela tenait à la similitude de leurs situations : rien ne renforçait davantage les liens que la capacité à comprendre la solitude de l'autre.

— Sait-on s'il a agi de son propre chef ?

— Il semblerait que ce soit le cas.

Aimery l'entraîna plus loin. La porte de la haute cour se profilait devant eux, gardée par deux hommes à la posture désinvolte. Le sire de Thouars se contenta d'un froncement de sourcils, en passant devant eux, pour les rappeler à l'ordre ; il n'avait point le cœur à les rabrouer. En ces jours d'été où nulle menace ne planait, pas même celle de jours de disette, le temps était à la fête.

— Et la mauvaise nouvelle ? s'enquit Emma comme ils pénétraient dans la fraîcheur du logis.

— Pas ici. Venez.

— Où cela ?

— Venez, vous dis-je. J'ai quelque chose à vous montrer.

— Dans les chambrines ?

— Pour être exact, dans la mienne.

Il l'entendit hoqueter de stupeur, ce qui le rassura. Elle ne semblait pas d'humeur aguicheuse, en ce jour, et ne tenterait sans doute rien à son encontre.

Un autre frisson le parcourut, aussi plaisant que les premiers, et Aimery dut repousser un vague regret né dans la malignité de son cœur d'homme.

Cela avait été si délicieux, de la serrer tout contre lui, sa peau contre la sienne... De l'embrasser, partout. De lui faire perdre ses moyens... De se délecter des petits bruits qu'elle laissait échapper entre ses lèvres gonflées par les baisers, les joues rougies par le plaisir et les tétons dressés à la rencontre de sa bouche, et...

Halte-là ! N'y songe plus, pauvre sot que tu es !

Aimery força son cœur pour détourner ses dévergoigneuses souvenances de l'unique nuitée d'amour partagée avec son épouse. Passant devant elle, il grimpa prestement les marches jusqu'à la porte de sa chambrine. Fendeur les précédait tous deux, sautant de marche en marche avec agilité malgré sa taille.

Aimery attendit ensuite son épouse sur le seuil, car elle montait plus lentement que lui, puis la laissa entrer et referma la porte.

Le bruit sec du loquet précipita une nuée de fourmis dans son ventre. Voilà qu'il se retrouvait seul avec elle, avec des pensées voluptueuses en tête et un désir vorace couvant sous sa peau.

Attention, nigaud : pas d'imprudences ! Reste loin d'elle, les yeux dans les siens et les mains à distance de sa peau.

Il se racla la gorge alors qu'Emma parcourait le mobilier des yeux tout en caressant la tête de Fendeur. Quel traître, celui-là ! Décidément, la jeune Emma possédait le don de se faire un ami de ce solide mastiff rompu à mordre les jarrets des destriers... Il les regarda un instant déambuler côte à côte, l'une aussi gracieuse que l'autre était robuste. C'était là un spectacle charmant.

Reprenant ses esprits, Aimery chercha dans sa malle de voyage le document qu'il avait fait copier avant son départ de la cour normande.

— Voici, fit-il en lui tendant le parchemin à bout de bras. C'est une copie de la missive reçue par le duc Guillaume.

Il la vit froncer ses jolis sourcils en lisant avec soin.

Dieu, qu'elle était belle ! Douce et forte à la fois. Sérieuse. Fascinante. Pour Aimery, une femme en train de lire se révélait aussi désirable qu'une courtisane lascivement étendue sur une couche... Il aimait par-dessus tout les esprits vifs et instruits. Et, bien sûr, le fait que dame Emma possède de douces courbes propres à faire rougir un moine – et pour cause... – ne gâchait rien.

En vérité, c'était la première fois qu'Aimery trouvait réunies en une seule femme toutes les qualités propres à lui faire chavirer l'âme.

Enfin, elle releva la tête.

— Est-ce une plaisanterie ?

— Nenni, ma mie… J'ai bien peur que ce soit la vérité. Le parchemin d'origine portait le cachet du roi Édouard.

— Mais… Mon père… Enfin, je veux dire, le comte de Wessex n'a nul besoin de nouer une autre alliance… Ma mère est en bonne santé, elle peut encore porter des enfançons ; d'ailleurs, il est fort probable qu'elle en porte un à l'heure actuelle, et… je…

Aimery lança le parchemin dans la malle restée ouverte, puis caressa le crâne de Fendeur pour s'obliger à rester à distance de sa dangereuse épouse.

— Il semble que le comte Harold ait pris une épouse du même nom que votre mère – Eadgyth – mais appartenant à une noble et fort riche famille. Il va sans dire que cette nouvelle s'avère préoccupante… car elle pourrait dénoter de prétentions cachées.

Elle hocha la tête, tournant en rond dans la chambrine. Aimery, lui, s'assit. Non seulement pour conserver ses distances mais aussi pour mieux faire le point dans ses pensées.

— Que lui est-il passé par la tête ? murmura Emma pour elle-même.

— Pour tout vous dire, ma dame, j'espérais que vous me diriez si un tel projet avait déjà germé chez votre père par le passé.

— Nenni… Je n'aurais jamais imaginé qu'il puisse prendre une autre épouse ! Ils ont toujours été très proches.

Elle se mordit la lèvre, et Aimery dut se retenir pour ne pas traverser la pièce en trois enjambées et la prendre dans ses bras.

Allons ! Pose tes questions.

— Étaient-ils unis devant Dieu ? L'a-t-il répudiée ?

— Ils étaient unis par la loi danoise[1]… Sans doute le sont-ils

1. Le mariage *more danico*, non reconnu par l'Église romaine, était couramment pratiqué par les Vikings, puis par les Saxons et même les premiers Normands – c'est d'ailleurs pour cette raison que Guillaume de Normandie fut surnommé « le Bâtard » : sa mère n'était pas mariée à son père devant l'Église.

encore. Le mariage danois n'est pas incompatible avec la polygamie, y compris devant Dieu.

— Je vois. Je doute que le duc Guillaume voie cela d'un bon œil… Lorsque je l'ai quitté, il était fort marri de cette situation. Seul un héritier né d'un mariage chrétien peut espérer régner sur un domaine… ou sur un royaume.

— Je… J'ignore tout de ce mariage, messire. Croyez bien que j'en suis affectée. Très affectée.

Elle s'arrêta face à lui, si pâle qu'Aimery se leva aussitôt pour lui proposer son soutien.

— Voulez-vous vous asseoir un moment ?

— Nenni, messire. Je me sens bien. Je vous assure.

— Asseyez-vous.

— Est-ce un ordre de mon seigneur et maître ? lança-t-elle, amusée.

— Exactement. Je vous ordonne de prendre place ici, fit-il en la guidant vers son siège, et de vous reposer un instant. Je suis désolé de vous avoir causé pareil choc… Il fallait toutefois que je vous interroge à ce sujet, dont tous les comtes et ducs de France et d'Angleterre s'entretiennent depuis des semaines.

— Je comprends. Cela ne me plaît guère, mais point pour les mêmes raisons que vous… C'est… Pardonnez-moi, je peine à trouver mes mots. C'est comme si mon foyer s'écroulait… Oh ! pardon ! Je sais que mon foyer est ici, désormais. Avec vous. Ce dont je suis heureuse, ne vous méprenez point… Je… Oh ! tout est si compliqué !

Aimery s'accroupit devant elle, plantant son regard dans le sien.

— Moi aussi, je comprends.

Elle se détendit visiblement, relâcha son souffle.

— Grand merci.

— Ce n'est rien… Vous êtes bouleversée en tant que fillotte, c'est bien normal. Si mon père avait répudié ma mère, je suis certain que cela m'aurait grandement affecté aussi. Cependant, comme vous le dites, votre foyer est céans. Il n'est nullement détruit, pas même endommagé, et vous me trouverez toujours à vos côtés jusqu'à votre dernier souffle.

Emma ne répondit pas. Elle respirait vite, et fort. Peiné de ne pouvoir s'autoriser à mieux la réconforter, Aimery se redressa et tendit la main pour l'aider à se relever mais, au dernier moment, sa paume dévia pour atterrir sur sa chevelure, largement révélée par son léger voile d'été qui ne couvrait que le sommet de sa tête.

Elle ne réagit pas, comme si c'était là un geste naturel entre eux, aussi Aimery se détendit-il peu à peu. Sa main se mit à caresser doucement ses boucles soyeuses, éclaircies par le soleil d'été… Un puissant sentiment de paix s'épanouit alors dans son cœur. Loin de tout désir, de toute passion, Aimery goûtait à présent à la saveur délicatement sucrée d'une tendresse partagée.

— Croyez-vous que mon père puisse nourrir des ambitions… démesurées ? Des ambitions dangereuses ?

— C'est là une possibilité.

— Je ne suis pas crédule au point de croire qu'il tient à moi ; je lui ai causé plus de soucis que de satisfactions, sans le moindre doute… Mais il est mon père ! Nos épousailles à tous deux faisaient partie de l'accord qu'il a conclu avec le duc Guillaume au nom du roi Édouard : il ne peut le rompre sans me perdre, moi aussi ! Je…

— N'ayez crainte. Je me suis fait mon opinion. Je vous crois innocente de toute félonie, et je ne laisserai personne vous nuire ! Personne, entendez-vous ? Pas même votre père, ni le roi d'Angleterre.

Elle étouffa un sanglot, tourna la tête si vivement que la main d'Aimery se trouva près de sa joue.

— J'ai foi en vous, messire, et je me réjouis de votre retour… De grâce, ne partez plus ! J'ai déjà perdu mon ancien monde, je ne peux supporter l'idée de perdre le nouveau. Ni le futur... Si nous avons un futur, tous deux.

— Emma...

— Messire, répondez-moi sans détours, je vous prie. Voulez-vous faire annuler nos épousailles ?

— Comment ?

— Je sais, nous étions d'accord pour conclure cette union pour le bien de tous, cependant tout est encore possible vu qu'il n'y a aucun héritier à venir, et... Vous n'aurez nulle peine à me déclarer stérile. Maintenant que mon père jette le discrédit sur moi... J'imagine que vous avez peut-être envie de...

— Nenni, ma dame ! Ma parole a été engagée, et je ne suis pas homme à me dédire.

— Je ne voulais point insinuer que...

— Nous avons conclu un accord ! Je ne vous abandonnerai point. Je prendrai soin de vous, quoi qu'il arrive.

Il effleura son visage, et Emma poussa sa joue contre sa paume en fermant les yeux. Confiante, offerte. Jamais encore Aimery n'avait ressenti à ce point l'effroi qu'il peut y avoir à endosser la responsabilité d'une autre existence, d'une autre vie avec sa nature et ses enjeux, ses cicatrices et ses espoirs...

Quelque chose se brisa en lui.

— Vous êtes maîtresse de Thouars, ma mie, aimée et respectée. Vous ne craignez ni péril ni ragots. Juste le chagrin... Pour cela, je ne puis malheureusement vous aider.

— Vous le faites pourtant très bien, murmura-t-elle en relevant la tête vers lui, ses yeux rendus brillants par les larmes contenues.

Alors, sans qu'il l'eût réfléchi ni même prémédité, Aimery se pencha sur les lèvres de son épouse et l'embrassa avec passion.

22

Emma crut que son cœur cessait de battre. Puis, elle se leva lentement sans interrompre le baiser, afin de se nicher plus étroitement dans les bras de son époux.

Il l'enlaça, et elle soupira d'aise.

Elle avait prié pour qu'Aimery lui pardonne, se rapproche d'elle… Jamais, cependant, elle n'avait osé imaginer qu'il l'embrasserait ainsi quelques jours à peine après son retour au castel.

Enfin, il recula, aspirant au passage sa lèvre inférieure.

— Pardon, ma mie.

— Pourquoi ? souffla Emma, toujours alanguie dans ses bras.

Il soupira, fermant un instant les yeux dans une attitude résignée.

— Je n'aurais pas dû. C'était une erreur…

— Ce n'est point mon avis, messire.

— Je ne puis me permettre de perdre une autre épouse, asséna-t-il en dénouant ses bras de sa nuque avec douceur, mais fermeté.

Emma s'efforça de surmonter sa déception. Croisant les bras comme pour retenir un peu de sa chaleur, elle tâcha de prendre un ton désinvolte.

— Et… ne souhaitez-vous point avoir un héritier ? Un garçon à qui transmettre votre fief, ainsi que votre nom ?

— Pas au prix de votre vie.

Elle en demeura coite de saisissement. Ainsi, il était prêt à renoncer à ce que tout seigneur exigeait d'une épouse, juste pour sa sécurité, à elle ? C'était si étonnant... Si...

— Emma ?

Elle sursauta.

— Oui ?

— Oubliez tout ceci. Vous êtes Emma de Thouars, à présent : plus rien ne vous lie au comté de Wessex.

— Je ne suis pas d'accord !

— Tout ce que je veux vous signifier, c'est que nul ne vous tiendra pour responsable des agissements de votre père, quels qu'ils soient ! J'y veillerai.

Aimery tenait à elle. Il n'y avait qu'à considérer la façon dont il la regardait, à cet instant, avec au fond des yeux un océan de tendresse agité par un roulis de doutes, d'émoi, de bravoure sans faille et d'un orage intérieur dont elle n'osait deviner la source...

Troublée, elle baissa les yeux et se sentit rougir. C'était fort embarrassant, pourtant Aimery demeura inchangé ; point de ricanement, point d'accès d'orgueil ni de sourire conquérant. Point de tout cela.

À la place, lorsqu'elle se risqua à nouveau à rencontrer son regard, Emma ne trouva qu'une violente émotion qu'il s'efforçait de contenir. Il ne fallait point le brusquer, cependant... Elle le savait fort bien.

Alors, elle fit un pas en arrière en direction de la porte.

— Je vais me retirer. Merci pour tout, messire.

— Vous ne me dérangez point... Pour tout dire, j'apprécie votre compagnie.

— Uniquement parce que vous craignez que, si vous me laissez sans surveillance, votre mère ne me rapporte des faits vergoigneux sur votre enfance.

Il éclata de rire, un son clair et joyeux qui tira un sourire à Emma.

— Oh ! elle a déjà dû trouver l'occasion de le faire !

— Malheureusement, non… Mais je ne cesse d'espérer.

Ils partagèrent un instant de douce connivence avant qu'Emma ne quitte la chambrine, l'esprit apaisé et le cœur en émoi.

Hélas, ce répit fut de courte durée.

Dès le lendemain, Emma fut informée que son époux l'attendait dans la salle de réception. Une telle sollicitation, qui tenait plus de l'ordre que de la courtoise demande, ne fut pas sans l'inquiéter et elle parcourut les couloirs du castel plus prestement que la dignité le lui commandait…

Elle fut accueillie par un regard glacial d'Aimery, assis sur son tabouret pliant, et un autre plein d'espoir, de la part de Fendeur qui était couché à ses pieds.

Son escuyer, le jeune Jehanounet, se tenait derrière lui, les mains croisées dans le dos, dans l'attente d'un ordre. Un serviteur tendait au vicomte une coupe de baies, qu'il refusa d'un geste en les congédiant tous deux.

— Qu'on nous laisse seuls !

— Bien, messire.

L'escuyer et le serviteur disparurent par une porte de service, laissant Emma faire face à un Aimery à l'évidence fort courroucé.

Je dois prendre l'avantage… Ne point le laisser m'accabler.

— Vous m'avez fait mander, messire ?

Pour toute réponse, Aimery poussa un sourd grognement qui fit dresser les oreilles de Fendeur.

— Or ça, ma dame, il paraît que vous passez beaucoup de votre temps dans les couloirs du donjon ?

Emma fronça les sourcils. Que voulait-il dire ?

— Je ne suis pas sûre de vous suivre.

— On m'a rapporté que vous vous intéressiez de près à mes affaires, ma dame. Et, notamment, à une certaine chambrine dans les hauteurs du donjon… Une chambrine à laquelle nul n'a accès, en dehors de moi.

Sainte Mère de Dieu… Il sait que j'ai mené une enquête sur ses secrets !

Emma retint son souffle. Pourquoi fallait-il que tout s'effondre avant qu'elle ait eu le temps de partir à la conquête de son mari ? Henri avait-il parlé ?

Elle se tortilla sous l'examen d'Aimery, dont le regard froid la sondait sans pitié.

— Eh bien, ma dame ? Donnez une explication, je vous prie.

— Je… Olivette !

— Quoi ?

Elle déglutit, soucieuse. Elle ignorait totalement ce qu'elle allait dire, toutefois il lui apparaissait évident qu'elle devait éviter toute menterie.

— Olivette. Je… Je me suis inquiétée qu'en votre absence, les… occupants de la chambrine en question ne reçoivent plus guère eau ni nourriture, alors, je… je me suis renseignée. Et j'ai appris que la jeune Olivette se chargeait de tout cela.

Mutique, Aimery la dévisageait toujours. Elle poussa un profond soupir, puis renonça à cacher la vérité.

— D'accord. J'ai voulu en savoir plus sur ces… personnes, dans la chambrine au-dessus de la vôtre, car j'ai ouï dire qu'il s'agissait de femmes. Il ne me plaisait guère que vous fréquentiez d'autres femmes, alors que vous me refusez votre présence nuitamment. Telle est la vérité !

À sa grande surprise, Aimery rejeta la tête en arrière et partit d'un rire sonore. Emma, mortifiée, sentit monter en elle un puissant sentiment de révolte contre l'injustice d'une telle situation…

C'était elle, l'épouse bafouée !

Elle, que son époux négligeait au profit d'un harem secret !

Le besoin de crier haro[1] sur Aimery la poussa à se défendre, les poings crispés sur des armes imaginaires.

— Comment osez-vous vous dégengler à mes dépens ? Il me semble que tout ceci est suffisamment offensant pour moi, sans que vous ayez besoin d'ajouter votre mépris en sus !

— Tout doux, ma mie… Je ne me dégengle point à vos dépens, je vous l'assure ; simplement, vous êtes si éloignée de la vérité que l'hilarité m'a pris.

— Oh ! mais je vous en prie ! Riez donques ! Est-ce si drôle, d'humilier ainsi votre épouse devant Dieu ?

— Allons, laissez cet air renfrogné aux vilaines gueuses ! Vous allez friper ce joli visage.

— Est-ce messire Henri qui vous a conté tout cela ?

— Henri ? Dois-je comprendre qu'il était complice de vos manigances ?

— Nenni ! fit Emma trop vite, soucieuse de rattraper sa bévue.

Mais Aimery ne fut pas dupe.

— Maudit Henri ! J'aurais dû me douter qu'il ne vous tiendrait point tête : son cœur est trop tendre, et sa tête trop dure ! Mais passons. Henri n'est coupable que de vous avoir suivie dans vos errements !

Il se frotta le menton pensivement.

— M'est avis que j'aurais peut-être dû vous révéler certaines choses, avant de vous installer au castel…

— Peut-être, en effet.

Il se leva, imité par Fendeur.

— Ce ne sont point de gentes pucelles, que je loge céans, mais des prisonnières.

— Des prisonnières ? répéta Emma, interdite.

1. Le droit féodal permettait à un homme de crier « haro ! », c'est-à-dire de demander de l'aide en signalant une injustice à la communauté, et de la porter devant son seigneur.

— Des prisonnières… particulières. Elles ne méritent point la geôle.

— En vérité ? Et pourquoi cela ?

— Parce que ce sont des femmes respectables n'ayant fait nul tort à personne, fit-il en soupirant. Et l'une d'elles vient d'une famille princière. Cela vous convient-il, ma dame ?

Emma souffla bruyamment par le nez. Sa colère refluait, mais elle rechignait à baisser si vite les armes.

— Puis-je savoir comment ces femmes se sont retrouvées dans votre donjon ?

— Nenni.

— Comment ? Mais il me semble que j'ai droit à la vérité, et vous étiez tout prêt à me la révéler il y a un instant ! Et puis…

— Bien ! la coupa-t-il avec une pointe d'agacement. Je vais satisfaire votre curiosité, puisque je ne pense pas obtenir la tranquillité sans cela ! Ces femmes m'appartiennent, tout simplement.

Emma hoqueta sous le choc de cette révélation.

— Je… Je vous demande pardon, messire… Qu'avez-vous dit ?

— Ces femmes sont ma propriété depuis la prise de la ville de Barbastro, il y a un peu plus d'un an. Asseyez-vous, ajouta-t-il en montrant un banc, près du mur. Cela risque d'être un peu long.

Emma obéit, pressée d'entendre la suite. Aimery se plaça à son côté sur le banc et Fendeur se coucha, la tête entre ses pattes, un peu déçu de ne point recevoir de gourmandise de la part de sa nouvelle maîtresse.

— Aux dernières heures du sac de Barbastro, j'ai commis un faux pas… Je suis intervenu pour empêcher un homme de mon capitaine, Guillaume de Montreuil, de violenter une femme maure. J'ignore pour quelle raison. Sans doute était-ce l'attentement de trop, en ce jour si funeste…

Il se baissa pour flatter la tête de Fendeur, les sourcils froncés. Emma patienta sagement jusqu'à ce qu'il poursuive.

— J'ai tué l'homme. Un crime impardonnable. Guillaume de Montreuil voulut me faire payer le prix du sang, ce qui aurait été un juste châtiment.

Emma laissa échapper une exclamation étouffée, imaginant déjà Aimery avec la tête tranchée d'un coup d'épée de ce terrifiant Guillaume de Montreuil, et…

Mais son époux la détrompa avec un geste désinvolte.

— Ce n'était qu'une amende à payer. Toutefois, mes prouesses durant la prise de la ville m'épargnèrent cette infamie : messire de Montreuil dut même m'octroyer une faveur. Je choisis de garder la femme que j'avais sauvée, ainsi que sa famille.

— Oh.

— C'était une princesse, la nièce de l'amir de Saragosse. Elle est devenue mienne, ainsi que toutes les femmes de sa suite.

— Je comprends mieux… Pourquoi, cependant, n'avoir pas installé ces femmes dans un autre de vos castels ? Pourquoi céans, pourquoi dans le donjon, dans la chambrine juste au-dessus de la vôtre ?

— Leur sécurité passe avant toute chose. Je me suis engagé à leur assurer une vie à la fois paisible et confortable, et j'honorerai ce serment jusqu'à ma mort.

Emma hocha la tête. Ces révélations aiguillonnaient sa curiosité mais elle n'osait poser toutes les questions qui jaillissaient en son esprit. Son époux dut s'en apercevoir, car il répondit de lui-même à certaines d'entre elles.

— Olivette a l'avantage d'être une fillette ; ces femmes sont musulmanes et elles ne doivent point être vues par des hommes. Elles ne peuvent quitter leur chambrine, et de toute façon elles ne parlent point notre langue.

— Seigneur !

— Cela vous choque ?

— Bien sûr ! Les pauvres, comme elles doivent se sentir seules…

Aimery la considéra un instant fixement. Puis, lorsqu'il parla, ce fut avec une note nouvelle dans la voix.

— Je vous croyais dirigée par la jalousie, et voici que vous compatissez soudainement avec ces femmes… Pour quelle raison ?

— Je l'ignore, fit Emma en haussant les épaules. Je n'apprécierais guère d'être enfermée pour toujours avec quelques compagnes, entre quatre murs, dans un pays lointain, entourée d'étrangers… Je pense que…

— Oui ?

— Je pense qu'elles doivent être fort malheureuses.

— Ainsi, vous ne me croyez plus infidèle ? la taquina Aimery.

Elle baissa la tête.

— Nenni, messire, j'ai compris. Je vous sais homme d'honneur, et ce que vous avez bien voulu me confier ne fait que me le prouver davantage.

C'était la pure vérité : Emma ressentait une telle fierté pour la droiture et le courage de son époux, qui n'avait point hésité à se porter au secours de femmes sans défense, même appartenant à l'ennemi, que son cœur se gonflait d'affection pour lui.

Sous ses abords un peu rudes, Aimery de Thouars de Barbastro n'était point un seigneur comme les autres ! Et il était à elle – aux yeux de Dieu, en tous les cas.

— Bien ! s'exclama-t-il en se levant, aussitôt imité par Fendeur. Vous cesserez ainsi de m'importuner avec cette question. Et s'il me revient aux oreilles que vous furetez encore au castel, je serai dans l'obligation de vous punir.

Emma ouvrit de grands yeux.

— Allez, à présent.

Elle obéit sans attendre, un goût amer sur la langue. Il lui coûtait de se soumettre à l'autorité de quiconque, malgré son serment de mariage qui impliquait, comme de coutume, une allégeance sans faille à son seigneur et maître. Mieux valait toutefois ne point contrarier Aimery plus avant… Emma avait obtenu plus de réponses qu'elle n'en attendait et bouillait d'impatience à l'idée de rencontrer les mystérieuses femmes maures du donjon de Thouars.

Après tout, Aimery ne l'avait point interdit...

23

Thouars, fête de Beltane de l'an de grâce 1065.

Emma avait toujours aimé la fête du printemps, que l'on célébrait avec grande liesse dans les campagnes, que ce soit à Thouars ou chez elle, en Angleterre. Elle le découvrit avec bonheur, et répéta même un chant avec Henri durant toute la matinée. Le seigneur troubadour préparait même une surprise pour le vicomte…

Après le repas frugal de la mi-journée, elle faussa compagnie à dame Adénor avec une idée précise en tête, mais son époux bouleversa ses plans en la faisant mander dans son cabinet de travail.

— Sire Aimery possède un cabinet de travail ? s'étonna-t-elle auprès de Jehanounet, qui la conduisait à lui.

— Oui, ma dame. Sire Aimery aime travailler en toute tranquillité.

— Mais… qu'y fait-il, exactement ? Il n'est ni intendant, ni moine copiste…

L'escuyer haussa ses maigres épaules.

— Cela ne me concerne guère, ma dame, et jamais je n'oserais importuner messire en lui posant des questions aussi impertinentes.

— Certes.

Le garçon frappa à une lourde porte ferrée puis, lorsque la voix étouffée du vicomte lui eut ordonné d'entrer, il ouvrit et s'effaça pour laisser passer Emma.

Celle-ci s'attendait à une pièce austère pleine de parchemins ; aussi fut-elle stupéfaite de trouver un tel amoncellement d'objets étranges et exotiques… La pièce, vaste et voûtée avec un pilier central, peut-être une ancienne chapelle, comportait tant de coffres, de sièges rembourrés, de tables de toutes tailles, d'étagères et d'armoires ornementées, que l'on ne voyait quasiment pas la pierre des murs. Sur chaque surface plate s'amoncelaient des boîtes ouvragées de toutes dimensions, des statuettes, des lampes aux motifs étranges, des ustensiles de bronze fleurant l'encens. Des instruments de musique aux formes singulières étaient déposés sur des tabourets ou appuyés contre le mur. Point de joncs ni d'herbes : le sol, ici, était entièrement recouvert de tapis moelleux et colorés qui étouffaient les sons.

Et, tout au fond de la pièce, trônait une armoire dont on avait ôté les six portes, dont l'intérieur était entièrement empli de parchemins et de manuscrits, de rouleaux soigneusement empilés et de lourds codex savamment disposés.

Une bibliothèque. Bien plus vaste que celle de Sainte-Eadgyth…

Emma s'en approcha, irrésistiblement attirée par ces mystérieux volumes à l'odeur inimitable de cuir, de bois précieux et de colle à base de poisson.

— Laisse-nous, Jehanounet, fit la voix d'Aimery, qui était à moitié dissimulé derrière une table couverte de feuillets.

Il y eut un froissement de tissu indiquant que le garçon s'inclinait, puis la porte se referma dans le dos d'Emma.

— Approchez.

— J'essaie, répondit-elle en se frayant un passage entre une console couverte de jolis colifichets de pierres et de métaux précieux, et un étrange animal doté d'oreilles démesurées.

Emma sursauta, avant de s'apercevoir que, malgré les

apparences, l'animal n'était point vivant... mais figé, comme en train de marcher, une patte en l'air.

Le ton d'Aimery s'adoucit.

— C'est un goupil des sables, expliqua-t-il. Sa peau a été remplie de laine et de mousse afin de rendre l'illusion de la vie. Fascinant, n'est-ce pas ? Il fait partie des mille trésors rapportés de Barbastro.

— Fascinant, en effet, murmura Emma en effleurant du doigt le pelage roux de l'animal.

Puis, se reprenant, elle rejoignit son époux qui s'était levé pour lui faire accueil.

— Vous désiriez me voir, messire ?

— En effet... J'ai ouï certaines rumeurs à votre sujet.

Emma sentit son cœur battre plus fort. Elle ne pouvait décrocher son regard des yeux de son mari, davantage emplis de résignation que de colère véritable. Cela l'encouragea à lui tenir tête.

— En vérité, messire ? Je suppose que cela est inévitable... Je suis encore considérée comme nouvelle venue, étrangère de surcroît, et moult personnes au castel épient mes faits et gestes. M'est avis qu'il leur est fort agréable de m'inventer mille torts afin de se divertir, et...

— Emma ?

— Oui, messire ?

— Tenez votre langue, pour une fois, et écoutez plutôt ce que j'ai à vous dire.

Elle fronça les sourcils mais se tint coite. Aimery, les mains derrière le dos, se mit à louvoyer entre les meubles, visiblement préoccupé.

— Je sais que vous avez rôdé à la brune[1] près de la chambrine des femmes maures. Je sais que votre curiosité vous pousse à

1. À la tombée de la nuit.

bien des folies… Mais les gens parlent. Beaucoup. Ils inventent des menteries laides comme les sept péchés capitaux !

— Messire, je… je…

— Je n'ai pas terminé ! Imaginez-vous que, dans les villages alentour, on me surnomme déjà « le vicomte au harem » ? On prétend aussi que vous êtes l'amie de ces femmes, que vous vivez recluse au castel vous aussi, et même que vous vous seriez convertie à leur religion.

— Comment ? Mais c'est… c'est absurde ! Ce sont de viles balivernes, qui n'ont pas plus de vérité en elles que d'œufs dans le ventre d'une chienne !

— Tout doux… Je vous crois. L'accusation de conversion, en particulier, est si grotesque qu'elle ne peut être prise au sérieux.

Emma haussa les épaules sans un mot. Tout ceci dépassait les limites de ce qui était acceptable. Elle n'éprouvait plus l'envie de se défendre tant l'affront était grand… Que son époux la soutienne lui réchauffait le cœur, en revanche sa force intérieure semblait l'avoir soudainement désertée, en même temps que toute envie de lutte.

Elle baissa la tête.

— Je n'ai point ma place au castel.

— Que diable jactez-vous là ? Vous êtes la vicomtesse de Thouars. La maîtresse de maison.

— C'est faux et vous le savez, messire. J'en suis responsable : je n'ai jamais véritablement pris cette place qui me revenait… Je n'ai point réellement endossé mes obligations. Je suis restée une étrangère. Une Saxonne tout juste tolérée céans.

Aimery s'approcha pour l'enlacer. Elle le laissa faire. Elle n'avait plus de bravoure, désormais : prendre conscience de ses torts et manquements lui donnait le vertige.

Elle regrettait sans cesse, en son for intérieur, qu'elle ne fût point acceptée en tant que maîtresse de Thouars, mais elle se fourvoyait ! Elle était la première responsable de ses malheurs.

Dans sa candeur, elle s'était contentée de souhaiter séduire son mari... Or, elle comprenait à présent que ce n'était point la couche d'Aimery qui ferait d'elle la vicomtesse de Thouars, mais bien sa propre autorité.

Il lui fallait réagir !

Conquérir la place, avant de songer à conquérir le maître des lieux. Cela lui apparaissait clairement, à présent.

Ma force d'en haut !

— Emma ?

Du bout des doigts, Aimery lui fit lever le menton. Il sondait ses yeux avec inquiétude, et soudain Emma ressentit une bouffée de tendresse pour cet homme, qui dissimulait beaucoup de délicatesse sous ses abords un peu rudes de héros de bastaille.

Elle lui sourit, ravalant les larmes qui menaçaient de couler.

— Je vais bien, messire. Mieux que cela : je vais dorénavant devenir l'épouse que vous souhaitiez. Celle qui ne vous causera aucun tourment.

— Emma... Je ne souhaite point vous changer. J'aime votre naturel, votre insouciance, votre franchise...

Il laissa retomber sa main, recula d'un pas. Ses mâchoires serrées disaient assez clairement qu'il s'obligeait à prendre ainsi ses distances, ce qui rassura Emma. S'il devait s'y contraindre, c'était bien qu'il avait envie d'être près d'elle ?

Alors, tout n'était point perdu.

Emma conçut cependant un doute : avait-elle le droit de l'obliger à renoncer à sa décision ? Avec le temps, elle avait appris à respecter la justesse des vues de cet homme, et s'il refusait d'enceinter[1] encore une femme, elle devrait peut-être respecter son choix...

Balivernes ! Il se fourvoie : il est de mon devoir de le lui faire comprendre. En douceur.

1. Rendre enceinte.

Aimery se racla la gorge. Elle frissonna de plaisir, savourant sa voix basse et un peu rauque.

— De toute façon, je dois vous avertir que ces femmes ne parlent point notre langue. Vous ne pourriez satisfaire votre curiosité à leur encontre, même si vous vous teniez en face d'elles ! Alors, cessez de vous préoccuper de leur sort.

— Et elles, messire ?

— Eh bien ?

— Peut-être aimeraient-elles la visite d'une autre femme, même si elles ne parlent point sa langue ? Songez-y.

À sa grande surprise, Aimery prit quelques secondes pour s'imprégner de ses paroles, puis il hocha la tête. Une seule fois, ferme, énergique.

— J'y songerai. Allez, à présent ! Un manuscrit m'attend. Une autre fois, je vous montrerai plus en détail certains des objets de cette pièce, si cela vous agrée.

— Oh ! Avec plaisir, messire.

Elle inclina la tête pour le saluer puis quitta la pièce. Si elle devait se montrer honnête envers elle-même, Emma reconnoîtrait qu'il n'était pas seulement plus avisé d'engendrer un héritier, mais qu'elle avait également très envie de partager la couche de son vertueux époux.

Ce soir-là, Emma fut submergée de joyeux souvenirs. Le chant des flûtes et le ronflement des tambours emplirent son cœur de liesse, tandis que les cottes colorées, dansant autour du mât orné de guirlandes multicolores, s'imprégnaient dans sa mémoire comme une cascade de joie.

La fête eut lieu au pied du castel, dans les pâturages qui s'étendaient de l'autre côté du Thouet aux flots enflés par les récentes pluies. Villageois et courtisans se réunirent à l'heure où l'étoile du berger[1] s'allume dans le ciel ; les feux de joie, eux, ne furent allumés qu'à l'obscurité complète. Pour célébrer la renaissance de la nature, il fallait attendre la nuit la plus sombre... La lumière est toujours plus vive après les ténèbres.

Il y eut de la cervoise et de l'hydromel, ainsi que du lait frais et du vin de fleurs.

Il y eut de la viande de sanglier rôtie et des biscuits d'avoine et de miel agrémentés des dernières noisettes de l'automne passé.

Il y eut des chants. Des pastourelles.

Il y eut des récitations de poèmes, et Henri de Ferrières remporta le prix qui consistait en un simple bouquet de fleurs assorti du baiser de la jouvencelle qui le lui remit. Emma rit en le voyant confus, sans savoir s'il avait apprécié son prix ou bien si la nostalgie l'avait gagné en songeant à sa mystérieuse bien-aimée.

Le sire de Thouars garda bras croisés et lèvres closes durant tout ce temps, laissant à son épouse le loisir de se joindre aux rondes autour des feux, de goûter au vin de fleurs et de se remplir la panse de biscuits. Emma savoura ce vent de liberté, d'autant que, Jehan d'Asfrediville étant désormais engeôlé et cette vilaine affaire jetée aux oubliettes, la surveillance d'Henri comme celle d'Adélaïde s'étaient considérablement adoucies.

Vint un moment où Henri de Ferrières, monté sur un tonneau, réclama l'attention de tous en laissant son regard errer sur Aimery ; Emma, qui rejoignait justement ce dernier pour l'inciter à s'amuser un peu, le vit tressaillir. Elle ralentit le pas, se posta à ses côtés comme l'intention d'Henri lui apparaissait plus clairement.

— Il n'y a, sur terre, de plus grand joyau que la vaillance à honorer son nom, de plus grand trophée que la certitude d'avoir œuvré au triomphe de la voix de Dieu... Oyez donques,

1. Vénus.

damoiselles et damoiseaux, les riches et belles aventures du sire Aimery de Thouars de Barbastro !

Emma posa une main sur les bras croisés de son époux, qui siffla entre ses dents.

— Suis-je condamné à ouïr cela ?

— Voyons, messire : c'est un grand honneur ! Messire Henri souhaitait chanter vos louanges en cette nuitée festive : vous n'aurez point le cœur à le réprouver ?

— Je ne goûte mie ces vantaces[1]. Bastaille n'est point bouffonnerie…

Mais Henri poursuivait, dans un silence si profond qu'on entendait le chant du Thouet derrière sa voix forte.

— Le cœur hardi et la foi chevillée à son âme inflexible, le noble sire n'hésita point à se joindre aux forces des chrétiens partis guerroyer dans les arides montagnes peuplées d'infidèles…

— Bien sûr, ricana Aimery à l'attention de son épouse. Nulle mention de la raison véritable, à savoir que j'espérais ainsi obtenir le pardon de Dieu pour mes défunts.

Emma se mordit la joue. Elle se remémora les prénoms des malheureuses, afin d'apaiser leur mémoire par la force de la souvenance.

Berthe. Aelis. Blanche.

Sans oublier les trois enfançons innocents.

Il lui sembla que son cœur se faisait plus léger, et elle trouva la force de serrer le bras d'Aimery tout en écoutant la suite.

— Nos vaillants guerriers souffrirent mille morts avant de finalement parvenir en vue des remparts de la fière Barbastro. Barbastro ! Fort imprenable des Maures au cœur aussi sauvage que leurs coutumes, où se terrait le chef de ces maudits infidèles…

— Je ne puis en entendre plus. Ce n'est qu'un tissu de menteries !

— Messire Henri vous rend hommage ! Écoutez encore.

1. Vantardises.

— Étiez-vous au courant ?

Elle baissa les yeux.

— Vous auriez dû me prévenir. Je n'apprécie point ces... ces choses. Mieux vaut laisser certains événements là où on les a laissés, c'est-à-dire, dans le présent cas, dans la lointaine Hispanie !

— Il pensait vous agréer, messire...

— Je ne nourris nulle rancœur contre Henri... ni contre vous. Seulement, il m'est trop pénible d'entendre chanter les louanges de ce qui n'était que sang et mortaille.

— Roland a bien sa chanson !

— Je ne suis point un héros de chanson, Emma ! Je ne suis qu'un homme souhaitant oublier ce qu'il a pu voir – et faire. Croyez-moi, la guerre n'est point gente pastourelle... Ce n'est que dureté, peines et douleurs ! Et déshonneur, parfois.

Sa voix se perdit dans un murmure étranglé qui toucha Emma au plus profond de son cœur. Elle serra davantage son bras, posa la tête contre son épaule.

— Comme je vous plains, messire... Je désirerais tant ôter de votre âme toutes ces souffrances !

— L'odieux trépas du roi Ramire était enfin puni, termina Henri dans un rugissement qui lui sembla monter jusqu'aux étoiles, et l'affront lavé !

Captivée, l'assistance semblait suspendue à ses lèvres.

Aimery saisit Emma par le poignet, pris d'une urgence.

— Venez !

— Où ?

— Peu importe. Je dois m'éloigner de ces gens, j'ai besoin de... de...

— D'être seul ?

— Seul, oui... Avec vous, si vous le voulez bien.

Leurs regards s'agrippèrent sans plus vouloir se lâcher. Emma hocha la tête, puis poussa une exclamation.

— Je sais ! Allons danser auprès du feu.

— Nenni !

— Allons, le dernier feu, le moins fréquenté… Regardez, tout le monde se presse autour de messire Henri, il n'y a presque personne là-bas… Venez ! fit-elle à son tour en l'entraînant dans la nuitée.

Aimery la suivit, le pas traînant, mais Emma se réjouit de parvenir à le dérider – au moins le temps d'une nuit de fête.

Il faisait noir. Il faisait chaud, près des feux. L'hydromel avait été capiteux et les danses de plus en plus effrénées, à mesure que les étoiles poursuivaient leur course éternelle dans la quiétude du royaume céleste…

Emma et Aimery s'immobilisèrent enfin, l'un et l'autre à bout de souffle, moites de sueur, épuisés, exaltés par ce moment hors du temps… Et aussi, sans doute, un peu ivres.

Emma ne sut ce qui déclencha ce baiser passionné.

Un instant elle tenait les mains d'Aimery en riant à gorge déployée, pleinement heureuse pour la première fois depuis son départ d'Angleterre, et l'instant d'après elle était dans ses bras, les yeux fermés pour mieux savourer une pluie de baisers sur ses paupières, ses joues, son nez… et ses lèvres.

Cette fois, ce fut différent. Plus intense. Plus désespéré. Aimery l'embrassait en la serrant contre lui avec tant de force qu'elle peinait à respirer… Elle s'accrocha à lui avec d'autant plus d'ardeur, lui rendant son baiser sans plus penser à rien.

Elle ne pouvait plus penser.

Pour une fois, son esprit s'apaisa et cessa de divaguer en tous sens. Elle sentit les mains du vicomte de Thouars, guerrier de Barbastro et héros de chansons, prendre son visage en coupe avec fougue.

Emma laissa échapper un gémissement étouffé, auquel Aimery répondit par un grognement. Ses mains descendirent sur sa nuque, ses épaules... ses bras. Ses hanches. Emma se blottit au plus près de lui, avide de sa peau, de son odeur de cuir et de fumée, de son goût d'hydromel...

Il quitta ses lèvres pour goûter son cou, descendit sur sa gorge palpitante. Il écarta le col de sa cotte pour embrasser la peau fine où il pouvait boire les battements de son cœur. Emma était si heureuse qu'elle en aurait pleuré !

Puis, alors que les mains d'Aimery se glissaient sous son séant pour en éprouver la rondeur, tout s'arrêta avec brutalité.

Aimery se redressa, la lâcha des lèvres et des doigts.

Il resta là un moment, à la considérer avec stupeur comme s'il la voyait pour la première fois... Puis il se tourna et partit en direction du castel.

— Attendez ! Messire ! Messire Aimery, attendez-moi !

Mais il n'obéit point, et Emma s'immobilisa bientôt dans le pré, à mi-chemin entre les feux et le cours du Thouet. Elle suivit des yeux la silhouette crispée de son mari, qui remontait le rocher du castel à la lueur moqueuse des flambeaux plantés sur le chemin... Et une prière païenne franchit ses lèvres en même temps qu'une guirlande de larmes scintillantes.

— Ô feu de Beltane, aide-moi ! Viens à mon secours, au nom de la vie et de l'amour... Aide-moi à trouver un remède au mal qui ronge mon époux, à le guérir de ses tourments et à renvoyer dans l'oubli tous ses fantômes.

24

Les jours suivants, Emma se trouva fort occupée.

Elle avait choisi de se concentrer sur l'espoir, et le baiser passionné échangé avec Aimery lui laissait entrevoir de nouvelles perspectives.

Le vicomte de Thouars était un homme bon et juste. S'il refusait de partager sa couche avec elle, c'est qu'il avait pour cela une fort bonne raison : il souhaitait éviter son trépas ! Nul doute qu'il se fourvoyait, en craignant inutilement un péril imaginaire... Emma, qui essayait de raison garder, estimait qu'elle ne courait pas plus de risques de périr en couches que la plupart des femmes. Aimery avait joué de malchance, voilà tout... Mais il était si choqué par sa triple perte que rien ne pouvait le faire démordre de sa terrible certitude, selon laquelle il mènerait à mortaille la prochaine femme qu'il enceinterait. Il se croyait probablement maudit.

Puisse Dieu le ramener à la raison !

Emma priait longuement, à l'aube et au coucher du soleil. Elle priait pour que lui soit accordée la grâce de trouver le chemin du cœur de son époux, et surtout le pouvoir de chasser de lui cet effroi qui le guidait dans ses choix.

Et pourtant... En un sens, les choses avaient changé depuis ce baiser. Aimery se montrait plus réservé lorsqu'ils échangeaient quelques mots en public, mais point par froideur : son agitation, la rougeur qui envahissait ses oreilles trahissaient une timidité fort touchante. Emma avait parfois l'impression de se trouver face à un jouvenceau ! Maladroit dans ses mouvements, gêné dans ses paroles... Troublé par le moindre effleurement d'Emma, qui prenait malice à laisser le bout de ses doigts sur son épaule ou le dos de sa main.

C'était absolument charmant !

Emma était heureuse de cette affection impossible à cacher. Et son premier acte en tant que châtelaine de Thouars serait d'organiser une belle fête pour célébrer leur premier anniversaire d'épousailles... Ce n'était point là la tradition, mais Emma s'en moquait bien.

— Maîtresse, que diriez-vous de celui-ci ?

Elle se tourna vers Adélaïde, qui lui présentait un plat d'argent en forme de poisson. Les deux femmes avaient entrepris de fouiller la grande armoire des cuisines, à la recherche de vaisselle précieuse qui mettrait en valeur les plats qu'Emma avait d'ores et déjà commandés aux cuisiniers.

— Pourquoi pas... Il est de bonne taille pour servir le brochet. Mais je n'ai encore rien trouvé pour le civet de lièvre aux épices, hélas !

— Il faut des rebords bien hauts.

Oui, et je tiens à ne sélectionner que des plats précieux ! Il faut que sire Aimery comprenne, rien qu'à la vue de la tablée, qu'il s'agit là d'une grande occasion.

Adélaïde haussa les épaules.

— Comme si les hommes comprenaient quoi que ce soit aux grandes occasions... Si cela se trouve, il aura même oublié la date.

— Oh ! m'est avis qu'il s'en souviendra.

Du moins, Emma l'espérait-elle. Comment Aimery aurait-il pu oublier la date de leurs épousailles ? C'était aussi celle où il avait failli occire un homme de Dieu devant la couche nuptiale...

Emma repoussa un frisson d'effroi à cette souvenance.

— Que dis-tu de celui-ci ?

Elle avait trouvé, tout au fond du placard du bas, un plat assez profond, doré, orné de pierres bleues et vertes incrustées sur le rebord. Adélaïde ouvrait la bouche pour approuver son choix – songea Emma – lorsque la porte des cuisines s'ouvrit dans un grincement.

— J'ai terminé ! annonça Emma en refermant l'armoire bardée de bandes de fer terminées par des cœurs, croyant que le cuisinier en chef venait s'enquérir en grommelant de l'état de ses recherches.

Elle s'immobilisa en découvrant, à la place du visage grêlé de boutons et de poils épars du cuisinier, la face blême d'Henri de Ferrières. Il ébaucha un pauvre sourire qui ne monta point à ses yeux.

— Ma dame, je viens vous prévenir que votre époux souhaite vous parler dans son cabinet de travail dès qu'il rentrera de la chasse.

— Fort bien ! Il devait justement me montrer certaines curiosités rapportées d'Hispanie... Les chasseurs seront-ils bientôt là ?

— Les guetteurs ont annoncé leur approche.

— J'arrive, dans ce cas. Euh... Pardonnez-moi, mais... vous portez-vous bien, messire Henri ?

— Bien sûr.

— Vous paraissez las, insista-t-elle, un peu soucieuse de ses traits tirés et des cernes mauves sous ses yeux.

Mais le jeune seigneur se rembrunit.

— Ce n'est rien, juste un désagrément... La dernière missive de mon aimée tarde à me parvenir. Sans doute y a-t-il eu du retard, avec tous les marchands ambulants sur les routes.

L'été, nombre de marchandises de toutes sortes transitaient par tout le royaume, profitant du temps favorable et des routes praticables. Or, Emma vit bien que c'était là une excuse facile pour ne point s'interroger plus avant... Henri étant déjà reparti, elle lissa sa cotte du plat de la main et ordonna à Adélaïde de montrer au cuisinier en chef les plats qu'elle avait choisis. Puis, elle marcha vers la haute cour à la rencontre de son époux.

Le seigneur de Thouars, accompagné d'une dizaine de cavaliers armés comme lui d'une longue lance et d'une meute de chiens hurlants, fit une entrée remarquée. Escuyers, veneurs et serviteurs s'empressèrent autour des chevaux piaffants, encore surexcités par la chasse, qui pour rassembler les lances et prendre les rênes des montures, qui pour ramener les gerfauts à la fauconnerie ou les mastiffs et les lévriers dans leurs enclos, qui pour récupérer les carcasses sanguinolentes et grands sacs de cuir pleins de gibier à plume.

Ce n'était que criements, galopades et tourbillons de plumes et de sang.

Prise dans la frénésie de l'instant, Emma parvint à s'approcher discrètement de son mari, qui venait de mettre pied à terre et donnait ses instructions à un Jehanounet hirsute aux joues rosies, une corne portée autour du cou.

— Va donner ordre en cuisine que l'on nous serve les perdrix demain ; le cerf devra attendre quelques jours mais il doit être débité dès à présent. Bernabèu !

— Oui, messire ! fit le maître d'armes, soudainement apparu près des chevaux.

— Fais réparer les lances brisées.

— Un incident, messire ?

— Nenni, nous n'avons pas de blessés, grâce à Dieu. Il s'en fallut de peu, toutefois ! La bête s'en est prise à moi et j'aurais pu être blessé si Jehanounet n'avait sonné de la corne à pleins poumons afin de l'effrayer.

— Messire ? lança Emma avant que Bernabèu n'ait pu répliquer. Avez-vous fait bonne chasse ?

Aimery se tourna vers elle, bouche bée de surprise. Elle eut la satisfaction de constater son sourire, juste avant qu'il…

Juste ciel !

Avant qu'elle puisse réaliser ses intentions, Aimery la prit dans ses bras et la souleva de terre en tournant sur lui-même.

— Bonne chasse, oui, ma mie ! Les réserves seront pleines pour longtemps.

Emma, à moitié écrasée contre son surcot taché de sang, afficha un rictus de douleur lorsqu'il la reposa brutalement sur ses pieds.

— Je… Pardon, dame Emma. L'ivresse de la chasse m'a fait perdre contenance. Je suis marri de vous avoir blessée.

Elle secoua la tête, retrouvant le sourire.

— Nenni, ce n'est rien ! Je suis heureuse de vous voir heureux. Avez-vous vraiment risqué votre vie ?

— Nenni, ma mie ! Ce genre de risque fait partie de la chasse, et Dieu n'a point voulu de moi en ce jour.

— Grâce lui soit rendue ! Je tiens à conserver mon époux.

Il évita son regard, embarrassé. Se racla la gorge. Qu'il était singulier de voir ce grand guerrier, héros des combats en Hispanie et fier chasseur venant d'occire un cerf, perdre ainsi ses moyens devant elle ! On aurait cru voir là un tout jeune jouvenceau en proie aux premiers tourments de l'amour.

Emma en eut un pincement au cœur, plus charmée que jamais par la douceur qui se lisait au fond de ses yeux, à présent qu'il osait soutenir à nouveau son regard.

— Que voici une gente surprise, ma dame ! Je ne m'attendais point à vous trouver ici… Mais j'en suis fort aise. Il est doux de rentrer chez soi et de trouver un tel accueil.

Emma sentit son cœur battre plus fort, et elle croisa les bras comme pour le mieux contenir dans sa poitrine.

— Allons-nous dans votre cabinet, messire ?

Il demeura sans parler, comme s'il n'avait guère ouï ses paroles ;

des gens les contournaient, chacun occupé par ses affaires, et tous deux semblaient s'être changés en statues.

— Or i allons.

— Bien...

Il ne bougeait toujours pas. Emma prit une profonde inspiration, se mordant la lèvre d'embarras, et vit les yeux de son époux tomber sur sa bouche, puis sa poitrine. Elle se rappela alors les délices que ces bras puissants et ces mains expertes lui avaient fait éprouver dans une couche, à Caen, et souhaita ardemment qu'il lui fût possible d'obtenir une seconde nuitée d'épousailles...

Hélas, c'était là chose impossible.

Finalement, Aimery redressa le dos, essuyant le sang sur son surcot d'une main déjà poisseuse.

— Laissez-moi quelques instants pour me changer. Je vous y rejoins.

Il s'éloigna d'un bon pas, laissant Emma pantelante et assaillie d'impures pensées.

Cette fois, les lampes avaient été allumées. L'après-midi touchait à sa fin. Le cabinet de travail du sire de Thouars ressemblait à s'y méprendre à une chapelle en pleine veillée de Noël... Emma fit quelques pas sur les épais tapis, aux entrelacs assombris par l'obscurité grandissante.

— De quoi souhaitiez-vous m'entretenir, messire ?

Sans répondre, il la dépassa et se planta devant l'armoire dépourvue de portes qui tenait lieu de bibliothèque.

— Que désirez-vous voir, ma dame ? demanda-t-il avec un geste de la main vers les innombrables parchemins et manuscrits. Un bestiaire ? Des traités de poésie ? D'agronomie ? D'astronomie, peut-être ?

— La science des étoiles ?

— C'est cela.

— Oh ! cela me plairait !

— Installez-vous céans.

Emma prit place sur le tabouret d'Aimery, devant la table lui servant de bureau, et il déposa devant elle un lourd codex à la couverture de cuir craquelé.

— Il ne paye point de mine, expliqua Aimery, jusqu'à ce qu'on l'ouvre…

Déployant la couverture, il révéla alors de merveilleux dessins colorés agrémentés d'explications dans une langue étrange.

Emma exhala un petit soupir.

— C'est beau…

— Et passionnant. Lisez-vous le latin ?

— Un peu.

— Alors, je devrais plutôt vous trouver quelque chose rédigé en latin… Ce traité est en persan. Il s'agit du *Zij al-Sindhind*, la Table indienne d'Al-Khwarizmi. Tous ces tableaux emplis de données servent à calculer la position des astres à une date précise, expliqua-t-il en tournant les pages.

— Vous voulez dire qu'on peut ainsi prédire la position des astres dans le ciel, avec précision ?

— Exactement.

— C'est fascinant !

Emma se pencha sur les lettres et les chiffres minuscules, entassés dans des tableaux qui prenaient toute la hauteur des pages. Elle en tourna quelques-unes, admirant les illustrations d'étoiles de firmaments.

— Tant de travail… Si loin de nous. Où se trouve la Perse, messire ?

Aimery leva un doigt, puis saisit un rouleau de parchemin qu'il déroula sur le codex. Emma retint son souffle.

Il y avait là des formes étranges, pleines de détails figurant des arbres, des rochers, ou de l'eau… Tout autour, une flaque bleue reliait les formes blanches entre elles. On avait dessiné de petites embarcations sur ce bleu éclatant et, tout en haut, le visage joufflu d'Éole.

Les couleurs étaient merveilleuses ! Elles évoquèrent à Emma la beauté élégante des paons.

Elle effleura du doigt une côte frangée d'écume.

— Est-ce... Est-ce le monde ?

— Oui, ma mie. Cela s'appelle une mappemonde.

— Et... tous les royaumes de Dieu sont représentés là ?

— Certes, ainsi que ceux des incroyants. Tenez : la Perse est ici.

Incrédule, Emma regarda la petite zone que pointait son doigt paré du sceau de Thouars.

— Cela semble si facile ! Si proche ! Alors que des milliers de lieues nous séparent... Seigneur, comment est-ce possible ?

— Cela vous plaît-il ? s'enquit Aimery, tout sourire, en reculant d'un pas.

— Oh ! vous n'avez point idée ! fit-elle en relevant la tête avec brusquerie, encore étourdie de tant de découvertes à portée de sa main. J'ai toujours rêvé de voir une parcelle du monde, disons... pas trop loin des côtes saxonnes, mais un monde différent du nôtre. Et vous me montrez une carte du monde entier, avec ses mers et ses montagnes ! C'est tout simplement prodigieux.

— Je me doutais que votre curiosité vous ferait aimer ces choses... Voyez-vous, là est ma folie : je collectionne tout ce que je puis trouver en termes de savoir humain. Tout ce que les hommes ont appris de leurs observations, de leurs recherches...

— Et les femmes ?

Il adressa un regard confus à Emma, qui haussa les sourcils avec malice.

— Sans doute y avait-il aussi des femmes, parmi tous ces penseurs ?

— Oh... Oui, c'est un fait, même si elles sont plutôt rares. Je parlais de façon générale, et...

— Détendez-vous, messire ! fit Emma dans un rire. C'était une facétie de ma part.

Reportant son attention sur la mappemonde, elle scruta avec attention les contours de toutes ces contrées étrangères qu'elle ne verrait jamais de ses yeux.

— Sommes-nous allés dans tous ces royaumes ? Enfin… pas nous-mêmes, je parle de façon générale.

Ils échangèrent un sourire, puis Aimery s'approcha d'un guéridon où il prit un objet brillant.

— Si fait, sinon cette carte n'existerait point !

— Oh… C'est l'évidence ! Pardonnez ma sottise…

— Regardez : voici un objet rapporté par un explorateur. Il lui a permis d'aller jusqu'aux mers où l'ombre s'efface[1] et de revenir.

Emma prit dans ses mains un objet lourd en métal, effleurant la paume d'Aimery au passage, ce qui la troubla pour la deuxième fois de la journée.

Cela ressemblait à un gros pendentif de bronze, doté d'un cercle plus petit à l'intérieur, d'un bâtonnet mouvant et de curieuses gradations sur le bord.

— C'est un astrolabe, souffla Aimery en se penchant sur son épaule. Un instrument qui permet de mesurer avec grande précision la position des astres, de savoir l'heure exacte d'après le soleil, donques de programmer jours de jeûne ou heures de prières, et aussi de se repérer en haute mer. Celui-ci vient de Barbastro, mais auparavant il avait été offert au calife de Cordoue.

Ses doigts approchèrent de ceux d'Emma pour orienter l'objet vers la flamme de la lampe la plus proche.

— Vous voyez les indications sur le contour ?

La gorge serrée par sa proximité, Emma se contenta de hocher la tête.

1. L'équateur.

— Elles sont en hébreu et en arabe. Avec cette petite merveille, on peut maîtriser le temps et l'espace…

Il se rapprocha, examinant lui aussi l'objet avec attention. Le cœur de plus en plus affolé, Emma se figea sous son souffle qui, à présent, effleurait les petits cheveux de ses tempes qui émergeaient de son voile court.

Enfin, Aimery parut s'apercevoir de son trouble et recula, après lui avoir repris l'astrolabe.

— Je vous trouverai un manuscrit en latin, pour la prochaine fois. Si vous le souhaitez. Maintenant, je… Il est probablement fort tard, je dois rédiger une missive puis terminer la lecture d'un manuscrit. Alors…

Saisissant le message, Emma bondit sur ses pieds.

— Je vous laisse. Mille mercis, messire, pour m'avoir montré tout cela… J'apprécie beaucoup que vous ayez partagé ces merveilles avec moi.

Puis elle s'enfuit en direction de sa chambrine, le cœur en émoi. Comme si cela ne suffisait point qu'il soit terriblement séduisant, ce diable d'homme possédait également un vaste savoir et une curiosité semblable à la sienne !

Ce soir-là, ses prières eurent un goût amer de verjus mal dosé…

Seigneur, aide-moi, car si je ne trouve point le chemin qui mène à l'amour de mon époux, je trépasserai de désespoir.

25

Thouars, 16 août de l'an de grâce 1065.

Une fête !

Elle avait fait organiser une fête dans son propre castel sans qu'il en soit informé – et en sus, chacun en semblait fort satisfait. De la grande salle paillée d'herbes odorantes tressées aux échoppes de la basse cour, de la salle des gardes aux escueries et des chambrines aux caves, ce n'était que rires et liesse. Même dame Adénor affichait une légèreté dont elle ne faisait guère, d'ordinaire, un usage immodéré. Elle avait été installée de l'autre côté de la table, ce qui lui laissait une place d'honneur tout en délestant Aimery de son bavardage.

Il secoua la tête au-dessus de son hanap de vin épicé, encore incrédule devant tant de hardiesse. Célébrer ainsi un anniversaire d'épousailles... Avait-on jamais vu une telle frivolité ? Cela n'avait aucun sens, et pourtant Emma avait trouvé le moyen de rendre tout le castel heureux de cette absurde célébration !

Aimery songea en buvant une gorgée que son épouse devait posséder les pouvoirs d'une fée, pour opérer de tels changements autour d'elle sans que nul ne paraisse le remarquer – mis à part lui.

Il n'était pas au bout de ses surprises...

Car, à peine les premiers plats servis, Emma s'approcha de lui, souriante sous son voile brodé. Elle portait un bliaud couleur d'émeraude qui mettait ses formes en valeur, et Aimery dut détourner la tête afin d'étouffer ces pensées fort légères.

— Vous amusez-vous, messire ? Le jongleur est fort habile !

— En effet.

Elle se dandina d'un pied sur l'autre, ce qui poussa Aimery à redouter le pire. Qu'allait-elle encore lui annoncer ? Un repas d'honneur pour Fendeur ? La chute d'une étoile sur Terre ? La naissance d'une chèvre à deux têtes ?

Aussi, à peine ouvrait-elle la bouche qu'il la coupa, le plus aimablement qu'il put.

— Grand merci pour votre surprise, ma mie.

Il avait buté sur le mot, n'aimant toujours point les surprises mais comprenant combien, avec une telle épouse, il allait devoir s'y accoutumer.

— Je suis bien aise que vous l'aimiez ! Après tout, c'est un jour à célébrer.

— Certes, approuva Aimery avec un sourire forcé.

Cela ne faisait que lui rappeler que, s'il était bel et bien l'époux légitime d'Emma, il ne se conduisait point comme tel... Il ne le pouvait guère.

— Prenez place près de moi, fit-il avec bienveillance, soucieux de se comporter aimablement avec celle dont la couche lui serait à jamais interdite. Voulez-vous un morceau de ce brochet fort appétissant ?

— Nenni. Je... Enfin, j'ai...

— Une requête ?

Elle grimaça, et Aimery se contracta sur son siège. Il y avait donc autre chose... Face à lui, dame Adénor ouvrit de grands yeux afin de lui signifier qu'il n'était point temps de batifoler avec son épouse.

Par esprit de contradiction, Aimery se tourna vers sa femme et lui enjoignit de parler, préférant en finir prestement ; après bastaille, mieux valait selon lui trancher le membre blessé plutôt que de le laisser pourrir.

Elle se pencha en avant pour baisser le ton.

— Messire, j'ai une faveur à vous demander. Ces femmes, dans la chambrine au-dessus de la vôtre...

— Encore ? Cordieu ! J'aurais cru que vous en auriez terminé avec cette histoire, dont je vous ai ordonné de vous détourner.

— Messire, ne croyez-vous point qu'il serait bon de les convier à la fête ?

— Je vous ai déjà dit que... Qu'avez-vous dit ?

— Je... Je pense que nous pourrions les convier à partager ce banquet, messire... Après tout, tout le castel ou presque en profite, puisque des plats ont été apportés dans la cour basse, et...

— C'est impossible.

— Hier nous avons célébré l'Assomption, cela n'aurait guère été approprié, je vous le concède... Mais en ce jour, ce sont nos épousailles que nous célébrons. Ce n'est qu'un festin séculier ! Il n'y a là rien de religieux.

— C'est impossible, ai-je dit !

Emma rougit violemment avant de se reprendre, et de planter dans les siens ses yeux incisifs.

— Messire, un hôte ne doit-il point rassembler tous ses invités autour de lui ? Partager à sa table avec tous ?

Aimery se renfrogna.

— Ce n'est point aussi simple, ma dame... Ces femmes ne doivent être vues d'autres hommes.

— Elles sont enroulées dans de longs voiles, m'a-t-on dit.

— Elles ne mangeaillent point comme nous !

— Il doit bien y avoir sur cette tablée quelques mets qui puissent leur convenir... Il y a tant de plats !

— Que dirait-on, enfin ?

— Messire, si vous les cachez les ragots se poursuivront à vos dépens : on dira que vous possédez un harem secret, que nul n'a le droit d'en faire mention, que ces femmes sont recluses jusqu'à leur dernier jour dans un raffinement de cruauté, que...

— Cessez, voulez-vous ? J'ai saisi l'idée.

— Bien.

Appuyé à la table sur un coude, Aimery réfléchissait en se grattant les cheveux, qu'il portait toujours rasés sur la nuque.

— On dira que je partage le pain avec des infidèles... Ce n'est guère mieux.

— On dira que vous êtes un seigneur bon et juste, repartit Emma en posant la main sur son bras. Que votre hospitalité est plus généreuse que celle des rois !

— De façon générale, je ne suis pas certain que cela soit bien pensé de se prétendre plus avisé que ceux qui détiennent une plus grosse armée... Ni plus généreux.

Pourtant, il sourit. Il comprenait le sens de sa réflexion : elle désirait juste en finir avec les maldisances[1] et transformer un lourd secret en qualité reconnue. Cela était bien digne de sa jeune épouse !

Emma était une femme simple et franche, elle faisait montre de sincérité en tout. Elle avait endossé son rôle de châtelaine avec force bonne volonté... Et, si elle avait la mauvaise habitude de fomenter moult surprises qui heurtaient le sens pratique de son époux, elle était devenue une bonne épouse pour le vicomte de Thouars.

— Pardonnez-moi, souffla-t-elle dans un geste pour retirer sa main ; Aimery, cependant, fut plus rapide qu'elle et saisit sa paume.

— Nenni, ma mie : votre intention est louable, je le sais. Vous avez bon cœur.

Aimery sentit son propre cœur s'attendrir à la pensée que

1. Médisances.

tous deux partageaient somme toute bien plus qu'il ne le pensait au début.

Il aimait l'ouverture d'Emma, sa curiosité sans bornes, son attrait pour l'ailleurs dont il avait eu un si bel aperçu, dans son cabinet de travail... Ses yeux avaient pétillé d'intérêt devant tout ce qu'il lui montrait, sans jamais trahir la moindre répulsion pour choses qui lui étaient inconnues. C'était là denrée rare, et il ne s'était certes pas attendu à trouver pareille qualité – ou ce qu'il jugeait comme une qualité – chez une jeune saxonne fraîchement débarquée d'un couvent. Et, surtout, Aimery appréciait sa façon dénuée d'artifices d'accepter la nouveauté dans sa vie... Qu'il s'agisse de carrefours du destin la menant à des voies plongées dans l'ombre, ou bien d'étrangères fort différentes d'elle à accueillir à sa tablée.

Comme elle ne retirait point sa main, Aimery se mit à la caresser avec douceur, ainsi qu'il l'aurait fait s'il la découvrait pour la première fois. Emma avait des mains longues et fines, mais solides. Des mains capables de travail délicat sans pour autant se blesser en maniant les rênes – Aimery avait encore souvenance de l'aise avec laquelle elle avait chevauché, vêtue en garçon, pour rejoindre Caen. C'étaient des mains reflétant sa nature indomptable, ce qu'il trouva fort plaisant.

— Messire ?

— Mmh ?

— Pouvez-vous, je vous prie, me rendre ma main ?

— Nenni, je n'en ai point envie.

— Mais... messire, tout le monde nous regarde.

— Et après ? J'ai bien le droit de tenir la main de mon épouse si tel est mon bon plaisir !

— Oïl, messire, mais...

Portant la main d'Emma à sa bouche, Aimery y déposa un léger baiser. Il s'émerveilla de voir son épouse rougir jusqu'aux oreilles ; curieusement, cela aviva le désir qu'il avait d'elle et il renonça à sa main à regret. Cependant, une pensée nouvelle se fit en lui… Une pensée saugrenue, qu'il fut bien surpris de débusquer dans les méandres de son esprit.

Et si cette jeune Saxonne, tout étrange soit-elle, se révélait en fin de compte une véritable compagne avec qui partager sa vie ? Du moins, une femme dont partager la vie ne serait en rien une corvée ?

Aimery n'avait jamais escompté pareille chose, mais n'y était point hostile… Bien au contraire, en vérité. Qu'il serait doux d'avoir une oreille attentive avec qui débattre, un esprit aussi curieux que le sien avec lequel s'entretenir ! Comme un compagnon… Mais vêtu de cottes féminines, la tête pudiquement couverte d'un petit voile, et le menton glabre.

Une compagne.

Même sans enfanter, ils pouvaient connoître de plaisantes années côte à côte, à étudier ensemble des manuscrits rares, à examiner des objets ou à apprendre mille faits captivants… Durant ses moments de détente à Thouars, du moins.

Pourquoi pas ? Ce serait un bon antidote à la solitude qui était la sienne… Refuser de partager la couche d'Emma ne devait point l'empêcher de jouir de sa compagnie !

Il laissa son sourire s'éteindre, mais point la flamme qui grandissait dans son cœur.

— Bien. Je vais les faire venir. Considérez que c'est là mon présent pour vous, ce jour de fête… En remerciement de votre surprise.

Emma ouvrit la bouche plusieurs fois sans qu'aucun son n'en sorte. Aimery s'amusa un moment de son expression perplexe, puis haussa un sourcil lorsqu'elle fronça les siens.

— Eh bien, ma dame ? Me refuserez-vous ce présent ?

— Pourquoi avez-vous changé d'avis ?

— Pour vous.

À cet instant, les sourcils susdits se haussèrent tant qu'ils parurent frôler le voile brodé.

— En vérité ? C'est... Je vous sais gré de votre bonté, messire, et je suis persuadée que vos hôtes maures en seront heureuses également.

Sans tarder, Aimery donna ses ordres afin d'ajouter un banc et six tranchoirs, puis il manda la petite Olivette qui se pressa d'aller chercher les Maures.

Lorsqu'elles pénétrèrent dans la pièce, le silence se fit dans la grande salle de Thouars. Fendeur leva la tête. Il percevait sans doute les craintes de son maître, qui s'empressa de le rassurer en le flattant d'une caresse.

— Tout doux, Fendeur. Couché.

Les femmes s'avancèrent en rasant les murs, manifestement mal à l'aise de se retrouver ainsi le centre de l'attention. Elles étaient six. Six formes humaines enroulées de voiles de soie aux dorures miroitant dans les flammes des lampes.

Elles apparurent tellement déplacées aux yeux d'Aimery, dans cette salle sombre saturée d'odeurs de sauces et de viande grillée, qu'il en ressentit un léger vertige. Ainsi qu'un regret pour Tariq qui, lui, ne quitterait point sa geôle pour participer aux agapes... Pour sa sécurité, il demeurerait un hôte clandestin du castel de Thouars.

Au moins, Yerma et ses suivantes sont là.

Aimery se leva pour leur indiquer le banc, installé à senestre. Sa voix grave résonna sous le haut plafond. Nul n'osa broncher, et deux minutes plus tard les six inconnues étaient assises, un rien perplexes, devant leurs tranchoirs vides sur lesquels les domestiques proposaient de déposer des mets variés. Les voiles s'agitaient pour accepter ou refuser, des mains brunes se tendirent pour saisir un verre d'eau...

Lentement, les conversations reprirent. Les flammes des lampes semblèrent se ranimer, le temps reprendre son cours.

— Mon fils, vous vous donnez en spectacle !

Aimery adressa un grand sourire à sa mère, jouant l'innocence.

— De quoi parlez-vous ?

— Ces... Ces femmes ! Ici, à votre tablée ! C'est...

— Étonnant, certes, mais conforme aux lois de l'hospitalité.

— C'est choquant ! Ce sont des infidèles : depuis quand partagez-vous la nourriture conférée par la bonté de Dieu avec des mécréants ?

— À cette table, ce sont simplement mes hôtes. En bon seigneur, je me dois de les nourrir convenablement en ce jour de fête, n'est-ce pas ?

Les yeux de dame Adénor lancèrent des éclairs. Elle se signa discrètement.

— Seigneur Dieu, ayez pitié de mon fils, il ne voulait point vous offenser ! Il a simplement perdu la raison.

Puis elle se leva et quitta la pièce, aussitôt suivie de sa servante et de Crespina, sans doute à l'affût de fatrouillages à répandre plus tard parmi la domesticité du castel...

Se tournant vers Emma, Aimery eut l'heur de la trouver souriante, grignotant un petit pain aux noix tout en jetant des regards furtifs aux Maures. Son cœur s'emplit de tendresse.

Emma croisa son regard. Ils ne parlèrent pas, mais trinquèrent sans se quitter des yeux. Alors, Aimery accueillit en son for intérieur la douce certitude que, désormais, sa solitude prenait fin.

L'apparition soudaine de Bernabèu auprès de lui gâcha brusquement sa rêverie.

— Qu'y a-t-il ?

— Messire, un courrier...

— Rien qui ne puisse attendre la fin du banquet ?

— Nenni, messire : regardez le sceau.

Dans un soupir, Aimery baissa les yeux sur la feuille de

parchemin scellée d'une larme de sang que lui tendait son maître d'armes.

— Jehanounet devait vous la remettre, mais... Disons qu'il a ressenti quelque appréhension à passer devant... Enfin...

Abasourdie, Emma se mêla à la conversation sur un ton qui fit se raidir le vieux Bernabèu.

— Il a eu peur des Maures, c'est cela ? Enfin, c'est de la dernière sottise ! Ce ne sont que des femmes étrangères, que mon époux a conviées à partager ces agapes... Quel danger y a-t-il ?

— Mille pardons, dame Emma : il ne craint point pour sa vie, mais pour son âme immortelle... Il pense que, s'il touche ces infidèles, Dieu marquera son âme d'infamie et le condamnera aux enfers. Fadaises, bien entendu... Il est encore jeune.

Entre-temps, Aimery avait déplié le message et poussa un juron étouffé en découvrant son contenu.

— Une mauvaise nouvelle, mon ami ? s'enquit Emma avec sollicitude.

Bernabèu, lui aussi, semblait pendu à ses lèvres. Aimery grogna tout en repliant la missive.

— Le duc Guillaume souhaite me parler de vive voix. Il se trouve actuellement au castel des comtes d'Anjou[1], à quelques lieues d'ici.

Voilà qui promettait d'être particulièrement désagréable, surtout vu le ton du message de Guillaume... Mais il n'était point sage d'évoquer cette affaire devant son épouse, aussi Aimery glissa-t-il le message à sa ceinture.

— Allons ! Mangeaillez.

Bernabèu se retira aussitôt, connaissant bien le caractère de son maître, mais Emma parut souffrir mille mortailles à se retenir de lui poser des questions.

Se renfermant dans son esprit, ainsi qu'il le faisait toujours

1. À Angers.

lorsqu'il ne désirait point de compagnie, Aimery piqua de son coutel une tranche de fromage qu'il attaqua à belles dents.

La vérité, qu'il refusait de s'avouer, était qu'il n'avait aucune envie de cette entrevue, et point seulement en raison de l'ire de Guillaume, qui se percevait dans son message, bref et concis. Non. Il y avait autre chose de bien plus inquiétant !

Aimery rechignait également à s'absenter de Thouars où, il le savait, l'attendrait patiemment une dame fort curieuse à l'esprit aussi aiguisé qu'une lance, dont il avait appris à apprécier la présence...

Une dame capable d'accomplir des miracles, puisqu'elle le rendait plus insouciant, comme s'il avait plongé dans la fontaine de Jouvence ! Une dame capable de panser ses blessures les plus profondes sans même en avoir conscience.

Emma de Thouars, la dame de ses pensées – et vraisemblablement fillotte d'un maudit coquin.

26

Castel des comtes d'Anjou, une semaine plus tard.

L'heure n'était guère à la fête. Le duc Guillaume faisait les cent pas sous le regard attentif d'Aimery, Eustache aux Grenons, Robert de Mortain, Guillaume de Varenne et trois de ses chiens les plus fidèles. Tous redoutaient ses colères, aussi rares que violentes... Pourtant, il parvenait à conserver un visage impassible, quoique l'effort lui en coutât.

— Le roi Édouard se meurt. On m'a rapporté qu'il ne quittait plus guère sa couche et que nul remède ne parvient à atténuer ses souffrances.

— Que Dieu accueille bientôt son âme dans le royaume céleste, souffla Robert en se signant.

— Le plus important, c'est que Godwinson le visite presque chaque jour !

— Le comte de Wessex ?

— Lui-même, lâcha Guillaume, le ton bas et l'œil noir. Il rôde dans ses parages jusqu'à la brune, s'avise de qui vient ou non prendre de ses nouvelles... Il erre dans le palais, m'a-t-on dit, tel un rapace décrivant des cercles au-dessus de sa proie agonisante.

Or ça, ses frères, Leofwine et Gyrth, interdisent l'accès à la royale chambrine, et logent près de la salle de réunion du Witan[1] !

Robert de Mortain, frère du duc, se grattait la tempe en laissant son regard errer sur les tapisseries, cherchant probablement un moyen de calmer l'ire de Guillaume… Le baron de Varenne jetait des regards inquiets à ses compagnons, tandis que l'ombrageux Eustache commençait déjà à parler de lever des troupes.

Aimery s'enquit prudemment de l'importance de la chose, ce à quoi le duc de Normandie répondit par un ricanement.

— Le Confesseur se meurt et Godwinson traîne dans les parages… Point n'est besoin de devinances pour comprendre ce que ce goupil est en train de machiner !

— Il vous a pourtant prêté serment d'allégeance… Il a juré sur les reliques de saint Raven et saint Rasiphe, devant toute l'assemblée réunie en la cathédrale Notre-Dame de Bayeux !

— Et après ? Accord conclu, paille aisément rompue[2]…

— On ne peut effacer un tel serment : Godwinson est tenu par sa parole.

— Parole de Saxon ! Tu le connais bien, Eustache : toi, mieux que quiconque, devrais redouter les jours à venir.

— Certes ! J'ai toujours dit qu'il ne fallait point lui accorder créance, fût-ce sur l'ordre du roi Édouard. Godwinson est un démon, vénal, inconstant…

— Cesse de lever les yeux au ciel, Robert ! tonna Guillaume. Eustache, conte donques à ces incrédules ce qui advint à Douvres.

Eustache ne se fit point prier et, tirant sur ses moustaches

1. « Assemblée des hommes sages ». Nom du conseil du roi dans le gouvernement anglo-saxon, composé de nobles et d'évêques, qui décidaient aussi de l'élection d'un nouveau roi en cas de problème successoral.

2. « Rompre la paille » : rompre un accord qui était symboliquement représenté par un fétu de paille donné au débiteur.

plus ébouriffées que jamais, il fit un récit fort révélateur de son inimitié avec Harold Godwinson.

— C'était il y a une quinzaine d'années. Je me trouvais à Douvres avec mes gens ; nous revenions d'une entrevue avec Édouard, et...

Aimery n'était point sans connoître les liens de sang qui unissaient toutes les parties : le roi Édouard avait épousé la sœur d'Harold, et Eustache de Boulogne la sœur d'Édouard... Tous ces beaux-frères s'entendaient en vérité comme chiens et chats, et Édouard avait eu tôt fait de regretter l'importance accordée aux comtes de Wessex. Pour limiter leur influence, le roi d'Angleterre s'était alors entouré de conseillers normands car on le disait fort épris de la Normandie, où il avait séjourné dans sa jeunesse.

Quant aux faits que relatait Eustache avec moult jurons, ils découlaient d'une des querelles ayant opposé Saxons et Normands, à la mort de l'archevêque de Cantorbéry.

— Une fois le vieil Edsige trépassé, celui-là même qui avait fait monter sur le pavois le roi Confesseur, le chapitre a élu un parent de Godwin pour le remplacer... Un cousin, ou je ne sais quoi ! C'était un jeune effronté au regard de fouine du nom d'Aethelric. Alors, bien entendu, Édouard est intervenu afin de faire nommer à sa place un homme de chez nous : Robert de Jumièges.

Le duc émit un grognement qui, cette fois, pouvait passer pour un assentiment.

— Ce coquebert possédait autant de tact qu'une pierrière ! La première décision qu'il prit fut de récupérer des fiefs appartenant à Cantorbéry, et que les Wessex avaient peu à peu pris à leur compte... Robert de Jumièges fut fort peu aimé et envenima encore les choses.

— Paix à son âme, murmurèrent de concert Robert et Guillaume de Varenne.

— Revenons à nos moutons, voulez-vous ?

— Or ça, reprit Eustache, tout cela pour bien vous expliquer pourquoi les Wessex, Godwin et ses fils, étaient disposés à nous chercher noise. Nous n'avons point reçu bon accueil et notre séjour fut une épreuve, nous avions sans cesse à prévenir les mauvais agissements de ces fourbes du Wessex… Soyez assurés que j'avais hâte de m'embarquer pour le voyage de retour ! Or, à peine nos destriers avaient-ils posé un sabot dans les rues de Douvres que nous tombâmes dans un guet-apens.

— J'ai entendu dire que vous vous étiez battus avec des Saxons au sortir d'une taverne ? risqua Guillaume de Varenne.

— Foutredieu ! Une taverne ? Et puis quoi, encore ?

— Je me doutais bien que c'était là pures balivernes, mais…

— Des balivernes, oui ! Nous ne voulions que rallier le port, nous embarquer au plus tôt pour quitter cette île de malheur et ses démons de Saxons !

Aimery temporisa d'un geste.

— Baste, Eustache ! Ne monte point sur tes grands chevaux, tu sais bien que nous avons foi en tes dires.

Le sire de Boulogne grommela un peu avant de poursuivre, les yeux brillants de rancune.

— Un charroi à la roue brisée nous barrait la route devant, deux maroufles montés sur des ânes nous empêchaient de reculer. Les chevaux piaffaient. J'ai tiré flamberge, et… Nenni, je ne les ai point occis ! Je voulais faire place nette pour accéder au port, rien de plus ! De toute façon je n'en ai guère eu le temps : une douzaine de vilains marauds nous sont tombés dessus, armés de dagues. Nous nous sommes battus vaillamment, et je vous prie de croire que nous avons fait bon carnage !

— Et tu penses que les Wessex étaient derrière tout cela ?

Guillaume de Normandie prit le relais.

— La preuve en est que, lorsque messire de Boulogne voulut porter la chose devant les autorités, Douvres dépendant des comtes de Wessex, il lui fut répondu qu'il n'y avait là nulle offense mais une simple bastaille d'ivrognes...

— Ils étaient armés et nous ont sauté dessus comme une puce sur un mâtin !

Il fallut déployer des trésors d'habileté pour parvenir à calmer Eustache, dont l'ire s'était éveillée comme si l'attaque datait de la veille. Lorsqu'il eut recouvré un teint moins congestionné, Guillaume de Normandie croisa les bras.

— En bref, messires, Harold Godwinson n'est point homme de parole et il ne faut douter de sa duplicité... Je suis persuadé qu'il prépare quelque méchante perfidie.

Aimery, qui se sentait de plus en plus mal à l'aise de par son lien avec la propre fillotte d'Harold, crut bon d'ajouter que rien n'était encore fait puisque le roi Édouard était toujours de ce monde. Le duc lui jeta un regard acéré.

— La nouvelle épouse de Godwinson attend un enfant, grogna-t-il.

— Grand bien lui fasse ! fit Aimery en haussant les épaules. Il avait déjà plusieurs enfants, filles et garçons, et...

— Enfants de concubine. Je suis bien placé pour connoître leur destin dans le monde. Oh ! et à ce propos... Ta propre épouse n'est toujours point grosse, ai-je ouï dire ?

Soudain devenu la cible de tous les regards, Aimery se roidit. Il lui fallut une poignée de secondes pour pouvoir répondre posément.

— C'est la vérité, messire.

— Et qu'attendez-vous ? Que son Saxon de père donne le signal ?

— Nenni ! Je... Messire Guillaume, nous nous connaissons suffisamment pour que vous n'ignoriez rien des raisons qui... qui me poussent à...

Mais le duc de Normandie balaya l'air de la main pour repousser une telle idée.

— Tout ceci est terminé ! Tu as une épouse, désormais : ton devoir est de l'enceinter.

Son ton devint plus tranchant.

— À moins que ces épousailles ne soient point valables ?

— Elles le sont, s'empressa de répondre Aimery, qui sentait la sueur perler à son front.

Il serra les dents et redressa la tête, bien décidé à ne point laisser ses compagnons lancer l'assaut contre Emma et lui. Ils les soupçonnaient de quelque félonie, en connivence avec le comte de Wessex. Or, Aimery de Thouars de Barbastro n'était point un félon ! Un bref instant, pourtant, il songea que c'était là chose fort sensée en pareille circonstance, et puis...

Son cœur s'affermit. Quoi qu'il arrive, il défendrait son épouse – car tel était son devoir.

Son devoir, vraiment ?

— Ni dame Emma ni moi n'avons quoi que ce soit à voir avec les agissements de Godwinson, affirma-t-il avant que le doute ne se lise sur son visage.

Ses compagnons, tous autant qu'ils étaient, auraient pris cela comme preuve de menterie et non comme le fruit de ses questionnements intérieurs ! Mais le duc, qui sentait avoir ferré une bonne prise, se rapprocha de lui sans démordre de son idée.

— Si ces épousailles sont caduques, l'alliance l'est aussi. L'alliance entre le roi Édouard, Harold et moi... Caduque ? L'est-elle, messire de Thouars ?

Aimery ravala la bile qui lui montait dans la gorge en considérant ces seigneurs et amis qui l'entouraient, le pressant de leurs regards interrogateurs.

— L'est-elle ? répéta le duc, le visage aussi calme qu'un lac de montagne, mais dissimulant probablement une tempête à venir.

Aimery secoua la tête.

— Nenni, elle ne l'est point. Je puis jurer sur mon âme que ces épousailles sont valables, tout comme l'alliance.

— On ne peut se fier aux Wessex, grommela Eustache. Père et fille sont peut-être complices d'une vaste duperie !

— Non point ! asséna Aimery avec conviction, soucieux de défendre son épouse.

— Mmmh. Je n'aime guère Harold, mais si tu puis répondre de sa fille, alors…

— J'en réponds ! Quoi que trame son père, mon épouse n'y est point mêlée.

— Paix ! ordonna Guillaume de Normandie, écartant les bras entre les deux hommes afin de mettre un terme à leur désaccord. Nous te croyons, Aimery, si tu nous affirmes que ton épouse est innocente.

Puis il tourna à nouveau ses griefs contre le Saxon, beau-père d'Aimery, tandis que celui-ci s'isolait dans ses pensées afin d'éclaircir les causes réelles de la défense d'Emma, qu'il avait prise avec tant de vigueur.

Certes, il était de son devoir de la protéger… Pourtant, il y avait autre chose. Aimery devinait que les réelles raisons de son empressement avaient un lien avec les battements erratiques de son cœur, ses muscles bandés comme pour partir au combat, et puis cette sensation curieuse, persistante, de manquer d'air alors qu'il n'y avait aucune raison à cela.

Sauf une…

Nenni !

C'était impossible. Aimery avait toujours songé que l'amour décrit par les poètes, cet embrasement du cœur fort beau à chanter, n'était que pure invention et prétexte à composer des œuvres capables de fasciner l'imagination. Il avait aimé ses précédentes épouses, comme il aimait également sa mère, son chien favori et son meilleur destrier, ainsi que, peut-être, ses domestiques les plus proches…

Pourtant, elle était là, cette sensation étrange. Cette chaleur intense l'envahissant à la moindre pensée tournée vers Emma, cette vilaine langueur se coulant dans ses membres.

Or donc, c'était possible.

Que Dieu me pardonne ! J'ai juré de ne plus conduire de femme à mortaille, mais... j'ignorais pouvoir être touché par pareille faiblesse.

— Et toi, Aimery ?

Il sursauta, fit face au duc qui le dévisageait avec une curiosité joviale, comme s'il connaissait exactement la teneur de son trouble. D'ailleurs, peut-être était-ce le cas... Chacun savait qu'il était fort épris de sa propre épouse, dame Mathilde.

— Oui, messire ?

— Pourrais-je compter sur toi, en cas de levée d'ost ?

— Bien sûr, messire. Je puis vous rejoindre à Caen avec mes troupes en quelques semaines.

Guillaume hocha la tête, satisfait, avant d'ébaucher un sourire.

— Tu puis rentrer à Thouars : je n'ai plus besoin de toi, pour l'instant. Et songe plutôt à concevoir un héritier, veux-tu ?

— Messire... Je...

— M'est avis que la chose pourrait te complaire ! Je prierai pour que Dieu, cette fois, t'accorde ce bonheur.

— Grand merci, messire.

Ce jour-là, Aimery enfourcha Conquérant en hâte et prit la route de Thouars avec un rien d'empressement, ses hommes le suivant à faible distance. Son cœur battait avec frénésie contre sa broigne au cuir raidi par la sueur. Les pensées s'entrechoquaient dans son esprit tels les dés dans le gobelet ; sans cesse en mouvement, sans cesse heurtées les unes les autres.

Ce dont il était certain, dans cette tourmente où il ne voyait goutte, c'était que, pour la première fois de sa vie, il vouait à son épouse un amour véritable. Un amour capable de le pousser à prendre son parti, à elle, plutôt que celui de Guillaume de Normandie... Un amour à la fois doux et fort, flamboyant et dangereux ; car, de cet amour, Aimery pressentait qu'il ne guérirait point.

Pas avant d'avoir pleinement revêtu les atours de l'époux.

De toute façon, Guillaume lui avait déjà fait rompre son serment de ne point épousailler d'autre femme... Aimery n'avait jamais juré de demeurer chaste et, si Dieu avait placé sur son chemin cette singulière Saxonne avec qui il partageait moult particularités, alors cela faisait partie de Ses plans divins. Il la protégerait. C'était une évidence qui, à présent, apparaissait pleinement aux yeux d'Aimery !

Il fila dans le vent, droit sur Thouars où l'attendait sa dame.

27

Lorsqu'il mit pied à terre dans la cour basse, deux jours plus tard, Aimery comprit aussitôt qu'il s'était passé quelque malaventure. L'une des servantes du castel, une véritable pie d'ordinaire, se présenta à lui et s'inclina si bas que son bonnet frôlait ses genoux. Crespina, si sa mémoire était bonne.

Aimery lui enjoignit de parler sans détours.

— C'est dame Emma, messire... Il est arrivé un regrettable incident, et... Elle se repose. Dame Adénor a interdit qu'on la dérange.

— Quoi ? Que diantre s'est-il passé ?

Les joues rebondies de la domestique se creusèrent d'inquiétude, et elle dut reprendre son souffle avant d'oser à nouveau ouvrir la bouche.

— Rien... Enfin, tout va bien, à présent, et... L'eau était certes froide et les rochers affleurants, mais dame Emma n'a reçu qu'un coup à la tête, et...

— Comment ?

— Nous avons tous prié, Dieu nous a exaucés ! La jument, elle, n'a rien, et dame Emma non plus encore que le guérisseur ait dit qu'elle avait eu moult chance...

— Mais que s'est-il passé ? s'enquit à nouveau Aimery, dont la patience s'amenuisait rapidement.

— Oh ! rien... Enfin, ce n'était pas dangereux, du moins

le crois-je, car si l'on considère que le guérisseur a été mandé aussitôt et que…

— Tu ne me sers à rien, cracha Aimery avec un geste agacé de la main. Disparais !

La servante obéit en hâte, et le vicomte se tourna vers son escuyer.

— Occupe-toi de Conquérant, panse-le et donne-lui à boire. Je viendrai le voir plus tard.

Jehanounet saisit les rênes qu'il lui tendait et s'inclina.

Aimery trouva son épouse alitée dans sa chambrine fraîchement paillée de menthe et de romarin, lui sembla-t-il. Elle était fort occupée à repousser les attentions d'Adélaïde, sa suivante normande, qui voulait à tout prix lui faire avaler un liquide poisseux – à base de miel, devina-t-il.

— Il faut tout boire !

— C'est infect !

— Ma dame, si vous n'écoutez point, je jure sur le sang du Christ que je vais chercher dame Adénor… M'est avis qu'elle saura bien vous faire prendre votre potion, elle !

— Oh ! je n'en doute point !

À peine Aimery eut-il parlé que la servante plongea dans une révérence, laissant une Emma pâle et échevelée le contempler avec stupeur depuis ses oreillers.

— Messire ? Vous… Vous voilà déjà de retour ?

— Je constate que vous ne m'attendiez point. Laisse-nous, Adélaïde. Ma mie, j'ai ouï dire que vous aviez pris un bain forcé mais Crespina n'a guère été capable de me donner les détails… Que s'est-il passé ? Mais tout d'abord, peut-être devriez-vous terminer votre potion ?

Elle secoua la tête avec résignation.

— C'est un vivifiant pour me réchauffer… Mais je n'en ai plus besoin, j'ai eu le temps de me réchauffer depuis hier !

Elle termina pourtant sa coupe de potion, non sans froncer joliment le nez.

— C'est acide ! Et puirant.

Aimery s'assit sur sa couche sans façon tandis qu'Emma lui relatait enfin l'incident qui avait bouleversé presque tout le castel le jour précédent.

Emma avait décidé de faire une promenade avec Pitance. Dûment accompagnée d'une escorte de six hommes d'armes, elle avait pris le chemin longeant la forêt, qui après quelques lieues se rapproche de la rive d'un lac alimenté par un affluent du Thouet. Nul ne savait au juste comment la chose était survenue, mais en un instant Pitance avait pris peur, sursauté, et Emma avait chu de sa selle pour se retrouver à demi immergée dans l'eau.

Fort heureusement, elle n'était point profonde et relativement chaude, en cette fin de mois d'août… Si un tel accident était survenu durant l'hiver, Aimery n'osait imaginer quelle en aurait été la tragique issue.

Il frissonna, sans que cela ait rien à voir avec la froidure.

— Avez-vous une idée de ce qui a effrayé votre monture ?

— Que nenni… Ce pouvait être n'importe quoi : une branche agitée par le vent, un lièvre surgi sur le chemin… Personne n'a vu de quoi il s'agissait, et qu'importe ? Je vais bien, il n'y eut nul péril !

— En vérité, ma dame ? Qu'en est-il de ce coup reçu à la tête ?

— Oh ! fit-elle en portant la main à sa nuque. La blessure a un peu saigné, sur le moment, mais on m'a appliqué de la toile d'araignée qui a arrêté le saignement. Le guérisseur a ensuite apposé un cataplasme qui a fait merveille !

— Montrez-moi.

— C'est sans gravité, je vous assure !

— Montrez-moi, répéta-t-il.

Avec un soupir, Emma se résigna et lui présenta son dos en relevant la masse de ses cheveux fleurant bon les herbes. La large encolure de sa tunique révélait la rondeur d'une épaule... Aimery, un peu troublé par la proximité de sa peau, déglutit avant de glisser les mains sous sa chevelure.

— Vous avez une bosse.

— Grand merci, messire, je le sais.

— Avez-vous perdu connoissance ?

— Non point !

— Avez-vous saigné par le nez, ou les oreilles ?

Cette fois, Emma tourna vers lui un visage amusé, et Aimery sut qu'il avait montré trop d'inquiétude à son encontre. Elle secoua la tête ; il retira sa main, et les cheveux d'Emma reprirent leur place dans son dos.

— Je vous assure que je vais très bien, messire. Je sais que... Je me doute que cet incident avait de quoi vous effrayer, mais... Ne vous tourmentez plus, car je ne garde aucune séquelle. Pour tout vous dire, ce n'était point ma première chute de cheval !

Aimery haussa les épaules. Il s'en doutait, bien sûr. Rares étaient les fillottes de noble naissance à ne point apprendre à monter, et en cela les traditions saxonnes ne différaient guère de celles de son royaume.

— Bien ! Dans ce cas, je vais vous laisser vous reposer... Et si je croise dame Adénor, je lui dirai que vous avez bien bu toute votre potion.

Un pli soucieux apparut entre les yeux d'Emma, ce qui retint Aimery à son chevet.

— Avez-vous besoin de quelque chose ? Je puis vous apporter quelque denrée des cuisines, du pain et un petit pâté, ou bien...

Il hésita.

— Est-ce qu'un recueil de poésies persanes vous plairait ? Je sais que vous ne lisez pas le perse, mais les illustrations en sont magnifiques ! Ou bien...

Elle saisit sa main.

Il se figea, la voix subitement éteinte.

Il n'était guère besoin de mots pour comprendre de quoi avait besoin son épouse : de lui. Ou, plus exactement, d'un ami ; une personne qui ne passerait point son temps à la rabrouer ou à l'importuner à coups de potions vivifiantes...

Aimery serra sa main dans la sienne, émerveillé de sa douceur. Il chercha son regard, s'y noya avec délices.

— Vous m'avez manqué, ma mie.

— Vous aussi... Le castel n'est point le même, sans vous. Je me languissais de votre retour.

Telle une charge de cavaliers en première ligne de bastaille, les battements de son cœur se changeant alors en sabots furieux claquant sur les terres arides de sa solitude, une puissante émotion balaya brutalement l'âme d'Aimery pour n'y laisser qu'une faim dévorante de compagnie...

Faim de trouver en une autre personne un écho à sa propre existence ; faim de toucher une personne désirant ses caresses, à lui, Aimery de Thouars de Barbastro, seigneur de guerre et suzerain sans héritier...

Une faim d'Emma.

Emma sut que cela allait se produire avant même que son époux ait esquissé le moindre mouvement vers elle. Il restait là, plus immobile qu'une statue mais aussi fiévreux qu'un étalon aux portes de son escuerie, sans parler ni bouger.

Et pourtant, elle savait.

Il ne lui fut point difficile de s'avouer qu'elle appelait de ses vœux ce qui allait se produire, car Aimery et elle s'étaient unis devant Dieu : le Seigneur lui-même désirait une telle issue. C'était dans l'ordre naturel des choses...

Lorsque Aimery se rapprocha, mêlant sa chaleur à la sienne sans la toucher, Emma se pencha vers lui pour mieux goûter son odeur de cuir et de terre, de soleil et de forêt et, enfouie dessous, celle de sa peau d'homme. Son odeur bien à lui, mêlée à celle du dehors. Savoureux mélange…

Lorsqu'il glissa une main sur sa hanche, sa peau frémit sous sa tunique comme s'il l'avait touchée directement. Emma ferma les yeux, dans l'attente de la suite ; elle avait appris à profiter de l'instant sans précipiter les choses.

Lorsque Aimery goûta ses lèvres, elle se coula contre lui dans un soupir, l'incitant à resserrer son étreinte.

La seconde suivante, il la faisait basculer sur les draps froissés.

Emma retint son souffle en savourant le poids de son époux sur elle, la fermeté de ses bras autour de son corps… L'étonnante douceur de ses mains puissantes, des mains qui avaient maintes fois donné mortaille, et qui pourtant faisaient preuve d'une grande délicatesse pour parcourir sa peau.

Elle sentit un besoin impérieux naître au creux de son cœur. Un besoin d'aimer et d'être aimée en retour, un besoin de partager bien plus que de simples manuscrits avec son époux !

Elle le voulait, lui. Tout entier, pour toujours, aussi nu que le jour de sa naissance et tout aussi pur… Dénué des artifices imposés par la vie.

Par chance, Aimery semblait désirer la même chose, car il la dépouilla prestement de sa tunique pour déposer une pluie de baisers sur sa gorge, son ventre, et…

Elle gémit de plaisir en sentant ses doigts partir à la rencontre de son intimité, déjà prête à recevoir ses attentions. Il parut ravi de s'en apercevoir, intensifia ses caresses tout en pinçant la peau de son cou entre ses dents.

— Aimery… Oh ! Aimery !

Il rit tout bas.

— Il me semble connoître une bien meilleure méthode pour vous réchauffer après votre chute dans l'eau… Souhaitez-vous que je vous montre ?

— Oui…

— Il ne faudrait point désobéir aux ordres du guérisseur, n'est-ce pas ?

Il l'embrassa avidement tout en glissant un doigt hardi en elle.

— Aimery ! cria-t-elle en se dégageant de ses lèvres, qui s'étirèrent en un sourire.

— Chut… On va penser que je vous torture.

— C'est bien le cas… Oh !

— Souhaitez-vous que j'arrête ?

— Certes pas !

— Bien.

C'était délicieux. Intense. Comme la dernière fois, mais en plus violent… À moins que ce ne fût elle, qui ressente les choses de façon plus puissante ? Le plaisir qui enflait en elle semblait hors de contrôle. Elle ne parvenait pas à dominer ses sensations, qui éclataient en elle avec de plus en plus de vigueur, la menant vers toujours plus de fièvre…

— Encore, gémit-elle comme Aimery ralentissait le rythme afin de taquiner ses mamelons de la pointe de sa langue.

— Quelle exigence, ma dame ! plaisanta-t-il avant de gober l'un de ses tétons, ses mains abandonnant son intimité palpitante.

Emma poussa un cri de plaisir et de frustration mêlés puis saisit sa tête à deux mains, enfouissant ses doigts dans les cheveux d'Aimery, caressant sa nuque rasée de près. Son ventre, cependant, exigeait un autre type de caresse. Elle dut probablement gémir à nouveau, ou bien quémander ce que son corps désirait de plus en plus avidement, car il releva la tête avec amusement.

— Un peu de patience, ma mie !

Il souffla avec malice sur le mamelon qu'il venait d'abandonner, avant de se mettre en devoir de sucer l'autre avec application ; le tout, sans cesser de guetter les réactions d'Emma du coin de l'œil.

Celle-ci sentit son corps s'embraser peu à peu, d'irrévocable façon, et elle eut bientôt la sensation de manquer d'air… Les quelques bouffées qu'elle aspirait péniblement semblaient attiser en elle le brasier au lieu de l'apaiser.

Enfin, Aimery accéda à sa requête muette et la fit sienne. Emma se cambra à sa rencontre afin de l'inciter à entrer plus profondément en elle. Elle se demanda vaguement à quel moment il s'était débarrassé de sa vêture… Avant de céder au délicieux oubli convoyant le plaisir.

De plus, Aimery l'aimait cette fois par choix et non pas par obligation : elle le sentait à travers la fougue de ses baisers, la vigueur de ses coups de reins qui la propulsaient prestement vers la félicité. Si elle n'avait été si heureuse en cet instant, Emma aurait pu pleurer de soulagement !

En lieu et place de sanglots, ce fut un cri étouffé qui lui échappa lorsque Aimery accéléra la cadence.

Emma enroula les jambes autour de sa taille, s'efforçant d'accompagner les mouvements de son époux. Elle voulait la ressentir encore et encore, cette merveilleuse sensation de ne plus faire qu'un avec son époux… De quitter le cadre de l'épouse passive pour agir, elle aussi ! Prendre Aimery de même qu'il la prenait, lui donner jouissance comme il la lui donnait. L'amour n'était plus alors un acte de soumission, mais une danse qu'ils exécutaient sur un pied d'égalité.

— Aimery !

Il étouffa son cri d'un baiser passionné. Le cadre du lit grinça sur les dalles de pierre en glissant sur le côté, Emma crut se sentir à nouveau renversée de cheval… Tout tourna autour d'elle, comme si elle tombait…

Mais de chute, il n'y eut point. Seulement celle de son cœur, irrémédiablement pris dans les filets de l'amour.

28

Castel de Thouars, début de l'automne.

Emma ne se plaignait point de son nouveau quotidien. Non seulement dame Adénor avait regagné son gîte avec toute sa suite, mais de plus Aimery et son épouse filaient depuis un parfait et pur amour...

Du moins, en apparence.

Ils partageaient la plupart du temps libre du vicomte de Thouars, qui délaissait les plaisirs de la chasse pour d'autres, de nature domestique. Les deux époux parlaient beaucoup, riaient parfois, partageaient leur couche de plus en plus souvent et pour une satisfaction mutuelle.

Non, Emma n'avait nulle raison de tenir rigueur à son époux de sa méchante humeur... Du moins tentait-elle de s'en persuader.

Il y avait eu tout d'abord le départ d'Henri de Ferrières, envoyé au loin par son mari. Emma le soupçonnait de nourrir une certaine jalousie à son encontre, bien qu'elle ne fasse rien pour entretenir un tel sentiment. Encore moins avec messire Henri, à qui elle vouait l'affection d'une sœur ! Mais le vicomte entendait assurer seul sa protection, avait-il prétendu lors d'un de leurs entretiens ; Emma n'en soufflait mot, mais elle redoutait depuis lors de perdre aussi Adélaïde...

Mais Aimery avait dit, et Henri était parti.

Il y avait eu également l'interdiction de quitter le castel sans la présence d'Aimery. Ce n'était rien de plus qu'un détail, songea Emma au début, une mesure visant à sa protection. Car, protégée, elle l'était ! Elle se comparait parfois, pour rire, à l'un des beaux oiseaux d'Aimery, choyés par les serviteurs mais prisonniers de leur cage.

Et puis, Emma avait commencé à laisser son regard errer par les croisées, par-delà le Thouet et le chemin serpentant vers les bois… Elle avait commencé à se sentir étouffée. Pour se rassurer, elle se répétait à l'envi qu'elle n'était point recluse, comme les femmes maures, ce qui ne l'empêchait point de comparer Thouars à une gigantesque geôle.

Mais Aimery avait dit, et Emma avait accepté son sort.

Les femmes maures, d'ailleurs, lui apportaient une compagnie bienvenue. Elle allait souvent les visiter, avec l'accord d'Aimery et, passée une réticence première, elles semblaient toutes heureuses de ces moments. Elles ne se comprenaient que difficilement, principalement à l'aide de gestes et de sons, toutefois Emma appréciait beaucoup la douceur de Yerma et les efforts qu'elle produisait pour communiquer avec elle.

Cela compensait un peu la lassitude qui l'envahissait dès le lever, pour ne lui laisser de répit qu'à la brune, lorsque son époux rejoignait sa chambrine. Leurs relations étant en tout point satisfaisantes, Emma s'estimait chanceuse : n'avait-elle point prié pour cela ?

Certes, elle avait alors songé que, si Aimery s'autorisait enfin à l'aimer tel un époux, tout s'arrangerait… Emma n'avait, hélas, pas pensé que d'autres soucis surgiraient ensuite.

Il y eut deux événements majeurs pour entamer davantage encore son humeur.

Le premier fut une chute que fit Aimery du dos de Conquérant. Chose inimaginable s'il en fut… Son seigneur de guerre de mari n'avait jamais chu de n'importe lequel des destriers de son escuerie, encore moins Conquérant avec lequel il semblait se fondre dès qu'il chaussait les étriers. On incrimina la selle, mal fixée. Aimery se froissa de l'incident et renferma son cœur.

Il refusa d'évoquer l'événement, ce qui poussa Emma à imaginer mille suppositions toutes plus inquiétantes les unes que les autres…

Aimery était peut-être atteint d'un mal étrange, une maladie qui faisait perdre l'équilibre ? Il allait peut-être trépasser sous peu. Ou bien, il allait tomber à nouveau et se rompre les os – ou la tête, ce qui serait plus radical. Parfois, Emma songeait même à la possibilité qu'on ait voulu attenter à sa vie… N'y avait-il pas eu, également, cette chasse au cours de laquelle un cerf s'était attaqué à Aimery sans raison apparente ? Dieu merci, ce dernier n'avait point subi de blessure ; mais il n'avait dû son salut qu'au réflexe de son escuyer, qui avait soufflé dans sa corne pour effrayer l'animal.

Tant de pensées à glacer le sang peuplaient l'esprit d'Emma qu'elle en perdit le sommeil.

Puis, il y eut cette nuitée, durant laquelle la mélodie se fit entendre. La fameuse et lugubre mélodie qui semblait sourdre des pierres moussues du vieux donjon comme un brouillard vicié… Brusquement irrité, Aimery s'était absenté, Fendeur sur les talons, alors qu'ils étaient sur le point de se coucher. Il n'était revenu qu'au point du jour, pâle comme un spectre et furieux comme jamais. Emma avait pris peur, l'avait questionné… pour se voir méchamment rabrouer.

Depuis, elle dépérissait à vue d'œil.

Ses joues se creusaient, ses membres perdaient leur peu de rondeurs. Son appétit se ressentait de toutes ces inquiétudes, et le cuisinier en chef du castel ne s'embarrassait point d'efforts particuliers : il affirmait haut et fort que si la châtelaine ne goûtait point sa cuisine, lors elle pouvait venir préparer elle-même les repas. Emma n'avait oncques rencontré pareil rustre, grognon et susceptible, toutefois Adélaïde prétendait que les gens de sa profession portaient souvent les mêmes défauts.

Loin de ce qu'elle imaginait, le quotidien avait pris un tour bien sombre, à Thouars. Il semblait que toute joie et toute espérance s'étaient traîtreusement évanouies avec les dernières chaleurs de l'été.

L'ennui, insidieux, s'était invité au castel en même temps que la peur.

Il y avait aussi autre chose... Une sourde angoisse prenait souvent la vicomtesse de Thouars, de plus en plus fréquemment ; elle s'effrayait d'une ombre, ou bien accueillait de moroses pensées malgré son rapprochement avec son époux.

La seule décision qui rendit quelque vigueur à Emma fut celle qu'elle prit par une froide et venteuse nuitée, en entendant à nouveau la mélancolique mélodie émaner de la silhouette enténébrée de la tour Magne.

Comme la fois précédente, Aimery se renfrogna aussitôt et se leva de son siège, dans son cabinet de travail.

— Ma dame, il est l'heure de rejoindre votre chambrine.

— Si tôt ?

— Hâtez-vous ! J'ai à faire, et je ne peux vous laisser seule céans. J'ai pour habitude de fermer la porte à double tour.

Emma pouvait le comprendre... Certains des objets accumulés ici étaient fragiles, sans parler des manuscrits ! Aimery ne pouvait les laisser en libre accès au premier venu.

Elle se leva, frotta ses mains sur les plis de sa cotte émeraude afin d'en ôter la poussière accumulée en tournant les pages d'un codex d'astronomie particulièrement fascinant, puis sortit sagement de la pièce. Elle prit la direction du logis mais, une fois Aimery disparu dans un couloir menant à l'extérieur, elle ôta son voile blanc, trop repérable dans l'obscurité, et le suivit discrètement.

Il faut que je sache ! Cette farce a assez duré.

Aimery s'empara d'une torche puis emprunta une porte non gardée, et Emma patienta quelques secondes avant de le suivre ; une fois dehors, elle serait en terrain découvert…

Une rafale de vent la saisit. Elle regretta d'avoir dû se séparer de son voile, mais elle ne pouvait rien y changer. Elle avança donc en grelottant sur le chemin battu par les bourrasques automnales, guidée par la lueur vacillante de la torche d'Aimery, qui n'était guère plus qu'une silhouette massive progressant rapidement devant elle.

Elle se hâta de le suivre, ce qui n'était guère aussi aisé qu'elle l'avait cru. Les étoiles demeuraient invisibles, voilées par une mer de nuages qui s'agitait dans les cieux, poussées par un méchant suroît.

L'air était froid, le sol détrempé. Il avait plu durant tout l'après-midi, et une bonne partie de la matinée. Emma dut prendre soin de ne point poser le pied dans les nombreuses flaques d'eau : ses fines sandales n'y auraient point survécu.

Soudain, sa cheville perdit son appui et son pied glissa sur une feuille morte…

Elle se rétablit bien vite, le cœur battant d'avoir manqué choir telle une prune trop mûre. Cela aurait immanquablement trahi sa présence, or elle devait se faire la plus silencieuse possible si elle voulait percer enfin le mystère de la tour Magne.

Elle se hâta en relevant légèrement sa cotte pour mieux avancer, soucieuse de ne se point laisser distancer… Si elle perdait la trace d'Aimery, elle aurait fait chou blanc.

La musique sortie de nulle part se faisait toujours entendre, au gré des bourrasques ; tantôt agonisante dans la nuit, tantôt inquiétante de clarté.

Enfin, la tour fut là. Ce n'était qu'une masse sombre se découpant sur les nuées mouvantes, cependant Emma éprouva un brusque effroi à la vue de ce vestige d'un passé révolu.

Ce vieux donjon abritait pour sûr quelque secret inavouable !

Un terrible secret, bien entendu. La preuve en était cette effroyable mélodie qui ne s'expliquait guère ! D'où pouvait-elle provenir, si ce n'était de l'un des cercles de l'enfer, résidence de démons ?

Emma se signa dans la nuit, subitement furieuse contre elle-même. Que n'était-elle restée dans la sécurité du logis, devant une bonne flambée ? Loin des ombres et de la menace qui semblait planer au-dessus de ce castel...

Un grincement métallique lui apprit qu'Aimery venait de pénétrer dans la tour.

Allons ! Ma force d'en haut.

Emma se précipita vers la porte, patienta un instant sous quelques gouttes de pluie crachées par un nuage rageur. Son cœur battait si fort qu'il semblait vouloir se joindre à la mystérieuse mélodie dont elle percevait à présent les fluctuations avec plus de netteté.

Maintenant.

Enfin, elle poussa le battant. Il faisait noir, dans l'unique pièce de la vieille tour ; noir, et humide. Emma patienta le temps que sa vue s'accoutume à l'obscurité puis, lorsqu'elle discerna les contours des quelques obstacles éparpillés sur le sol nu, elle s'aventura dans les entrailles de l'antique donjon des premiers seigneurs de Thouars.

Où diable était passé Aimery ?

Nulle trace de son passage. Ou presque... Malgré la faible luminosité, Emma crut remarquer des empreintes de pas dans l'épaisse couche de poussière recouvrant les dalles usées par le temps, polies par des centaines de chaussures d'une autre époque.

Tous ces gens, qui avaient vécu céans... Toutes ces personnes qui avaient marché ici, couru peut-être, qui s'étaient partagé des secrets ou avaient banqueté au fil des saisons, des personnes à présent tombées dans l'oubli, jusqu'à leur nom, des personnes qui avaient depuis longtemps rejoint le Créateur et dont rien ne subsistait hormis l'usure de vieilles dalles...

Cela lui donnait le vertige.

Poussant un soupir nerveux, Emma se frotta les épaules afin de se réchauffer et...

Soudain, il y eut un bruit mat.

Puis, des voix.

Des pas... qui semblaient se diriger droit sur elle. Pourtant, il n'y avait personne avec elle dans la pièce !

Emma considéra avec frayeur les dalles de pierre, figées dans la lente agonie des siècles mais désespérément désertées, vaines ruines témoignant de la vacuité de l'existence humaine, sur lesquelles pourtant des personnes invisibles paraissaient se déplacer, et...

Des personnes invisibles, c'était bien cela.

Des revenants.

Emma s'apprêtait à pousser des criements, perdant totalement toute raison, lorsqu'une faible lueur au niveau du sol attira son attention... Un halo d'or suintait des jointures entre les dalles – ou, plus exactement, d'une jointure à la forme étonnamment régulière et de la taille idéale pour laisser passer un homme...

Les voix s'approchaient.

Une trappe !

C'était une trappe : nul revenant dans la tour, nul démon ! Il y avait simplement une pièce souterraine dont Emma n'avait point soupçonné l'existence... Voilà pourquoi Adélaïde et elle n'avaient rien trouvé, en entrant dans la tour ! Il y avait eu des bruits horribles provenant du dessous.

Tout s'expliquait !

Emma, cependant, revint bien vite à des préoccupations plus urgentes : cette trappe allait bientôt s'ouvrir, des inconnus allaient en jaillir et la découvrir là...

Sans réfléchir, Emma se jeta derrière la première cachette à laquelle elle songea, à savoir l'une des tapisseries en lambeaux qui s'affaissaient contre les murs.

Dos collé à la muraille glacée qui s'effritait par endroits, le nez contre le tissu rongé par les mites et les moisissures, elle retint un haut-le-cœur. L'odeur était affreuse. Sa gorge la chatouilla...

Par tous les saints, non ! Point maintenant...

Elle se pinça le nez, s'obligeant à respirer lentement par la bouche, et parvint à ravaler l'éternuement qui aurait causé sa perte, juste au moment où un craquement résonnait dans la tour.

Prudemment, elle risqua un regard dans la pièce.

Emma vit le battant de la trappe se soulever avec lenteur, et crut, dans un instant de pure épouvante, qu'un démon surgissait bel et bien du royaume souterrain pour s'emparer de son âme...

Un démon hideux, immense, pourvu d'ailes noires, auréolé de langues de feu de l'enfer ! Et...

Soudain, l'illusion se dissipa. Emma laissa échapper son souffle, qu'elle avait retenu jusqu'à présent.

Ce n'était qu'un homme étrangement vêtu d'une longue cotte flottante, la tête enroulée dans un tissu, qui tenait une torche tout en tournant le dos à Emma... D'où l'impression qu'il était entouré d'un halo lumineux. Il se penchait maintenant pour tendre la main à un second homme, qui la refusa...

Aimery.

Perplexe, Emma écouta leur conversation sans en comprendre le sens. Il était question d'un oiseau qu'Aimery avait confié à l'inconnu...

— Il ne fera point trop de bruit si tu prends garde à n'allumer qu'une lampe à la fois. Tu as de quoi le nourrir pendant une lune ; je t'apporterai d'autres graines.

— Je ne vois guère l'utilité de garder un pigeon dans un souterrain...

— C'est évident : à la moindre complication, tu lâches le pigeon par le soupirail avec ton message. Il est dressé pour me rejoindre lorsque je me trouve à la cour du duc Guillaume. Ainsi, j'accourrai en cas de besoin !

— Précaution inutile.

— Eh bien, moi, je me sentirai mieux ! Je ne goûte mie de te laisser seul ici, à la merci du premier venu...

Le Maure baissa la tête, et un instant on aurait pu le croire résigné. Abattu. Puis il haussa les épaules en marmonnant :

— Le sabre a failli, mais la plume veille. *In cha'a Allah.* Je le répète, la précaution est inutile, à mon sens, mais puisque c'est là ta volonté, alors qu'il en soit ainsi. Je nourrirai le pigeon. Il va engraisser comme un moine sans jamais prendre les airs !

— Je l'espère.

Mais de quoi parlent-ils ?

Emma observa les deux hommes refermer la trappe et se diriger vers la sortie... Elle se souvint ensuite qu'Aimery avait pour habitude de fermer la porte à clé.

La panique l'envahit.

Elle allait se retrouver engeôlée céans, seule dans l'obscurité, à la merci des rats et autres occupants des lieux ! Nul ne songerait à la chercher ici, nul ne viendrait à son secours, et elle trouverait un lent et douloureux trépas, de faim, de soif, de peur, et...

Il fallait agir prestement.

Allons ! Ma force d'en haut.

Emma trouva alors le courage d'émerger de sa cachette, bravant les foudres de son époux afin d'échapper à une terrible mortaille.

— Vous ?

Elle avait beau s'attendre à quelque rude réaction, le hurlement d'Aimery la prit de court – ainsi qu'une chauve-souris affolée qui se mit à voleter en tous sens au-dessus de leurs têtes. Hardiment, elle avança vers la torche que brandissait toujours l'homme au turban en tâchant de paraître placide.

— Que diable faites-vous céans ? Vous êtes couverte de salissures ! Que faisiez-vous là ?

— Pourquoi ces criements, messire ? Cela résonne affreusement.

— Que… Par les cornes du Malin !

— Vous jurez devant votre épouse ?

— Mon épouse en a manifestement vu d'autres, puisqu'elle passe son temps à fureter dans les recoins sombres et à se rouler dans la chiure de chauve-souris !

Emma plissa le nez.

— Oh… C'est donques cela, cette odeur ? Je me demandais ce qui pouvait puire autant… Or ça, ne me présentez-vous point à votre ami, messire ?

— Pour quelle raison le ferais-je ?

— En vérité, voilà qui n'est guère courtois de votre part.

— Moi… ? Moi, je ne suis pas… pas courtois ? Ma dame, vous devriez battre votre coulpe avant de dépasser les bornes !

— Or i allons ? Je crains qu'il soit l'heure de rentrer au logis.

Aimery manqua s'étouffer. L'homme qui l'accompagnait, cependant, ouvrait de grands yeux amusés et Emma aurait juré l'avoir entendu pouffer. Elle remarqua qu'il portait un étrange grain de beauté sous l'œil senestre, semblable à une larme pétrifiée…

Elle décida cependant de pousser son avantage avant qu'Aimery ne reprenne tous ses esprits et ne la traîne jusqu'à sa chambrine par les cheveux.

— Pouvez-vous m'éclairer, messire dont j'ignore le nom ? Car la lune est voilée et on n'y voit goutte, dehors.

— Je veux bien être pendu si…

Mais l'homme au turban, ignorant les réprimandes d'Aimery qui lui reprochait à présent de ne point rester à sa place de châtelaine, leva obligeamment la torche en cédant le passage à Emma.

— Grand merci.

— Je vous en prie, dame.

Surprise, Emma croisa son regard sombre, pétillant de malice.

— Vous parlez notre langue ?

— Quelques mots, dame.

— « Ma dame », ou « dame Emma ».

— Entendu, dame Emma. Je suis heureux de faire votre connoissance : j'ai ouï bien des louanges à votre égard.

— En vérité ? s'amusa Emma, qui trouvait décidément cet inconnu fort courtois – bien plus que son rustre d'époux. Cela m'étonnerait que ce soit sire Aimery qui en soit à l'origine...

— Détrompez-vous, ma dame. Depuis quelque temps, il n'a que votre nom sur les lèvres...

— Si je vous dérange, dites-le ! grogna Aimery, qui s'interposa entre eux. Emma, rejoignez sans respit votre chambrine. Nenni ! Je ne veux plus rien entendre qui sorte de votre bouche ! Vous en avez assez fait pour aujourd'hui. Dans votre chambrine, prestement !

— Bien, messire.

— Et pas un mot de tout ceci à quiconque !

— Comme vous voudrez.

— Pas même à Adélaïde ! Est-ce compris ?

— Mais oui, messire. Messire dont j'ignore le nom, je vous souhaite bonne nuitée.

— Je me nomme Tariq, fit celui-ci en s'inclinant devant elle, une main sur le cœur. Mes hommages à la châtelaine de ces lieux, dont la beauté égale l'esprit... et l'audace.

— Trêve de badinage ! Tariq, tu es un fol qui devrait prendre garde... Bien m'en a pris d'accéder à ta requête de marcher un peu au clair de lune... Emma : au logis, et prestement !

Cette fois, elle ne se le fit pas dire deux fois et courut vers la sécurité du logis, trébuchant plus d'une fois sur le sentier boueux. Son cœur exultait d'avoir percé le mystère de la tour Magne ! Sans compter que ce Tariq, quel qu'il soit, se révélait charmant.

Tout ce qu'elle espérait, à présent, c'est qu'Aimery la rejoindrait plus tard afin qu'elle apaise son ire au creux des draps… Chose qu'elle maîtrisait de mieux en mieux et appréciait tout autant.

Je saurai bien le persuader que je peux garder ses secrets… Ou bien je ne m'appelle plus Aelfgyva – ni Emma.

29

Aimery ne vint pas ; ni cette nuitée, ni la suivante.

Emma dut patienter durant près d'une semaine avant de recevoir à nouveau sa visite tardive dans sa chambrine, ce qui, bien entendu, signifiait qu'il avait l'intention de partager sa couche jusqu'aux premières lueurs de l'aube.

Leurs relations perdirent en intensité… Emma ne jouissait plus que rarement de la compagnie de son époux, et quand bien même il aurait été plus présent, elle aurait été bien en peine de retrouver le chemin de son cœur.

Plus de précieux moments à découvrir le monde dans sa salle d'étude ; Emma n'avait plus approché ni manuscrit, ni astrolabe, ni même le pas de la porte derrière laquelle Aimery dissimulait ses collections d'objets rares.

L'inconnu de la tour Magne, celui qui avait dit s'appeler Tariq, n'avait ni reparu ni refait parler de lui. Plus de mélodie nocturne aux abords de la tour en ruines. Plus de trajets d'Aimery dans les profondeurs de ses entrailles… Lorsque Emma tenta de prononcer son nom, le vicomte entra dans une violente fureur et lui fit jurer de n'en plus faire mention.

Alors, Emma cessa de poser des questions.

Ce n'était pas une reddition… Plutôt une trêve, car elle était lasse de lutter contre un homme aussi borné que l'était son époux. Elle avait cru gagner la partie et devait maintenant regarder les choses en face : la victoire était encore loin, pour gagner son cœur !

Un quotidien de plus en plus morne s'était peu à peu établi à Thouars, écrasant Emma de silences sans fin et de journées entières passées devant une croisée.

L'hiver s'étira.

Les célébrations de la Nativité passèrent, ainsi que la fête des Fous. Emma songeait fréquemment à son ami Henri de Ferrières, se demandant où il se trouvait, ce qu'il faisait... Elle espérait pour lui que ses amours épistolaires avaient enfin débouché sur des épousailles et qu'il vivait un pur amour en compagnie de la dame de ses pensées. Par discrétion, il ne lui en avait jamais révélé le nom... Un gentil seigneur, était Henri ; honnête, fidèle, courtois et loyal. Il méritait de goûter au bonheur. À l'amour.

Pour sa part, Emma n'avait oncques cru en l'amour avant de rencontrer Henri. Il avait su gagner sa confiance puis son amitié avec sa bonne humeur, puis avait semé en son cœur les graines d'une envie un peu folle : aimer et être aimée en retour. Sans lui et son histoire d'amour à distance, peut-être Emma n'aurait-elle jamais nourri pareil espoir ni connu cette cruelle désillusion...

Adélaïde, quant à elle, ricanait en évoquant l'insuccès de ses amours.

— Si épousailles il devait y avoir, nous en aurions ouï l'écho !

— Peut-être...

— Je vous le dis, ma dame : messire Henri n'est qu'un beau parleur. Ne pouvez-vous point demander à votre époux, afin de cesser de vous questionner de la sorte ?

— Nenni. Je ne puis.

Alors, Adélaïde secouait généralement la tête et abordait le sujet le plus sensible pour Emma.

— Et... Maîtresse, lui avez-vous dit ?

— Certes pas ! Je... Je ne pense point qu'il accueille bien la nouvelle... Aimery est si irritable, en ce moment, que je crains de provoquer sa colère. Et puis, c'est encore trop tôt.

— Tout de même... Bientôt quatre lunes.

— Laissons-en passer une autre, dans ce cas.

— Cela se verra bientôt, maîtresse...

— Je porterai un mantel de plus.

— Ne pensez-vous point que...

— Il suffit, Adélaïde ! Je ne le lui dirai point encore, voilà tout. Quant à toi, tu as intérêt à conserver le secret également ; garde-toi de cette becnaude de Crespina !

Ce à quoi Adélaïde répondait habituellement par un hochement de tête un peu vague, avant de vaquer à d'autres occupations.

Emma ne pouvait se résoudre à annoncer à Aimery qu'elle attendait un enfant. Comme ils s'étaient éloignés au moment où son mal passait, et où elle eut vite compris qu'elle n'était point souffrante mais enceintée, Emma avait résisté à l'envie de le lui dire. Par pure sottise. Froissée par le rejet d'Aimery, elle avait boudé, tout simplement, avant de s'en mordre les doigts lorsqu'il était devenu évident que le vicomte, si elle l'informait de la grande nouvelle, lui demanderait les raisons de son long silence.

Elle s'était ensuite mise à avoir peur. Pour l'enfançon, bien sûr, mais aussi pour sa propre vie... Après tout, les trois premières épouses d'Aimery avaient trépassé en donnant la vie ! Peut-être son époux avait-il quelque défaillance, peut-être engendrait-il des enfants trop gros ou mal formés, ce qui causait le trépas de la mère et du bébé ? Elle avait eu beau questionner Crespina, Emma n'avait rien appris à ce sujet – mais son imagination, elle, faisait le reste.

Elle se voyait déjà alitée dans une mare de sang, incapable de donner naissance à l'enfançon en train de lui déchirer les entrailles...

Elle voyait Aimery la contemplant, bras croisés et cheveux hirsutes, une lueur de déception dans le regard. Emma n'avait aucune envie de devenir le quatrième de ses fantômes ! Rien que ses frayeurs la dissuadaient de révéler son secret – qui, bientôt, n'en serait plus un…

À présent, elle était piégée.

Si elle dévoilait son état, ou plutôt quand elle le dévoilerait, elle aurait à répondre de cet enfantillage. Si elle ne disait rien, elle courait le risque qu'Aimery le découvre par lui-même ; soit en avisant son ventre, à peine rond sous son mantel, soit en écartant la courtepointe dont elle veillait à se couvrir lorsqu'il la visitait dans sa chambrine.

Que faire ?

Parler, bien sûr. Tout avouer. Prier pour qu'Aimery ne lui tienne pas rigueur de son absurde silence.

Mais elle n'eut point à se tourmenter bien long temps, car juste avant la Chandeleur, alors qu'un second mantel était devenu nécessaire pour masquer la rondeur de son ventre, Aimery pénétra dans sa chambrine à l'aube, visiblement épuisé et fou de rage.

— Alors, c'était la vérité !

— Que… De quoi parlez-vous ? bredouilla Emma en tirant la courtepointe contre sa poitrine, tandis qu'Adélaïde lâchait le tisonnier pour s'effacer dans l'escalier.

— Comment, de quoi je parle ? rugit Aimery, dont les yeux las et les cheveux ébouriffés révélaient l'absence de sommeil. Mais de ceci, bien sûr !

Il jeta une missive sur le lit.

Sourcils froncés, Emma la prit aussitôt. Elle provenait du duc de Normandie, et informait le vicomte de Thouars d'une félonie commise par…

Son cœur manqua un battement au fil de sa lecture, et elle posa bien vite les yeux sur son époux.

— Mon père… A-t-il véritablement fait cela ? Je veux dire… C'est impossible, ce serait de la trahison ! Ce serait…

— Le roi Confesseur a rendu l'âme le cinquième jour de ce mois, et dès le lendemain, bafouant le saint jour de l'Épiphanie, votre maroufle de père s'est fait couronner par le Witan au détriment du véritable successeur d'Édouard ! Guillaume de Normandie.

Assommée par cette nouvelle, Emma secoua la tête avec acharnement.

Son père n'aurait point agi aussi follement ! Jamais. Car non seulement ce serait une trahison de la pire espèce, la parole ayant valeur d'or entre vassal et suzerain, mais de plus cela la laissait seule et vulnérable face à un époux fou de rage… Un homme qui avait droit de vie et de mort sur elle, hélas, et un homme qui était dans une telle colère qu'il ne réfléchissait plus posément.

Père ne m'aurait point abandonnée de la sorte, encore plus méchamment que la fois première !

— Ce ne sont que menteries, s'entêta-t-elle.

— Le duc de Normandie est beaucoup de choses, mais point un menteur.

— Certes, mais…

— Vous avez vu le sceau ! Il n'y a là que la vérité. Nous craignions que votre père ne rompe la paille de son accord pour mieux nous leurrer, et c'est bel et bien ce qui est advenu.

— Je ne puis accorder foi à cela… Il a prêté serment, Aimery ! Un serment est chose sacrée.

— Pour nous, si fait ; toutefois, la félonie saxonne ne connoît semble-t-il aucune limite.

Emma froissa la missive dans son poing, toute lassitude subitement envolée.

— Je ne vous permets point de m'offenser, messire ! Mon honneur n'est point celui de mon père, et en ce qui me concerne je n'ai trahi personne ! Même si je n'ai jamais prêté serment.

— Ah ! Voilà la félonie, fit Aimery en la pointant d'un doigt accusateur. Telle est la véritable duplicité saxonne ! Aurait-il fallu que vous prêtiez serment, vous aussi, en sus de vos vœux d'épousailles ? Je vous rappelle que notre union est sacrée devant Dieu, elle aussi !

— Et alors ? Vous ai-je trahi, messire ?

— Certainement ! Par le biais de votre père.

— Or ça, je… Comment pouvez-vous croire une minute que je sois complice de ses actes ? Nous n'avons pas échangé le moindre courrier depuis nos épousailles !

— Vous partagez le même sang, gronda Aimery d'une voix basse, récupérant la missive qu'il agita en l'air. C'est suffisant pour le duc Guillaume. Et c'est suffisant pour moi.

Il se détourna. Emma entrevit l'espoir de le rallier à sa cause : ils avaient partagé beaucoup, il tenait à elle ! Au moins un peu… Non, son époux ne pouvait pas l'abandonner à son tour !

— Attendez !

— Il n'est plus utile d'ajouter quoi que ce soit. Je vais rejoindre le duc et aviser avec lui de la marche à suivre. Quant à vous, ma dame, vous resterez céans et ne quitterez le castel sous aucun prétexte.

— Messire, je vous en prie, écoutez-moi ! Mon père, Harold Godwinson, comte de Wessex, a… Il m'a tout simplement abandonnée entre vos mains, alors même qu'il ignorait complètement quel homme vous étiez, si vous étiez susceptible de me faire du mal par n'importe quel moyen… Il m'a abandonnée, si fait, messire ! Et à présent, vous osez me rendre responsable de ses agissements en Angleterre ?

— Pas responsable, mais complice sans le moindre doute.

— Et puis-je savoir ce qui vous rend si affirmatif, messire ? cria-t-elle, envahie à son tour par la fureur.

Aimery s'avança. Instinctivement, elle remonta davantage la courtepointe sous son menton.

— Vous attendez un enfant.

Sous le choc, Emma ouvrit et ferma la bouche plusieurs fois, incapable de se décider sur la conduite à tenir. Le rire sans joie d'Aimery résonna dans la chambrine tandis qu'elle sentait une larme perler à ses yeux.

— Me pensiez-vous aveugle, ma dame ? Ou bien coquebert ?

— Non point. Je ne savais comment vous l'annoncer... Je voulais que vous soyez heureux.

— Pourquoi ? Allez-vous me faire croire que vous avez peur de moi ?

— De vous, non, mais de votre réaction ! Dois-je vous rappeler que vous avez évité ma couche pendant toute une année, juste pour ne point enfanter ?

— Vous m'avez menti. Tout comme votre père a menti au duc.

— Non ! Je... Oh ! je ne sais comment...

— Avez-vous menti, oui ou non ?

— J'attendais simplement le bon moment.

— Il est aisé de prétendre cela, après que j'ai découvert le pot aux roses !

Elle ne put que secouer la tête, répandant sa chevelure sur ses épaules. La courtepointe, qu'elle lâcha avec résignation, dévoila aussitôt un ventre bien rebondi.

— Je ne voulais point vous brusquer, messire...

— La peste soit de ces maudites femmes saxonnes ! Menteuses, et fourbes. Incontrôlables !

— Ah oui ? maugréa Emma malgré elle. Il est évident que vous ne connaissez point ma grand-mère, dame Alversa ! Vous me trouveriez douce en comparaison.

— J'escompte du moins que vous m'auriez prévenu avant que j'oie les premiers vagissements de l'enfançon ? Ou bien avant qu'il quitte les langes pour revêtir une tunique ?

Elle haussa les épaules. Tout courage l'avait brusquement quittée, car elle pressentait qu'Aimery était dès lors perdu à jamais pour elle. Il ne lui accorderait plus sa confiance, désormais... Son père avait tout gâché, pour commencer, et puis la découverte de sa grossesse dissimulée avait sonné le glas de leur foi mutuelle en l'autre.

Désormais, Emma elle-même ne pourrait oublier que son époux s'était détourné d'elle sans même lui accorder une chance.

Enfin, Aimery s'éloigna. Sur le pas de la porte, il lui asséna le coup de grâce.

— Ma mie, votre sang saxon vient de révéler sa perfidie : vous voilà enceintée en secret et votre père est un bel foimenteor[1]. Il est inutile que nous nous revoyions.

Lorsque la porte claqua, Emma poussa un hurlement de biche blessée tout en serrant les bras autour de son ventre. Pour la première fois depuis qu'elle avait compris son état, elle ressentit pleinement la présence de ce petit être tapi dans son corps... et elle espéra trouver en lui un écho de l'amour qu'elle venait de perdre.

1. Parjure.

30

— Taïaut ! Ici, taïaut !

Conquérant s'engouffra dans le sous-bois, sauta par-dessus un taillis aussi aisément qu'une grenouille dans une mare.

Aimery ne vit rien de l'éclair de fourrure fauve qui se déplaçait sur son bras senestre, pas plus qu'il n'entendit les jappements frénétiques de la meute, derrière lui.

Les pensées tourbillonnaient dans son esprit, se chevauchant avec branches et futaies qui défilaient autour de lui. Même l'entraînement avec Bernabèu, même les longues chevauchées ou les chasses avec Fendeur courant joyeusement à ses côtés, rien ne semblait pouvoir arrêter cette tempête qui le secouait jusqu'aux tréfonds de son âme.

Un enfançon !

Un enfançon allait venir au monde, et ce très bientôt s'il en jugeait par le tour de taille de cette diablesse d'Emma. Par quelle diablerie avait-il pu demeurer aveugle aux signes, jusqu'à récemment ? Elle avait été souffrante, lasse, incapable de mangeailler… Et jamais plus elle ne s'esnuait[1], lorsqu'ils se lançaient dans une chevauchée nocturne entre les draps.

Quel coquebert je fais !

— Taïaut ! hurla-t-il encore, plus pour soulager son esprit

1. Se dénuder.

en ébullition que pour signaler la position de leur proie – un magnifique cerf aux bois majestueux.

Si les autres l'apprennent, je suis bon pour faire les frais de leurs plaisanteries jusqu'à mon dernier souffle. Surtout Eustache ! Ce damné coquin s'étoufferait de rire.

Un tel nigaud méritait probablement ce qui lui arrivait… Et encore devait-il se réjouir que l'enfançon soit le sien : il n'aurait pas à ajouter « cornard » à la longue liste de ses défaillances. Sur ce point, du moins, il accordait crédit à son épouse. Emma n'était point femme à soulever sa cotte avec légèreté, et puis elle lui vouait une tendresse véritable… Leurs étreintes avaient toujours été passionnées.

Une crainte venue du passé s'empara de son cœur, qui se serra.

Et si l'enfant trépasse ?

Si Emma trépasse ? Pourrais-je vivre avec la culpabilité de l'avoir repoussée, abandonnée ?

Il s'ébroua comme un chien tout en éperonnant Conquérant.

— Taïaut ! À la bête !

Les chiens obéirent aussitôt, accélérant assez pour mordre les jarrets du cerf, qui obliqua à travers un buisson d'épineux. Aimery et les chiens le suivirent. Le vicomte de Thouars, loin de déplorer les griffures sur son visage, savoura pleinement la douleur qui pouvait lui faire oublier pour un moment l'étendue de sa détresse.

Au moins, les ronces ne blessent que la surface de ma peau. Cela passera !

Et il chevaucha de plus belle, sans la moindre retenue, laissant tout loisir à Conquérant de bondir dans la forêt au risque de se rompre un genou… Ses criements retentirent long temps sous les frondaisons, accompagnés des aboiements des chiens et des ahanements des membres de son escorte, qui déploraient sans doute le retard pris sur leur voyage mais ne se seraient point risqué à en faire part à leur maître au comportement si singulier.

Depuis leur départ de Thouars, il n'était un secret pour personne que le sire de Thouars s'était querellé avec sa jeune épouse. On ne peut guère empêcher les gens de fatrouiller, encore moins de se nourrir de la vie des autres s'ils la pensent plus intéressante que la leur.

Eh bien, qu'ils parlent !

Aimery leva sa lance, prêt à frapper, le cœur ivre de rage et noyé dans son propre désespoir.

Tout se passa très vite... Il toucha le cerf, qui s'écroula dans une gerbe de terre, Fendeur se jeta sur lui, suivi de la meute, et...

Pris à la gorge et aux membres, le cerf se débattit avec fureur, secoua ses bois impressionnants pour en déloger un jeune chien au regard fou. Il envoya la bête en l'air, qui retomba plus loin dans un geignement. Fendeur se rua vers la gorge offerte de l'animal, qui tendit ses bois en avant, et...

Le cri d'Aimery causa l'envol d'une troupe de corbeaux.

Fendeur s'effondra.

Sur le sol durci par les dernières gelées, une flaque de sang rougissait la mousse.

Au retour de la chasse, Aimery n'eut guère le loisir de se reposer, ni même de changer sa tunique qui lui collait à la peau. Le duc Guillaume, qui était resté à Caen afin de rédiger plusieurs missives, le mandait de toute urgence.

Furieux contre lui-même, Aimery prit tout de même le temps de porter Fendeur dans sa chambrine. Il installa son vieux compagnon près de l'âtre, où il pourrait reposer sa patte blessée, dûment bandée par Jehanounet dans la forêt, et lui caressa longuement le crâne.

— Repose-toi, compère... Pas de folie. Je t'apporterai un bon festin !

Aimery se hâta ensuite de retrouver le duc dans la salle d'audience, dépourvue des bannières que l'on accrochait aux murailles les jours de fête. Les torches étaient peu nombreuses, et la pièce aussi sombre que l'humeur du duc qui était en train de confier des plis à un messager.

Lorsqu'il le vit, Guillaume s'écarta.

— Allons, pars sans respit ! Et ne reviens pas sans les réponses, m'as-tu compris ?

— Oui, messire.

Une fois seul avec Aimery, Guillaume abandonna son attitude austère et se laissa tomber sur son siège à accotoirs.

— Te voilà... La chasse fut-elle bonne ?

— Nous ramenons un cerf. De magnifiques bois.

Guillaume hocha la tête, distrait, avant d'aborder le véritable motif de sa convocation.

— Nous allons partir pour Falaise. Toi, moi, et mon frère Robert. Guillaume de Varenne et Eustache aux Grenons nous y rejoindront, ainsi que mon frère Odon et mes vassaux les plus puissants.

Aimery haussa les sourcils. Il n'était pas sans savoir que le duc faisait face à une opposition inattendue de la part des seigneurs normands... Ils hésitaient à entrer ouvertement en guerre contre le royaume d'Angleterre, fort puissant, toutefois Guillaume conservait sa position.

Il voulait punir Harold, le foimenteor. Il voulait lui faire rendre gorge devant tous afin de rétablir son honneur ; il voulait lui prendre par la force cette couronne qu'Harold s'était appropriée par ruse, et qui lui revenait de droit.

Dans son for intérieur, Aimery ne pouvait que lui donner raison. Quant à partir guerroyer contre les Saxons... C'était une autre paire de manches. Comme les autres seigneurs, le vicomte de Thouars ne cachait point ses réticences à lever son ost pour soutenir le duc de Normandie dans cette querelle, qui prenait pour lui une tournure personnelle...

Emma était saxonne.

La fille du foimenteor !

La fille du traître, de la merdaille qui avait volé la couronne d'Angleterre...

Cela accroissait d'autant plus l'indécision d'Aimery, qui, tout fâché qu'il fût contre son épouse malhonnête, répugnait à occire son beau-père sur le champ de bastaille.

Cela le mettait également dans une situation délicate vis-à-vis du duc Guillaume, son compère depuis tant d'années, et qui s'irritait de le voir hésiter ainsi à lui prêter main-forte.

Guillaume poursuivit, le pointant d'un doigt autoritaire.

— J'ai besoin de toi, Aimery de Thouars, héros de Barbastro.

— En quoi puis-je vous aider, messire ? répondit-il entre ses dents serrées.

— Il y a des opposants à mon projet. Tu le sais. Or, ma quête est juste et honorable ! Mais si nous voulons l'emporter sur les armées d'Angleterre, nous devons faire front commun ! Et tu m'y aideras.

— Comment ?

— En persuadant les seigneurs normands de se joindre à nous. Je te sais fort instruit, Aimery... Fort habile de l'épée, et non moins de la langue. Tous te connaissent et te respectent. Ce sera donques à toi de te charger de cela ! Nous nous réunissons en secret à Falaise afin que j'expose mes plans ; ensuite, chacun de vous repartira lever son ost.

Aimery poussa un soupir, ce qui agaça Guillaume.

— Or ça, qu'y a-t-il, encore ? Si tu t'inquiètes de ton lien de parenté avec ce singe d'Harold, dis-toi justement que tu tiens là l'occasion de me prouver ta loyauté une fois pour toutes.

— Ma loyauté ? Messire ! Que voilà une offense ! Vous savez fort bien que ma loyauté vous est acquise depuis moult années, et...

— Vraiment ? Alors, pourquoi barguigner maintenant ?

D'incisif, son regard se fit perplexe.

— C'est ton épouse saxonne, qui ébranle ainsi ton allégeance ?

— Nenni. Emma perturbe beaucoup de choses à Thouars, mais certes pas mes allégeances ni mes convictions.

— Fort bien, conclut Guillaume dans un sourire amusé. Dans ce cas, je puis compter sur toi, n'est-ce pas ?

— Toujours, messire.

— Ne crains rien... Je veillerai à ce que tu n'occises point ton beau-père : Harold est pour moi. Pour moi seul !

Aimery hocha la tête, plus soulagé qu'il ne l'aurait cru par cette déclaration. Il savait Guillaume homme de parole et ne doutait pas un seul instant que ce dernier venait de prendre là un véritable engagement.

Le duc se rapprocha d'une table où patientaient une bouteille de verre bleuté et deux coupes, qu'il remplit l'une après l'autre. Aimery passa une main lasse sur son visage.

Songer à Emma le plongeait dans un océan aux flots retors, troubles et agités. Il ne savait plus que penser à son sujet... Certes, elle était son épouse et il se faisait un devoir de la défendre, de la protéger ; il le ferait, quoi qu'il advienne. Emma avait cependant prouvé qu'elle ne méritait point sa confiance : Aimery ne parvenait plus à la lui accorder.

Ce séjour à Falaise tombait à point nommé : il avait besoin d'un peu de temps afin de réfléchir à tout cela, décider s'il pouvait encore accorder créance à Emma, ou non.

Il déglutit avec peine, la gorge nouée. La peur le rongeait. Peur de les voir trépasser, elle et l'enfançon à venir, de devoir déposer leurs corps d'un blanc de neige dans un caveau, de savoir leur chair glacée vouée à l'ombre du tombeau...

La peur.

Elle était là, lovée au fond de son cœur, sournoise et perfide ! Ce n'était point la crainte sourde qui vous prend à la sonnerie des trompes annonçant une bastaille, ou bien l'effroi de voir un compagnon tomber devant vos yeux, un membre tranché net... Cette peur-là, Aimery l'avait déjà croisée trois fois par le passé, mais devait encore l'apprivoiser. Et c'était peut-être la pire de toutes !

Il secoua la tête, saisit la coupe que lui tendait le duc en marmonnant une parole de remerciement. C'était du vin épicé et tiédi, délicieux au palais. Aimery but plusieurs gorgées avant de se décider à parler.

— Il faudra compter plusieurs semaines pour convoyer mon ost jusqu'en Normandie. D'où partirions-nous ? Il faut profiter des bonnes marées.

Guillaume haussa les épaules. Ils échangèrent un long regard, complices comme par le passé.

— L'endroit n'est point un obstacle ; ce qui m'inquiète, c'est le temps de réunir tous les hommes. Voilà pourquoi j'ai besoin de toi à Falaise ! Plus tôt nous aurons convaincu les seigneurs normands de joindre leurs forces aux nôtres, plus tôt nous pourrons organiser les préparatifs du voyage.

— Transporter moult soldats et chevaux demande une grande organisation... et du beau temps. Si la mer est mauvaise, nous serons bloqués à terre.

Au-dessus de sa propre coupe, Guillaume lui adressa un sourire plein d'assurance.

— Dieu n'aime point les parjures, Dieu est avec nous ! La mer le sera aussi.

Hélas, Aimery ne partageait point cette confiance. En réalité, son angoisse augmentait jour après jour, et pas seulement en raison des intentions belliqueuses du duc de Normandie ainsi que du conflit de grande ampleur qui en découlerait... Ce n'était pas non plus Emma et l'enfançon à naître. Il y avait autre chose.

Une chose indéfinissable qui le rongeait de l'intérieur, ou bien le prenait parfois à la gorge, bloquant sa respiration. Un ennemi invisible. Comme un vague instinct lui soufflant qu'un danger approchait…

Enfin, ce danger prit forme.

Le jour du départ à Falaise, Jehanounet apporta à son maître une missive scellée tandis qu'il achevait de se vêtir… Le cri de rage d'Aimery fit trembler le damoiseau, qui détala comme un goupil reniflant les chiens.

— Par les cornes du diable !

Le vicomte de Thouars froissa le parchemin furieusement avant de le lancer dans le feu de l'âtre, qui se raviva au contact de la peau sèche couverte d'encre et de cire. Les crépitements de protestation qu'il obtint l'apaisèrent quelque peu.

Hélas, si une mission d'importance l'attendait à Falaise, d'autres préoccupations ramenaient à présent ses pensées vers Thouars… Pas vers son épouse, mais vers le prince Tariq.

Le contenu de la missive lui revint, ainsi que les mots inscrits par quelque fonctionnaire de palais aragonais…

> *Notre seigneur le roi Sancho Ramirez d'Aragon a ouï dire que vous emmenâtes moult prisonniers de Barbastro par-delà les monts Pyrénées. Sa Majesté souhaite savoir si le prince Tariq ibn Hud, fils de Yusuf ibn Hud et neveu de l'amir Ahmad ibn Hud de Saraqusta, fait ou non partie de vos captifs. Si cela s'avérait, vous seriez prié de renvoyer ce prisonnier à Sa Majesté, accompagné si vous le souhaitez de toutes affaires que vous jugerez nécessaire, et ce le plus prestement qu'il vous sera possible.*

Tariq. Le royaume d'Aragon recherchait Tariq, et c'était prévisible : le prince était un personnage important. Il pouvait prétendre à gouverner Saraqusta autant que son père, qui restait toujours introuvable… C'était un successeur possible à Ahmad ibn Hud, et en Hispanie, les guerres de succession n'étaient point chose rare.

C'était à prévoir ! Aimery était parvenu à cacher son identité jusqu'à présent, mais il fallait se douter que Tariq serait recherché.

Il faut réfléchir. Trouver un moyen d'écarter les soupçons...

— Messire de Thouars ! On vous attend.

— Oui, Jehanounet, j'arrive. Il faut juste que j'écrive une réponse.

— Messire le duc a dit « sans délai »... Vous m'en voyez marri, messire.

— Oui, oui, bien ! Je viens. Dis à Bernabèu de préparer mon écritoire dès l'arrivée à Falaise, dans ce cas.

Il n'y a point de temps à perdre.

Aimery congédia l'escuyer d'un geste, puis termina de se vêtir et descendit vers les escueries d'un pas martial. Il n'accorda aucune attention aux apprentis palefreniers qu'il bouscula en entrant dans le bâtiment, ni à ceux qui achevaient de seller Conquérant. Pas même à celui qui se dissimula dans l'ombre à son arrivée fracassante...

Mâchoires serrées, le cœur aussi endurci que son regard, Aimery guida Conquérant à l'extérieur et sauta en selle.

Ce n'était point une guerre, qui se profilait à l'horizon, mais plusieurs.

31

Castel de Thouars, avril de l'an de grâce 1066.

Les lunes s'étaient succédé, mornes et mélancoliques. Aimery, qui constituait le cœur même de Thouars, s'était enfui auprès du duc Guillaume et ne donnait point nouvelle de son retour qui semblait de plus en plus illusoire. Plus les jours passaient, plus Emma sentait croître son inquiétude en même temps que l'enfançon dans son ventre.

Cela faisait maintenant six lunes qu'elle avait cessé de saigner. L'enfant avait commencé à bouger, lui donnant la sensation singulière d'abriter une truite dans ses entrailles. Tantôt calme comme des eaux dormantes, tantôt vif. Cela l'avait enchantée, mais n'effaçait point la désolation qu'elle éprouvait à se trouver si éloignée de son époux... Par les routes, mais aussi par l'esprit.

Aimery était parti fâché contre elle, ce qui la plongeait dans des affres de remords. Elle ne voulait pas seulement retrouver le complice et l'amant d'antan ; elle souhaitait aussi que son enfançon, une fois né, eût un père !

Un véritable père et non un fantôme. Et puis, la naissance approchant, une crainte superstitieuse lui faisait désirer la présence du vicomte au castel. S'il se trouvait là lorsque l'enfant venait au monde, il serait enfin délivré de ses tourments en voyant qu'il n'était point maudit, ni damné, et pouvait enfanter sans craindre d'apporter mortaille !

Aimery reviendra-t-il un jour ?

Emma commençait à en douter réellement. N'avait-il point affirmé qu'ils ne devaient plus se revoir ? Avec le temps, d'autres craintes surgissaient dans l'esprit d'Emma... Car elle n'avait point oublié l'incident qui l'avait jeté à bas de sa monture, lui, un cavalier émérite ! Tout comme elle, dans les froides eaux du lac. Sans vraiment en connoître la raison, Emma sentait son sang se glacer en songeant à ces deux chutes inopportunes – et, dans le cas d'Aimery, parfaitement improbable.

Lentement, une horrible certitude s'était installée en son cœur : la pensée qu'Aimery était victime d'une personne mal intentionnée, dissimulée dans son entourage proche... Une personne qui désirait l'occire sans se dévoiler.

Une personne qui devait l'avoir suivi jusqu'en Normandie ! C'était le plus vraisemblable. Que pouvait-elle faire, pauvre épouse enfermée dans les sombres corridors du castel de Thouars, loin de son mari, et absolument incapable de lui apporter la moindre aide ?

Pour autant qu'il en ait voulu... Car, connaissant à la fois le caractère emporté d'Aimery et son actuelle rancune à son égard, Emma ne doutait point que, se fût-il trouvé près d'elle, il aurait repoussé en bloc toute tentative de discussion

Fieffé entêté !

Malgré tout, elle ne pouvait se défendre de craindre pour Aimery ; pour sa vie, et pour sa bonne santé. Il lui était impossible de se représenter le grand corps de son mari atteint de maladie, ou bien souffrant d'une blessure, ou bien mortellement touché par...

Emma concevait des idées de plus en plus noires.

De plus en plus lugubres.

Des cauchemars ne tardèrent point à venir la tourmenter

nuitamment, et bientôt elle ne connut plus le repos. De profondes ombres cernaient son regard, semblables à celles qui grandissaient dans son cœur…

Jusqu'à ce matin-là.

— Votre bain est prêt, maîtresse.

Emma poussa un soupir au moins aussi gros que son ventre, qu'elle caressa à travers le mantel dans lequel elle s'était enroulée afin de paresser sur sa couche.

— J'en ai déjà pris un hier…

— C'était il y a six jours.

— Oh ! en vérité ? Ma foi, je n'ai pas vu le temps passer… Ou bien, au contraire, il s'écoule si lentement que j'en perds le compte.

— Maîtresse ?

— Mmmh ?

— Hâtez-vous ou bien l'eau va refroidir ! Tenez, prenez mon bras.

Emma se laissa redresser par la poigne déterminée d'Adélaïde, non sans une dernière tentative d'atermoiement.

— Dans un moment… Je préfère me reposer encore un peu.

— Voulez-vous obliger vos femmes à faire chauffer davantage d'eau et à la monter jusqu'ici depuis les cuisines ? Savez-vous comme c'est là un travail difficile ?

— Je… Bien sûr, et non, je ne souhaite pas alourdir leur charge. C'est simplement que je n'ai aucune envie de macérer encore dans un satané bain !

La servante la mit sur ses pieds sans se laisser apitoyer, puis la dirigea fermement vers sa salle de toilette. Emma froissa le visage à la vue du baquet fumant.

— Quelle est cette odeur écœurante ?

— Une décoction à base d'orties préparée en cuisine à ma demande, et que j'ai mêlée à de la graisse afin d'en faire un parfum de bain… Regardez : le baume fond dans l'eau et imprégnera votre peau. En plus, la graisse l'assouplira.

— De l'ortie ?

— Oui, affirma Adélaïde en lui ôtant son mantel puis sa tunique de nuit. Cela vous apportera de la vigueur tout en aidant à votre sommeil.

— N'est-ce pas dangereux pour l'enfançon ? demanda Emma en entrant dans l'eau chaude avec une grimace. Cela sent bien fort.

— C'est la graisse. N'ayez aucune crainte : l'ortie renforcera l'enfant. Ma tante a mangé du brouet d'ortie pendant toute sa grossesse, et vous devriez voir mon cousin Mathieu ! Grand et solide comme un chêne.

— Peut-être, mais…

— Allons ! Reposez-vous, respirez la bonne vapeur, et laissez-moi vous frotter le dos.

Emma obéit, et ne mit pas long temps à remarquer les bienfaits de ce bain parfumé. En quelques instants, ses muscles se détendirent et ses pensées émergèrent peu à peu de la tourbe funeste dans laquelle elles s'étaient engluées. La friction du linge dans son dos, sur ses épaules et dans son cou, lui tira un gémissement d'aise qui fit sourire Adélaïde.

— C'est bien. Continuez à vous détendre. L'enfançon qui est en vous a besoin de sa mère en bonne santé.

Et de son père, songea Emma avec un pincement au cœur. Aussitôt, l'inquiétude l'assaillit à nouveau. Adélaïde dut la sentir se raidir, car elle interrompit ses soins.

— Qu'y a-t-il, maîtresse ?

— Rien, fit-elle d'une voix fêlée qui inquiéta davantage encore la servante.

Le linge mouillé reprit ses pérégrinations sur sa peau, quoique de façon plus timide. Emma poussa un soupir.

— Tout a changé, à présent que mon père a prétendument trahi son serment.

— Certaines choses ne changent point… Surtout entre époux.

— Qu'en sais-tu ?

Pleine de remords, Emma quémanda aussitôt son pardon pour son mouvement d'humeur. Adélaïde eut un petit haussement d'épaules sans cesser de frotter la peau de sa maîtresse.

— Vous n'avez dit que la vérité : je n'ai point d'époux et n'en aurai oncques.

Sa curiosité en éveil, Emma se tourna vers elle dans un clapotis.

— Comment cela ? Tu ne désires point de maison à toi ? D'enfançons à élever ?

La jeune femme à la chevelure de goupil baissa le nez, lèvres pincées. Emma comprit que c'était là sujet délicat, cependant elle ne pouvait s'arrêter en si bon chemin vers une meilleure connoissance de sa fidèle Adélaïde. Aussi, au prix de contorsions dues à son volume actuel, lui prit-elle la main sur le rebord du baquet.

— Pour quelle raison ?

— Je ne souhaite pas en parler.

— Tu sais que je suis ton amie, et pas seulement ta maîtresse, n'est-ce pas ?

Emma était sincère. Au fil des mois, sa méfiance initiale envers la Normande avait évolué vers une intimité paisible puis, après qu'elle eut appris à lui accorder toute sa confiance, vers un réel attachement. Elles étaient arrivées ici, à Thouars, toutes les deux ; elles avaient vécu beaucoup de choses ensemble, et Emma savait que sa servante était prête à tout pour la protéger.

— Tu le sais, n'est-ce pas ? insista-t-elle d'une voix douce.

Adélaïde hocha le chef avec réticence. Puis elle fit signe à sa maîtresse de se retourner.

Les frottements reprirent, délicieusement apaisants.

— La duchesse Mathilde m'a offert une situation dans sa maison dès mon enfance. Elle m'a montré une voie inédite pour une femme : vivre sa vie en étant libre, indépendamment des volontés d'un époux !

— La duchesse est pourtant mariée, et heureuse avec son époux...

— Si fait. Mais cela n'est point la règle, loin de là. Je m'en suis toujours sortie seule, maîtresse : je suis libre. J'ai un toit sur la tête, de quoi manger sur mon tranchoir... Je puis mener mon existence comme je l'entends, ou presque, sous la protection de ma bienfaitrice. Que pourrait me faire désirer l'autorité d'un époux ?

— Je n'avais pas vu les choses ainsi... Mais je comprends.

Adélaïde retira le linge, annonçant que son soin était terminé. Elle posa quelques questions à Emma concernant son ventre, d'éventuels désagréments ou douleurs, puis fit mine de se relever.

L'instant étant propice aux confidences, Emma appuya sa tête contre le baquet, ferma les yeux et parla.

Elle parla avec son cœur, comme jamais encore elle ne s'était autorisée à le faire – ni avec Adélaïde, ni avec personne.

— Si nos épousailles ne valent plus rien à cause de la trahison de mon père, mon avenir se trouvera grandement compromis. Ainsi que celui de l'enfançon.

Elle caressa ses rondeurs, sursauta en sentant un minuscule coup de pied heurter sa chair dilatée.

— Me voilà déjà enfermée dans ce castel... Je risque fort de devenir une simple otage ; comme chez ce Guy de Ponthieu avec qui le duc Guillaume a dû négocier nos personnes, à notre arrivée sur ces terres. Une monoie d'échange pour barguigner avec mon père Harold, ou bien pour récupérer mon héritage sur les terres du Wessex, que sais-je ? En tous les cas, tu as bien raison de vouloir rester libre, ma bonne Adélaïde. J'ignore même si messire Aimery veut encore de moi...

— Ne parlez point de la sorte, maîtresse ! Messire de Thouars est bien trop épris de vous. Tout le castel en est témoin !

— C'était avant… Je crains que messire Aimery ne soit en colère contre moi. Il pense que je lui ai caché l'existence de l'enfant, alors que je ne savais comment la lui annoncer… Or ça, je ne pense point mon époux capable de prendre revanche sur notre enfant d'un affront causé par sa mère, il est trop droit pour cela.

— Certainement !

— En revanche… Que se passera-t-il si messire Aimery ne revient point ? murmura-t-elle pour elle-même. Si je ne le revois plus guère ? Et si par malheur je rejoignais Dieu en donnant la vie, mon enfant pourrait bien être orphelin…

— Il ne faut point dire pareilles choses ! siffla Adélaïde, dont le mouvement rapide apprit à Emma qu'elle se signait pour éloigner le mauvais sort.

— Mon époux ne tombe pas de cheval, Adélaïde ! Jamais. Et si un être mystérieux lui voulait du mal ? Il est bien trop sûr de lui pour y songer avec sérieux. Qu'en penses-tu, toi ?

— Moi ? Mais…

— Donne-moi ton avis, je t'en conjure ! J'ai besoin de savoir ce que tu penses de tout cela. Peut-être y verrai-je plus clair, alors ?

Sourcils froncés, la servante prit son temps pour réfléchir avant de formuler sa réponse.

— Si vos craintes concernant la sécurité de messire de Thouars sont fondées, et puisqu'il se trouve actuellement à la cour du duc de Normandie, alors vous pouvez écrire à la duchesse Mathilde. Elle vous lira avec attention et prêtera l'oreille à vos craintes, je puis vous l'assurer. Ensuite, pour ce qui est du reste…

— Que ferais-tu, à ma place ?

Adélaïde contourna le baquet pour plonger son regard dans le sien.

— J'agirais. J'agirais quoi qu'il arrive, avant que l'on n'agisse pour moi.

Emma approuva avec un pauvre sourire.

— Tu parles vrai. Mieux vaut agir plutôt que s'apitoyer sur son sort. Seulement… je crains tant de perdre Aimery ! Oh ! je sais bien qu'il n'y avait nul attachement entre nous au départ, et que ce n'était point l'objectif de notre alliance, seulement un lien s'est forgé entre nous, et… Oh ! Adélaïde !

— Oui, maîtresse ?

— Je redoute de le perdre ! Comprends-tu ? Il semble que le destin veuille nous séparer, et je crains de devoir le perdre d'une façon ou d'une autre.

— Eh bien… Puis-je parler avec franchise ?

— Ne le feras-tu point, de toute façon ? ironisa Emma.

— Je pense que, si vous parlez ainsi, alors vous l'avez déjà perdu.

Emma accusa le coup.

Le souvenir de sa mère et de sa grand-mère la frappa de plein fouet. Dieu seul savait comment Eadgyth au col de cygne avait pris la nouvelle des épousailles de son mari avec une autre, en revanche une chose était sûre : Emma ne l'imaginait point se morfondre comme elle-même l'avait fait ! Dame Alversa encore moins.

Elle se mit à rire, doucement d'abord, puis de plus en plus fort à mesure que sa hardiesse renaissait de ses cendres. Comment avait-elle pu se laisser ainsi aller à se morfondre en oubliant jusqu'à son propre sang ? Sans doute la présence de l'enfançon dans son corps l'avait-elle poussée dans cette léthargie… Mais c'était bel et bien terminé !

Ma force d'en haut.

Elle se leva le plus prestement qu'elle put, une main arrondie sur son ventre comme pour le protéger. Elle laissa l'eau s'égoutter avant de saisir le carré de tissu que lui tendait Adélaïde pour s'essuyer.

— C'est… Par le sang du Christ, tu as raison ! Tu as raison.

Je me suis fourvoyée en restant là, à ne rien faire… Allons ! Il est temps d'agir.

— Doucement, maîtresse ! Inutile de se presser. Nous allons commencer par vous habiller.

— Mon enfant aura besoin de son père. Je dois parler à Aimery !

— Vous pouvez commencer par lui écrire.

— Oui ! Il doit m'écouter, il doit me croire. Il ne peut en être autrement !

Elle se rappela soudainement les conditions dans lesquelles Aimery l'avait quittée – profondément fâché contre elle – et crut sentir le sol se dérober sous ses jambes.

— Oh… Je crains que messire Aimery ne soit guère bien disposé envers moi.

— En vérité ? Pensez-vous qu'il ne prendrait pas la peine de lire votre missive ?

Emma hésita tandis que la servante lui enfilait une tunique, puis se détournait pour saisir un bliaud plié sur un coffre.

— Je l'ignore, fit-elle enfin. Cependant… Nenni, messire Aimery n'est point aussi borné, j'en suis certaine. Il possède un esprit vif et une grande bonté, il la lira certainement ! Il faudrait toutefois que je me montre fort convaincante dans mes mots… Car il refusera toute initiative de ma part, j'en ai peur.

— Il se peut aussi que le duc Guillaume le dissuade de vous accorder foi, ajouta Adélaïde avec prudence.

— Dans ce cas, je dois tout d'abord obtenir des preuves justifiant mes craintes.

— Des preuves de quoi, maîtresse ? s'enquit Adélaïde. Levez les bras, je vous prie. Je dois attacher votre ceinture au-dessus de votre ventre. Est-ce trop serré ?

— Nenni.

— De quelles preuves parliez-vous ?

— Je l'ignore… Mais si un malfaisant complote contre mon époux, il me faut le lui prouver pour qu'il me prenne au sérieux.

Hâte-toi, ma bonne Adélaïde ! Je veux examiner les escueries sans tarder.

— Les… Les escueries ?

— C'est cela, les escueries. Seigneur ! J'aurais dû commencer par là dès le départ ! Dès que j'ai commencé à songer à cela. Chercher des réponses ! Je dois chercher des réponses, et… Qu'y a-t-il, Adélaïde ? Pourquoi cette face de Carême ?

— Maîtresse… J'ignore si vous pourrez mener tout cela à bien, dans votre état.

— Je me sens parfaitement bien, et l'enfant aussi ! Pour que cela continue, je dois écrire à mon époux et retrouver sa créance.

Sur ces mots, Emma chaussa sandales et socques, et se précipita vers les escueries de la cour basse, où le vicomte avait coutume de laisser ses montures. Aussi prestement que le lui permettait sa silhouette alourdie.

32

Si les palefreniers s'étonnèrent de voir la vicomtesse pénétrer dans leur domaine réservé en posant des questions invraisemblables et en fouillant dans les recoins, ils le montrèrent à peine. Ou bien Emma ne s'en rendit point compte, affairée qu'elle était à chercher à tout prix une preuve selon laquelle l'incident de cheval d'Aimery n'en était point un.

Flanquée d'Adélaïde, elle interrogea tous ceux qu'elle rencontra, insista pour voir la stalle de la monture d'Aimery, en ce fameux jour, et aussi pour inspecter le matériel accroché à des clous, rangé dans des caisses, ou bien jeté au rebut dans un coin de la cour.

Et puis, la chance lui sourit enfin.

Son cœur accéléra lorsque sa main toucha une selle de cuir fin, certainement de prix, laissée à pourrir sous un tas d'outils brisés ou à réparer.

Elle tira dessus, sans succès.

— Attendez, maîtresse, je vais le faire.

Les forces d'Adélaïde eurent raison de la selle, qu'elle tira sur l'herbe en ahanant.

— Voilà !

— C'est une selle qui possède de la valeur, tu es d'accord ?

— Oïl, ma dame. On dirait du cuir de cerf…

— Et, vois : les armes de Thouars sont frappées sur le côté ! C'est une selle appartenant à mon époux !

— Oui, mais cela ne prouve rien… Elle a été jetée ici car irréparable, certainement.

— Le cuir était récupérable ! Tu l'as dit toi-même : du bon cuir de cerf, clair et souple… On ne le jetterait pas à moins d'avoir une bonne raison.

Sourcils froncés, la suivante s'enquit de cette bonne raison tout en observant sa maîtresse retourner la selle pour en inspecter chaque pouce.

— Je l'ignore, mais il y a une raison à cela ! Une chose ou une présence que l'on voudrait cacher, ou…

Emma grimaça, embarrassée par la faiblesse de sa propre argumentation. Son instinct lui dictait pourtant qu'elle tenait là ce qu'elle était venue chercher. Une preuve ! Une preuve à mettre en évidence.

Elle lissa les sangles entre ses doigts maculés de terre et de poussière, lorsque…

— Ici ! s'écria-t-elle. Regarde !

— Sainte Vierge…

Adélaïde tendit la main vers le tronçon de sangle que lui tendait Emma, passa son doigt sur une zone élimée qui, visiblement, avait cédé. Au pire moment.

Emma héla un palefrenier, qui prétendit ne point savoir ce que faisait cette selle de prix dans le tas d'ordures, mais accepta de bonne grâce de relater le fameux incident de messire Aimery.

Celui-ci avait fait une chute brutale en plein galop, lors d'une sortie avec son arroi pour visiter un vassal qui tardait à payer son écot. Déséquilibré, il avait perdu son assiette. Une sangle de la selle, la sous-ventrière, s'était rompue.

— Est-ce fréquent ?

L'homme haussa les épaules et se gratta le cou.

— Ma foi ! Ça arrive, ma dame. Parfois.

— Souvent ?

— Que nenni ! Nous autres, nous veillons tout de même au matériel et nous entretenons les cuirs.

— Regardez cette sangle. Pensez-vous qu'elle puisse avoir été endommagée dans l'intention de provoquer ce genre d'incident ?

L'homme secoua la tête avec virulence.

— Impossible ! Personne ne peut venir mettre son nez dans nos escueries. Dame ! Ce n'est pas un moulin, ici... Avec mes excuses pour mon langage, ma dame.

— Je ne doute pas que vous accomplissiez un bon travail, insista Emma, mais portez votre attention sur cette partie du cuir... Là, les deux côtés de l'endroit qui a cédé. Vous voyez ? Le cuir est anormalement usé, comme si on l'avait limé...

— C'est ma foi vrai... Enfin, disons que cela ne paraît point naturel, comme usure.

Emma demanda alors un outil tranchant.

— Pour faire quoi ? demanda l'homme, stupéfait.

— Je veux emporter les deux fragments de sangle. Veuillez les découper et me les confier, je vous prie.

L'homme s'inclina, mais hésita un instant. Il ne tenait point à être accusé de négligence ou, pire, d'atteinte à la vie de son seigneur. Emma le comprit et s'empressa de le rassurer sur ces points.

Lorsqu'il lui eut remis les deux parties de la sangle ainsi qu'elle l'avait demandé, Emma entraîna Adélaïde vers la cour haute et le castel. Sa rage était telle que ses mains en tremblaient.

— Ce n'était donques point un accident ! Te rends-tu compte ? Aimery aurait pu faire une chute mortelle !

Il aurait *dû* faire une chute mortelle, rectifia-t-elle en son for intérieur, suivant les plans de l'infâme maraud qui avait saboté cette selle. Par chance, Dieu l'avait gardé en sa protection et Thouars avait encore son vicomte...

Pour le moment.

— Nous avons été aveugles ! s'écria Emma sans se soucier qu'on pût l'entendre. Nous aurions dû nous en apercevoir, soit Aimery, soit moi, soit son escuyer, que sais-je ? Pourquoi personne ne s'est-il douté que… Oh ! Attends, peut-être Aimery sait-il mais n'a-t-il rien dit…

— Maîtresse, plus bas. On nous regarde d'étrange façon.

— Peu m'importe ! Je vais de ce pas informer mon époux de cela et l'exhorter à la prudence, et je te garantis que… Ah !

Prise d'une douleur subite, Emma se recroquevilla autour de son ventre arrondi. Essoufflée, elle secoua la tête pour toute réponse aux questions paniquées d'Adélaïde.

Souffrait-elle encore ou la douleur était-elle partie ?

Comment était-elle ?

Vive et fugace comme une piqûre de guêpe, ou lancinante comme pendant les lunes féminines ?

Avait-elle perdu du sang ?

Pouvait-elle marcher jusqu'au logis ?

— La paix, Adélaïde ! Tout va bien, je… Ce n'est rien, je crois.

Elle se redressa, accepta l'aide de sa suivante pour se remettre sur ses pieds.

— La douleur est partie. Je disais que… je vais de ce pas…

— Ma dame, vous allez de ce pas vous reposer et avaler une tisane que je vais vous préparer !

Emma considéra Adélaïde avec surprise. Elle n'avait jamais osé s'adresser à elle sur ce ton… Jusqu'à présent. Ce simple fait lui glaça le cœur.

Et si l'inquiétude d'Adélaïde était fondée ?

L'enfant n'était point encore là, tant s'en fallait, et Emma avait oublié, durant ses recherches aux escueries, qu'elle courait le risque de rendre l'âme.

Aussi acquiesça-t-elle finalement.

— Bien. Je vais faire cela.

— Parfait.

— Tu me feras monter une écritoire dans ma chambrine ?

— Si vous le désirez, ma dame. Demain. Lorsque vous irez mieux. Il en va du bien de votre enfançon, ajouta-t-elle en pressant la main d'Emma entre les siennes.

Emma se laissa emmener, le souffle raccourci par l'étau de la peur.

Peur de perdre l'enfant.

Peur de souffrir.

Peur de mourir…

Peur de ne jamais revoir Aimery, qu'elle avait appris à aimer.

Elle parvint à contenir son angoisse jusqu'à se trouver allongée sur sa couche, lovée sous la courtepointe, une coupe de vin à portée de main. Une boule se logea dans sa gorge, où elle demeura.

Emma allait écrire à son époux pour le mettre en garde, certes, mais ce serait peut-être la dernière fois qu'elle s'adresserait à lui.

Hélas ! La châtelaine de Thouars devait s'apercevoir qu'il ne suffit point de vouloir agir, encore faut-il être libre de ses mouvements…

Les jours suivants, elle fut alitée par précaution. Elle n'était autorisée à quitter sa chambrine sous aucun prétexte et dut se contenter de l'attention indiscrète de Crespina et de celle, vigilante et scrupuleuse, d'Adélaïde. Les femmes maures du donjon, conduites par une Yerma bien décidée à surmonter sa timidité, vinrent la visiter nuitamment ; Adélaïde s'était chargée de les conduire en secret. Cela divertit quelque peu Emma, sans parvenir tout à fait à éloigner ses idées noires.

La conscience de sa mortaille prochaine ne la quittait point. Souvent, elle caressait distraitement son ventre tout en chantant une comptine saxonne à son enfançon, soucieuse qu'il entende sa voix… Peut-être était-ce là tout ce qu'il aurait comme souvenance de sa mère.

Des cauchemars la hantaient. Des visions atroces dans lesquelles Aimery trépassait sans lui avoir pardonné, en la maudissant ainsi que leur enfant.

À moins qu'il s'agisse là de devinances offertes par Dieu ? Aimery pouvait avoir déjà été victime d'un autre accident, être à l'agonie ! Même s'il avait rejoint les anges, Emma n'en saurait rien avant un long temps.

Elle devait l'avertir du danger qu'il courait certainement ! C'était impératif. Elle rédigea sa missive pour Aimery, ainsi qu'une seconde à l'attention de la duchesse Mathilde, pourtant elle se heurta à maints obstacles.

Il n'y avait point de messager disponible pour porter son courrier. Nul pour transmettre ses missives en Normandie. Convoqué dans sa chambrine, le capitaine de la garde prétendit obéir aux ordres de son maître en n'acceptant point de courrier de la part d'Emma.

— Pour quelle raison vous aurait-il ordonné cela ? s'offusqua Emma, piquée au vif.

— Je l'ignore, ma dame. Je ne suis guère autorisé à m'interroger sur les ordres que je reçois, je me contente de les appliquer.

— En effet ! Eh bien, sortez.

Il semblait n'exister aucun moyen, pour Emma, de joindre son époux fugitif. Elle songea avec amertume que cela indiquait assez clairement quel cas il faisait de son épouse enceintée… S'il lui arrivait la moindre chose, il l'apprendrait par ses gens ; non par elle. Et s'il ne revenait point, jamais elle n'aurait eu l'occasion de s'adresser à lui après leur dispute.

Adélaïde songea bien à faire envoyer les courriers sous son nom, toutefois sa ruse tourna court et le piège ne fonctionna point. Elle pensa ensuite à envoyer un pigeon avec un texte court, mais le responsable du pigeonnier prétendit devoir attendre le retour de l'un de ses messagers pour envoyer un mot en Normandie...

Alors, Emma eut une idée.

— Je connais un moyen, confia-t-elle à sa suivante dès qu'elles furent seules dans sa chambrine, Crespina étant allée mander une domestique pour vider le pot d'aisance.

Adélaïde ne put dissimuler un bref sentiment de panique. Elle commençait à bien connoître Emma, désormais, et redoutait par conséquent ses nouvelles idées.

— Lequel, maîtresse ?

— Approche. Assieds-toi sur le lit. Là, écoute : je viens de me souvenir d'un détail... Quelque chose que j'ai entendu de la bouche même de mon époux.

Les deux femmes se penchèrent l'une en face de l'autre, échangeant murmures et regards de connivence.

— Il y a un hôte secret, dans la tour Magne.

— Par l'Esprit Saint... Un esprit ?

— Nenni : un prisonnier. Un Maure.

Adélaïde ouvrit de grands yeux.

— Un Maure ? Mais...

— J'ai surpris une conversation entre Aimery et lui. Je sais qu'il a en sa possession un pigeon élevé pour joindre la cour de Normandie en cas d'urgence. Je vais lui demander de me laisser l'utiliser. Certes, je ne pourrai écrire qu'un mot très bref, mais c'est ma seule chance de le joindre !

Adélaïde hocha la tête avec conviction.

— Fort bien. Donnez-moi le message, et je me charge de le faire envoyer par le Maure de la tour Magne.

— Nenni, ma chère : c'est à moi de le faire. Il me connoît. Il aura confiance en moi.

Adélaïde pesa le pour et le contre dans son esprit.

— Vous n'avez plus de douleurs, c'est bien vrai ?

— Oui, tout va bien. Ce ne devait pas être grave, simplement un malaise passager dû à l'angoisse que j'éprouve pour Aimery... Si je puis le contacter, le presser de prendre ses précautions, alors je serai plus sereine.

— Mmmh.

— Je vais avoir besoin de toi, Adélaïde. Encore une fois. Je vais devoir sortir sans être vue, sans même que l'on se doute que j'ai quitté ma chambrine. Il me faudra aussi une torche et des tartelettes.

— Des... Des tartelettes ?

— Ou d'autres lècheries... Mais j'aimerais autant des tartelettes aux fruits confits : j'en ai envie depuis hier soir. Tu me retrouveras devant la tour Magne à la brune. Est-ce bien compris ?

— Oui, confirma la suivante en se dirigeant prestement vers la porte. Je vais vous préparer une potion pour dormir, destinée à ce soir : ainsi tout le monde vous croira assoupie dès la tombée de la nuit.

— Excellente idée ! Et n'oublie point, aussi...

— Un flambeau et des tartelettes, devant la tour Magne à la brune.

La porte se refermait déjà, mais la voix de sa maîtresse cueillit Adélaïde sur le palier.

— Aux fruits confits, les tartelettes !

33

Les heures sombres furent bientôt là.

Une fois laissée seule pour la nuitée, Emma se drapa d'un mantel de laine brute qu'Adélaïde avait trouvé Dieu savait où, puis elle la suivit dans l'obscurité.

Elle se retrouva bientôt devant la tour Magne, la clé dans sa main tremblante. Il n'avait guère été difficile de la trouver, toujours déposée au chevet de son époux absent… Cela avait été la partie aisée de son plan : la plus ardue débutait à peine.

Adélaïde, qui se tenait à son côté avec un panier de tartelettes et une torche crépitante, s'enquit une fois de plus de sa détermination à entrer dans cette ruine seule pendant la nuitée.

— Ma dame, c'est folie ! Je vous en prie, laissez-moi y aller à votre place.

— Non point : je te l'ai dit, l'homme me connoît. Il m'a vue, il m'a parlé ! Je puis l'amener à me faire confiance. Et je ne puis reculer maintenant. Allons, suis-moi !

La porte grinça de la même façon qu'à sa dernière venue, et, comme la première fois, Emma tressaillit en franchissant le seuil.

Les ténèbres étaient humides. Poisseuses.

Elle étouffa une quinte de toux dans son poing serré tout en cherchant des yeux ce qu'elle savait désormais se trouver sur le sol, quelque part…

— Là ! Elle est bien là.

— Maîtresse, que faites-vous ? Cessez ! Vous allez vous fatiguer, alors que vous devriez être paisiblement allongée sur votre couche ou bien…

— Aide-moi, dans ce cas.

Emma prit la torche puis laissa Adélaïde soulever pour elle la trappe par laquelle elle avait vu Aimery et le Maure émerger de terre. Il y avait tant de temps de cela que, pour un peu, Emma aurait pu croire avoir rêvé. Cette scène lui était totalement sortie de l'esprit… jusqu'à ce jour.

— Bien, fit-elle en saisissant le panier posé au sol. Attends-moi ici, je reviendrai prestement. Enfin… Je l'espère.

— Nenni, ma dame ! Dame Mathilde et le duc Guillaume m'ont confié votre sécurité, et je faillirais à mes devoirs si je vous laissais vous aventurer seule là-dedans !

— Fais ce que je dis.

— Que nenni ! Là où vous allez, je vais aussi.

Adélaïde lui reprit le panier, lui laissant la torche. Emma soupira mais finit par s'incliner. Elle voulait se hâter.

— Fort bien, mais tu ne parleras pas, tu n'interviendras en aucune façon ! Ai-je ta parole ?

Claquant de la langue, Adélaïde détourna la tête. Elle rechignait visiblement à promettre une telle chose, mais cette fois Emma ne lui laissa guère le choix. Lorsqu'elle eut donné sa parole, alors la châtelaine de Thouars se détendit un peu.

— Or i allons ! Suis-moi sans faire le moindre bruit.

Du bruit, elles en firent. Ainsi qu'elles l'apprirent à leurs dépens, les marches de l'escalier étaient fort inégales et le sol du souterrain constellé de flaques puirantes. La roche était glissante. Le plafond si bas qu'Emma devait se pencher un peu. Elle s'arrangea néanmoins pour éclairer leurs pas de son mieux, puis s'immobilisa devant la seule des quatre portes à présenter un aspect solide et récent.

— C'est là.

Elle fixa la torche à un support prévu à cet effet, sur le côté de la porte, puis leva le poing.

— Que faites-vous, ma dame ? On va nous entendre !

— J'y compte bien. Je ne dispose point de la clé de ce cachot ! Il va falloir espérer que mon intuition soit bonne.

De son poing serré, elle frappa. Deux fois.

Les coups résonnèrent un instant dans le boyau enténébré, avant qu'une voix étonnée murmure, de l'autre côté du battant.

— Qui va là ?

Emma manqua lâcher un éclat de rire… Cette question était si incongrue, venant d'un prisonnier ! C'était plutôt à elle de poser ce genre de question.

Pourtant, elle répondit avec naturel.

— Dame Emma, châtelaine de Thouars. Et sa suivante.

La voix étouffa un juron dans une langue gutturale.

— Prouvez-le.

— Je vous demande pardon, qu'avez-vous dit ?

— Prouvez-le.

C'était totalement dépourvu de sens ! Cette fois, Emma poussa un soupir amusé.

— Fort bien… Comment allez-vous, depuis que nous nous sommes croisés au rez-de-chaussée de la tour, messire… Tariq ?

Un nouveau juron éclata, bien plus audible. Ainsi qu'un roucoulement fort reconnaissable ; il possédait bel et bien un pigeon !

La voix se rapprocha.

— Vous ne devriez point vous trouver céans !

— Allez-y : vous, elle vous écoutera peut-être, maugréa Adélaïde de fort discourtoise façon.

Emma lui fit signe de se taire, avant de tenter sa chance auprès du prisonnier.

— Nous sommes venues vous visiter car j'ai besoin de votre

aide. Cela concerne mon époux. Disposez-vous de la clé de cette cellule ?

— Qu'est-ce qui vous conduit à songer que je pourrais avoir en ma possession la clé de ma propre geôle ?

— Est-ce le cas ?

— Partez !

— Si vous pouvez ouvrir, je vous en saurais gré, car l'enfançon que je porte commence à peser lourd.

Il y eut de légers bruits, de l'autre côté du battant, comme si le Maure se rapprochait. Nul cliquètement de chaînes, cependant, et aucun indice laissant entendre qu'il soit entravé d'une quelconque façon...

J'avais raison : Aimery et cet homme sont amis. Il n'est point emprisonné comme un maraud ou de la menuaille[1].

— Écoutez-moi, Tariq !

— C'est « prince Tariq ».

Adélaïde hoqueta, tandis que sa maîtresse assimilait prestement l'information.

— Pardonnez-moi, prince Tariq. L'heure est grave. Je me tourne vers vous car je n'ai point d'autre choix, et...

— Je ne dois pas vous parler.

— J'ai besoin de votre aide !

Non ! Décampez, et prestement.

Emma ferma les yeux un instant, désespérée. Adélaïde la tirait déjà par le bras lorsqu'elle décida de jouer son dernier avantage.

— Vous ne comprenez point : messire Aimery est peut-être en danger.

Un silence étourdissant lui répondit. Alors, Emma sut qu'elle avait gagné... Le cœur battant, elle attendit.

Il y eut un déplacement accompagné d'un autre juron, un

1. Homme du commun.

cliquetis métallique, puis la porte s'entrouvrit sur un visage barbu au regard aussi tranchant qu'une épée.

— Vous êtes inconséquente ! Prenez un siège. Allons !

Emma pénétra dans la pièce, tout sourire, mais se figea en entendant le « prince » Tariq barrer la route à Adélaïde.

— Vous n'êtes point grosse d'enfant, vous ! Restez au-dehors.

Un éclair d'effroi traversa Emma. Que se passerait-il si elle avait besoin du secours d'Adélaïde ? Après tout, elle ignorait si elle pouvait accorder sa confiance à cet homme étrange chargé, à n'en pas douter, de lourds secrets...

Elle vint se planter entre le Maure et Adélaïde, qui le considérait avec hardiesse, menton levé, l'éclat de la torche conférant autant de flammes à son regard qu'à sa chevelure nattée.

— Adélaïde est ma fidèle suivante, je ne puis me passer d'elle.

— Il le faudra pourtant ! Je ne suis guère censé recevoir des visites.

— Mais vous possédez bel et bien la clé de votre geôle sans même essayer de vous évader. Pour quelle raison ?

— Pourquoi voulez-vous le savoir ?

Emma haussa les épaules.

— J'aime savoir les choses. Surtout dans mon propre castel. N'est-ce point assez légitime pour vous ?

— Si vous êtes armées, je vous somme de déposer vos armes à l'extérieur.

— Honnêtement, croyez-vous avoir quoi que ce soit à craindre de deux femmes, dont une enceintée ?

Le regard de Tariq se troubla. Il se passa une main lasse sur les yeux ; alors seulement Emma remarqua sa chevelure emmêlée et ses traits fatigués. Son grain de beauté ressortait fort sur sa peau pâlie. Nul turban, cette fois. Il portait de simples braies de cuir et une sorte de tunique longue à l'aspect froissé.

— Pardonnez-moi. Je suis un peu nerveux.

Il ne devait pas dormir, lorsqu'elle avait frappé. Dans une

minuscule cage de bois, un pigeon à l'œil cave tendait le cou entre ses barreaux en redoublant de roucoulements. Plusieurs lampes étaient allumées sur une table basse, auprès de quelques documents, qui ressemblaient à...

— Laissez cela ! lâcha Tariq en se précipitant pour cacher les parchemins auxquels elle s'intéressait. Personne ne vous a donques appris à museler votre maudite curiosité ?

Il se détourna aussitôt, les épaules roides, comme regrettant déjà cet accès d'humeur.

— Si vous avez un tant soit peu de courtoisie, fit-il d'une voix à nouveau posée, veuillez partir, ma dame. Rien de ce qui se trouve ici ne vous concerne. Pas plus ma personne que ces parchemins.

Emma chercha les mots pour déposer les armes une bonne fois pour toutes.

— Euh... Aimez-vous les tartelettes ?

Tariq lui adressa une mimique d'incompréhension, un sourcil relevé dans une attitude empreinte de noblesse qui aurait pu déstabiliser Emma si elle n'avait été si déterminée à obtenir de lui l'aide qu'elle était venue chercher.

Elle tendit la main, et Adélaïde lui confia le panier de lècheries.

— Depuis combien de temps n'avez-vous point goûté de sucreries, messire Tariq ? Pardon, prince Tariq ?

— J'avoue que... Depuis trop longtemps, c'est un fait.

— Prisez-vous les tartelettes ?

— Eh bien...

— Prenez-en une ! Elles sont délicieuses.

Quelque chose changea, dans l'air confiné de la geôle.

La défiance imprégna le visage du Maure, qui se fit plus impérieux encore. Il se redressa de toute sa hauteur. Le cachot sembla se rétracter, comme si Tariq emplissait soudain plus d'espace... Même les flammes des lampes raccourcirent en dansant follement autour de leurs mèches.

Emma avala sa salive.

— Qui vous envoie ? souffla Tariq.

— Personne.

Tariq s'approcha avec une lenteur calculée, aussi souple et silencieux qu'un fauve en chasse. Emma recula jusqu'au mur.

Si je criais, nul ne m'entendrait !

Suis-je niquedouille... Pourquoi songer une telle chose ?

Pourquoi, en effet ? Sans doute parce que le prince Tariq se trouvait être un homme jeune et robuste, à la carrure de guerrier, au calme aussi terrifiant que celui d'Aimery ?

— Vous venez ici en secret de votre époux, murmura-t-il sans cesser de s'approcher à pas lents. Pour me parler de lui. Avec des tartelettes. Pourquoi ?

— Proféré de la sorte, cela sonne étrangement, je le reconnais... Pourtant, je vous assure que je n'ai aucune mauvaise intention. Pour quelle raison en aurais-je ?

Du coin de l'œil, Emma aperçut Adélaïde opérer une courbe discrète dans le dos du Maure... Sans doute allait-elle tenter quelque chose, bénie soit-elle.

— Qui vous envoie ? répéta Tariq sans élever la voix.

Il n'en avait guère besoin. Sa haute taille et son port aristocratique intimidaient. Son regard était aussi dur et froid qu'une flamberge brandie sus à l'ennemi. Il s'immobilisa tout près d'Emma, lui coupant la vue de presque tout le cachot.

Elle déglutit à nouveau, mal à l'aise.

— Personne, répéta-t-elle à son tour.

— Je n'en crois rien ! Mieux vaudrait pour vous tout avouer sans tarder.

Elle ne pensait pas cet homme capable de frapper une femme... Du moins, elle n'avait pas de raisons de l'en croire capable, et cependant... Quelque chose dans son attitude la fit frémir. Comme une vague invisible et menaçante toute prête à l'engloutir.

Soudain, il se retourna d'un bond et saisit Adélaïde d'un bras tout en écartant de lui son coutel, qu'elle s'apprêtait à glisser sous son bras. Sa réaction avait été si preste qu'Emma en resta saisie de stupeur.

— Là ! exulta-t-il, satisfait. Ainsi, vous vous êtes dévoilée : vous souhaitiez ma mort.

— Certes pas !

— Mais si. Et c'est là chose normale. J'imagine que le roi Sancho Ramirez vous a promis monts et merveilles en échange de ce petit service à lui rendre ?

— Nenni !

— Vous avez donques attendu que votre époux soit au loin avant de me rendre cette visite... Pas immédiatement, bien sûr, pour ne point éveiller les soupçons.

— Vous... Vous êtes fol !

Il resserra sa poigne autour du corps d'Adélaïde, la bloquant tout contre lui, tandis qu'il murmurait à deux pouces de son visage tout en continuant à s'adresser à Emma.

— Si messire de Thouars l'apprend, il vous tuera de ses mains.

Adélaïde émit un gémissement de douleur qui poussa la patience de sa maîtresse à bout.

— Il suffit ! cria-t-elle en jetant le panier à terre. Relâchez sans respit ma suivante, ou je veillerai à ce que ce roi Sancho Ramirez, quel qu'il soit, obtienne votre tête sur un plateau en or massif !

— Man... Man... articula péniblement Adélaïde. Man... gez !

— Oh ! Oui, bien sûr.

Emma ramassa l'une des appétissantes tartelettes aux fruits confits qui avaient roulé à terre, et mordit à belles dents dans la pâte croustillante, dorée à point. Elle savoura sa bouchée avec délectation. S'il y avait bien une chose d'étrange, dans le fait de porter un enfançon, c'était ces brusques envies de nourriture aussi étranges que malvenues, la plupart du temps.

Elle prit une autre bouchée avant d'agiter la tartelette à moitié mangée devant le regard soupçonneux de Tariq.

— Vous voyez ? Nul poison ! Je ne veux point attenter à vos jours et ma suivante non plus : alors, relâchez-la.

Il réfléchit un instant, soutint le regard farouche d'Adélaïde toujours immobilisée contre lui.

Il sembla passer un courant invisible entre eux, puis, enfin, il la lâcha. La jeune femme ne chuta point, cependant, car il maintenait toujours par le coude le bras armé du coutel. Il attendit qu'elle rétablisse son équilibre pour la lâcher, non sans confisquer son arme au passage.

Tariq ramassa à son tour une tartelette, en frotta le bord tout en rajustant un fruit confit qui avait roulé, avant de s'asseoir devant la table basse. Fort courtois à présent, il indiqua des coussins à ses hôtes, mais Emma refusa d'un geste tandis qu'Adélaïde le considérait avec une rage contenue.

— Qu'il en soit comme vous le souhaitez. À présent, dame Emma, si vous en veniez à la raison de votre présence en ces lieux, si indignes de votre personne ?

— Je vous l'ai dit : je crains pour la sécurité de mon époux.

— Eh bien, cessez. Messire Aimery est fort capable de veiller à sa propre sécurité.

— J'ai de bonnes raisons de croire qu'il court un danger. Il s'est produit un incident... J'ai la preuve que cela n'en était point un ! On a essayé d'occire mon époux et je dois à tout prix le prévenir.

Elle lui conta alors la découverte de la selle dissimulée dans le tas d'ordures, ainsi que de la sangle incriminée – et certainement sabotée. Tariq se rembrunit au fil de son récit. Elle précisa pour finir qu'il ne s'était plus rien produit au castel depuis le départ d'Aimery, et qu'elle soupçonnait le coupable d'avoir suivi l'arroi jusqu'en Normandie.

— Vous comprenez pourquoi je le crois en danger ? Je suis

certaine que d'autres mésaventures sont à craindre pour lui, en Normandie.

Tariq, qui l'écoutait avec une grande attention, se lissa la barbe avec circonspection.

— Lui en avez-vous parlé ? Il vous suffit d'adresser une missive à messire Aimery. Il veillera à éclaircir ce mystère.

— Je ne puis.

— Pourquoi cela ?

Emma s'assit finalement sur un coussin rebondi, mal à l'aise tout en repliant ses jambes sur le sol en un mouvement qui lui était peu naturel.

— Messire Aimery pense ne plus pouvoir m'accorder sa confiance... Je n'ai point le loisir d'envoyer des messagers. Ni des pigeons.

Elle planta son regard dans le sien, espérant qu'il rebondirait sur ce dernier point, mais il n'en fut rien.

— En quelque sorte, ajouta-t-elle non sans amertume, me voilà aussi prisonnière que vous ! Sauf que vous avez en votre possession un moyen de communiquer avec mon époux que je n'ai point.

— Si votre époux se défie de vous, rétorqua Tariq, c'est qu'il a ses raisons. Je ne vois guère ce que vous attendez de moi.

— Je dois l'avertir du danger qu'il court peut-être !

— Qui n'existe probablement que dans votre imagination, qui me semble bien fertile...

— S'il arrive quelque chose à messire Aimery, vous vous en repentirez.

Tariq marqua une pause.

— Bien. Vous voudriez, je suppose, que j'envoie mon ami à plumes ici présent porter votre message en Normandie ?

Il désigna l'oiseau d'un geste élégant. En réponse, le pigeon roucoula de plus belle et lâcha un petit tas de merdaille dans sa cage.

— Eh bien ? insista Tariq, impitoyable. Vous voilà bien timide, pour une femme qui court les cachots nuitamment pour apporter des tartelettes aux prisonniers.

Il en prit une autre, qu'il frotta du pouce avant de croquer dedans.

— Fort bien ! se décida Emma. Le pigeon que vous a confié mon époux est sans doute mon dernier espoir de lui sauver la vie, alors je compte bien l'envoyer en Normandie ! Avec votre accord, ou pas.

— C'est bien cela, affirma-t-il dans un soupir. Eh bien, ma dame, laissez-moi vous dire que vous ne manquez point de toupet ! Ce gracieux volatile, au port noble s'il en est, m'a été confié par le vicomte de Thouars en personne dans une seule et unique intention : le prévenir de tout danger menaçant ma personne. Non la sienne.

— Vous le laisseriez en péril ? Votre ami ?

Tariq eut un fugace sourire, si bref qu'Emma crut l'avoir rêvé.

— Bien sûr que non. Je vois que vous m'avez percé à jour... Il est bien évident que je vais accéder à votre requête, ma dame, même si pour cela j'aurais apprécié une formule de politesse.

— Je vous en prie !

— Holà, point trop n'en faut ! Un simple « s'il vous plaît de répondre favorablement à ma demande » aurait suffi... Oublions cela. Je vous asticote. Avouez que c'est de bonne guerre : votre suivante a voulu me poignarder.

— Elle ne l'aurait point fait...

— Par ma foi, je l'aurais fait sans hésiter ! intervint Adélaïde.

Tariq croisa les bras, observant les deux femmes tour à tour. Adélaïde s'agita, sans doute troublée de cette attention inattendue... Peu de seigneurs accorderaient plus d'un regard à une domestique. Enfin, sauf si la domestique en question avait essayé de les poignarder dans le dos, hélas.

Emma la vit prendre une grande inspiration, puis Adélaïde affronta le regard de Tariq et parla d'une voix ferme.

— Prince, pardonnez mon audace, mais nous ne sommes point venues pour ferrailler avec des mots. Si vous acceptez d'envoyer notre message, alors ne perdons pas davantage de temps.

Elle lui tendit le minuscule rouleau de papier qu'Emma avait écrit et scellé. Tariq leur tourna le dos, puis extirpa le pigeon de sa cage – le tout avec mille caresses assorties de mots inconnus, qui roulaient sur sa langue de plaisante façon.

— Le sabre a failli mais la plume veille, *in cha'a Allah.*

— Que dites-vous ?

— Je ne porte plus mon épée, murmura-t-il avec émotion, j'ai connu la défaite... *Maktub.* Et pourtant ce pigeon, aussi insignifiant soit-il, pourrait devenir une arme en portant votre message. Une arme capable de nous défendre : vous, moi, messire Aimery... J'accepte de vous aider car je le dois à votre époux.

— Grâce vous en soit rendue !

— Ce n'est pas tout. Si je possède la clé de ma geôle, murmura-t-il en effleurant la petite tête emplumée, c'est que messire Aimery me considère comme son hôte et non comme un prisonnier. Je suis simplement soustrait à la vue de tous, pour ma propre sécurité. Mon ami cherche ainsi à me protéger.

— En vous enfermant dans ce sous-sol humide ?

— Parfois, la geôle que l'on croyait s'avère être une cage destinée à la sécurité... Comme pour ce pigeon ! Sans sa cage, il serait bien capable de batifoler dans la nature à la recherche de meilleures graines, et de se faire happer par un chien ou un loup... À moins qu'il ne se fasse piéger par un paysan affamé. La cage n'est point fermée pour toujours : elle le protège seulement des risques qu'il courrait, seul à l'extérieur.

Emma secoua la tête.

— Je ne comprends guère. Que tentez-vous de me dire ?

Tariq sourit avec bienveillance.

— Parce que messire Aimery s'efforce sans cesse de protéger ceux qu'il porte dans son cœur… il pourrait en être de même pour vous. La vérité est parfois joueuse, elle aime à se cacher… Elle n'en demeure pas moins fidèle et dépourvue de corruption.

Sans lâcher le volatile, Tariq embrassa furtivement son pendentif – une étrange chose blanche décorée de quelques arabesques. Il alla ensuite jusqu'à Adélaïde, saisit le rouleau dans sa paume offerte. Sans même y jeter un regard, il le fixa à la rondelle de cuir attachée à la patte du pigeon et libéra celui-ci dans un mouvement brusque.

Le volatile disparut par le soupirail, se fondant dans la nuit en emportant avec lui tous les espoirs d'une future mère.

34

Castel de Thouars, fin avril de l'an de grâce 1066.

Les jours passèrent, et avec eux s'évanouirent les attentes d'Emma… Car il n'arriva nulle réponse à son message, certes bref, mais non moins porteur de l'essentiel.

« Danger sur vous – méfiance accidents », avait-elle écrit.

Il y eut un présage, qu'Emma ne put s'empêcher de prendre pour un avertissement divin : une étoile funeste apparut dans le ciel, une étoile qui revenait chaque nuitée pour annoncer un malheur[1].

Emma ne savait trop si ces mauvais auspices concernaient Aimery ou bien leur enfant à naître, mais elle était sûre d'une chose : c'était là un message de Dieu qui s'adressait à elle.

À elle seule.

Elle se fourvoyait, cependant, sur la nature du danger à venir… Elle n'avait point songé à la forme que prendrait le mauvais sort.

Lorsque dame Adénor ouït parler de l'enfançon à venir, elle se précipita à Thouars à la tête d'une petite armée de femmes. Emma, qui ne se méfiait guère, la reçut avec égards et se trouva

1. La comète de Halley, observée en Europe en 1066 et représentée sur la tapisserie de Bayeux.

fort désappointée de se trouver, le soir même, condamnée à la réclusion !

« Pour le bien de l'enfançon », avait prétendu dame Adénor.

Il était possible qu'elle se soucie réellement de sa descendance – après tout, elle avait déjà vu mettre en terre moult nourrissons. Il se pouvait également qu'elle ait vu là une merveilleuse occasion de soumettre sa belle-fille saxonne. Quoi qu'il en soit, Emma lutta de son mieux mais n'était vraiment pas à la hauteur...

Les servantes de la mère d'Aimery remplacèrent aussitôt celles d'Emma, qui ne trouva nul soutien dans ces nouveaux visages. Adélaïde elle-même disparut, ce qui laissait augurer le pire à la pauvre Emma... Pour sa part, la domesticité du castel se rangea aisément aux effroyables prédictions de dame Adénor, qui fit preuve de discours brillamment inspirés.

L'étoile du malheur n'apparaissait jamais en vain, jurait la mère d'Aimery avec émotion. Sang et mortaille allaient à nouveau s'abattre sur la maisonnée de Thouars, à moins que des mesures soient prises sans respit ni délai, afin de détourner la main du sort...

La principale étant d'enfermer Emma à double tour dans sa chambrine, avec seulement un peu de pain et de l'eau parfumée, et ce jusqu'à la naissance de l'héritier de Thouars.

Abandonnée par les siens, honnie par ses semblables, Emma se retrouva alors engeôlée de bien plus austère façon que l'était le prince Tariq... Nulle visite, nulle clé en sa possession, et nulle lècherie en vue : seulement du pain de la veille et une eau au parfum douceâtre de menthe fraîche et de mélisse.

Les fêtes pascales passèrent, sans rien améliorer à son quotidien. Emma s'aperçut que ce n'était point l'enfermement, qui pesait sur son cœur, mais bien le souci qu'elle avait de son époux... Comme elle le découvrit alors, nulle geôle ne fait plus grande peine que celle de l'âme même, et nulle question n'est plus douloureuse que celle du malheur guettant les siens.

Emma ne quittait plus sa croisée.

De jour, elle suivait avec intérêt les allées et venues dans la cour haute ; à la brune, elle contemplait avec appréhension la traînée de feu qui fendait le ciel en deux telle une flamberge divine, auréolée de larmes d'étoiles.

C'était inexplicable.

C'était une chose terrifiante.

Pourtant, l'inquiétude d'Emma se tourna peu à peu vers une autre source… Il lui semblait de plus en plus improbable qu'il s'agisse là de l'annonce d'un malheur aussi proche d'elle que la perte de son enfant, ou même celle d'Aimery.

Comment ce signe n'aurait point été révélateur de la colère de Dieu ? Une sainte ire, tournée vers de méchantes gens apportant ruine et désolation dans le royaume.

Alors, Emma songeait à son père coupable de parjure.

Et sa peur grandissait.

Voyait-on cette étoile de malheur, en Angleterre aussi ? Si c'était le cas, peut-être Harold reviendrait-il à de plus nobles sentiments ?

C'est ainsi que débuta le projet insensé d'Emma.

Pour commencer, elle se vêtit avec soin pour un long voyage, glissant sa broche familiale dans une aumônière dissimulée sous sa ceinture. Elle noua ses cheveux très serré, les cacha sous un voile sombre. Elle conserva le coffret, dont elle éprouva le poids entre ses mains. Voilà qui ferait fort bien l'affaire ! Ensuite, elle se plaça derrière la porte de sa chambrine et guetta l'arrivée de la servante lui apportant son repas vespéral…

Les pas résonnèrent dans l'escalier, pleins de lassitude.

Le plateau fut posé au sol, la clé tourna dans la serrure.

La porte pivota sur ses gonds…

Et Emma frappa.

La jeune femme s'effondra sur le plateau, renversant l'aiguière qui se brisa en mille morceaux. Assommée.

Sans attendre de vérifier si le vacarme avait ou non été entendu, Emma enjamba la silhouette avachie de la servante et se glissa dans les couloirs du donjon.

Son objectif était à la fois proche et périlleux, car elle allait devoir sortir sans être vue... Sa décision étant déjà prise, Emma trouva aisément son chemin jusqu'au passage dissimulé dans les murailles, qu'elle avait déjà emprunté en compagnie d'Adélaïde et qu'elle savait mener sans encombre aux abords de la tour Magne.

Messire Tariq, cette fois il faudra accomplir bien plus qu'envoyer un pigeon !

Elle connut des difficultés inédites, à parcourir cet étroit corridor avec son ventre gros de presque sept lunes, mais parvint sans difficulté à l'ancien donjon.

Descendre dans le sous-sol fut tout aussi périlleux, quoique bien moins que la fois précédente, car elle savait à quoi s'attendre. Prudente, une main sur le mur humide et l'autre enroulée autour de son ventre, elle progressa lentement en évitant creux et pentes de la pierre usée.

Nul n'avance si bien que celui qui point ne se presse, comme le répétait à l'envi sa grand-mère...

Une fois devant la cellule de Tariq, elle n'eut point à frapper ; la clé tourna dans la serrure et le visage inquiet du prince parut dans l'ouverture.

— Allah est grand ! Ce n'est que vous.

— Je vous remercie pour le choix de vos termes...

— Entrez vite.

— Comment saviez-vous que j'étais là ? demanda Emma avec curiosité en pénétrant dans la geôle.

Tariq haussa les épaules.

— Je vous ai entendue. Vous respirez comme un soufflet de forge.

— Je vous signale que je porte un enfant ! C'est loin d'être aussi aisé que vous le supposez, vous, les hommes.

En guise d'excuses, Tariq s'inclina la main sur le cœur. L'exaspération d'Emma fondit aussitôt.

— Bien. Je suis là car j'ai encore besoin de vous.

— Cela devient une habitude, ma dame...

— Je dois partir, fit-elle précipitamment, sans tenir compte de son interruption. Sans respit. J'ai pu m'évader de ma chambrine mais mon absence sera bientôt découverte, et dame Adénor ne goûtera mie ce tour que je lui ai joué... Elle criera au trépas et mettra tout le castel en branle !

— Est-ce à dire que vous étiez retenue contre votre gré ?

L'angoisse de sa situation éprouvait les nerfs d'Emma, et elle se laissa tomber sur la couche du prince sans façons, se tenant le front d'une main.

— Certes, et point d'oreille n'ouït mes refus. Avez-vous vu l'étoile du malheur ?

Troublé, Tariq eut une mimique d'incompréhension.

— De quoi parlez-vous ?

— Dans le ciel. Elle apparaît chaque nuitée et semble n'avoir de cesse qu'elle annonce un malheur à venir.

— Oh ! L'astre à queue.

Et, comme Emma fronçait les sourcils, il crut bon de l'instruire de sa science – laquelle était de toute évidence fort profonde.

— *Kawkab dhū dhanab*. Astre à queue. C'est ainsi que nos savants nomment votre étoile du malheur, d'après le grand astronome Al-Farghani qui l'a décrite le premier. Il s'agit d'un astre de feu, fort rare, en vérité. Certains le disent flamme suspendue dans l'éther, d'autres le croient étoile errante, embrasée par le souffle terrestre mêlé aux vents célestes... Si vous me demandez mon avis, je crois pour ma part que l'astre à queue est un messager du mouvement des cieux : non point présage de malheur, mais rappel que tout est appelé à changer dans le monde créé par Allah. Jusque dans l'ordonnance des étoiles.

Constatant l'expression dubitative d'Emma, il s'interrompit avec un geste vif de la main.

— Mais qu'importe, en vérité ? Pour quelle raison évoquez-vous l'astre à queue ? Quel rapport a-t-il avec votre enfermement ?

— Dame Adénor y a vu présage de mortaille pour l'enfançon que je porte.

— Dieu nous protège ! Ces superstitions mèneront les hommes à leur perte...

— Quant à moi, j'y vois autre chose.

— Vraiment ? Dans ce cas, éclairez-moi de vos lumières, ma dame.

— L'étoile du malheur est là pour le royaume. Ni pour Aimery, ni pour notre enfant... Si Dieu nous envoie des signes, je ne doute point que ce soit pour des raisons impérieuses.

Tariq hocha lentement la tête, ses lèvres pleines pincées en une moue concentrée.

— Et, à votre avis, quelle raison aurait Dieu de nous envoyer un tel présage ?

Emma retrouva espoir. Elle avait capté l'attention du prince et s'en trouvait fort ragaillardie.

— La guerre menace pour la couronne d'Angleterre. Je vous parlerai de tout cela en détail plus tard, nous en aurons bien le temps ! Pour l'heure, nous devons nous évader.

— Quoi ? éructa Tariq, qui la suivit des yeux comme elle se levait avec détermination.

— J'ai songé qu'entre prisonniers – et entre proches de messire Aimery, qui plus est – nous pouvions nous entraider ?

— Qui vous dit que je souhaite quitter cette tour ?

— Comment pourriez-vous souhaiter rester ici, quand votre

ami est en danger, son royaume menacé, son épouse enceintée en péril ?

Fébrile, Tariq s'agita dans l'étroite cellule.

— Que me mêlez-vous à tout cela ? Cela ne vous a-t-il point suffi de me priver de mon unique moyen de joindre messire Aimery ? Je l'ai fait de bon cœur, et à présent vous revoilà, m'enjoignant chose plus folle encore !

L'émotion le submergeait. Emma ne l'avait oncques vu aussi tourmenté.

— Vous ne savez rien de moi ! asséna-t-il à voix basse mais tremblante de conviction. Vraiment rien ! Si je commets l'imprudence de me dévoiler, je risque la mort.

— Est-ce en lien avec ce roi… Sancha ?

— Sancho Ramirez d'Aragon, cracha-t-il. Ce félon pavoise, depuis la chute de Barbastro ! Il n'attendait qu'une occasion pour fondre sur les richesses de Saraqusta tel le faucon sur le lapereau ! L'âge avancé de mon oncle, l'amir Ahmad ibn Sulayman al-Muqtadir ibn Hud, semble exacerber sa soif de conquêtes…

— Votre oncle ? Expliquez-moi.

Tariq poussa un profond soupir. Il jaugea Emma d'un œil inflexible, puis saisit un sac de cuir qui lui servait d'oreiller et commença à rassembler ses maigres possessions éparpillées dans la pièce.

— Comme vous l'avez dit, nous aurons le temps d'en parler. Partons sans délai. Vous et moi, sans bruit ni bastaille.

En vérité ?

Emma le contempla un instant, incrédule et heureuse d'avoir remporté la joute. Elle ne put s'empêcher de lui demander ce qui l'avait fait changer d'avis. Tariq eut un geste vague de la main.

— Messire Aimery sauva la vie et l'honneur de ma sœur, Yerma.

— Oh ! Yerma est votre sœur ?

— Si fait.

— Avez-vous d'autre famille au castel ?

Les traits de Tariq se durcirent, subitement envahis d'ombres anciennes.

— Nenni. J'avais une autre sœur, Élinor… Mais elle n'a point survécu à l'assaut sur Barbastro.

— Je… J'en suis désolée.

Se reprenant, Tariq secoua la tête.

— Il est juste que je me porte à son secours si j'en ai l'occasion. C'est le moment de payer ma dette. Et aussi, de protéger une future mère dépourvue de bon sens !

— Grand merci…

— Je vous aiderai, coupa-t-il plus sérieusement, car je le dois à messire Aimery.

— Bien. Attendez ! Je… Ma suivante, Adélaïde, a disparu depuis quelques jours. Avez-vous entendu quelque chose ?

— Pensez-vous réellement que je puisse tout savoir de ce castel, ainsi engeôlé dans ces sombres souterrains ?

— Je… Oh ! c'était sottise. Mais je pensais qu'avec ce soupirail non loin du chemin des volières, peut-être, avec un peu de chance, aviez-vous pu surprendre des bruits, des conversations, ou…

— *Na'am*[1]. Je sais où elle se trouve.

Ce fut au tour d'Emma de perdre son calme. Lorsque son flot de questions se fut tari, le prince, amusé, chargea son sac de cuir sur son dos et montra la porte du menton.

— Or i allons ? Nous pouvons la prendre avec nous sur le chemin.

Le prince Tariq était plein de ressources. Il s'expliqua prestement tout en conduisant Emma devant l'une des trois autres cellules de ces anciens cachots.

— On a amené un prisonnier, il y a quelques jours. Bâillonné

1. « Oui, c'est exact. »

ou assommé, car je ne l'ai point ouï protester… La porte s'est ouverte, on a jeté le prisonnier à l'intérieur puis refermé. Les hommes sont ensuite repartis avec force bruits ; des gardes, je suppose.

— Mais… Je pensais que nul ne connaissait l'existence de ces cachots, à part messire Aimery ?

Tariq fouilla les poches de son ample mantel, en sortit un étui de cuir dont il extirpa une tige d'argent terminée par une minuscule spatule, reliée à une pince à épiler par une chaînette.

— Je n'ai que ceci pour m'aider… Son usage a été prévu pour nettoyer le conduit auditif : nous allons supposer qu'une serrure n'est point trop éloignée d'une oreille humaine ! Tenez la torche tout près, voulez-vous ?

Il entreprit alors de forcer l'antique serrure à l'aide de cet outil improvisé. Emma l'aidait de son mieux en éclairant son ouvrage.

— Il est à supposer qu'une autre personne au moins est au fait de l'existence de ces cellules, réfléchit-il tout haut sans cesser d'œuvrer. Une personne qui a vécu céans dans le temps.

— Dame Adénor !

— C'est le plus probable, en vérité.

— La peste soit de cette damnée despote !

Tariq, qui durant tout ce temps avait habilement manié son cure-oreille, se redressa avec un grand sourire.

— C'est fait. Comme je le supposais, ce n'était point ardu tant grâce à l'âge de la serrure que du peu de soin apporté pour enfermer votre servante. Une servante, cela n'intéresse guère… Et puis, si ce n'était nous, personne ne l'aurait recherchée céans.

Il allait ouvrir, mais Emma l'arrêta d'une main sur son bras. Elle le sentit se raidir et ôta aussitôt sa paume.

— Tariq, une minute… Cela signifie que dame Adénor vous sait ici, n'est-ce pas ?

— Probablement.

— Et… n'est-ce point dangereux pour votre sauvegarde ?

— Il est à parier que non, sinon je serais déjà aux mains du roi Sancho Ramirez. Pressons-nous.

Il la précéda dans le cachot, où régnait une entêtante puiranteur humaine. Sueur, larmes et excréments. L'odeur du désespoir.

— Êtes-vous sûr qu'il y ait âme qui vive céans ? Cette pièce me semble vide.

Plissant le nez, Emma s'avança. Le flambeau illumina un tas de guenilles.

— Il n'y a rien ! Vous vous êtes fourvoyé, prince Tariq.

— Croyez-vous ?

Il se pencha, saisit le ballot de linge dans ses bras. Alors seulement Emma réalisa que deux pieds sales dépassaient de ces hardes ; ainsi que deux mains, et un visage enseveli sous des mèches éparses.

— Adélaïde ! Ma bonne Adélaïde, peux-tu m'ouïr ? Elle ne bouge pas ! Tariq, est-elle... est-elle...

— Nenni, ma dame. Elle respire. Elle est simplement tombée en pâmoison – peut-être de faim ou de soif, vu qu'il n'y a rien alentour... Ni écuelle ni godet.

Emma palpa avec attention les joues pâles de sa suivante, repoussa ses cheveux derrière ses oreilles. Elle paraissait si menue, dans les bras de Tariq... Figée. Seul un faible souffle d'air franchissait effectivement sa bouche entrouverte.

— On l'aurait laissée périr de disette ? murmura Emma entre ses dents serrées, bouillonnante de rage. Par tous les saints et les apôtres, je jure de venger cet acte de cruauté ! Quel perfide félon faut-il être pour oser abandonner une jeune âme à un tel sort ?

— Ma dame, si je puis me permettre... Votre suivante n'est point si légère que je puisse la porter ainsi toute la nuitée sans en pâtir à l'aube.

— Oh ! Certes. Pardonnez-moi.

Et, comme Emma rebroussait chemin en toute hâte en

direction de l'escalier menant au rez-de-chaussée de la tour, Tariq la rappela d'un mot.

— Halte ! Ce n'est point par là que nous sortirons.

— Comment ? Mais enfin, par quel autre accès ?

— Que croyiez-vous donques ? Qu'il nous suffirait de remonter, de quitter la tour, de nous diriger vers le poste de garde de la cour haute et de décliner nos noms ? D'emprunter des montures aux escueries et de quémander qu'on abaisse le pont-levis pour nous ?

Emma se sentit fort sotte, tout à coup. Bien sûr, c'était impossible. Elle avait foncé à l'aveuglette sans même songer à un stratagème pour quitter le castel.

Quelle niquedouille ! Dame Alversa me tancerait d'importance, si elle se trouvait céans...

Soudain, cette idée de fuite en compagnie de Tariq lui apparut aussi folle que vouée à l'échec. Ses épaules s'affaissèrent, et c'est d'une voix faible qu'elle résuma la situation.

— En somme, nous voilà piégés.

35

— Je ne dirais point cela, tempéra Tariq. Disons que nous aurions bien du mal à passer inaperçus... Un Maure, une dame enceintée et une femme en pâmoison. Par conséquent, nous ne quitterons point le castel par la porte.

— Oh ! euh... C'est juste, mais... Quel autre chemin pourrions-nous emprunter ? Avez-vous une idée ?

— Si vous voulez bien m'éclairer... Nous devons, au contraire, nous enfoncer vers le fond du corridor.

Emma éclaira ses pas jusqu'au bout du passage, qui n'était point fort long. Elle fouilla l'obscurité de sa torche.

— Eh bien ? Par où sortir, dites-moi ?

Encombré par le corps inanimé d'Adélaïde, Tariq fit un geste du menton.

— Baissez-vous, si vous le pouvez. Examinez le sol.

— Que dois-je chercher ? s'enquit Emma tout en effleurant la roche humide. Il n'y a rien que pierre et moisissures.

— Parfois, expliqua Tariq en prenant appui du dos contre le mur pour soulager ses bras, il m'arrivait d'entendre couler de l'eau, depuis ma chambrine... Elle coulait, et tombait.

— Les jours de pluie ?

— *Na'am*, mais ce n'était point le bruit que produit la pluie en tombant. Il s'agissait plutôt d'un filet d'eau en train de couler, comme d'une aiguière mais en faible flux, et en continu. Comprenez-vous ?

— Point trop…

— Dans les places fortes comme celle qui s'élevait céans, autrefois, il y avait nécessairement une citerne. Un réseau d'eau potable qui a été abandonné lors de la construction de ce castel moderne, vraisemblablement relié à un canal souterrain, ou à une source… En tous les cas, il est tout proche.

Emma fronça les sourcils, perplexe à la fois de ce qu'il venait de dire et de ce qu'elle découvrait sous ses doigts.

— Il y a un creux, juste là… Comme une fine rigole.

— Parfait ! Il s'agit certainement d'une trappe.

Tariq déposa avec précautions Adélaïde sur le sol, puis il rejoignit Emma et palpa à son tour la roche.

— Oui… C'est une trappe. Voyez, un anneau de fer.

— Qu'il est petit !

— Il suffira pour soulever la dalle. Cela aurait été plus simple avec une barre de fer à glisser dans l'anneau, mais il faudra bien faire sans…

Et Tariq s'arc-bouta. Il dut avoir recours à toutes ses forces, besognant âprement, ahanant, se meurtrissant les doigts autour de l'anneau de fer.

Il peina un long moment avait de faire bouger la lourde dalle mais, enfin, il parvint à la déplacer sur le côté.

Il s'affala, le souffle court.

— Vous aviez vu juste, confirma Emma en glissant le flambeau par l'ouverture. C'est grand, et il y a de l'eau au fond. Il s'agit sans doute d'une citerne, comme vous le pensiez !

Elle se redressa, considéra son comparse d'évasion sous un jour nouveau.

— Prince Tariq, vous possédez un esprit fort perspicace !

— Le passage est étroit… Pourrez-vous… Enfin, pensez-vous que vous pourrez l'emprunter, malgré votre état, ma dame ?

Emma hocha la tête.

— Cela ne fait que sept lunes. Je gage pouvoir passer ! Mais si nous sautons d'ici, nous risquons de nous rompre les os... La citerne paraît profonde – presque vide, à vrai dire.

— Regardez s'il n'y a point un système pour puiser de l'eau... Quoi que ce soit qui puisse nous aider à descendre.

Il s'approcha ensuite d'Adélaïde, qui marmonnait dans son sommeil, pendant qu'Emma se penchait à nouveau par l'ouverture.

Un souffle tiède et fétide lui sauta au visage. Cela était de bon augure : qui dit courant d'air dit second accès... Tariq était dans le vrai, une fois de plus : il était possible de s'enfuir par les anciens souterrains de la tour Magne.

Emma éclaira les abords de la trappe...

Il y avait une chaîne ! Une corde aurait pourri depuis belle lurette, tandis qu'une chaîne était toujours fonctionnelle. Celle-ci luisait encore d'un certain éclat : elle n'était point rongée par la rouille.

Au bout de la chaîne, un seau. Le bois tombait en miettes, en revanche le cerclage de fer en treillis, fort large, était encore solide.

Emma se hâta de se redresser.

— Nous pouvons descendre ! Il y a...

Elle eut la surprise de trouver Adélaïde bien éveillée, assise, en train de lancer un regard meurtrier à Tariq. Sa chevelure d'or rouge brillait sous la flamme de la torche, vibrant comme une braise prête à éclater en mille escarbilles. Elle interrogea sa maîtresse des yeux, puis à nouveau le Maure.

— Je suppose que je dois vous remercier, messire ?

— Ce ne serait point déplacé.

— Bien. Grand merci à vous. Que faisons-nous céans ?

Emma lui résuma leur situation, pendant que Tariq remontait le seau avec adresse. Il le leur présenta bientôt, tout sourire.

— C'est parfait !

— En vérité ? bredouilla Emma. Cela me paraît tout de même fort périlleux...

— Là où péril est grand, la gloire est plus éclatante.

— Si vous le dites...

— Je vais vous faire descendre l'une après l'autre, expliqua Tariq. Je passerai en dernier. La chaîne se déroulera seule, m'envoyant dégringoler, mais ce sera toujours mieux que de sauter ! Espérons que la chute ne me sera point fatale, *in cha'a Allah.*

Incrédule, Emma secoua la tête. Comment cet homme pouvait-il ainsi parler de son potentiel trépas, avec tant de légèreté ? Elle peinait parfois à le comprendre. Elle croisa le regard inquiet d'Adélaïde et échoua à lui sourire.

— Nous l'espérons, confirma-t-elle en se tournant vers Tariq. Cependant, que se passera-t-il si, par malheur, vous vous brisez une jambe ? Ni Adélaïde ni moi ne pourrons vous porter.

— Dans ce dernier cas, je vous crois assez charitable pour avoir l'obligeance de me trancher la gorge avant de fuir. Loin de moi le désir de languir plusieurs jours à attendre mortaille au fond de cette cuve d'eau saumâtre. Qui passe la première ?

Adélaïde bondit vers le seau et refusa tout net de laisser sa maîtresse encourir tous les risques d'une première descente. Elle monta dans le seau pourri, empoigna la torche et s'accroupit de son mieux entre les ferrures.

— Etes-vous sûre d'en être capable ? marmonna Tariq, soucieux. Vous ne paraissez point remise...

Si un regard avait pu tuer, Tariq aurait rejoint son Créateur à la seconde. Il leva les mains pour signifier son retrait de la conversation, puis fit descendre lentement le seau dans l'inconnu.

Adélaïde disparut bientôt dans les ténèbres, accrochée au flambeau comme une damoiselle à son honneur.

Demeurée seule avec Tariq, Emma le regarda peiner à descendre la chaîne avec le plus de douceur possible, touchée par les efforts que cet inconnu déployait pour les aider, toutes les deux. Il accomplissait cela pour Aimery, bien sûr : toutefois, son visage tendu trahissait un net souci pour Adélaïde et pour elle, ce dont Emma lui sut gré. Cet homme était bienveillant. Et il allait peut-être rendre l'âme en les aidant à fuir... Jamais elle n'aurait l'occasion de le remercier, de lui révéler à quel point son aide fut...

Il y eut un bruit d'éclaboussures, tout en bas, assorti d'une exclamation aiguë.

— Tout va bien, Adélaïde ?

— Certes... Il y a de l'eau, mais point suffisamment pour se noyer. Vous pouvez descendre, ma dame !

C'est le cœur serré qu'Emma prit pied à son tour dans le seau. Elle croisa le regard de Tariq.

— Vous pouvez encore rester céans, avec Yerma.

— Et vous abandonner, deux femmes seules dont l'une grosse d'un enfant à naître ? Vous m'offensez, dame Emma.

— Je ne voulais point...

— Savez-vous ce que signifie Élinor, dans ma langue ?

Décontenancée, Emma secoua la tête.

— Cela veut dire « Dieu est ma lumière ». Depuis que je fus lié à votre époux par l'honneur, contraint de quitter mon pays en tant que prisonnier de guerre, toute lumière s'est éteinte dans mon cœur. À quoi bon vivre sans lumière ?

— Quoi qu'il arrive, vous avez ma reconnoissance éternelle, prince – ainsi que celle de mon époux. Je puis vous en donner ma parole.

Il eut une mimique désabusée.

— Merci, dame Emma. Allah sait, et moi je me contente de suivre le chemin. C'est aussi simple que cela. Nul ne peut fuir ce qui est écrit pour lui dans les étoiles.

Comme il effleurait du doigt le pendentif à son cou, Emma y accrocha son regard.

— Qu'est-ce ?

— Un os de cheval, pour la force et la liberté. Gravé de l'un des noms d'Allah pour guider mes pas. Accrochez-vous, à présent !

Emma se cala tant bien que mal dans les vestiges du seau, coinçant ses pieds entre les ferrures. Son ventre la gênait un peu. Elle ressentait de rares mais vives douleurs, dont elle n'avait pas envie d'informer Tariq ni Adélaïde... Ils se seraient inquiétés et l'auraient aussitôt renvoyée au logis.

Or, Emma devait quitter le castel cette nuitée, coûte que coûte !

Elle retint son souffle durant tout le trajet, tant de nervosité que contrainte et forcée, tant l'odeur dans la citerne était épouvantable.

Le seau descendait lentement, par à-coups.

L'air était épais. Un goût de moisi empoisonna sa langue.

Un goutte-à-goutte continuel hurlait son écho, de plus en plus puissant dans les profondeurs. Chaque goutte résonnait comme le battement d'un cœur immense, monstrueux... Le cœur d'une créature assoupie. Et puis, qui pouvait savoir ce qui se cachait dans ces abysses d'un autre temps ?

Emma repoussa l'oppressante pensée qu'elle descendait lentement dans les entrailles de la terre, tout droit vers l'enfer où l'attendaient les démons.

En haut, Tariq qui ahanait.

En bas, Adélaïde dans le maigre halo de la torche.

Emma sentit la peur enfler en elle. Elle agrippa son ventre des deux mains, se surprenant pour la première fois à parler à l'enfançon qui y était niché. Pour éloigner d'elle ce brusque sentiment de solitude, sans doute.

— Le ciel nous garde : tout ira comme il se doit.

Sa gorge se serra, bloquant les mots.

La peur revint. Encore plus vive.

Voilà qu'Emma se retrouvait seule, suspendue entre deux

mondes… Entre passé et présent, entre geôle épouvantable et espoir de liberté.

La douleur revint dans son ventre, lui arrachant un petit cri qui se déploya dans la pénombre telles des ailes de chauve-souris.

— Tout va bien ? Ma dame ?

— Oïl, Adélaïde, je… je vais bien.

— Plus que quelques coudées ! Prenez courage.

Emma serra les dents, s'interdit de songer au pire.

Enfin, dans un ultime grincement similaire à un râle d'agonie, la chaîne s'immobilisa. Le seau heurta le sol dans une gerbe d'eau croupie. Emma relâcha enfin son souffle, ainsi qu'un gémissement de douleur. Elle sentit les mains inquiètes d'Adélaïde voleter sur son dos, ses bras, avides de nouvelles réconfortantes.

— Comment vous portez-vous, ma dame ? Souffrez-vous ? Est-ce l'enfant ?

— Aide-moi à sortir de ce seau, veux-tu ?

— Appuyez-vous sur mes épaules. Ne craignez point de peser trop lourd : je suis solide !

Emma tiqua. Ce n'était pas son impression, un moment plus tôt, lorsque Tariq portait dans ses bras le frêle corps de la jeune femme… Elle s'abstint toutefois de tout commentaire et prit pied sur le sol de la citerne.

L'écho était tel qu'elle entendait les battements de son propre cœur peupler l'obscurité ; une obscurité dense, opaque, qui lui donna la terrifiante sensation d'avoir franchi un seuil interdit. C'était le domaine des ombres, des eaux noires et du Malin. Non point celui des hommes, encore moins des femmes et des enfançons !

L'eau lui arrivait aux genoux. Des relents de soufre et de charogne la prenaient à la gorge.

Elle vacilla, soutenue par Adélaïde.

— Seigneur ! Ce n'est pas plat…

— Effectivement. L'édifice a dû souffrir des affres du temps, ma dame. Et puis, il n'avait guère été conçu pour que l'on s'y promène !

Emma leva la tête vers l'ouverture de la trappe, à peine plus claire dans les ténèbres. Elle sut alors qu'il n'y avait pour elle aucun retour en arrière possible.

— Tu dis vrai. Tariq ? héla-t-elle. À votre tour ! De grâce, faites preuve de prudence.

Le seau remonta lentement, quittant le halo de lumière. Tremblante, Emma essuya son front moite avec un pan de son mantel.

Ce n'est que la peur ! Juste la peur. Rien d'autre.

Ou bien... ?

Son cœur accéléra en songeant à l'enfant qu'elle portait.

Non ! Pas maintenant. Pas ici... Il n'était pas encore temps pour lui de venir au monde, et...

Un hurlement de métal courroucé transperça les ténèbres, suivi d'un cri d'effroi...

La chute de Tariq fut rude.

Il fila tel un météore, suivi d'un vilain fracas. Adélaïde se précipita vers l'homme empêtré dans sa longue robe, le turban à moitié défait, qui essayait de dégager l'un de ses pieds coincé dans l'armature du seau à l'aide de mains sanguinolentes.

— Messire ! Êtes-vous blessé ?

Tariq, qui jurait dans sa langue à la fois mélodieuse et gutturale, s'interrompit pour répondre avec politesse. Le souffle un peu court, néanmoins, et aussi pâle qu'un revenant.

— Non point. Contusionné, coupé par endroits, mais je n'ai guère de blessure grave à déplorer.

— Le ciel soit loué !

— En effet : Allah est grand.

Elle l'aida à se remettre sur ses pieds, puis ils se tournèrent vers Emma. Inquiet, le prince Tariq s'enquit de sa santé et de celle de l'enfant, mais Emma chassa ses craintes en arborant son sourire le plus convaincant.

— Ne traînons pas, je vous prie ! Il faut trouver la sortie.

Ses deux compagnons se hâtèrent de chercher une ouverture, quelle qu'elle soit, tandis qu'Emma dissimulait un nouvel accès de douleur.

Pas encore, petit être... De grâce, reste bien sage !

Elle posa une main sur son ventre, comme pour apaiser ce qui remuait en elle – ou bien pour mieux relier l'enfant à la prière qu'elle se mit à réciter à voix basse.

Un frisson glacé la parcourut.

La seule pensée de perdre cet enfançon avant sa naissance la rongeait d'angoisse, cependant ce n'était rien encore en comparaison de la détresse qui déchirerait le cœur de son époux... Elle n'était point sûre qu'Aimery survive à un quatrième héritier trépassé.

Il existait bien une sortie destinée à faire s'écouler le trop-plein d'eau : situé à mi-hauteur, un étroit tunnel s'enfonçait dans les profondeurs. Ils devaient abandonner la torche dans la citerne et prier pour que ce passage débouche à l'air libre.

Tariq et Adélaïde soutinrent Emma pour l'aider à se hisser, mais elle eut bien du mal à progresser sur ses genoux... Son ventre pesait bien lourd, l'attirant inexorablement vers le sol. Tout comme Adélaïde, elle avait entortillé ses jupes autour de ses jambes pour obtenir davantage de liberté de mouvement, un peu comme avec des braies. Cependant, elle avançait lentement, à tâtons, avec moult difficultés.

À nouveau dans l'obscurité.

Seule.

Non ! Pas seule, se reprit-elle. Elle partageait son corps avec une jeune âme, pour quelques semaines encore.

Si Dieu le veut.

L'angoisse revint, et Emma récita ses prières sans respit, suppliant la Vierge, Dieu et tous ses saints de ne point lui ôter son enfant.

Ma force d'en haut ! Il faut poursuivre.

Derrière elle, le souffle haché d'Adélaïde et les jurons étouffés de Tariq l'encourageaient, lui rappelant qu'elle pouvait compter sur de fidèles compagnons. Le prince maure, en particulier, peinait à parcourir ce tunnel ; sa carrure l'obligeait à ramper sur le côté. Emma pouvait entendre le tissu de ses vêtements frotter contre la pierre humide.

Puis, la légère déclivité du sol s'accentua.

Une faible lueur accrocha son regard, droit devant.

— Voyez ! De la lumière !

— Enfin !

— *Subhān Allāh al-Rahmān al-Rahīm !* Gloire à Dieu, le Clément et le Très Miséricordieux.

Leurs souffles accélérèrent.

L'air se fit plus frais, plus pur. La sortie était proche, Emma en aurait juré... Son cœur se mit à tambouriner contre ses côtes, sa vision se brouilla d'insectes noirs, mais son rire résonna comme celui d'une démente lorsque, subitement, ses mains rencontrèrent de la terre, des mottes d'herbe, et qu'elle roula finalement sur une pente herbeuse...

Vivante. Triomphante !

Libre, enfin.

Tariq et Adélaïde roulèrent à leur tour sur l'herbe humide de rosée nocturne, riant de joie. Emma se joignit à leur exultation.

— Dieu ! Qu'il est bon de respirer à nouveau de l'air frais ! Je ne mettrai plus le pied dans une cave, foi de Saxonne.

Mais déjà, Tariq se relevait et rajustait son turban.

— Il faut partir. Nous devons trouver des montures et filer vers le nord.

Emma hocha la tête en acceptant l'aide de sa suivante pour se remettre debout. L'enfançon pesait en elle, mais elle savourait ce poids avec bonheur. Elle le chérissait comme un trésor fragile. Il lui sembla que, tant qu'elle pouvait sentir la douce pression de son petit corps lové dans le sien, Dieu veillerait sur eux et écarterait de leurs pas les chausse-trappes.

Rien ne pourrait mal tourner, désormais !

Elle refusa de s'inquiéter plus avant de la douleur dans son ventre, qui s'était éteinte désormais. Mais lorsqu'elle déroula les pans de sa robe sous le regard scintillant des étoiles, elle frémit de peur.

Une tache sombre, petite mais bien réelle, maculait le tissu. Exactement de la même forme que l'astre à queue, tel que l'appelait le prince Tariq.

Emma se figea un instant, le regard perdu dans l'immensité du ciel. Elle pria en son for intérieur, puis se signa sans quitter des yeux la traîne de glace de l'étoile du malheur.

36

Castel de Falaise, mai de l'an de grâce 1066.

La nuit était claire, et le vin puissant. Grâce à Dieu.

Assis sur le chemin de ronde, où les gardes surpris lui accordaient de brefs regards interloqués ou bien agacés, Aimery noyait ses appréhensions dans une grande coupe de vin d'Hispanie. Il ne pouvait détacher son regard du feu glacé de l'étoile du malheur, qui fendait le ciel juste au-dessus du castel.

Emma la voyait-elle, depuis sa croisée à Thouars ?

S'il n'y avait point de nuées, probablement. Mais il était plus vraisemblable qu'à cette heure avancée de la nuit, la vicomtesse de Thouars sommeille paisiblement sur sa couche.

Aimery avala une gorgée du doux breuvage.

Si le sommeil lui est aisé, c'est là une divine faveur !

Car Aimery, lui, ne trouvait guère le repos ces dernières nuitées. Son esprit, tourmenté par des cauchemars, hanté par des souvenances honnies, le pourchassait de l'image d'Emma en grand danger. Une fois chue d'un arbre, une fois noyée dans un torrent, une fois perdue dans une tempête, une fois encore empoisonnée par une potion de sorceresse… Il y avait même eu un songe dans lequel elle se faisait transpercer de la lame d'un guerrier au cours d'un duel improbable.

Mais, toujours, Aimery rêvait sa femme trépassée, ce qui commençait à peser sur sa raison.

Bien entendu, le cauchemar le plus fréquent la mêlait à l'enfançon et à une mare de sang sur une couche... Aimery ne cessait de les voir, tous deux, aussi blancs que les ailes des anges. Unis dans la mortaille ; perdus à jamais pour lui.

Il visa sa coupe d'un trait, manqua s'étouffa et toussa un moment dans la nuit.

Force lui était de constater qu'il vouait une grande affection à son épouse ainsi qu'à leur enfant à naître, même si ce dernier n'était encore qu'une âme en devenir. Aimery, cependant, aurait renoncé à bien des choses en échange du plaisir de pouvoir serrer son héritier contre lui...

Ces derniers mois, il s'était laissé aller à imaginer le bonheur d'avoir un enfant à lui... Un fils à élever pour lui succéder, ou bien une fille à couvrir de soieries et de bijoux précieux, en attendant qu'elle lui donne un jour des petits-enfants... Voir son propre sang se perpétuer devait être une grande joie, à l'automne de l'existence, et Aimery s'était pris à rêver d'y goûter un jour.

Il défia du regard la blême entaille qui balafrait le ciel nocturne.

— J'ai bien le droit d'aspirer aux plaisirs simples des hommes, moi aussi, non ?

Il avait bien assez souffert comme cela, parbleu ! Si les trépas ayant entaché son passé de leur marque indélébile étaient causés par des fautes de sa part, des défaillances, il en avait largement racheté le prix en se battant sous les bannières chrétiennes. Le massacre de Barbastro était sans doute un prix suffisant !

Il y avait eu assez de pleurs et de mortaille. Il n'avait plus guère à porter le faix du passé, pas plus qu'Emma devait rendre compte des actes de son félon de père... Aimery avait eu tort de l'accuser de la sorte. Quels que soient ses défauts, son épouse était honnête et loyale.

Aimery se leva en s'appuyant au mur, raclant le cuir de sa broigne contre la pierre.

Il ne vit point l'homme qui le guettait, caché dans l'ombre de la tour la plus proche. Ses pensées le tourmentaient bien trop.

Aimery voulait une famille, à son tour. Une véritable famille, avec une épouse et des enfants qu'ils regarderaient grandir ensemble. Par conséquent, il lui faudrait se réconcilier avec Emma... Si Dieu lui accordait de la revoir bientôt.

Avec les délicats projets du duc Guillaume, rien n'était moins sûr. Le jour de la grande réunion du duc était fixé au lendemain ; demain se déciderait l'avenir du duché et peut-être du royaume d'Angleterre... En tout cas, celui d'Aimery prendrait peut-être une nouvelle direction.

Le vent se leva, faisant grésiller la torche la plus proche. L'homme qui le guettait de loin s'effaça dans la nuit avant que la patrouille de soldats ne parvienne à sa hauteur... Inconscient du danger rôdant autour de lui, le vicomte de Thouars prit le chemin de sa chambrine où l'attendait Fendeur, encore en convalescence.

Demain, il faudrait ferrailler.

La grande salle du castel de Falaise bruissait de conversations à voix plus ou moins basse, lorsque Aimery fit son entrée le lendemain matin. Sans armes, comme le voulait la coutume des assemblées de conseil.

Il grimaça sous le bruit. La nuitée avait été brève, et il payait à présent le prix du vin qu'il avait bu... Il se fraya un passage contre le mur percé de grandes croisées en ogive, soucieux de rester en retrait tant que ses maux de tête perduraient, mais c'était compter sans ses compagnons.

— Messire de Thouars ? Vous nous faites enfin l'aumône de votre présence : loué soit le ciel !

— Messire de Boulogne...

Eustache aux Grenons, toujours aussi jovial, appliqua une grande claque de bienvenue sur l'épaule d'Aimery qui salua de la tête Guillaume de Varenne.

Celui-ci, la mine sombre, semblait l'exact opposé d'Eustache dont la bonne humeur paraissait liée à sa certitude de porter bientôt la guerre à Harold. Aimery tâcha de faire abstraction des rugissements de l'un et des grommellements de l'autre, tout en cherchant des visages connus dans l'assemblée.

Il vit le sénéchal Guillaume Fitz Osbern parcourir la salle d'un pas martial, saluant les uns et les autres. Ce fils d'Osbern de Crépon avait l'écoute et la confiance du duc de Normandie, autant au moins que ses propres frères. Le seigneur Turold ne se remarquait pas de prime abord de par sa petite taille, cependant sa mine était sombre et il ne perdait pas une miette des conversations autour de lui.

Aimery s'arrêta plus longuement auprès de Robert de Meulan, un seigneur un peu plus jeune dont la loyauté envers le duc était fameuse par tout le royaume. À voir sa posture pleine d'assurance, l'expression ferme et posée de son visage carré, il n'y avait aucun doute : quoi que décide l'assemblée, Meulan suivrait Guillaume de Normandie les yeux fermés. Aimery reconnut aussi l'œil noir et le nez d'aigle de l'évêque de Coutances, Geoffroy de Montbray, qui s'entretenait avec Robert de Mortain, le deuxième demi-frère du duc Guillaume ; l'autre demi-frère, Odon de Conteville, n'était nulle part en vue.

Un héraut annonça l'arrivée du duc, qui pénétra dans la grande salle en compagnie d'Odon et de deux de ses loyaux chevaliers, Wadard et Vital, deux jeunes guerriers à la nuque rasée de près, le regard plein de l'éclat des armes qu'ils espéraient porter bientôt, et les oreilles déjà tournées vers le fracas des sabots. Un homme au mantel poussiéreux, échevelé par une récente chevauchée, suivait ; probablement un émissaire revenant d'Angleterre avec des nouvelles.

Odon et Guillaume se placèrent au centre de la pièce. Les deux frères paraissaient soucieux mais résolus. Les conversations expirèrent aussitôt sur les lèvres ; tous se tournèrent vers le duc, dans l'attente confiante et sereine de fidèles compagnons d'armes. Le duc Guillaume avait cet effet-là sur bien des gens, songea Aimery en reculant contre le mur, entre deux bannières aux armes du duché. Il n'avait point désir de monter en première ligne de bataille...

Guillaume, le regard aussi clair et affûté que flamberge de ban au matin de l'assaut, dédaigna son siège à accotoirs pour se camper au milieu de ses vassaux tel leur égal.

— Amis, compères... Ma décision est prise.

Déjà ?

Aimery fronça les sourcils. Voilà qui ne ressemblait guère au duc Guillaume : il avait mandé ses plus fidèles vassaux et compagnons afin de quêter leurs conseils, pas pour leur imposer une décision ! Mais à voir l'expression préoccupée d'Odon et de Guillaume, il devait s'être produit un nouvel événement.

Il s'avança vers le premier rang, portant grande attention aux paroles du duc.

— Ayant pris connoissance des dernières nouvelles du royaume d'Angleterre en compagnie de monseigneur l'évêque de Bayeux, notre frère ici présent, le doute n'est plus permis. Harold Godwinson se prépare à porter la guerre contre nous.

Un murmure d'exclamations étouffées enfla, aussitôt interrompu par Guillaume, les deux mains écartées.

— Seigneurs de Normandie ! rugit-il. Compagnons d'armes, frères d'épée ! Car, au-delà des flots, un foimenteor règne en usurpateur sur un trône qui me revient par le droit, par le sang, par la volonté de Dieu ainsi que celle de feu le roi Édouard le Confesseur.

Un murmure courroucé coula dans la salle.

— Harold Godwinson, cracha Guillaume en accrochant tour à tour le regard de chacun de ses seigneurs, est un traître à sa parole et un parjure devant Dieu ! Par félonie, il a dérobé une couronne qui m'appartient et se prépare désormais à entrer en guerre contre nous.

— Sacré maudit félon, souffla Guillaume de Varenne près d'Aimery.

D'autres injures fusaient, telles des flèches décochées au hasard pour tester la tension de la corde.

Le duc réclama à nouveau le silence.

— L'heure est venue de dresser nos bannières. L'ennemi gronde à nos portes, de l'autre côté de la mer, et nous devons frapper avant qu'il ne s'enhardisse. Ce n'est point par orgueil que nous partirons en guerre, ni par goût du sang ! Nenni, mes amis : nous nous ferons le glaive de Dieu pour rétablir la justice. Non pour conquérir, mais pour reprendre ! Car ce que Dieu a accordé, nul homme ne peut le dérober sans en payer le prix.

Cette fois, des cris de joie fusèrent de toutes parts – seul Varenne demeurait sombre et silencieux, indifférent à la liesse alentour et aux gueulements enthousiastes d'Eustache aux Grenons.

Une fois l'assemblée calmée, Guillaume afficha un sourire confiant et leva les bras.

— Ordre a été donné que navires soient construits. Mes bûcherons sont ors et ja[1] en train d'abattre les arbres qui nous porteront en Angleterre. Que chacun prépare son ost, aiguise son fer et hisse sa bannière ! Pour la justice ! Pour l'honneur ! Bientôt, le tonnerre de Normandie roulera sur les côtes saxonnes.

— Voilà qui est parlé ! s'écria Eustache de Boulogne, les moustaches frémissantes et l'œil brillant. Gloire à Guillaume, duc de Normandie et roi d'Angleterre par la volonté de Dieu !

1. L'équivalent de « d'ores et déjà » au xie siècle.

— Gloire à Guillaume, entonna la salle d'une voix unique, vibrante de ferveur.

Aimery, lui, demeura coi. Il sentait son cœur s'affoler, la sueur perler à son front. Il ne craignait guère le combat, après tant d'années passées à guerroyer… Il craignait pour Emma et leur enfant.

Il craignait de ne jamais revoir l'une et connoître l'autre.

Il pensait à tout ce qu'il laisserait derrière lui en suivant son suzerain.

Hélas… Tel était son destin d'accomplir son devoir de seigneur avant son devoir d'époux. Guerre et mortaille allaient toujours devant le foyer et le fief.

— Ainsi soit-il, murmura-t-il en baissant les yeux. L'eau portera le fer vers Harold, le parjure ; quant à Emma et l'enfant, que Dieu les garde en sa sainte protection jusqu'à mon retour… S'il m'est donné de revenir.

37

Castel de Caen,
dernier jour du mois de mai de l'an de grâce 1066.

— Le duc et ses seigneurs de guerre ont pris la route voilà plusieurs jours. Ils doivent faire la jonction de leurs osts plus loin, vers la côte.

Emma considéra le garde qui avait saisi sa bride et son étrier avec une incrédulité teintée de désespoir. Elle savait qu'elle ne pouvait espérer les rattraper... Ils avaient plusieurs jours d'avance sur elle, galopaient certainement à un bon rythme. Quant à elle, elle était épuisée, affamée, fourbue... et enceinte.

Elle enserra son ventre, qui la tiraillait depuis les cinq dernières lieues.

— Quand reviendront-ils ?

— Si Dieu le veut, pas avant d'avoir fait rendre gorge à Harold le parjure !

Emma sentit ses épaules s'affaisser. Tous ces efforts, toutes ces épreuves n'avaient-ils servi à rien ? L'évasion de Thouars, les errements à travers la campagne, les deux chevaux de trait chèrement payés à un paysan, sans compter la mule, puis les chevauchées entrecoupées de repos forcé lorsque son ventre devenait trop douloureux... Emma avait saigné à deux reprises, depuis leur départ. Elle avait risqué la vie de son enfançon pour sauvegarder celle de son époux, folle qu'elle était !

Emma laissa le garde guider sa monture, les yeux rivés à ses mains calleuses comme si le fait de graver les détails de l'instant pouvait le rendre moins terrifiant...

Il n'en restait pas moins qu'elle se retrouvait seule, trop lente, incapable de rattraper son époux !

Une main brune se posa brièvement sur son bras.

— Point de désespoir, dame Emma. Nous trouverons moyen de lui envoyer un message.

— Le prince Tariq a raison, renchérit Adélaïde, qui montait une mule derrière eux. Ayez foi en la duchesse Mathilde !

L'entrevue avec la duchesse dut être reportée, hélas.

Dès qu'elle mit pied à terre, Emma fut prise de violentes douleurs. Bien plus puissantes que celles qu'elle avait déjà subies au cours de son périple... Folle d'inquiétude, Adélaïde s'époumona pour réclamer une chambrine et une accoucheuse, tandis que Tariq, aussi précieux qu'efficace, emportait la vicomtesse de Thouars vers le logis en fendant la foule des badauds.

— C'est trop tôt, protesta Emma alors qu'on l'allongeait sur une couche propre et fraîche. Trop tôt... Cela ne fait que huit lunes, ou même moins...

Des mains solides la dépouillèrent de sa vêture, la baignèrent d'eau tiède. D'autres, plus importunes, écartèrent ses jambes pour l'examiner.

— Depuis quand souffrez-vous ? fit une voix grêle.

— Plusieurs semaines, répondit Adélaïde à sa place.

Emma lui en fut reconnaissante. Les forces lui manquaient tant... Elle aurait souhaité sommeiller, mais la douleur la tenait éveillée malgré l'épuisement.

— A-t-elle déjà enfanté ?

— Nenni.

— Mmmh. Il y a du sang.

— Est-ce grand souci ? Ma maîtresse ou son enfant sont-ils en péril ?

Emma entendit la suite de fort loin, comme à travers un casque.

— La chevauchée a fait descendre l'enfançon dans le ventre. Il va venir au monde plus tôt que prévu.

— Vit-il ? Ou bien... ou bien est-il passé ?

La voix d'Adélaïde, qui se fêla sur les derniers mots, ramena Emma des confins de son esprit. Elle ouvrit les yeux. Des visages inconnus défilaient devant elle et, parfois, elle entrevoyait les grands yeux alarmés de sa suivante.

— Nous le saurons bientôt ! fit la voix grêle, qui appartenait à une vieille femme rabougrie dont un œil était voilé de blanc. Il arrive. Apportez-moi de l'eau, vous autres ! Plus de linges, et des forces[1] passées au feu pour couper le cordon.

Il y eut d'autres ordres, des exclamations étouffées, des mouvements en périphérie de sa vision...

Emma, pourtant, s'éloignait inexorablement.

C'était comme si elle se trouvait assise sur un chariot en partance : elle voyait les gens, les objets, reculer loin de sa vue, les sons et les voix décroître à grande vitesse.

Puis, tout devint noir.

Emma reprit conscience dans un hurlement de douleur.

— Appuyez plus fortement ! Il faut le tourner.

— Il ne bouge point...

— Si nous ne le tournons point, il passera et la mère avec. Allons : maintenant !

Emma hurla à s'en crever la gorge tant sa souffrance la déchira, et sombra à nouveau dans le néant.

1. Ancêtres des ciseaux.

Lorsqu'elle ouvrit à nouveau les yeux, elle vit que le soleil était couché et les cierges allumés autour de la couche. Moult cierges, comme pour recréer la lumière du jour.

C'était donc nuitée... L'étoile du malheur était de retour dans le ciel, appelant la mortaille de toute sa poussière argentée.

Emma cligna des yeux, chercha sa respiration.

Et un coup d'épée lui fendit le corps en deux...

Elle hurla.

— L'enfançon arrive.

— Ses forces diminuent...

— Bien sûr, que ses forces diminuent ! C'est la raison pour laquelle cet enfant doit venir au monde prestement, avant que sa mère ne rende le dernier souffle.

Le déchirement, à nouveau.

Cette fois, Emma eut l'impression d'être envahie d'un feu dévorant. Elle ne pouvait même plus affirmer quel endroit de son corps lui causait telle douleur...

Elle n'était plus que douleur.

— Maintenez-la éveillée : si elle ne pousse point, il ne pourra sortir !

Emma sentit des mains étrangères la soulever en position assise, des voix inconnues lui intimer de pousser, encore, plus fort.

Pousser quoi ?

Ne pouvait-on la laisser se reposer, après cette longue chevauchée ? Elle avait oublié la raison de son voyage, en revanche elle n'avait qu'un désir : sombrer dans les bras de Morphée...

Ses pensées s'éparpillaient.

— Éveillez-vous !

La gifle la prit par surprise.

— La frapper ne l'aidera guère à reprendre des forces !

Elle reconnut la voix d'Adélaïde tempêter, puis son visage familier surgit devant ses yeux et Emma s'apaisa aussitôt.

— N'ayez crainte, ma dame, je ne vous quitte point.

Le supplice reprit. Quand la souffrance s'apaisa, telle une marée refluant vers le large, Emma trouva la force de rassembler ses mots.

— Adélaïde… Ma bonne Adélaïde… Je t'en prie, dis-leur de cesser. Par pitié…

— C'est impossible, ma dame : l'enfant doit venir au monde.

Elle saisit son visage entre ses mains, dont la douceur fut un baume pour Emma.

— Ce sera bientôt terminé, ma dame, mais pour cela il va vous falloir pousser fort. De toutes vos forces ! Regardez-moi. Pouvez-vous faire cela ?

Il le fallut bien.

Emma n'eut pas vraiment conscience de ce qui suivit, ni du temps écoulé… Plus rien n'existait à part cette douleur furieuse qui menaçait de la dévorer tout entière.

Soudain, Emma crut qu'un poignard lui déchirait les entrailles.

Elle cria.

Puis s'affala sur sa couche dans un silence de sépulcre.

Plus personne, autour d'elle ? Emma l'ignorait, elle était trop épuisée pour ouvrir les yeux. Elle n'entendait que le sang qui battait à ses tempes, son souffle erratique qui lui brûlait la gorge…

Enfin, il y eut un cri.

Un vagissement de nourrisson.

Emma trouva alors la force de soulever les paupières, et fut stupéfaite de rencontrer le regard d'une petite chose rouge et fripée enroulée dans un linge, que la vieille femme à la voix criarde lui colla dans les bras.

— Le cordon est coupé, mais manque encore la délivrance. Vous pousserez à mon signal ! fit-elle en appliquant ses mains expertes sur le ventre distendu d'Emma.

Celle-ci n'accorda guère d'attention à la suite.

Il y eut encore de la douleur, encore quelque chose qui sortait de son corps, puis des linges épongèrent le sang sur ses jambes, des mains bordèrent le drap autour d'elle. La plupart des personnes présentes quittèrent la chambrine dans un murmure soulagé.

Emma se moquait de tout. Plus rien n'existait en dehors de ce regard confus de nouveau-né qui s'agrippait au sien, de ces poings minuscules, de ces bruits semblables aux miaulements d'un chaton… Et puis, elle sentit un rire monter dans sa gorge.

Elle avait réussi !

L'enfançon vivait. Et elle aussi !

— Tout va bien, ma dame ?

Le visage d'Adélaïde, penché sur elle. Sur eux.

Lorsqu'elle put enfin reprendre sa respiration, Emma hocha la tête en s'abîmant à nouveau en contemplation devant ce petit être lové contre elle.

Une puissante vague d'amour pur la submergea.

Elle aimait ce petit de toutes ses forces, même sans le connoître… Elle l'aimait plus que sa vie. Plus que tout au monde. Et elle allait tout mettre en œuvre pour qu'il soit en sécurité, cela elle le jura à Dieu en son for intérieur.

— Certes. Oh ! certes oïl !

— Je… Je suis désolée, ma dame.

— Pour quelle raison ?

— Eh bien, parce que c'est une fille…

Emma dévisagea sa suivante avec incrédulité.

Une fille ?

Elle avait une fille ?

Adélaïde se mordit la lèvre.

— Il est possible que messire Aimery soit en colère de ne point avoir le fils voulu, cependant votre fille est en excellente santé ! L'accoucheuse a dit qu'elle vivrait malgré sa naissance précoce et périlleuse. Elle est petite, mais solide.

— Solide ?

— Si fait, ma dame.

— Cela n'est guère étonnant : il en est ainsi de toutes les femmes de ma famille ! De sa famille.

Emma sentit deux sillons humides traverser ses joues. Alors seulement, elle prit la mesure de la peur qui avait été sienne, ces dernières lunes, et du miracle qui venait de s'accomplir. Elle venait de donner la vie à un autre être ! À une petite fille, qui serait un jour une femme capable de donner à la vie à son tour...

Tout prenait sens, soudain.

La vie s'articulait tout entière autour de ce moment prodigieux, en une chaîne ininterrompue de femmes, de sang, de vie et de premiers cris.

Tout prenait sens... Y compris sa propre existence.

Sa vie solitaire, en terres saxonnes, entre un père manipulateur et une mère indifférente, heureusement guidée par la bienveillante tyrannie d'une grand-mère au caractère fort. Emma comprit sans vraiment le déplorer que nul être ne l'avait réellement aimée... Avant Aimery.

Malgré des débuts difficiles et des épousailles subies, Aimery s'était vraiment lié à elle. Il avait eu pour elle de l'intérêt, de la tendresse... Il avait respecté sa nature, ses goûts, ses rêves.

Il l'aimait. Autant qu'Emma l'aimait, lui aussi, et quoi qu'il puisse en dire par fierté ! Ce n'était point une simple querelle qui allait avoir raison de leur attachement : Emma en eut la certitude. Tout comme elle sut qu'elle ne pouvait plus subir la loi du monde sans concrétiser la destinée que lui avait allouée Dieu... Non, elle ne le pouvait plus. Plus maintenant qu'elle serrait contre elle cette petite âme toute neuve qui avait besoin d'amour et de protection.

Jamais plus elle ne plierait.

Jamais plus elle ne laisserait la peur avoir raison d'elle.

Le bébé gazouilla contre son sein, et Adélaïde l'aida à trouver le mamelon sur lequel il se mit à tirer avec une force qui surprit la jeune mère.

— Sainte Vierge ! souffla la servante. On peut dire que cette petite veut vivre.

— Et elle vivra ! La plus belle vie que je puisse lui offrir… Elle s'appellera Élinor.

— Aliénor, ma dame ?

— Nenni : Élinor. Le prince Tariq m'a dit un jour que cela signifie « Dieu est ma lumière », dans sa langue. Ainsi, notre fille sera guidée par la volonté divine.

Adélaïde sourit tendrement en observant le nourrisson téter avec avidité.

— C'est là bien joli nom.

— N'est-ce pas ? Et puis, cela rendra hommage à Tariq, sans qui je croupirais encore à Thouars ! Sans parler de toi, Adélaïde, qui serais trépassée dans ce cachot infect… Nous lui devons toutes trois le salut.

— Si fait.

Élinor lâcha enfin le sein de sa mère. Sa minuscule tête, couronnée de cheveux dorés, bascula en arrière tandis qu'une bulle de lait s'échappait de ses adorables lèvres. Elle sommeillait profondément. Emma sourit, avant de déposer un léger baiser sur le front de velours.

— Dors, ma douce… Je te fais la promesse que tu seras choyée tel un joyau.

Elle ferma les yeux, savourant le poids chaud de l'enfant dans le creux de son bras, l'odeur de sa peau, cette présence neuve tout contre elle… Jamais plus elle ne serait seule. Jamais plus elle ne douterait d'elle-même, après l'exploit accompli ce jour !

Ce n'était point une fin, mais un commencement. Pour elles deux.

38

Castel de Caen,
16 septembre de l'an de grâce 1066.

Emma ne parvint pas à se concentrer sur les paroles du père Richard. Elle assistait à la messe privée donnée dans la chapelle de la duchesse Mathilde, toute d'éclats de lumière bleue et verte renvoyée par les étroits vitraux à motifs géométriques. Des volutes d'encens alourdissaient l'air, tirant une grimace à Emma qui, depuis la naissance de sa fille, était aisément incommodée par certaines odeurs – dont l'encens faisait partie.

Agenouillée un rang derrière la duchesse, Emma observait à la dérobée la silhouette menue de dame Mathilde, droite et fière. Drapée dans un mantel bleu nuit brodé d'argent, elle semblait incarner à elle seule la foi, la détermination... La noblesse.

Emma, elle, se sentait fendue en deux.

Le corps encore meurtri par l'enfantement.

Le cœur déchiré entre deux loyautés.

À peine se relevait-elle de l'épreuve de la naissance que l'appel aux armes résonnait d'un bout à l'autre du duché, lui rappelant qu'elle devait s'arracher à la paix domestique pour rejoindre son époux. Le sauver du danger. L'épauler, dans la bastaille à venir... Et, peut-être, trouver un moyen d'éviter guerre et mortaille. Harold Godwinson n'était-il point son père ? Elle seule pouvait tenter sa chance, à présent. Il lui était devenu impensable de laisser son père et son époux s'affronter flamberge en main – même si, elle en avait conscience, les motivations du duc Guillaume ne tournaient pas entièrement autour d'elle...

Ce qu'il voulait, c'était la couronne d'Angleterre. Nulle autre chose.

Emma ne devait point oublier qu'il ne s'agissait pas d'une simple querelle familiale, mais d'un grave conflit entre seigneurs avec un trône à la clé. Elle inspira lentement en écoutant le prêtre réciter un *Pater noster* de sa voix puissante.

Élinor se trouvait dans la chambrine de Mathilde, juste au-dessus d'eux, en compagnie de sa nourrice... Partir suivre sa destinée allait impliquer pour Emma de laisser son enfançon aux bons soins d'Hedda. Elle ignorait encore si elle en serait capable.

Une mère pouvait-elle accomplir pareil sacrifice ?

Elle songea à Aimery, prévenu de la naissance de sa fille. Le bref message qu'il avait renvoyé n'était qu'un banal hommage à son épouse assorti de remerciements à Dieu, sans aucun mot pour Élinor... Emma, qui pensait le trouver ivre de joie d'être enfin père, en avait été stupéfiée.

Elle songea alors à sa propre mère.

C'était le jour de la Sainte-Eadgyth ; si elle était restée à l'abbaye, Emma aurait célébré la sainte dont sa mère portait le prénom. Ainsi que la nouvelle épouse de son père... Une sainte femme qui comptait au nombre des ancêtres d'Emma, puisqu'elle était fille du roi Edgar.

— *Ite, missa est*[1].

Emma regarda Mathilde s'incliner devant l'autel et se relever dignement, aussitôt suivie par la petite assemblée de ses suivantes. Emma fit de même, songeuse.

1. « Allez, on vous renvoie. » Formule latine traditionnelle par laquelle le prêtre terminait la messe. Elle devient obligatoire à partir du xiiie siècle, mais existe depuis le ve siècle et était fréquemment utilisée.

Cette femme avait-elle déjà douté, au cours de sa vie ? Avait-elle jamais hésité à envoyer son époux guerroyer au loin, ou à confier ses enfants à d'autres bras que les siens ?

Le doux regard d'Aimery, quand il lui permettait d'entrer dans son cabinet d'étude, lui revint en mémoire et Emma frémit. Elle songea à son sourire, à sa voix. À ses mains, à la fois fortes et tendres.

Dieu, qu'elle l'aimait ! Elle ne pouvait tolérer qu'ils soient séparés, après s'être querellés… Elle ne pouvait souffrir qu'il coure un danger.

Il se trouvait au loin, quelque part sur la côte, prêt à embarquer pour le royaume d'Angleterre et à livrer bastaille, avec un félon dans son entourage ! Il ne reviendrait peut-être jamais.

Bien des hommes ne retrouveraient point leur foyer, après cette guerre. Il était apparu à Emma qu'elle pouvait faire bien plus que demander à son époux la permission d'écrire à son père, et ensuite de supplier ce dernier de ne point guerroyer…

Non.

Emma descendait d'une lignée de femmes inflexibles. Des épouses fidèles, des mères résolues, des reines parfois mais, toujours, des guerrières ! Aussi avait-elle conçu un nouveau plan dans le secret de son cœur.

Emma serra les poings en suivant la duchesse en dehors de la chapelle. Elle ne souhaitait point que tous puissent constater le tremblement de ses mains, au moment de prendre des décisions bien lourdes pour ses épaules…

Cependant, elle les prendrait.

Car elle était mère, à présent ; et épouse ; et femme qui entendait maîtriser sa destinée. Elle prendrait même les décisions les plus ardues, comme de confier Élinor à Hedda pour un temps, dans l'espoir de lui ramener son père et de former pour elle un foyer chaleureux.

Et, au passage, elle comptait bien affronter les ombres de

son passé... et faire en sorte que son père goûte au fruit de ses propres semailles.

La duchesse Mathilde avait tout prévu.

Par un matin venteux, Emma et Tariq virent l'ost de Guillaume tapi en bord de mer. Les tentes avaient été plantées à l'abri d'un talus, des palissades de bois dressées rapidement. Une centaine de navires, tirés sur la grève pour que les charpentiers achèvent quelque réparation, patientaient, démâtés et comme abandonnés par la main d'une ancienne divinité marine. Six fois plus de navires oscillaient sur les flots, reliés à la côte par un ingénieux système de poulies fixées à des poteaux d'amarrage, permettant aux embarcations de suivre le souffle des marées. Il n'y avait pas que des bâtiments de guerre, constata Emma avec étonnement, mais aussi des barques de pêche et des navires marchands, plus ventrus, sans doute réquisitionnés par le duc.

Bien visible au cœur de la flotte et auréolé d'oiseaux marins, le *Mora*, le navire offert à Guillaume par son épouse la duchesse, semblait monter une garde vigilante sur ses ouailles de bois et de toile.

Emma ne pouvait se tromper : son immense mât était surmonté de l'étendard à croix d'or sur fond d'argent et d'azur offerte au duc par le pape Alexandre II, et d'une croix de bois sculpté. De quoi rappeler à tous que la main de Dieu guidait l'expédition... Il possédait la ligne basse et élégante des *knarrs* danois. La poupe portait une figure de page portant gonfanon et soufflant dans un cor, entièrement revêtue d'or fin, figurant l'appel aux armes. À la proue, une tête de dragon hurlait une soif de conquête, tous crocs dehors.

On la disait enchantée. Certains affirmaient que le dragon du *Mora* parlait aux flots, appelait la bastaille à chaque vague, et que dans le vent il murmurait des mots de guerre oubliés venant du Nord…

Sang, mer et gloire.

Gloire à Aegir, l'ouvreur des flots !

Fascinée par tout ce qu'elle avait entendu sur le sujet, Emma demeura immobile un long moment, emplissant ses yeux de chaque détail.

— Voyez, fit Tariq à voix basse. Nous ne risquions point de manquer le départ. Cela fait plus d'une lune que l'on attend des vents favorables pour la traversée.

— Ciel… Quel mauvais présage !

— Il semble que Dieu n'approuve point cette guerre… Ou bien il nous a fait une faveur en retardant pour nous le départ.

— Puissiez-vous avoir raison.

— Eh ! hurla une voix, derrière eux. Pourquoi traînassez-vous, tous deux ?

Tariq se tourna vers le soldat, lui adressa un signe de la main.

— Nous y allons !

— J'espère bien. Le travail ne manquera point pour vous.

Un peu nerveuse, Emma claqua de la langue, et sa monture, une vieille rosse pétrie de fainéantise, suivit le cheval de Tariq à la suite de leur petite expédition.

Bien sûr, ils étaient là sous une fausse identité. Emma était vêtue en homme – Dieu lui pardonne ! Ce n'était à ses yeux qu'une petite transgression, mais si cela se savait, le clergé se montrerait impitoyable et la réputation de son mari serait irrémédiablement ternie.

Elle enroula plus étroitement son large mantel autour de ses épaules ; l'ample vêture qu'on lui avait donnée cachait à merveille les quelques rondeurs qui lui restaient après la naissance d'Élinor. Avec un bonnet de laine d'un gris douteux, elle passait aisément pour un jeune garçon, l'apprenti du palefrenier qu'était censé être Tariq.

Le prince maure, engoncé dans des braies et une tunique dont il n'avait point l'habitude, la tête couverte d'un capuchon qui évitait la plupart du temps les regards trop appuyés sur sa carnation un peu trop sombre, avait bien du mal à masquer sa démarche empreinte de dignité.

Désormais, ils étaient Lambert et Walther, un palefrenier mozarabe de la maison de Mathilde, originaire d'Hispanie et converti à la religion du Christ, flanqué de son taciturne apprenti. Au vu du nombre de chevaux qui allaient eux aussi partir pour les rivages d'Angleterre – chose inédite – escuyers et palefreniers seraient si nombreux qu'Emma et Tariq n'auraient guère de mal à passer inaperçus.

Ils avaient mis au point une histoire fort crédible et n'avaient point rencontré de difficultés jusqu'à présent... Adélaïde en connoîtrait sans doute davantage. Avec sa petite taille et sa chevelure de feu, impossible de la travestir en homme, ni même en jeune garçon. Alors, la duchesse avait eu recours à un autre subterfuge. Adélaïde passait pour la sœur d'une lavandière, elle-même envoyée par la duchesse afin de lui faire un rapport circonstancié sur les agissements des uns et des autres. Pour se tenir informée, dame Mathilde n'avait foi qu'en ses propres gens !

Une bise opiniâtre agitait les bannières et griffait les visages, charriant des odeurs de sel, de cuir mouillé et de chevaux. Tout semblait figé dans une étrange expectative. Ni départ, ni repli. Simplement l'attente de vents favorables – et d'un signe de Dieu.

Emma serra les rênes dans son poing. La tension grandissait en elle. Elle s'était juré de ne point douter, en voyant l'ost assemblé, de ne ressentir nulle crainte ni hésitation...

Et pourtant, son cœur battait si fort qu'elle avait peine à respirer.

Il était là ! Quelque part.

Aimery.

Une centaine de pas tout au plus la séparaient de son époux, et Emma commença à se poser de douloureuses questions. Serait-il heureux de la voir, si elle se révélait à lui ? Ne pouvait-elle renoncer dès à présent à son déguisement... ?

Pas avant l'Angleterre, avait décrété Tariq. Et elle avait appris à accorder foi à son jugement. Il était bien placé pour connoître les pensées et les réactions d'Aimery ; et, en vérité, le prince maure craignait que son ami ne se montre mécontent de trouver son épouse, récemment devenue mère, seule dans le campement sous les traits d'un jeune palefrenier, sa fille étant restée à Caen... Alors qu'en Angleterre, il ne serait plus temps de renvoyer Emma en Normandie : il serait bien obligé de prendre ses paroles en considération.

— Halte-là, lança un garde en s'avançant d'un pas tendu pour saisir les rênes de Tariq.

Emma fut contrainte de s'arrêter aussi. Elle s'avisa que certains membres de leur expédition étaient interrogés, et pria pour que tout se passe bien pour Adélaïde et sa compagne de voyage, une certaine Berthe.

— Je ne te connais point, toi, poursuivit le garde en dévisageant Tariq. D'où viens-tu ?

— Caen.

— Voilà qui m'étonnerait... Ils n'ont pas une face aussi noire, à Caen !

Emma se raidit, s'obligea à demeurer bouche close. Si elle prenait la défense de Tariq, ce pourrait être perçu comme anormal...

Suspect.

Et puis, sa voix la trahirait.

Alors, Emma se tut et laissa Tariq parler pour eux. Il s'en sortit avec grande habileté, par ailleurs.

— Je viens de Tolède, expliqua-t-il avec un sourire plein d'humilité. J'avais nom Abdel ibn Salim, mais je porte désormais le nom de Lambert. J'ai été baptisé à Poitiers, au nom du Seigneur. Loué soit-il.

L'œil suspicieux du garde s'éclaira soudain.

— Ah ! Tu es un bon chrétien, alors, et pas un de ces impies de mahométans qui portent des robes de femmes et mangent avec les doigts !

— J'ai long temps marché dans l'ombre, mais la lumière du Christ est parvenue jusqu'à moi. Je ne mange plus avec mes doigts, sauf s'il n'y a point de coutel !

Le garde ricana.

— Et tu appartiens maintenant à la maison de la duchesse de Normandie ?

— Dieu en a voulu ainsi, dans sa grande miséricorde. Je sais m'occuper des chevaux et tenir ma langue. Ferrer, aussi.

— Fort bien ! Et lui ?

Emma baissa la tête en se frottant le nez sur sa manche, comme elle avait vu les autres garçons d'escuerie le faire.

— Lui ? s'amusa Tariq. C'est Walther, mon apprenti. La tête aussi dure qu'une roche ! Je sue sang et eau pour lui apprendre le métier.

— L'est muet ?

— Nenni, juste de noire humeur... Comme tous les jours, depuis qu'il a du poil au menton !

Le garde s'esclaffa avant de leur faire signe de passer, avec un clin d'œil complice pour le dénommé Lambert.

— Au moins, t'as de l'esprit, Lambert ! Presse-toi, avant que je te refile la vidange des latrines !

Ils s'éloignèrent au pas, s'aventurant dans le dédale de tentes colorées et le claquement des bannières.

Emma respira mieux. Elle songea que les hommes étaient tous les memes, tout prêts à plaisanter entre eux au détriment des plus jeunes... Et la couleur de la peau de Tariq n'était nullement un frein, du moment qu'il se présentait comme un bon chrétien.

Étrange comme le nom du Dieu que l'on honore prend plus d'importance que l'homme qui le prie...

Comme si l'âme de celui qui s'incline n'avait ni couleur ni nom, mais seulement une fonction. Un rôle à jouer dans un dessein bien plus grand, sans commencement ni fin.

La vie au camp n'était point facile, pour Emma. Elle ne quittait guère l'enclos des chevaux flanqué de ses cahutes branlantes où palefreniers et escuyers s'affairaient autour des montures des seigneurs franciens. Nul ne devait la démasquer – elle redoutait particulièrement le flair de Fendeur, et ne s'approchait jamais du secteur où se dressait la tente d'Aimery.

L'essentiel de ses journées consistait à assister Tariq auprès des chevaux, à appliquer des onguents puirants sur les sabots fendus, à enduire de graisse les pièces de harnachement, à aller chercher de l'eau – que ces bêtes pouvaient boire ! – et à les brosser de la poussière et du sel charriés par le vent. À ramasser le crottin dans le camp, aussi. Tariq avait souhaité lui épargner cette dernière tâche, mais Emma avait insisté car il aurait paru étrange qu'on n'en charge point un jeune apprenti.

Elle ne croisait nulle âme, elle n'ouvrait point la bouche à part pour engloutir un mauvais brouet d'oseille avec un morceau de pain à tremper. Fréquemment, il lui arrivait de porter la main sous sa tunique, sur la pendeloque suspendue à une ficelle et dans laquelle elle conservait son bien le plus précieux : une mèche de cheveux d'Élinor, à produire devant Aimery dès qu'elle se confronterait à lui. Alors, Emma parlait à sa fille dans son esprit... Elle lui promettait de revenir bientôt. Lui demandait d'être bien sage avec sa nourrice, de bien boire son lait et de prendre des forces jusqu'au jour béni de leurs retrouvailles.

Son humeur était aussi noire que ses ongles, ce qui n'était point vaine parole ! Jamais encore Emma n'avait connu aussi dur labeur, même si le prince Tariq s'efforçait de la ménager autant que possible sans éveiller les soupçons.

Enfin, le troisième jour de sa vie sous les hardes de Walther, quelque chose se produisit. Une chose bien déplaisante, à vrai dire, mais qui allait sonner le départ des navires...

Emma transportait péniblement deux seaux d'eau douce. Le soleil dans les yeux, les chevilles douloureuses et les doigts meurtris sur l'anse de fer, elle heurta de l'épaule un soldat vautré à l'abord de l'enclos et qui sauta sur l'occasion de tromper son ennui.

— Au large, petit gueux ! Tu ne peux pas regarder devant toi ? Tu as renversé ton eau sur mes chausses !

Emma força sa voix dans les tons graves.

— Pardon, messire... J'vous avais point vu.

— J'devrais t'en faire boire, de ton eau d'canasson, pour t'apprendre les bonnes manières !

Comme Emma ne répondait point et cherchait à s'esquiver, le soldat lui donna une bourrade. Elle roula violemment au sol et chut au milieu d'une flaque d'eau.

— Voilà qui t'apprendra à faire attention ! Et à respecter tes aînés, espèce de bon à rien !

— Holà ! Que se passe-t-il, ici ?

Tariq, alerté par les éclats de voix du soldat, accourait à la rescousse. Il releva Emma d'une main tout en ramassant un seau.

— Je vous prie de nous pardonner... Ce garçon est mon apprenti, certes jeune et maladroit, mais il n'a point voulu vous offenser.

— Quoi ? Un infidèle ?

— Je suis chrétien, messire.

— Un chrétien de mascarade ! Ils ont beau accorder le saint baptême à toutes les faces de chien dans ton genre, vous ne serez jamais que des damnés païens. Allez, disparaissez, tous les deux !

Portant un seau chacun, Tariq et Emma tournèrent les talons sans se faire prier. La jeune Saxonne pouvait sentir les fols battements de son cœur jusque dans les paumes de ses mains, moites et crispées...

— Puisse son propre cheval lui pisser dessus pendant qu'il dort ! maugréa-t-elle.

Tariq étouffa un rire.

— Voilà qui sonne comme une juste prière ! Je gage que Dieu l'entendra.

— Pardonnez-moi... Mais j'ai eu grand peur. Il s'en fallut de peu. Grand merci, messire Tariq !

— Plus un mot. Et ne m'appelle point de la sorte, jeune sot : j'ai nom Lambert Abdel ibn Salim, as-tu oublié ?

Emma se mordit la lèvre.

— Nenni, je n'ai rien oublié. Et je n'oublierai guère votre aide.

— Fi de cela !

— Attendez... Sentez-vous ?

Tariq s'immobilisa. Son profil grave se dessinait contre le ciel nuageux, et quand il fronça les sourcils il évoqua à Emma une statue de saint Michel guettant l'ordre divin...

— Oïl, ma dame. Je le sens. Il faut croire que Dieu a préféré d'autres prières à la vôtre...

— C'est Walther, messire Lambert. N'oubliez point ! fit Emma, facétieuse, en lui administrant un coup de coude.

Le vent tourna.

Une bourrasque soudaine fit claquer les bannières. Elle venait du sud. Et la marée serait bientôt descendante.

Il y eut des respirations retenues, des souffles hachés. Puis des exclamations incrédules, des rires, des cris de joie...

Un cor sonna, puis un second. Un cri survola le camp.

— Aux navires ! Déployez les voiles.

Tariq eut un sourire de prédateur.

— Il semble que les loups normands soient bientôt aux abords des bergeries anglaises.

— Nous partons ?

— Nous partons. *Allah yasturna*[1]... Le moment ne saurait être plus favorable.

— Pour quelle raison dites-vous cela ?

— J'ai ouï dire tantôt que le roi Harold est parti loin vers le nord pour y livrer bastaille. Son ost est victorieux, mais lui ne se trouve point céans.

— Oh... Ainsi, nous ne trouverons point son ost à notre arrivée en Angleterre ? Voici une bonne nouvelle pour moi : cela me laissera le temps de rejoindre le Wessex...

— Le Wessex ? répéta Tariq, interdit. Vous deviez parler à votre époux sans respit sitôt débarquée sur le sol anglais.

Sans répondre, Emma affronta son regard assombri de colère contenue, et s'excusa d'un geste.

— Je puis faire en sorte d'aider le duc Guillaume de mon mieux, afin que cette guerre meurtrière prenne fin le plus tôt possible. Comment pourrais-je refuser d'écourter bastaille, si cela peut sauver des centaines d'hommes ?

Tariq se perdit un instant dans le secret de ses pensées, dont Emma pouvait capturer des échos dans le froncement de ses sourcils. Il semblait hésiter, tiraillé entre la raison et autre chose, qu'Emma ne pouvait concevoir.

De la crainte ?

Du dégoût ?

Elle songea soudain qu'il avait connu l'horreur de Barbastro, lui aussi, et plus encore que son époux puisque Tariq, lui, se trouvait du côté des vaincus. Il avait dû souffrir mille mortailles...

— Des centaines, en vérité ?

— C'est une façon de parler, se justifia-t-elle. Le but est si proche !

— Qu'avez-vous donques en tête ? S'il chante admirablement, le rossignol ne fait point tomber les murailles !

1. « Que Dieu nous couvre de sa protection. »

Comme Emma fronçait les sourcils sans comprendre, Tariq claqua de la langue avec un brin d'impatience.

— Vous portez votre honneur comme une armure et brandissez votre volonté telle une flamberge… Le monde, cependant, n'a point été forgé pour les femmes : je crains que vous ne soyez broyée entre marteau et enclume. Dites-moi ce que vous mijotez…

— Je ne puis vous en parler encore, tant que j'ignore la situation du Wessex. M'aiderez-vous, quand le temps sera venu, pr… euh, Lambert ?

Tariq afficha un demi-sourire avant d'incliner la tête, dans un geste si discret que nul n'aurait pu le remarquer.

— Ai-je le choix ?

— Nous avons toujours le choix !

— Pourtant, vous prétendez ne pas l'avoir s'il existe une chance pour vous de sauver des vies… Alors, qui suis-je pour hésiter à sauver la vôtre ? Me croyez-vous moins brave ?

— Certes pas !

Emma, confuse, baissa la tête.

— Je vous ai déjà entraîné trop loin… Qu'en retirerez-vous de bon ?

Tariq haussa les épaules à sa façon inimitable.

— Dieu sait. Moi, je marche.

Déjà, serviteurs et escuyers se pressaient par tout le campement, qui transportant un fagot d'épées sur l'épaule, qui chargeant un chariot de tonneaux de vin, un autre de javelots et de casques, suspendus aux ridelles du chariot par le nasal. Bientôt, les broignes apparurent dans les bras des escuyers courant vers les tentes de leurs maîtres, ainsi que les lourdes cottes de mailles enfilées sur un bâton par les manches et transportées par deux serviteurs. Les chevaux piaffaient au-dessus du tumulte. On fabriqua un fanal à fixer sur le mât du *Mora*, afin qu'il guide la flotte tel un phare menant à la victoire.

C'était le vingt-huitième jour de septembre. Le soleil entamait sa descente vers l'horizon, et lorsqu'il se lèverait à nouveau sur la terre, tout aurait changé pour Emma, Tariq, mais aussi Guillaume de Normandie et le royaume anglais... Car l'ost francien allait enfin prendre la mer, affronter les flots durant une nuitée qui s'annonçait fort périlleuse, afin de porter le fer en royaume d'Angleterre.

39

Plage de Pevensey,
29 septembre de l'an de grâce 1066.

— Baissez la voilure ! Le vent est trop puissant.

Un peu inquiète, Emma observa le vieux timonier, la peau parcheminée sous sa barbe grise, distribuer à parts égales ordres et jurons.

Le navire qui les transportait, Tariq et elle, ne comptait que cinq autres palefreniers, le timonier et dix bons chevaux que la traversée avait rendus nerveux à l'extrême. Dissimulée sous son capuchon, Emma se concentrait sur le chanfrein soyeux d'un bel étalon bai que chaque vague faisait hennir de frayeur ; cela lui permettait de contrôler ses propres craintes en sus de celles du cheval.

Risquant un regard vers la proue, elle aperçut la côte au-delà du pavois fixé au-dessus des flots par son énarme[1]. Une ligne terne qui se découpait entre le sable clair et le ciel irisé où l'aurore ne tarderait plus à étendre ses doigts de rose.

— Terre en vue ! cria l'homme qui guettait l'approche de la côte. Trente brasses.

La manœuvre fut rapide.

1. Courroie fixée à l'intérieur d'un bouclier, qui permet de l'attacher au bras.

Le *Mora*, qui avait atteint le premier les rives anglaises, était peu à peu rejoint par les autres navires au son des trompes et des cornes. Emma se pencha en avant, une main en visière au-dessus des yeux pour mieux discerner les silhouettes dans les premiers rayons du soleil.

Il y avait le duc Guillaume, superbe dans son court mantel de guerre, auréolé de sa chevelure blonde agitée par le vent, et aussi son frère Robert, et...

Là, n'était-ce point Aimery, suivi de son fidèle Fendeur ?

Soudain, Emma étouffa un cri. Le duc de Normandie, voulant sauter à terre d'un geste fluide, venait de trébucher et de choir à quatre pattes dans le sable.

Un frisson glacé parcourut la flotte entière. Nul n'avait manqué ce mauvais présage... Seuls les cris des goélands peuplaient le silence épais qui s'était abattu sur la baie. Le monde semblait avoir cessé de respirer...

Et puis, Guillaume se releva en riant, projetant deux poignées de sable alentour. Sa voix porta loin sur les flots, de sorte qu'Emma n'eut aucune peine à l'ouïr.

— Par la splendeur de Dieu ! Voilà que je saisis déjà cette terre de mes mains !

Des rires et des cris de guerre retentirent, et Emma aperçut Tariq, apparu à ses côtés. Sur sa joue, sa larme pétrifiée semblait annonciatrice de malheur, et Emma dut se retenir de se signer.

— Grande est l'habileté de cet homme... Il faut nous préparer, Walther : le débarquement des chevaux ne sera point une mince affaire.

Emma hocha la tête et le suivit. Elle devait prendre son rôle d'apprenti palefrenier au sérieux, si elle ne voulait point être démasquée avant même de fouler à nouveau le sol anglais.

Cette pensée lui réchauffa le cœur.

D'une certaine façon, elle rentrait chez elle.

Emma glissa hors de la tente comme une larronne, une main sur le coutelas chapardé le matin même, l'autre sur la bourse contenant ses biens les plus précieux. La mystérieuse broche offerte par sa grand-mère, et le pendentif contenant la mèche de cheveux d'Élinor.

Élinor...

Emma repoussa fermement la tendre vision de son enfant endormie dans le creux de ses bras, sa petite bouche pincée, ses longs cils effleurant ses joues. Elle devait être forte ! Plus que jamais.

Elle louvoya dans les zones d'ombre de cette nuitée nuageuse, Tariq sur les talons. Ils avaient dérobé deux broignes légères, dont l'absence ne serait point remarquée, ainsi qu'une épée pour le Maure et une dague pour Emma. Il fallait quitter le campement avant la relève. Le prince maure avait prétendu que c'était là pure folie...

Il avait raison. Pourtant, il était là, veillant sur les arrières d'Emma tout en maudissant son idée – elle en aurait juré.

Les chevaux piaffaient, dans le campement ; aussi Tariq et Emma parvinrent-ils à gagner la porte la plus proche sans attirer l'attention.

— La relève est en cours, chuchota Tariq. Voyez ce garde, qui s'éloigne vers son comparse... Nous devons en profiter. Maintenant !

Le cœur au bord des lèvres, Emma suivit le prince vers un endroit où la palissade s'était affaissée dans la terre fangeuse. Ils n'eurent qu'à se hisser, ce qui parut à Emma moins ardu qu'elle ne craignait grâce à l'aide de Tariq.

Une fois de l'autre côté, le Maure la pressa de plus belle.

— Éloignons-nous, pour attendre les autres. Personne ne doit nous voir, ou nous serons mis aux fers pour félonie !

— Or i allons, messire. Cela devient une habitude de nous évader...

— Il semblerait. J'aimerais autant que cela soit la dernière fois, sans vous offenser, ma dame...

Emma allait s'élancer sur le sentier, lorsqu'une cavalcade froissa la paix nocturne. Ils s'immobilisèrent tous deux, courbés dans les hautes herbes agitées par la brise marine. Tariq était si nerveux qu'il semblait prêt à se jeter sur le premier venu...

Il y avait là deux cavaliers.

Le premier avait ôté son casque, et Emma le reconnut sans peine : le chevalier Vital, fidèle serviteur d'Odon de Bayeux, qui avait été envoyé aux nouvelles de l'armée du roi Harold. Subitement surgie des nuages, la lune éclaira son visage, plus fermé que le portail d'un couvent : les nouvelles n'étaient point bonnes...

Pourvu que mon père ne chevauche pas trop vite vers le sud !

Emma avait besoin d'un peu de temps pour mettre son plan à exécution. De temps, et de montures. Quatre montures, pour être précise, et...

Justement, deux ombres franchirent la palissade à leur tour.

Adélaïde et Berthe, une jeune femme qui se déplaçait avec une grâce et une rapidité étonnantes, et qui se coula auprès d'Emma aussi aisément que la cire sur le parchemin. Adélaïde, qui la suivait de près, hocha la tête avec détermination.

— Nous sommes prêtes, ma dame.

— Que Dieu nous protège, souffla Emma en se signant rapidement. Pressons-nous !

Tariq ouvrit la voie à travers les bosquets, suivi par Emma et Berthe ; Adélaïde fermait la marche. Les trois femmes étaient vêtues de braies et d'une tunique d'homme, comme leur compagnon, et n'eurent aucun mal à suivre son allure.

— Halte !

Emma crut que son cœur cessait de battre.

Un homme tenant son cheval par la bride s'approcha prudemment, lame au clair.

— Qui va là, hors du camp en pleine nuitée ? Montrez vos visages.

Cette voix…

Le tintement de l'acier chanta dans les ténèbres alors que Tariq dégainait son épée, et Emma l'arrêta d'un geste.

— Nenni, messire ! C'est un ami.

L'homme en armes se tourna vers elle, sous le choc.

— Dame Emma ? Est-ce bien vous, ou mes oreilles me joueraient-elles des tours ?

— C'est bien moi, messire Henri ! Ah, quelle peur m'avez-vous infligée ! Je nous ai crus perdus, et…

— Que diable faites-vous céans ? Et qui sont ces autres ?

— Le temps nous manque pour des explications. Et vous, que faites-vous céans, seul dans les bosquets ?

La lune se dévoila à nouveau un bref instant, suffisamment pour qu'Emma note l'expression hagarde d'Henri de Ferrières, les joues creuses et les épaules basses sous sa cotte de mailles jetée sur une simple gonnelle.

— Nous… J'accompagnais le seigneur Wadard, en ce jour. Nous avions pour mission de ravitailler le campement grâce aux fermes des environs. J'ai perdu mon chemin… et…

Il passa une main dans ses cheveux, rasés de près sur la nuque en vue des bastailles à venir. Emma avait bien du mal à reconnoître en lui le jeune seigneur poète à l'humeur enjouée qu'elle avait côtoyé à Thouars.

— Allez-vous bien, messire ?

Il eut un rire dépourvu de joie.

— Bien ? Nenni. M'est avis que je ne reviendrai point de cette expédition, et grâce en soit rendue à Dieu ! Car je ne puis vivre encore dans le malheur.

— Que dites-vous là ?

— Mon âme est lasse et mon esprit en peine… Comment

porter le fer, alors que mon cœur est en déroute sans plus d'oriflamme pour le guider ?

— Oh... S'agirait-il de la dame de vos pensées ?

— Elle n'est plus désormais que la dame de mes regrets... Car elle s'est envolée comme l'hirondelle avant l'hiver, emportant dans sa hâte la lumière de mes jours et le repos de mes nuitées... Ainsi que les derniers vers composés pour un seul de ses regards.

Tariq n'avait toujours pas rengainé sa lame.

— Qui est ce godelureau ? Le connoissez-vous vraiment, dame Emma ? Tiendra-t-il sa langue ?

Henri releva la pointe de son épée, fit face au prince enveloppé d'ombres.

— Fi de secrets ! Qui êtes-vous ?

— Nous perdons un temps précieux, intervint Adélaïde avec impatience. Ne pouvons-nous l'assommer et le laisser ici ?

— Vous ? cracha Henri, incrédule, en fouillant l'obscurité des yeux. Le ciel me préserve ! Vous voilà céans, aussi ?

Emma s'avança pour poser une main apaisante sur le bras d'Henri, dont le souffle saccadé indiquait assez l'état de nervosité.

— Du calme, Henri ! Nous ne sommes ni des félons ni des rôdeurs... Juste des amis qui ont une mission à accomplir en vue de soutenir l'ost du duc Guillaume.

Il ne répondit pas tout de suite, mais baissa légèrement son arme.

— En vérité, ma dame ?

— Je vous en fais serment. Sur ma vie, et celle de ma fille.

Le seigneur normand secoua la tête.

— Dans quel guêpier vous êtes-vous fourvoyée ?

— Nous vous expliquerons tout en route... Si, néanmoins, vous acceptez de nous convoier et de nous apporter votre aide.

— Comment ?

— Henri... Vous voilà égaré, tant d'âme que de corps, semble-t-il, et nous aurons besoin de votre aide. Me la refuserez-vous ?

Il hésita. Se frotta les yeux de sa main gantée de cuir, comme pour recouvrer ses esprits. Puis il se redressa dans la pénombre, resserra sa prise sur la bride de sa monture.

— S'il vous faut des chevaux, je sais où en trouver. Il y a une ferme non loin, du moins ce me semble… Il faudra m'aider à retrouver mon chemin.

Emma sourit dans la pénombre.

— Si fait, messire. À nous tous, nous y parviendrons ! Dieu nous garde en sa sainte protection, puisqu'il vous a placé sur notre route. Allons, hâtons-nous !

Henri fit faire demi-tour à son cheval, non sans mal dans l'épaisseur des taillis, puis les guida de son mieux. Emma n'avait presque plus de craintes, désormais, car elle savait que Dieu soutenait sa folle entreprise.

Un chemin semé d'embûches s'ouvrait devant elle, mais jamais elle ne renoncerait.

40

Emma s'inclina respectueusement, mais sans point courber la tête. Elle savait que chacun de ses gestes serait observé, soupesé, et sans doute jugé. Ainsi en allait-il, dans le temps...

L'eau, cependant, avait coulé sous les ponts et elle n'était plus guère la damoiselle rêveuse et triste que son père avait enfermée au couvent.

Aelfgyva n'était plus : Emma l'avait remplacée.

Dans le silence tendu, la porte claqua dans son dos. Elles étaient seules, désormais. Pourtant, Emma ne se sentait point vulnérable car elle se savait dans son droit, et soutenue par ses amis. Tariq et Henri n'avaient point été acceptés en les murs, quant à Adélaïde et Berthe, elles patientaient dans le parloir.

L'abbesse de Wylye Town prit place sur sa haute cathèdre de bois sculpté, plus royale que dévote. Son voile d'un blanc irréprochable encadrait son visage anguleux à l'expression austère.

— Ainsi, tu es de retour.

La voix, frêle et aussi ténue que la flamme d'une chandelle, avait de quoi surprendre.

— Et portant la vêture d'homme.

— Si fait, mère Wulfhild. C'est une longue histoire, en vérité, et je n'ai guère eu le choix. J'ai dû emprunter aux hommes la liberté de chevaucher librement pour venir vous trouver.

L'abbesse hocha la tête. Une seule fois, brève et ferme.

— Dis-m'en la raison.

Emma retint son souffle. Elle avait consacré les deux jours de trajet à cheval, montée sur une vieille rosse acariâtre à la suite de ses compagnons, pour se préparer à cette rencontre. Ruminer le passé, trouver ses mots. Espérer pour l'avenir... Du vent salé de la côte aux paisibles collines du Wessex, les sabots avaient battu la terre sans respit – et Emma avait décidé de ne point se laisser impressionner.

Voilà qu'à présent, elle perdait à nouveau ses mots sous le regard fixe de mère Wulfhild, comme la jeune écervelée qu'elle fut un jour...

— La parole est un don divin, jeune Aelfgyva. Je t'encourage à ne point la gaspiller, ni à gaspiller la mienne.

— Je ne suis plus Aelfgyva, ma mère. J'ai nom Emma de Thouars, héritière du comté de Wessex, et je suis venue implorer votre soutien dans une affaire d'importance.

L'abbesse leva un sourcil si fin qu'il en paraissait invisible.

— Héritière du comté de Wessex ? Depuis quand, en vérité ?

— Depuis que mon père a ceint la couronne d'Angleterre et porté la guerre dans nos contrées.

— Affaires régulières ne nous concernent guère. Ce couvent est un refuge de femmes appartenant à Dieu : peu me chaut de savoir qui porte ou non la couronne.

Emma serra les poings.

— Même lorsque les campagnes seront bientôt envahies de soldats normands ? Dites-moi, ma mère, que leur répondrez-vous lorsqu'ils se présenteront ici en terrain conquis, afin d'exiger de vous vivres et montures ? Que répondrez-vous lorsqu'on menacera la paix de ces murs et la sécurité de vos femmes ?

— Je vois mal en quoi une enfant telle que toi pourrait garantir le retour de la paix...

— Enfant, je ne suis plus. Quant à la paix, si je ne puis l'offrir, je puis du moins me battre du côté de la justice afin d'expier les crimes de ceux dont je partage le sang... Ainsi, Dieu épargnera peut-être le pire au royaume d'Angleterre.

— Tu souhaites donques, toi aussi, porter fer et mortaille ? Si c'est le cas, tu ne vaux guère mieux que ceux que tu honnis.

— Nenni, ma mère ! Si je veux porter le fer, c'est uniquement pour mettre fin à cette guerre. J'ai le pouvoir de hâter son dénouement, et je ne laisserai nulle personne me faire taire !

— La paix, la guerre, le royaume, fit l'abbesse après un soupir. Tu as de bien grands mots en bouche... Mais une femme possède bien peu de poids en ce monde, même quand elle est de noble sang comme toi... ou comme moi.

Emma s'avança d'un pas.

— Vous êtes abbesse et moi fille de comte : que nos couronnes soient d'or ou de voile, nos bastailles sont aussi rudes que secrètes. Si vous m'aidez à tenir tête à ceux qui nous voudraient silencieuses, alors je ferai mon possible pour que tout soit prestement terminé.

Wulfhild abaissa son sourcil, et l'ombre d'un sourire flotta un instant sur ses lèvres.

— Tu as grandi.

— Certes. Et j'ai appris à mordre.

Plongeant la main dans la bourse à sa ceinture, Emma en sortit la broche de dame Alversa, qu'elle épingla à son mantel avant de planter son regard dans celui, un peu chancelant cette fois, de l'abbesse Wulfhild.

— Dame Alversa, la mère de mon père, m'a confié ce bijou pour ce jour d'hui, afin de rappeler à tous la place qu'est la mienne. Puisque mon père a préféré la couronne de Westminster à celle du Wessex, c'est à moi que reviennent désormais nos terres familiales, et...

— Pas familiales.

Les mots furent prononcés si bas qu'Emma crut les avoir rêvés. Elle fit répéter l'abbesse, qui s'exécuta à regret.

— Ce n'est pas la terre de tes ancêtres. C'est Godwin, le père de ton père, qui s'est vu offrir le Wessex… Avant cela, ces terres appartenaient à la famille d'Alfred le Grand.

— Le roi Alfred ?

Wulfhild se détourna, une expression de douleur sur le visage. Emma sut alors qu'elle avait trouvé le moyen de la convaincre… Même si, pour l'instant, elle n'y entendait goutte. Comme elle balbutiait des questions à propos du lien entre cette broche et le malaise apparent de l'abbesse, celle-ci se prit soudain la tête entre les mains.

— Oh ! bien ! Dieu nous envoie un signe et je ne puis que m'y soumettre. Jeune Emma, puisqu'il faut désormais te nommer ainsi, sais-tu ce que tu portes si fièrement ?

— Je… Je sais juste qu'elle appartenait à ma mère, et à sa mère avant elle. C'est un porte-bonheur des femmes de notre famille.

Wulfhild leva la tête vers elle, et il sembla à Emma que le voile de l'abbesse s'était un rien soulevé sur la femme qu'elle était en secret. Une âme forte, dépourvue des artifices de sa charge ecclésiastique.

— Avant cela, ce bijou orna le col de la noble et pure Aethelflaed, fille du roi Alfred, qui au trépas de son époux se fit appeler Dame des Merciens. Elle la portait sur son cœur lors de ses bastailles contre les Danois.

Emma secoua la tête, abasourdie.

— Aethelflaed…

— Un signe de Dieu, sans doute. Les femmes de ta lignée ne furent pas créées en vue de se taire, mais bien de porter les armes.

La broche sembla soudain peser plus lourd, à son mantel. Un poids d'armure, et non plus d'ornement.

Les lèvres de l'abbesse s'étirèrent alors en un sourire… Un véritable sourire, sincère et franc. Elle rajusta son voile au niveau du menton tout en se levant.

— Je te donnerai des vivres, des armes. Certains seigneurs

laissent bien des choses dans la sécurité de ces murs, sais-tu ? Et aussi quelques serviteurs... Des hommes aguerris, bien sûr, qui sauront mettre leur bras à ton service.

— Grand merci, ma mère ! Je dois rejoindre le Wessex au plus tôt. Grâce soit rendue à Dieu, pour toute l'aide que vous m'apporterez.

— Tu n'as jamais été faite pour le chapelet, Emma. Peut-être est-il temps pour toi de trouver ta voie ? Ceci est un appel : un appel divin.

Elle s'arrêta devant la jeune femme, qui sentit sa gorge se serrer devant l'expression à la fois douce et intense de l'abbesse. Celle-ci effleura la broche d'un doigt respectueux.

— Oh ! certes, c'est bien elle. Elle a appartenu à Aethelflaed, la Dame des Merciens, reine sans couronne... Et pourtant, les hommes se sont levés pour elle. Ils ont combattu pour elle.

Emma baissa les yeux vers la broche, alors qu'un souffle invisible faisait vaciller les chandelles alentour.

— Suis-je digne de la porter, ma mère ?

— Nulle n'en est plus digne que toi, puisque le sang d'Aethelflaed coule dans tes veines. Si les hommes se sont levés pour ce bijou, il est temps qu'ils se lèvent à nouveau.

Emma sentit l'émotion la gagner.

— J'ai une fille... qui m'attend en Normandie...

— Alors, va ! Va prendre ce qui t'appartient. Pour elle. Pour toi. Pour nous toutes.

Lorsqu'elle quitta le couvent, Emma n'était plus elle-même. Oubliée, Aelfgyva l'étourdie ! Envolée, Emma l'indécise, tiraillée entre devoir et soif d'affection. La jeune fille et la mère s'étaient dissoutes en elle au profit de la guerrière, bien décidée à lutter pour rétablir justice, et retrouver sa famille.

Lorsque Emma lança sa monture vers l'ouest, suivie de près par ses amis et une douzaine d'hommes revêtus de fer et armés grâce à l'abbesse Wulfhild, tout était un peu confus dans son esprit…

Elle se remémorait certains instants de son enfance, de joie ou de peine, aussi bien que des moments forts de sa vie de femme tels que celui où elle avait saigné pour la première fois. Ses épousailles avec Aimery – Aimery l'insaisissable, le guerrier érudit, l'homme de guerre à la main aussi dure que douce… La naissance de sa fille.

Élinor !

Élinor, qui attendait son retour en Normandie, auprès de la duchesse Mathilde. Élinor, qui ne connaissait pas encore son père.

L'amour de sa fille fut si brutal, si douloureux, qu'Emma laissa couler quelques larmes, prestement séchées sur ses joues par le vent saxon.

Tout se brouilla en elle. Des visages, des voix, se succédaient dans son esprit dans un tourbillon vertigineux.

Dame Alversa, l'exhortant au courage.

Harold son père, lui intimant d'obéir sans fatrouiller.

Sœur Cynethryth lui ordonnant de lire à haute voix un prêche de Paul de Tarse…

Aimery, enfin, lui murmurant tout bas des mots tendres.

Aimery.

Aimery !

Et Élinor, qu'ils regarderaient grandir ensemble, côte à côte, à Thouars.

Lorsque Emma talonna sa monture droit vers le couchant, son cœur se gonflait du fol espoir que, d'ici peu, sa vie reprendrait un cours paisible dénué de toute folie… Plus d'évasions, plus de chevauchées éperdues sous les étoiles ni de promenades nocturnes dans les évacuations d'eau, et...

Un cri éclata, juste derrière elle.

— *Bismillah*[1] ! On nous attaque !

1. « Au nom d'Allah ».

41

Il y eut un sifflement, non loin. Des criements. Les chevaux hennirent, se cabrèrent devant des piques de bois et des fourches de fer…

Des bandits.

Un autre sifflement perça les airs.

Emma baissa la tête. Ses mains serraient les rênes de toutes ses forces, frappées par des mèches de crinière.

— Ma dame, abritez-vous ! cria Adélaïde, quelque part.

Emma obéit. Se coucha contre le cou de sa monture, dont la peur et la sueur imprégnèrent aussitôt son visage.

Le métal chantait, tout autour d'elle.

Des gorges laissaient échapper toutes sortes de criements, d'exclamations ou de râles.

— Sus à l'ennemi ! hurla Henri d'une voix puissante, habituée aux auditoires.

— Allons ! Sans peur !

— Pour Dieu et pour le roi !

Les hommes confiés par l'abbesse se montrèrent aussi vifs et brutaux que de parfaits soldats… Mais Emma n'était point en état de s'appesantir sur la question.

Elle cherchait à s'éloigner des combats. Aveuglée par la crinière de sa jument et ses propres cheveux, affolée, elle fit faire à la bête un demi-tour, ou du moins le tenta-t-elle, puis la talonna jusqu'à lui faire prendre le trot en direction d'un bosquet.

Un homme se dressa devant elle. Avec un criement, elle talonna sa jument en fermant les yeux… Le choc sourd, les bruits d'os brisés lui soulevèrent le cœur, et elle garda les yeux fermés un instant, secouée par la folle course du cheval…

Une main agrippa son bras.

— Ma dame, par ici !

Berthe lui indiqua la direction d'une masure en ruines, non loin du chemin. Emma la suivit au grand galop.

— Où est Adélaïde ? Par le sang du Christ, où est-elle donques ?

Berthe ne répondit point. Aussi souple qu'une genette, elle sauta à bas de sa propre monture avant même qu'elle ait ralenti, puis s'engouffra dans les ruines.

Emma la suivit, le cœur battant.

Une fois à l'abri, elle se posta sur le seuil de la masure pour suivre le combat tandis que Berthe s'armait d'un morceau de poutre tombé du toit.

Tariq et Henri coordonnaient magnifiquement la défense. Ils semblaient tous deux parfaitement à leur aise sur un destrier, une lame de fer à la main… Même si le prince maure était trop nerveux, Emma s'en rendait compte malgré son ignorance de la guerre. Sans doute peinait-il à se battre, après ce qu'il avait vécu à Barbastro et dont il n'avait certainement oncques soufflé mot à quiconque en dehors d'Aimery – ces deux hommes partageaient bien plus qu'un lien entre geôlier et prisonnier.

Les hommes de Wylye Town, eux aussi, croisaient hardiment le fer. Emma comprit alors que les bandits de grand chemin, bien que supérieurs en nombre, n'avaient aucune chance de battre pareils guerriers…

Bientôt, le silence se fit.

Une douzaine de brigands loqueteux étaient étalés au sol, la plupart en un seul morceau, et seulement deux hommes de Wylye Town affichaient une blessure – une au bras, l'autre à la cuisse. Rien de très grave, comprit Emma.

Berthe poussa un soupir de soulagement. Alors, seulement, Emma comprit quelle avait été sa frayeur. Sur le moment, elle n'avait songé qu'à la sienne propre...

Les deux femmes sortirent afin de récupérer leurs montures, qui s'étaient éloignées plus loin dans un sous-bois.

— Dame Emma !

Henri de Ferrières galopait droit sur elles. Il s'arrêta brutalement, planta un regard effrayé dans celui de la vicomtesse de Thouars dont l'aspect, à cet instant, était davantage celui d'un garçon d'escuerie en fugue...

— Êtes-vous blessée, ma dame ?

Comme elle le rassurait sur son état de santé, Emma s'inquiéta à nouveau d'Adélaïde mais fut coupée par une bien curieuse apparition.

Tariq s'approcha à son tour au petit trot, la suivante d'Emma montée en croupe derrière lui. Raide comme une guisarme, le teint plus rouge que la bannière normande, celle-ci semblait murée dans un silence buté.

— Je vous ramène votre dame de compagnie, fit le prince lorsqu'il fut à portée de voix.

Elle le trouva aussitôt plus détendu, contrairement à sa suivante. Sans attendre qu'il arrête sa monture, Adélaïde se laissa glisser au sol et manqua choir dans les herbes. Emma courut l'aider, tandis que Berthe et Henri demeuraient en retrait, visiblement amusés. La tension, qui retombait à présent, rendait le moment plaisant.

Une fois Emma rassurée sur la santé de sa suivante, elle lui demanda où était passé son cheval, et Adélaïde pinça les lèvres sans répondre.

— Il a décampé, l'informa Tariq. Dame Adélaïde a tenté de l'empêcher de s'élancer dans la campagne, mais cette brave bête était si effrayée qu'elle l'a jetée à terre avant de filer comme si elle avait des esprits aux trousses !

Adélaïde marmonna quelque complément d'information touchant au caractère de la brave bête en question, puis Henri décréta que l'on monterait le camp non loin, en lisière de forêt. Il fallait soigner les blessés et prendre un peu de repos.

Berthe et Adélaïde démontrèrent toutes deux de fort précieuses compétences en couture de plaies et confection de bandages. Puis, Emma distribua des rations en puisant dans les vivres généreusement offerts par mère Wulfhild : fromage, galette d'avoine, une poignée de noix et une tranche de lard séché pour chacun. On n'alluma point de feu, de crainte que la fumée ne soit repérée. L'attaque de tantôt prouvait assez bien que des troupes de manants peu recommandables rôdaient dans les campagnes saxonnes… Sans doute encouragées par l'absence de l'ost du roi Harold, parti guerroyer dans le Nord contre les troupes danoises.

Les trois femmes se regroupèrent un peu à l'écart. Adélaïde affichait toujours une expression fermée, visiblement fort courroucée de devoir la vie – ou peu s'en fallait – à l'intervention preste et hardie de Tariq, qui l'avait enlevée sur son cheval comme un sauvage…

— C'était pour mieux te mettre à l'abri, argua Emma avec bon sens. À terre, tu aurais été à la merci de ces marauds !

— Par la ceinture, ma dame ! Il m'a soulevée par la ceinture et jetée en travers de sa selle, comme un… comme un… Par la Sainte Mère, il n'y a aucun mot pour décrire sa sauvagerie ! Sa brutalité !

— Le prince Tariq, brutal ? J'ai bien du mal à y croire.

— Ne vous laissez point aveugler par votre affection mutuelle, ma dame... Le prince est un guerrier maure. Il a sans doute accompli bien des actes qui vous feraient pleurer d'horreur.

Certes. Ainsi que le fit Aimery, songea Emma, qui garda toutefois ses réflexions pour elle.

La brune fut morose. On parla – un peu. On chanta – du moins, Henri chanta quelques vers à la mode. Enfin, on s'enroula dans les couvertures – présent de l'abbesse, encore une fois – et les hommes de Wylye Town organisèrent des tours de garde pour la nuit.

Emma, tourmentée par ses sentiments pour sa fille et son époux, se sentait si seule et affligée qu'elle ne put trouver le sommeil. La nuitée était déjà bien avancée lorsqu'elle se résolut à se lever pour aller s'asseoir un peu plus loin, sur un tronc d'arbre renversé par une tempête, quelques lunes plus tôt.

Frissonnante, elle resserra la couverture autour de ses épaules et laissa couler quelques larmes de crainte et de regrets.

— Avez-vous froid, ma dame ?

Elle sursauta devant Tariq, qui s'était approché sans bruit dans son dos.

— Par tous les saints ! Êtes-vous un esprit de la nuit, pour vous déplacer ainsi en silence ?

— Pardonnez-moi si je vous ai effrayée...

— Pour vous répondre, nenni, je n'ai pas froid. Juste peur de ce qui pourrait advenir... Demain, le jour d'après, encore celui d'après.

Tariq poussa un grognement approbateur.

— Je vois parfaitement ce que vous voulez dire.

— Vous arrive-t-il d'avoir peur, prince Tariq ?

Il haussa les épaules.

— Qui peut se vanter de ne jamais avoir connu la peur ? Je ne suis guère mieux loti que les autres hommes.

— Comment faites-vous, alors, dans vos moments de doutes ?

— Il suffit de suivre son chemin.

Il eut un geste de la main pour indiquer qu'il ne servait à rien de s'inquiéter, puis s'assit sur le tronc renversé, à distance d'Emma.

— Pourquoi doutez-vous, ma dame ? D'après ce que vous nous en avez dit, votre abbesse en personne estime que Dieu vous a indiqué la voie.

— Certes...

— Alors, vous ne pouvez douter. Ce serait douter de Dieu lui-même.

Emma tordit la bouche en une moue qui, heureusement, demeura noyée dans l'obscurité.

— Ne soyez point choqué... Je ne puis me fier aveuglément à Dieu. J'ai besoin de savoir si ce que je fais est bel et bon... J'ai besoin de savoir si messire Aimery me pardonnera mes incartades, s'il reviendra auprès de moi ! Et de sa fille. Même si Dieu a voulu tout cela, qui me dit que j'aurai la force d'aller jusqu'au bout ? Que je n'y perdrai point tout ce que j'ai ?

Tariq laissa passer un long moment avant de répondre et, lorsqu'il le fit, ce fut avec un calme rassurant.

— Le destin n'est point une destination, dame Emma : c'est un chemin. Un chemin que nous devons emprunter, quoi qu'il arrive, qu'il soit large et aisé ou plus tortueux que le cours d'Al-Ibri[1]... Parfois dans l'ombre, parfois dans la lumière. Et même lorsque la route semble trop longue, ou trop ardue, Allah guide ceux qui osent avancer.

— Mais si je tombe ? s'inquiéta Emma, le souffle court. Si je perds tout, y compris l'homme que j'aime ?

— Dans ce cas, rétorqua Tariq, vous tomberez en femme d'honneur, armes à la main. Et une guerrière se relève toujours. Voyez le destin de votre Dame des Merciens...

— La reine Aethelflaed ?

1. Nom de l'Èbre dans le califat d'Al-Andalus.

— Si fait. Son exemple guidera vos pas. Et Henri et moi veillerons sur vos arrières – ainsi que vos deux cerbères normandes.

Emma s'insurgea.

— Ne parlez point de la sorte de Berthe et Adélaïde, deux femmes qui ne reculeraient devant rien pour me protéger !

Nouveau haussement d'épaules.

— C'est bien ce que je disais.

Il y eut un instant de silence bienvenu, au cours duquel Emma sentit la paix retomber sur son cœur. Comme dans le calme après la tempête, elle s'aperçut que son esprit s'apaisait, que son courage se raffermissait.

Oui, elle suivrait le chemin tracé pour elle. Même s'il était sombre et tortueux… Et elle vaincrait ses peurs.

Tariq, qui semblait avoir senti qu'elle n'avait plus besoin de sa présence, se leva sans bruit et s'inclina, une main sur le cœur.

— Qu'Allah te garde dans sa main, jeune dame au cœur de lionne. Je prierai pour ta famille et toi.

Emma s'inclina, touchée par sa bonté.

— J'accepte avec reconnoissance, prince. J'ai bien peur que, pour ce qui m'attend, toutes les bénédictions soient les bienvenues !

Elle se tourna vers le couchant, l'esprit déjà à Winchester, le cœur du comté de Wessex.

Sa plus grande bastaille se tiendrait le lendemain, dans l'antique castel où son grand-père Godwin avait installé sa famille après celle d'Alfred le Grand.

Et, avant que le soleil ne soit couché, Emma devrait avoir remporté la victoire.

42

Winchester,
2 octobre de l'an de grâce 1066.

Les remparts de la cité, héritage des troupes romaines, tout comme l'ancienne tour de garde dont l'arrondi de pierre semblait toujours veiller sur le couchant, émergèrent des brumes tel un serpent de légende couvert de lierre. De petites tours de guet, dont les parties de bois avaient depuis longtemps cédé sous les intempéries, dressaient toujours leurs bases de pierre moussue, certaines couvertes d'un toit de chaume pour servir d'habitation.

— Est-ce céans ?

Emma eut un sourire triste. Elle comprenait l'étonnement de Tariq, pour qui ces couches d'époques révolues empilées les unes sur les autres étaient sans doute déroutantes… Il peinait à imaginer que cette ville, il y a peu encore, était la capitale de l'Angleterre libre de Danois, sous le règne d'Alfred le Grand. Elle le lui expliqua donc, sans se fâcher de son expression incrédule alors qu'ils se présentaient à la porte est.

Deux gardes les interrogèrent, sans reconnoître Emma qui se garda bien de dévoiler son identité. Il était trop tôt pour cela. Elle nota qu'il ne s'agissait que de très jeunes garçons, les épaules voûtées sous leur cotte de mailles, et pria pour que tous les bons soldats n'aient point été enrôlés dans l'ost de son père parti loin dans le Nord. Le *fyrd*, la levée d'hommes en armes sous la bannière royale, avait peut-être vidé le comté de ses combattants... Si c'était le cas, il ne lui resterait que peu d'espoir pour agir.

— Venez, lança-t-elle à ses compagnons de route une fois franchie la porte. Le palais de mon père se trouve de l'autre côté de la cité.

Ils remontèrent la rue romaine aux larges pavés, couverts d'herbe par endroits, usés par des milliers de *sceos*[1] et de roues cerclées de fer. Le tintement d'un marteau sur l'enclume chantait, quelque part autour d'eux. De hauts bâtiments à colombages, tous coiffés de chaume, bordaient la rue telles d'immobiles sentinelles persistant à les suivre des yeux.

— C'est... ancien.

Emma approuva. Comme toujours, Tariq trouvait les mots justes, sans menteries ni complaisance.

— Ancien, certes, ajouta Henri. Et cependant, il y a là beaucoup de gens... Mais peu d'hommes en âge de se battre.

L'air charriait des odeurs de bois, de fumée, de tourbe et de bétail. Parfois, de pain chaud et de cervoise, lorsqu'ils dépassaient une taverne. Les passants les observaient longuement, non sans méfiance... Une troupe d'hommes en armes dépourvue de blasons, trois femmes portant des braies et un Maure au regard sombre étaient chose inquiétante.

Flanquée de Tariq et suivie des autres, Emma dépassa lentement un groupe de moines bénédictins. Ils marchaient serrés les uns contre les autres, capuchon rabattu, leur tunique noire balayant les pavés humides.

Un homme retint l'attention d'Emma... Vêtu d'une robe ecclésiastique doublée de soie, quittant prestement le porche d'une austère maison au linteau marqué d'une croix, la mine

1. Mot de vieil anglais pour désigner les chaussures. Prononcer « ché-os ».

fermée et le pas leste. Une broche d'argent fort reconnaissable étincela une seconde, la double crosse éveillant les souvenirs d'Emma. Il disparut au coin de l'échoppe d'un taillandier[1], évanoui dans les rues.

Elle fronça les sourcils, répondit à la mimique interrogative de Tariq.

— Cet homme œuvre pour Stigand, l'évêque de la cité, qui est également l'archevêque de Cantorbéry. Ainsi, celui-ci sera probablement prévenu de notre arrivée avant même que nous soyons en vue du palais épiscopal !

Le claquement des sabots paraissait tonitruant. Tous se retournaient sur leur passage, qui reculant d'un pas, qui se signant discrètement. Certains, remarqua Emma avec nervosité, portaient la main à un coutelas pendu à leur ceinture.

Il y avait comme une agitation secrète, bien cachée sous l'aspect négligé de la ville. Une dangereuse effervescence qui, parfois, se laissait deviner. Les habitants, de moins en moins nombreux à mesure que Westminster prenait de l'importance, paraissaient tout prêts à se battre ou bien à prendre la fuite.

Sans doute la rumeur du débarquement des troupes normandes est-elle arrivée avant nous.

— Serons-nous bien reçus, ma dame ? s'inquiéta Henri, qui chevauchait juste derrière la jeune femme.

— Sitôt que l'on m'aura reconnue. Je gage que le palais est encore empli de serviteurs à même de reconnoître mon visage, si ce n'est ma vêture.

— Que Dieu vous entende…

— Mais tout d'abord, je dois m'entretenir avec l'homme qui gouverne le comté en l'absence de mon père.

— Une sorte de régent ?

— Que nenni ! Un évêque, messire Henri. Stigand, en personne.

1. Fabricant d'outils tranchants.

Emma et ses amis longèrent l'ombre massive d'Old Minster. La cathédrale était aussi grise et maussade qu'un ciel d'hiver, bordée d'un côté par une rangée de colonnes brisées, rongées par le lierre et enlacées par les orties. Le vent s'engouffrait dans les ruelles secondaires, étroites et sinueuses, comme un vieillard cacochyme expirant son dernier souffle peuplé de secrets oubliés.

Tout, céans, suintait l'abandon. La lente et indolore mortaille de l'oubli.

Enfin, Emma obliqua vers un solide bâtiment de pierre percé d'archères. Deux tours crénelées dominaient la grande rue. Elle mit pied à terre devant une imposante double porte cloutée, alors que les deux gardes en poste s'avançaient lentement. La mâchoire du premier bâilla à se décrocher lorsque la jeune femme indiqua son nom et celui de son père ; le second, lui, se frotta les yeux d'ahurissement.

— Eh bien ? fit Emma, cinglante comme devait se montrer, sans doute, la fille d'un roi. Conduisez-nous, mes compagnons et moi, auprès de votre maître sans tarder. Nous avons fait longue route.

Les deux hommes se regardèrent avec indécision, puis l'un d'eux se précipita à l'intérieur en laissant son confrère surveiller les voyageurs.

La porte se rouvrit bientôt.

— Monseigneur va vous recevoir. Vous, ma dame, ainsi que le seigneur francien, et… lui.

Il montra du doigt Tariq, dont le regard se fit acéré. Le prince s'inclina néanmoins en guise de remerciement teinté d'ironie, et se coula souplement au sol.

— « Lui » vous salue bien bas, messire le garde saxon. Ne me pointez jamais plus du doigt. *Afhamta*[1] ?

1. « As-tu compris ? »

Et, d'un pas aussi assuré que si ce sol saxon lui appartenait, il passa devant le garde, effrayé par cette langue étrangère qui sonnait comme une malédiction diabolique. Exactement comme Tariq l'avait prévu.

Derrière la lourde porte bardée de fer se trouvait une vaste cour intérieure entourée de bâtiments divers. Un grand corps de logis en face des voyageurs, avec un étage et une haute toiture d'ardoises, un blason à double crosse gravé au-dessus de la porte. De grandes croisées s'ouvraient à l'étage ; probablement les appartements privés de Stigand. Sur la senestre, une escuerie au toit de chaume assortie d'une remise, d'une petite forge et d'une cuisine. Sur la dextre, une chapelle privée de taille modeste, mais dotée d'une grosse cloche de bronze.

Le garde conduisit Emma et ses compagnons droit sur le logis où, après avoir grimpé une volée de marches de bois, ils furent introduits dans une salle d'audience lourdement meublée. Un serviteur s'en fut quérir son maître, tandis qu'un autre, un damoiseau fort malhabile qui semblait encombré de ses longs bras et de ses fortes mains, leur indiquait un banc qu'ils refusèrent en chœur.

Il ne fallait point paraître dépréciés, lorsque l'archevêque ferait son entrée…

Emma fit jouer ses épaules afin de se libérer quelque peu de sa tension, et parcourut la salle des yeux. Moult torchères et candélabres devaient rendre l'endroit fort lumineux, à la brune. Il y avait là moult coffres sculptés, une armoire fermée à clé, plusieurs cathèdres disposées devant l'immense âtre où crépitait un maigre feu, des bancs recouverts de fourrures et d'anciennes tapisseries.

Emma laissa son regard errer sur ces scènes célèbres… Il y avait là saint Cuthbert recevant sa vision céleste en gardant ses moutons, le martyre de saint Sébastien, percé de flèches, ou bien encore saint Swithun donnant sa bénédiction sous une pluie battante. Mais ce qui retint l'attention d'Emma, ce fut sainte Aethelburga, debout devant le monastère qu'elle avait fondé dans l'Est... Un halo de lumière tombait du ciel sur sa chevelure d'or, et une colombe survolait son front voilé alors qu'elle guérissait miraculeusement un enfant en apposant la main sur son cœur.

« *Fides tua te salvum fecit*[1] », indiquait la légende brodée sous les pieds délicats de la sainte.

Emma vit là un signe, et renforça sa propre foi.

Elle avait déjà tant accompli, depuis son départ de Thouars ! Il ne lui restait qu'une étape, qu'un seul combat à mener, et...

Des gonds grincèrent atrocement, attirant l'attention du petit groupe. Un homme entra. Petit mais droit, assez âgé pour arborer une chevelure de neige sous son bonnet de soir brodé de fils d'or. Il marcha droit sur ses hôtes, sans donner l'impression de vouloir s'asseoir.

— Eh bien ! L'on me dit que la fille de notre roi Harold, que Dieu le garde, se trouve céans ! Et qu'elle a avec elle un seigneur normand et un étranger. La paix soit sur vous, nobles voyageurs.

Ses yeux clairs s'enfoncèrent dans l'esprit d'Emma telles deux dagues de glace.

Elle déglutit, mal à son aise.

— Et sur vous, monseigneur Stigand.

— Or ça ! Vous n'avez point changé depuis la dernière fois que je vous vis... Vous étiez encore jeune damoiselle, sans cesse tancée par sa gouvernante pour trop rêvasser. Sans doute avez-vous juste un peu forci... Ainsi qu'il en va pour toutes les femmes, ces créatures que Dieu voulut plus fragiles que les hommes.

Un sourire froid étira ses lèvres fines sans atteindre son terrible regard. Emma sentit son cœur piaffer dans sa poitrine.

L'archevêque ne l'avait point obligée à patienter de longues

1. « Ta foi t'a fait sauf. »

heures, mais ce n'était peut-être point une faveur... Plutôt une façon de s'emparer d'elle sans respit, afin peut-être de l'empêcher de rallier le palais comtal, un peu plus loin dans la ville ? Pour juger de sa dangerosité, aussi. Déterminer si sa présence représentait ou non une menace pour lui.

Hardie ! Ma force d'en haut.

Elle releva la tête, le sang échauffé par les propos désobligeants de l'archevêque.

— Il est vrai que les années m'ont lestée, monseigneur... De sagesse et de patience, deux dons qui, hélas, font souvent défaut aux hommes.

Le sourire de Stigand s'élargit.

— Fort bien ! Je retrouve en vous l'esprit subtil de votre père... Cela, toutefois, ne me révèle nullement la raison de votre retour en cette cité. En armes, avec une troupe de soldats ?

Emma secoua la tête, et répondit d'un ton léger.

— Point en armes, monseigneur ! Et les gardes ne sont là que pour assurer notre protection, à mes amis et moi.

Elle fit les présentations, puis exposa sa demande à Stigand en s'efforçant d'ignorer la sueur qui commençait à perler à son front. Cet homme l'avait toujours rendue nerveuse, mais en ce jour son malaise l'accablait comme jamais auparavant.

— Ainsi, vous souhaitez vous octroyer le comté de Wessex en l'absence de votre père, c'est bien cela ?

— Nenni, monseigneur : je viens recevoir l'héritage qui est le mien en tant qu'aînée des enfants du roi Harold. Depuis qu'il a ceint la couronne d'Angleterre, il a abandonné Winchester pour le trône de Westminster... Mais me voici.

— Vous voici, et... ? Si vous êtes venue pour réclamer des richesses ou des hommes uniquement parce que vous en avez besoin, et que vous comptez abandonner ensuite nos chères ouailles à leur sort dès que vous aurez ce que vous souhaitez...

Je crains que votre requête, toute légitime qu'elle soit à vos yeux, n'aille à l'encontre du bien commun.

Le coup porta.

Emma garda le silence un moment. Elle sentit Tariq s'agiter, à son côté, et Henri intervint.

— Votre Grâce, il n'est nullement question de pillage mais de justice. Le roi Harold a trahi son serment et attiré la guerre en Angleterre...

— Si fait, le coupa l'archevêque, qui se tourna à nouveau vers Emma. Ma chère enfant, je ne puis le croire... L'Angleterre saigne, l'Angleterre se prépare à livrer bastaille, et vous venez réclamer un fief ?

— Point un fief, monseigneur. Simplement un droit. Le droit que me confère le sang de Godwinson !

— Chère enfant... Le roi Harold a déjà levé son ost pour partir guerroyer dans le Nord, contre les Danois. Or ça, que feriez-vous de troupes en armes, pouvez-vous me le dire ? Vous êtes désormais une épouse normande... Il serait fâcheux que l'on croie voir en vous l'avant-garde des envahisseurs.

— Je souhaite simplement que ce conflit cesse le plus rapidement possible ! Et mon époux n'est point normand, mais poitevin.

— Qu'importe ! En ce conflit, vous serez amenée à prendre position. Vous lèverez-vous contre votre époux, ou contre votre père ?

Emma serra les dents.

— Mon père est un félon qui a trahi son serment devant Dieu. Je ne pensais point que vous le soutiendriez.

L'archevêque croisa les mains devant lui en secouant doucement la tête, image vivante de l'humilité – mais une image déformée, Emma le sentait au plus profond de son âme.

— Je ne soutiens personne, ma chère enfant... Que Dieu me

garde de m'immiscer dans les querelles des puissants ! Nenni. Mes prières vont à l'Angleterre. Au peuple tout entier.

— Pourtant, c'est mon père qui vous nomma archevêque !

— Il s'est passé tant de choses, depuis ce jour... N'avez-vous point ouï dire que je n'ai point couronné votre père ?

Connaissant Stigand et ses machinations, Emma était prête à parier qu'il y avait derrière tout cela une raison bien précise – si encore ce n'était point menterie.

Peu importe ! Je dois obtenir le soutien de cet homme, quoi qu'il m'en coûte.

Henri tenta à nouveau de plaider leur cause, n'obtenant que sourires modestes et hochements de tête polis. Saisie d'une brusque inspiration, Emma le coupa.

— Si vous ne soutenez personne, monseigneur, alors que craignez-vous ? Que je sois indigne de mon sang ? Que je sois trop faible, comme toutes les femmes selon vous ? Ou bien que je sois forte ?

Un silence glacial tomba. Les yeux clairs de Stigand ne lâchèrent pas ceux d'Emma, toutefois il pinça les lèvres sans répondre.

— Je suis venue en paix, poursuivit-elle. Non pour porter le fer normand en ce royaume, non pour voler, mais pour prendre la place qui me revient. Je ne souhaite ni guerre ni faveur... Simplement la justice.

— Oh ! mais la justice est sur terre une denrée bien rare.

— Oïl, monseigneur. Et si vous me la refusez, je n'aurai d'autre choix que de laisser choisir mes gens : me suivre, ou pas. Je gage que beaucoup choisiront de me suivre, moi, l'héritière de Godwin et celle d'Aethelflaed.

Le regard de Stigand tomba alors sur la broche d'Emma, qu'il n'avait point encore remarquée entre les plis de son mantel. Il inspira profondément, et elle aurait juré apercevoir une fugace lueur de crainte dans le fanal bleu de ses yeux.

À ses côtés, Henri croisa les bras.

— Mon épée est sienne, monseigneur archevêque. Qu'en est-il de votre crosse ?

Tariq s'avança alors d'un pas. Son regard, aussi sombre et calme qu'un étang de montagne dans une nuitée estivale, se planta dans celui de Stigand, qui fut parcouru d'un frémissement.

— La justice divine, Excellence, demande rarement la permission.

Comme face au garde qui l'avait offensé tantôt, il s'inclina profondément avec ce mélange de grâce, de dignité et d'ironie que lui seul savait manier. Un mince sourire se dessina sur ses lèvres, alors qu'il murmura :

— *Man sāra 'alā darb al-haqq, wasala*[1].

Cette fois, c'est l'archevêque qui fut pris de malaise. Blême, il recula d'un pas en se signant prestement.

— Un infidèle ? Vous avez introduit en ces murs un… infidèle ?

— Mon ami est bien des choses, monseigneur, mais certes point un infidèle. Je ne connais nul homme aussi pieux, ni plus fidèle serviteur de Dieu.

Stigand ouvrait de grands yeux effrayés. Il semblait ne rien croire des paroles rassurantes d'Emma, sans toutefois oser provoquer le guerrier maure.

Finalement, il bredouilla quelques mots avant de céder.

— Soit. Puisque vous êtes ici… Je ne puis rien promettre, mais je ne m'opposerai point à ce que votre… requête soit entendue. Vous serez dignement reçue à Winchester. Le palais vous attend, et si vous souhaitez demeurer parmi nous jusqu'à…

— Je partirai dès que possible, monseigneur.

— Bien.

— Il me faudra des soldats – tous ceux qui n'ont point rejoint le *fyrd* de mon père. Je les mènerai au combat sous la bannière du comté de Wessex.

1. « Celui qui marche sur le chemin de la justice et de la vérité atteint son but. »

Stigand eut un fugace sourire dévoilant des dents blanches et acérées. Une expression matoise traversa son visage, bien vite remplacée par une politesse exagérée.

— Fort bien, dame Aelfgyva. Il n'est point dans mes habitudes de renier le sang royal… Surtout le vôtre, ma dame.

Emma inclina la tête, un feu nouveau brûlant dans ses veines. Elle avait gagné.

43

Hastings,
14 octobre de l'an de grâce 1066.

Juché sur son fidèle Vaillant, le duc Guillaume lança l'attaque à l'aube. Les dernières notes d'un troubadour s'élevaient à peine dans la fraîcheur matinale que l'ost francien tout entier, exalté par la geste de Roland, vibrait d'une ferveur ardente qui déferlait sur les hommes et les bêtes telle la marée sur le rivage.

Ces dernières semaines, le duc Guillaume avait veillé à constituer un camp solide, avec de grandes réserves de victuailles, à prendre pied sur cette île tout en assurant ses arrières... La veille, ses éclaireurs lui avaient annoncé l'arrivée de l'ost ennemi sur la colline proche de Senlac. Et ce matin-là, les cors de guerre retentissaient avec force sur la plaine d'Hastings envahie de lambeaux de brume.

La campagne n'était plus que bruits, alors même que les armes n'avaient point quitté les fourreaux... Cris en divers dialectes, hennissements nerveux, son des trompes, des cornes, des cors.

Des hommes et des garçons se hâtaient en tous sens, piétinant le sol détrempé où allait se jouer la destinée de deux peuples.

Aimery, qui faisait partie de l'aile senestre de la formation du duc avec ses troupes poitevines, scrutait la pente boisée avec une farouche intensité. Les hommes d'Harold prenaient position sur la colline. Point n'était encore l'heure de combattre, et déjà l'air charriait l'odeur du fer et celle, plus discrète mais fort tenace, de la peur.

Il avait peu dormi.

Et le visage de son épouse n'avait point quitté ses songes...

Emma lui souriait. Emma se glissait dans les couloirs de Thouars, suivie de son ombre Adélaïde. Emma mangeait une pomme. Emma dansait à la lueur des torches de la fête du printemps... Emma le perçait de son regard ouvert et franc, aussi tranchant que le fil de son épée ; Emma l'accusait de ne se soucier guère de sa fille, dont on lui avait annoncé la naissance.

Aimery repoussa ces souvenances avec agacement. Il n'était plus temps de se préoccuper de cette tête de mule d'Emma, quand le sang n'allait point tarder à couler.

— À vos armes !

Il se tourna.

Son escuyer, Jehanounet, menait sa monture par la bride. Autour de lui, les seigneurs poitevins et bretons mêlés en une troupe hétéroclite faite d'hommes semblables aux parlers différents, achevaient de sangler leurs selles, rajuster leurs brides. L'ost de Guillaume semblait une créature étrange, possédant des pattes de cheval, des membres de fer et mille langues aux parlers chantants ou rocailleux. Les mains gantées de fer empoignaient les lances, celles gantées de cuir s'enroulaient autour d'arcs à la courbe élégante. Des rires éclataient parfois, accompagnés de criements hardis, ponctuant les murmures des prières.

— Dieu soit avec vous, messire.

Aimery sourit à Jehanounet puis se hissa en selle. Au loin, le duc haranguait l'ost. Aimery n'écoutait que d'une oreille tout en flattant l'encolure de son cheval.

Conquérant était nerveux. Au moins autant que lui.

— Dieu te garde, fils. Rejoins le camp, à present, et quoi qu'il arrive, ne tombe pas aux mains des Anglais !

Puis il partit au trot prendre sa place, à la tête de l'ost poitevin. Les bannières claquaient dans l'air frais de cette matinée ; le fer poli par les escuyers luisait comme promesse de mortaille.

Il croisa Eustache aux Grenons, qui se dirigeait au petit galop vers son propre ost.

— Holà messire de Thouars ! Belle matinée pour faire chanter nos lames, ne trouvez-vous point ?

— Si fait ! Pressez-vous, messire : bastaille n'attend point.

— Comment donques ! Dieu vous garde, ami.

— Et vous garde aussi.

Aimery adressa un sourire à son compagnon, qui s'éloigna en trouant des rangs bretons, lesquels protestèrent vivement. Le combat promettait d'être mémorable. Et pas seulement en raison du nombre de combattants rassemblés en terre de Francie : les criements des Anglais, retranchés derrière un impressionnant mur de pavois colorés, leur parvenaient depuis la colline.

« *Out !* », hurlaient-ils de toutes parts.

« *Out ! Out !* »

Ce qui signifiait « dehors ».

Le sang d'Aimery se mit à bouillir. En lui, l'effervescence du combat enfla telle une marée. Incontrôlable. Puissante. Fougueuse...

« *Dex aïe*[1] », cria-t-on en réponse, du côté de l'aile centrale occupée par l'impressionnant ost normand.

« *Dex aïe !* »

« *Dex aïe !* »

Conquérant piaffa d'impatience.

Lorsque Aimery harangua ses troupes, ce fut avec la joie brutale de celui qui retrouve enfin les terres de sa naissance après une longue errance. Le fer l'appelait, la guerre le mandait et, Dieu lui pardonne, il goûtait à son invite avec une ivresse farouche.

1. « Par Dieu, à l'assaut ! »

— Prenez vos rangs ! Flancs serrés ! Marchez droit, frappez juste et mourez en hommes d'honneur, si votre heure a sonné. Sus à l'Anglais ! Pour le duc, et pour la parole donnée à Dieu !

— Pour le duc et la parole donnée à Dieu ! reprirent les troupes, autour de lui.

Le cœur empli d'une joie sauvage, Aimery brandit sa flamberge dans la brise anglaise.

L'heure était venue d'occire.

Et, peut-être, de rejoindre Dieu… Mais si telle était sa volonté, Aimery comptait bien ne point trépasser avant d'avoir revu son épouse et rencontré leur enfançon.

Il piqua Conquérant.

— Pour Dieu et Thouars !

Malgré plusieurs assauts, la colline demeura anglaise.

Les archers du duc étaient trop loin pour que leurs flèches soient mortelles ; elles retombèrent en une pluie de bâtons inertes autour des fantassins en liesse d'Harold.

Puis, ce fut au tour des soldats à pied de connoître un revers, suivi d'un second. Même si la pente n'était point forte, les soldats anglais regroupés en lignes serrées semblaient hors d'atteinte.

Le duc Guillaume ordonna à ses capitaines d'envoyer leurs cavaliers, et Aimery prit la tête de sa colonne. À sa dextre, les cavaliers normands menés par Guillaume en personne ; plus loin encore, les cavaliers flamands et picards.

Un hurlement éclata, non loin, suivi de chocs sourds. Odon de Conteville, le demi-frère de Guillaume et évêque de Bayeux, jouait de sa masse sur les crânes saxons avec la virtuosité d'un aède usant de sa lyre… Aimery lâcha un bref éclat de rire en se détournant. Messire Odon semblait plus habile à manier le gourdin que la crosse.

— Allons ! Pour Thouars !

Aimery serra les dents. Sous les sabots de Conquérant, une

terre gorgée d'eau giclait en éclaboussures boueuses, lui rappelant de ne point s'approcher du marécage situé à senestre...

Le sol buvait sans fin. Le monde semblait s'être mué en chaos de fange et de sang, où chaque souffle de vie se perdait dans la tourmente. Mille criements et imprécations, certains compréhensibles par Aimery, d'autres pas... Mille langues mêlées dans un chant immémorial. Sauvage.

Grisé par l'air lui cinglant les joues, Aimery se concentra sur les lignes ennemies, en hauteur devant lui.

Harold était là...

Au centre des lignes adverses, Aimery repéra une bannière d'argent au dragon d'or. Les armes du Wessex. Tout autour se dressait une muraille humaine revêtue de mailles de fer, armée de haches à la danoise et de hauts pavois crottés de terre et de sang.

Les *housecarls*, la garde rapprochée du roi. À peine sortis victorieux d'une bastaille contre les Danois dans le Nord, ces hommes venaient de traverser tout le royaume afin d'affronter le duc Guillaume sur la côte sud. Ils se tenaient droits et fiers, tout prêts à défendre leur roi jusqu'à mortaille.

Un criement, un mouvement à la frontière de son champ de vision...

Aimery tira sur les rênes de Conquérant, qui se dressa sur ses postérieurs en hennissant furieusement.

Cela laissa toute latence à son maître pour briser net le bras armé d'une lance qui avait tenté de lui perforer la cuisse.

Tel un projectile envoyé par un lance-pierre, le combat fut là. Subitement.

Le choc fut violent. Aimery était entouré de ses seigneurs cavaliers ainsi que de fantassins, et tous ensemble ferraillèrent de concert contre les troupes anglaises. Ce fut le chaos... Ce chaos que connaissait bien Aimery, et qui lui inspirait d'ordinaire une indomptable rage de se battre.

Sang.

Criements.

Cors et trompes rythmant les avancées ou les reculs.

Aimery ressentait une lourdeur au creux de son bras, à force de frapper, mais ne ralentit point pour autant.

— À l'assaut ! Pour Dieu et Thouars !

Il trancha, tailla, perça, sectionna.

Il brisa, lacéra.

Sans relâche, le bras aussi vigoureux que son cœur était hardi.

Soudain, il y eut des criements étranges, derrière lui.

— Le duc ! Le duc est occis ! Dieu nous protège !

Aimery fit pivoter Conquérant, aussi écumant que lui.

Par tous les saints... Où est Guillaume ?

Il avait beau parcourir des yeux le champ de bastaille, nul duc de Normandie n'était plus en vue. La cavalerie normande, qui se trouvait au centre de la formation, reculait en grand désordre afin d'éviter de s'enliser dans le marécage... Les chevaux fonçaient sur les fantassins bretons et poitevins, provoquant grand tumulte et moult replis.

Où est Guillaume ?

Aimery sentit son cœur se fermer, tout comme son poing autour de la poignée de sa flamberge.

Puis, enfin, le duc réapparut... Il émergea de la marée de fer qui ondoyait sur la pente de la colline, visiblement en sautant sur le dos d'un cheval. Tête nue, il était reconnaissable entre tous.

Il se dressa sur ses étriers, poussa un rire tonitruant qui se termina par un rugissement bestial.

— *Aïe ! Aïe*, compagnons ! *Dex, aïe !*

Telle une créature issue des légendes, l'ost tout entier hurla et se jeta dans le combat. L'odeur du sang rencontra bientôt celle de la sueur, hommes et chevaux mêlés.

Aimery, qui reprenait son souffle, se tourna à nouveau vers la colline, et...

Un coup dans le genou lui arracha un criement.

Une lance !

Sa main se posa sur la hampe, solidement fichée dans sa chair, sans parvenir à l'ôter.

Maudit soit le sort ! Par le Christ, il faut que je...

Il poussa un autre criement en recevant une pierre sur son heaume, qui manqua percer le fer et le fit basculer du dos de Conquérant.

Aimery se redressa de son mieux, une jambe au sol, mais la flamberge levée et prête au combat. S'il devait mourir, ce serait avec honneur sur le champ de bastaille !

Plusieurs hommes l'encerclèrent.

Dépenaillés, hors d'haleine.

Le premier ôta son casque, et Aimery lâcha un juron.

— Raoul ! Mais...

Un second dévoila à son tour son visage. Cette fois, Aimery mit quelques secondes à se souvenir de ses traits honnis.

— Me reconnoissez-vous, messire ? lança l'homme.

— Palsambleu !

— Je vois que c'est le cas.

Aimery poussa un rugissement qui fit écho à celui du duc Guillaume un peu plus tôt, mais retomba lourdement sur sa jambe blessée.

— Misérable charogne ! Vieux bouc puirant ! Porc en robe noire !

Il n'était autre que Jehan d'Asfrediville, le clerc qui avait commis un attentement envers Emma au soir de leurs noces... Muni d'une pauvre vêture, tel un soldat de misère. Fou de rage, Aimery envoya son épée en avant, et eut la satisfaction de voir une balafre fleurir sur la joue d'Asfrediville.

— Clerc dévoyé ! Âme souillée ! Fornicateur ! Tu n'as pas pu rester à pourrir dans ton maudit monastère, à expier tes crimes dans la mortification ? Grand bien te fasse ! Tu périras par mon fer, Dieu m'en soit témoin !

Il se fendit à nouveau, mais cette fois ne rencontra que le vide. Asfrediville avait compris la leçon.

L'homme recula, une main pressant sa joue blessée d'où s'échappait un sang épais.

— La peste soit de cet homme ! Je suis blessé... Messire Raoul, il m'a blessé ! Je... Je perds mon sang !

Une main sur la hanche, Raoul semblait trouver la scène fort divertissante.

— La paix, moinillon ! Ce n'est point en ce jour que tu rencontreras le Créateur... Tout juste, peut-être, l'aiguille du chirurgien.

Aimery se tourna vers lui.

— Et toi ! Vil félon ! C'est toi, qui as libéré ce maroufle en rut ?

— Si fait, messire. Voilà au moins un point sur lequel vous voici plein de clairvoyance. Notre maître commun s'est trouvé marri de voir ses plans déjoués... Il nous a envoyés céans pour tout rétablir.

Aimery se leva avec difficulté, traînant sa jambe blessée derrière lui. La bastaille s'était déplacée plus loin, et nul ne leur prêtait attention : il avait donc tout loisir de s'occuper de ces félons.

— Quel maître ? Quels plans ?

Il ne comprenait plus guère... Nenni, plus guère. Comment Raoul, un homme qui l'avait suivi dans tous ses voyages, qui avait risqué sa vie dans toutes ses batailles et sauvé son âme en priant dans les mêmes chapelles, comment Raoul avait-il pu le trahir ainsi ?

Il rit, le foimenteor ! Il rit, et il répondit d'un ton léger.

— Je suppose que vous pouvez savoir, à présent. Car rien ne vous sauvera plus ! Jehan et moi...

— Ne dites rien, pauvre sot ! intervint Asfrediville, ce qui eut l'effet de courroucer Raoul.

— Je puis bien dire ce que je veux, puisqu'il ne verra point le soleil se coucher ! Qu'importe, s'il apprend que c'est l'évêque

Stigand qui tenta de s'opposer à ces épousailles ? Qu'il vous a contacté par le biais d'un moine saxon ? Que vous m'avez ensuite rallié à votre cause de par mon courroux contre le seigneur de Thouars ?

Stigand ?

Stigand...

Il eut beau fouiller sa mémoire, Aimery ne se remémorait point ce nom.

— Oïl, messire ! cracha Raoul en se tournant vers lui. Je ne puis plus vous souffrir...

— Suppôt d'Harold le félon ! Est-ce depuis qu'il te sauva des marais, que ta fidélité lui échut ?

— Point, messire. Je vous l'ai dit, j'obéis au seigneur Stigand.

Il fit signe à Asfrediville d'attendre, et les trois larrons qui les accompagnaient s'impatientèrent à leur tour.

— Arrête un peu de causer, Raoul !

— Tu fatrouilles autant qu'un curé à la messe ! Pourquoi qu'on lui fait pas la peau prestement ?

— C'est vrai, il faut profiter tant qu'on peut... L'est sacrément taillé pour occire, çui-ci !

Raoul sembla perdre un peu de sa superbe.

— Oïl, nous allons l'occire ! Mais je tiens à ce qu'il sache qui l'envoie auprès de Dieu, et pourquoi !

— Pourquoi ? répéta Aimery, qui leva mollement son épée. Puisque te voilà prêt à discourir, conte-nous la chose ! Ensuite, c'est moi qui t'occirai. Je t'ouvrirai de la gueule au cul !

Aimery fit un pas vers Raoul, qui recula d'autant. Il inspirait certes encore la crainte, mais plus pour longtemps... Sa blessure le faisait souffrir. Il ne pouvait plus s'appuyer sur sa jambe, et bientôt la douleur serait telle qu'il n'aurait plus même la force de brandir sa flamberge.

Raoul eut un rire amer.

— Pour le sang, messire. Pour quoi d'autre ?

Les sourcils d'Aimery se froncèrent sous son heaume déformé.

— Que dis-tu, maraud ? De quel sang parles-tu ?

— Du mien ! Celui de mon frère, Mathieu, tombé sous les remparts de Barbastro ! N'avez-vous point souvenance de lui ?

Aimery secoua la tête, perdu dans ses souvenirs.

— Nenni...

— Mathieu ! cria Raoul, hors de lui. Mathieu, qui n'est point rentré avec votre ost à Thouars, mais qui erre à jamais dans les sables d'Aragon, tourmenté par les démons des infidèles !

Le cercle des félons se resserra un peu autour d'Aimery, qui ajusta son heaume sur son front moite.

— J'ignore qui était ton frère, Raoul, mais s'il a trépassé à Barbastro, alors ce fut un brave parmi les braves et il a très certainement rejoint le paradis céleste.

— Vous... Vous avez préféré revenir avec ces infidèles ! Ces chiens d'étrangers, qui n'adorent point Dieu mais des idoles... Quand mon frère, lui, est tombé, resté sans sépulture, sans prières ! Damné pour l'éternité.

— Les anges veillent sur lui, désormais. Sache qu'il eut bien plus de bravoure que tu n'en montreras jamais.

— Cessez, messire ! Vous n'avez point le droit ! Vous... Vous nous avez abandonnés pour sauver des infidèles...

— Ainsi, c'est à toi que je dois d'avoir chu de ma monture ? fit Aimery, qui réfléchissait prestement. Et connu quelques « incidents » qui n'en étaient guère ? Tu n'es qu'un félon et tu mourras comme tel.

— Cessez ! Cessez donques !

Aimery se permit un rictus suintant de mépris devant son visage enflammé, visiblement en train de se fissurer sous le poids de sa haine et de sa peur mêlées. Puisant dans toute sa volonté, il ignora la douleur qui se diffusait dans sa jambe pour brandir son épée avec difficulté.

— À présent, que le ciel tranche entre toi et moi !

Mortifié, Raoul ordonna à ses compères de lui laisser la faveur du duel... Car ce serait bien un duel, un duel à mortaille entre son ancien maître et lui.

Le combat s'engagea. Aimery n'eut aucune peine à esquiver les premiers coups sans s'exposer. Son expérience sur le champ de bastaille lui conférait l'avantage... Pourtant, plus les secondes s'égrenaient plus il sentait le danger menacer.

— Que Dieu te juge, et que le Malin t'arrache cette langue par laquelle tu m'avais juré fidélité !

Il boitait davantage encore.

Sa lame effleura la cotte de mailles de Raoul, lui arrachant un cri de peur mais guère plus.

Aimery ne tiendrait pas long temps ainsi... Il devait se hâter d'occire Raoul, car ensuite ses comparses prendraient certainement la relève, et alors... À moins qu'ils ne prennent la fuite ? Pour cela, le trépas de Raoul devait être brutal. Impressionnant. Il devait rester à jamais dans les mémoires de ceux qui y avaient assisté.

Aimery bloqua la lame de son ancien homme d'armes, qui poussa un grognement rageur. Ce dernier se reprit prestement, toutefois, et harcela Aimery de coups de plus en plus puissants.

De plus en plus hardis.

Le visage d'Emma surgit à nouveau dans l'esprit d'Aimery, qui se crispa. Ce n'était point l'heure de songer à son épouse ! S'il n'était point vainqueur, céans et à cet instant, il ne la reverrait jamais.

Puis, un détail émergea des brumes de ses souvenances.

Emma, le jour de leurs épousailles, se tenant la joue d'une main sans chercher à refouler ses larmes. Comme tous, ce jour-là, Aimery l'avait crue faible, alors. Vulnérable. Et Dieu savait comme cette illusion s'était révélée fragile !

Si, lui aussi, paraissait faible, et...

Il trébucha, se rétablit juste à temps pour esquiver la lame de Raoul et lui taillader la main senestre au passage.

Il chercha à se relever, mais son pied glissa dans la boue.

D'un geste instinctif, il sauta sur sa jambe valide et se fendit en avant, sa lame frôlant la cuisse de son adversaire. Ce diable de Raoul ne se laisserait pas aisément occire !

Et Aimery, lui, sentait ses forces l'abandonner au rythme des flots de sang qui s'écoulaient de son genou...

Une diversion ! Il lui fallait une diversion, s'il voulait venir à bout de Raoul et de ses suppôts de Saxons...

Soudain, un cor résonna sur la colline... Un cor saxon.

Le cri qui éclata, lui, n'était point saxon.

— *Aïe !* Pour Dieu et Thouars !

44

Aimery ne chercha point de réponses à ses questions.

Il fonça tête baissée sur Raoul, s'effondra sur sa jambe blessée mais point avant d'avoir enfoncé sa lame dans le défaut de cuirasse de son adversaire... Juste à l'aine.

Il y eut un craquement aussitôt suivi d'un flot de sang, qui gicla à gros bouillons.

Les deux combattants churent ensemble.

Tous deux ensanglantés, tous deux affaiblis...

Seul l'un d'eux se releva sur ses coudes et son genou valide, l'œil vif et la main crispée sur sa flamberge, prêt à en découdre à nouveau.

Mais les compagnons de Raoul s'étaient égaillés dans la bastaille, préférant affronter les soldats saxons plutôt que la colère d'Aimery.

Celui-ci se tourna alors vers le cavalier qui avait poussé ce criement – *son* criement – et qui, à présent, se fendait un passage à travers les combats...

Droit sur lui.

Il ne lui fallut qu'une seconde pour comprendre. Une bannière d'argent portant le dragon du Wessex flottait autour de l'inconnu, lancé à plein galop et suivi par un démon à la peau sombre sous son casque, puis par une grande troupe saxonne à l'armement sommaire... Les restes du *fyrd* d'Harold, sans le moindre doute.

Comme si cela n'avait point suffi, le mystérieux cavalier hurla à nouveau, la voix enrouée mais perçante comme celle d'un aigle.

— Pour Thouars ! Ma force d'en haut !

Incrédule, Aimery se redressa de son mieux afin de ne point paraître totalement démuni lorsque son épouse – oui, son épouse – arrêterait sa monture devant lui.

Elle le fit dans une gerbe de boue, sauta à terre dans un mouvement fluide digne d'une Amazone des temps anciens.

— Dieu merci, vous êtes en vie ! Messire... Messire, êtes-vous blessé ?

Aimery ferma les yeux, savourant les mains fébriles sur son cou, ses épaules, ses joues souillées de poussière, de sueur et de sang...

— Grand Dieu, répondez-moi ! Messire Aimery ! Messire.

Elle était là !

Emma...

Ou plutôt Aelfgyva, la Saxonne au cœur de lion. Son épouse. Sa fière et indomptable épouse !

Aimery ne put retenir un éclat de rire.

Rouvrant les yeux pour rencontrer son expression furibonde, il retrouva son souffle pour apaiser son courroux.

— Paix, ma mie ! Paix. Me voilà si heureux de vous voir ici... Même ainsi vêtue de fer et de cuir, les cheveux emmêlés et puirant le cheval.

— Oh ! messire... Aimery !

Elle se jeta dans ses bras.

— Grâce à Dieu, vous êtes en vie !

— Si fait, et grâce à ma flamberge également.

— Ne blasphémez point !

— Savez-vous que la broigne vous sied aussi bien que le bliaud, belle et tendre mie ?

— Oh ! Aimery, je vous aime tant... J'ai eu si peur pour vous !

— Et donques, c'était là raison suffisante pour que vous preniez les armes, souleviez un ost dérobé à votre père et fondiez sur l'ennemi en pleine bastaille ? Seigneur ! Que les autres épouses de seigneurs de Francie vous ressemblent, et nous aurions un redoutable ost de femmes furieuses pour remporter victoire.

— Cessez !

— De vous serrer contre moi ?

— Certes pas. Cessez de plaisanter, messire – encore que cela me rassure quant à votre état de santé.

Levant la tête vers lui, elle l'embrassa avec une passion qui réchauffa le cœur d'Aimery. Aussi surpris par son arrivée fracassante que par ce baiser, il savoura la douceur de ses lèvres un long moment avant, enfin, de la laisser reprendre son souffle.

Aimery grimaça en la libérant. Sa jambe le faisait souffrir, mais il avait à cœur de masquer sa douleur devant les grands yeux inquiets d'Aelfgyva.

— Comment... Comment avez-vous fait ?

— C'est là une longue histoire, messire, que je me ferai un plaisir de vous conter le soir, à la veillée... Point céans. Pouvez-vous marcher ?

— Je n'en suis pas sûr.

Tariq – car c'était bien lui, qui accompagnait ainsi son intrépide épouse – sauta à terre pour lui proposer son bras.

— *Ahlan wa sahlan*, messire de Thouars.

Aimery marqua une pause, les yeux plantés dans ceux de son frère d'armes. Point de la même terre, point de la même langue, point du même ost... Et pourtant, le prince Tariq serait à jamais son frère d'armes. Ainsi que celui de son épouse, songea-t-il avec un sourire.

— *Ahlan*, mon frère.

Le Maure le remit debout avec égards, l'aida à prendre appui sur ses épaules. Aimery planta son regard dans le sien.

— Vous l'avez protégée jusqu'ici ?

— *Na'am*. J'ai veillé sur elle, ainsi que vous fîtes pour ma propre sœur, car là était la voie juste.

Aimery hocha la tête. Fier de son épouse, reconnaissant envers son prisonnier – nenni, son ami. Dégageant son bras, il chercha une cordelette à son ceinturon.

— Que faites-vous ? s'impatienta son épouse.

Tariq, lui, avait compris. Aimery l'entendit retenir son souffle tandis qu'il lui tendait sa dague courbe au pommeau de rubis.

Rien d'autre que son honneur perdu.

— Prends, fit Aimery d'une voix bourrue. C'est à toi qu'elle revient, depuis toujours. Aujourd'hui, tu la mérites plus que quiconque.

Tariq avança une main tremblante.

— Messire... Elle est à vous. Je... C'était notre marché.

— Nul besoin de marché entre frères. Allons, prends !

Le Maure obéit, déglutissant avec peine.

— Grand merci, mess...

— Fi de remerciements ! Il n'est que justice que tu retrouves ton honneur.

Aelfgyva se plaça de l'autre côté d'Aimery pour apporter son aide.

— Hâtons-nous ! Il faut nous éloigner de la bastaille.

Soudain, une autre voix connue éclata à quelque distance.

Messire de Thouars ! Je gage que vous serez heureux de voir qui je vous amène. Ce félon s'enfuyait... J'ignore quel tort il vous causa, mais je puis jurer qu'il était aux côtés de Raoul, tantôt.

Henri de Ferrières, qui avait disparu après le débarquement de l'ost en terre anglaise, surgit du tumulte du combat, traînant un corps recroquevillé dans la poussière.

Asfrediville.

Aimery sentit une rage froide monter en lui. Apaisée toutefois par le contact de sa chère épouse, et la présence solide de son ami.

Henri lâcha le blessé devant Aimery.

— Messire… Il est tout à vous ! Faites-en ce que bon vous semble.

Jehan d'Asfrediville, le visage déformé tant par la haine que par sa récente balafre, implora pourtant sa clémence. Henri l'avait désarmé et blessé au bras : il ne pouvait plus se battre.

— Pitié, messire… Pitié !

Aimery sourit. Ce félon ne lui échapperait plus.

Il sentit une pression exercée par la main d'Aelfgyva, qui redoutait de le voir occire un homme désarmé à ses pieds… Tariq, quant à lui, était aussi impassible qu'à son habitude, le regard plus dur que l'acier. Lui, connaissait la brutalité de la guerre. Il ne s'opposerait point à ce que justice soit faite.

Se libérant de la prise de son épouse, Aimery leva haut sa flamberge…

Pour l'abaisser ensuite, la plantant profondément dans la boue, à deux doigts de Jehan d'Asfrediville qui, à présent, versait moult larmes d'enfançon.

D'un regard, Tariq comprit et aida Aimery à s'agenouiller près de l'ancien clerc.

— Je ne te ferai point l'honneur de t'accorder mortaille d'aussi honorable façon, fit-il en saisissant son menton entre deux de ses doigts gantés de mailles. Je ne verserai point ton sang pour soulager mon âme… Nenni. Tu vas vivre.

— Oh ! grand merci, messire ! Grand merci à vous, je…

— Tu vas vivre, reprit Aimery, pour affronter la justice des hommes, avant celle de Dieu !

Tariq l'aida à se remettre debout, puis Henri redressa Asfrediville, attendant les ordres d'Aimery.

— Que fait-on de lui, messire ?

— Qu'il réponde de ses crimes ! Mais point devant moi. Monseigneur Odon de Bayeux sera bien meilleur juge, sans nul doute ; remets ce maraud au duc Guillaume, qu'il le garde sous chaînes en attendant son jugement.

Une trompe résonna, au-dessus des heaumes ternis et des montures fatiguées...

L'ost de Guillaume se repliait.

Aimery, soulagé, se laissa entraîner par Tariq vers sa monture. Il fut hissé en croupe et ramené au camp, où l'attendaient quelques souffrances supplémentaires.

Le chirurgien n'avait point la main douce... Ce fut miracle qu'il n'aggrave point le saignement en nettoyant la plaie du vicomte de Thouars qui, malgré sa robuste constitution et sa grande expérience guerrière, échoua à garder son calme. Grâce à Dieu, il fut épargné à Aimery la vergogne de laisser son épouse assister à ses ruades ponctuées de jurons bien sentis.

Lorsque, enfin, il put quitter la tente du chirurgien, le genou enroulé dans des linges renforcés de minuscules planches, il n'était point véloce mais tenait seul sur ses deux jambes.

— Voilà un net progrès, marmonna Aimery en testant son équilibre. Jehanounet !

— Oïl, sire ?

L'escuyer apparut soudainement à son côté, un grand sourire barrant son visage empourpré d'excitation.

— A-t-on retrouvé Conquérant ?

— Si fait : il n'est point blessé et savoure en cet instant une double ration d'avoine.

— Bien. Vérifie la selle et la bride, nettoie mon épée. Que tout soit prêt pour le deuxième assaut.

— Le... Le deuxième assaut, messire ? souffla le garçon en perdant son sourire.

— Eh, quoi ? Tu ne croyais tout de même guère que nous céderions la victoire aussi aisément à Harold le félon, reprenant la mer sitôt les premiers blessés tombés à terre ?

Nenni, messire...

— Tiens-toi prêt, ai-je dit. Nous devrons remporter la victoire avant la nuitée et je gage que le duc Guillaume ne tardera point à sonner les rangs.

De fait, Aimery ne se fourvoyait guère.

Le duc, qui avait vu un cheval périr sous lui durant la matinée, fit sonner le deuxième assaut tandis que tintaient des cloches lointaines, dont le vent charriait les échos. Aelfgyva et Tariq, qui avaient rejoint Aimery, se figèrent aux premières paroles du duc, dont la voix survolait le camp avec une puissance impressionnante.

— Vaincus, il n'y aura pour vous ni espoir ni retraite : aucun de vous ne rentrera dans son foyer. Vainqueurs, la gloire et les trésors d'Angleterre seront à vous ! À chacun d'entre vous.

— Est-ce l'office de sexte[1] ? demanda Tariq après un rapide calcul.

Aimery opina en grimpant sur le tabouret dressé près de Conquérant, afin de l'aider à monter en selle tandis que des vivats éclataient en réponse à la harangue du duc Guillaume.

Les soldats de Francie s'encourageaient mutuellement dans toutes les langues du royaume, et cette vision d'un camp à la fois si disparate et si uni dans ses prières avait quelque chose de saisissant. Le prince maure semblait en prendre toute la mesure. Il tournait sur lui-même, la main sur la poignée de son épée, frissonnant dans l'air qui crépitait, comme avant un orage.

Aimery s'installa avec une grimace, plaça sa jambe correctement dans l'étrier puis s'efforça de sourire à son épouse. Il remarqua que la jeune femme portait la main à un étrange pendentif qu'il ne lui connaissait point, mais ce n'était guère le moment de songer à de telles futilités et il se contenta de lui recommander la prudence jusqu'à son retour.

— Êtes-vous certain d'en être capable ? s'inquiéta-t-elle.

1. Midi.

La question piqua Aimery au vif. Elle lui donnait souvenance d'une autre question, assez similaire mais posée dans un contexte fort différent, qui l'avait atteint directement dans sa virilité...

Aussi répondit-il un peu plus sèchement qu'il l'aurait voulu. Aelfgyva s'en fut d'un pas nerveux. Son époux poussa un profond soupir.

— Je vous la confie, prince. Dieu sait qu'il est ardu de la protéger... Néanmoins, je compte sur votre habileté pour ce faire.

Tariq se pencha, une main sur le cœur. Son visage semblait avoir recouvré une sérénité qu'Aimery ne lui avait plus connue depuis leur rencontre, sous les remparts de Barbastro.

— Je me montrerai digne de votre confiance, messire. Après tout, dame Emma est parvenue vivante et en bonne santé jusqu'à vous... Je puis, je crois, poursuivre cette tâche encore pour ce jour.

— Dame Aelfgyva, rectifia Aimery en flattant l'encolure de Conquérant.

— Qu'entendez-vous par cela ?

Aimery sentit son cœur se gonfler de fierté à la pensée de la force de sa jeune épouse saxonne. De ce qu'elle avait accompli. Il sourit sous son nasal, encore déformé de la pierre qu'il avait reçue tantôt.

— Son nom véritable est dame Aelfgyva de Thouars. Il est sans doute temps que je me montre moins dur avec elle... Qui pourrait douter de ses mérites, désormais ?

— Qui, en effet ? sourit Tariq. Qu'Allah te protège et te suive de son œil qui ne dort jamais.

— Dieu te garde, mon ami.

Les heures qui suivirent parurent fort longues à Aimery, rythmées par les trompes de guerre, les criements de ses gens, la danse de sa flamberge et la douleur lancinante de sa jambe.

Il se sentait mal. Les os glacés, mais la peau brûlante. Sa vision se troublait par moments et ses oreilles lui jouaient des tours...

Pourtant, point ne faiblissait.

La pensée de son Aelfgyva, qui se trouvait non loin, à la merci des archers anglais, nourrissait sa soif de combat comme jamais auparavant. Il comprit ce que pouvait ressentir le guerrier qui protège sa famille... Une ardeur irrépressible, insensible à la crainte - mis à part la crainte pour les siens.

C'est cela qu'a vécu Tariq, à Barbastro...

Son cœur se serra à la pensée des grands yeux de Yerma, de sa robe retroussée, de Tariq impuissant, à terre, et...

— Repli !

Les trompes sonnèrent d'un bout à l'autre de l'aile senestre.

C'était déjà le troisième repli qu'ils opéraient ; Aimery savait qu'il serait suivi par une nouvelle offensive, qui s'avérerait aussi vaine que les précédentes.

Ramassées sur les hauteurs de la colline tels des fauves blessés, les troupes du roi Harold subissaient de lourdes pertes sans oser détruire leur formation... On disait que les deux frères du roi avaient rendu l'âme, tandis qu'on criait autour d'Aimery que le duc Guillaume montait son troisième cheval de la journée, et que l'évêque Odon avait déjà brisé deux masses[1].

Aimery suivit les deux mouvements, de repli d'abord, puis de charge vers le sommet de la colline. Le champ de bastaille n'était plus qu'une mêlée furieuse, un chaos de larmes et de criements dans des langues diverses.

S'arrêtant après avoir écrasé un Anglais sous les sabots de sa monture, Aimery essuya la sueur teintée de rouge qui gouttait le long de son nez, puis se figea.

Là.

Juste à quelques toises...

Harold ! Harold Godwinson, roi d'Angleterre. En personne. Aimery pouvait à peine y croire...

1. En tant que chef religieux, Odon n'a pas le droit de faire couler le sang : aussi n'est-il pas armé d'une épée, mais d'une masse censée assommer l'adversaire.

Il se tourna vers Henri de Ferrières, qui ne le quittait plus depuis leurs retrouvailles.

— N'est-ce point le roi félon ? Vois donques ! La bannière au dragon.

Henri de Ferrières fronça les sourcils, pinça les lèvres en une moue désapprobatrice.

— Ne vous déplaise, messire, ce cavalier n'est point le roi Harold, mais bien sa fillotte.

— Emm... Aelfgyva ? Crois-tu ?

— J'en suis certain. Voyez, nul *housecarl* en vue...

— C'est pourtant vrai... Que le diable m'emporte !

D'un coup d'éperons, Aimery fonça vers son épouse. Celle-ci, animée d'une ardeur qui éclairait ses traits, hurlait à plein poumons en chargeant de tous côtés, son épée en main dextre, sa dague en main senestre. Fort chanceusement, les Saxons reculaient devant leur improbable duo, la femme guerrière et l'infidèle, croyant sans doute avoir affaire à des démons.

Tariq peinait cependant à protéger les flancs d'Aelfgyva et, semblait-il, l'exhortait à la retraite. Il se battait avec une fougue et une vivacité dignes d'un démon... Aimery songea qu'il était heureux de ne point avoir croisé le fer avec lui.

Conquérant se heurta à des corps entassés, dérapa contre le flanc d'un cheval au cou brisé... Il rua pour escalader ce macabre monticule, mais perdit l'équilibre et se laissa retomber sur ses antérieurs.

Un porte-étendard trépassé levait des yeux déjà voilés par la faucheuse d'âmes vers Aimery, qui jura en renonçant à son entreprise.

— Aelfgyva ! cria-t-il de loin. Aelfgyva ! Retournez prestement d'où vous venez, m'entendez-vous ?

Elle rit, l'insensée !

— Messire, sauf votre respect, cette terre est mienne, et non vôtre. Agréez donques mon appui ! Mes troupes sont encore pleines de vigueur.

— Aelfgyva ! Par la damnation éternelle, je… Oyez-moi !

— Ce n'est pas vraiment le moment, messire.

— Aelfgyva, si vous ne retournez pas prestement au camp, je… je… Ah, cornes du diable ! Vous l'aurez voulu.

Il se laissa rattraper par Henri, qui combattait tel un archange.

— Foin de tout ceci ! Il faut en finir. Où est le duc ?

— Sa bannière s'est rapprochée, messire. Voulez-vous lui transmettre un message ?

— Je m'en charge ! Prends le commandement de mes Poitevins en mon absence.

— Bien, messire.

— En rangs serrés ! Point de relâchement.

Ensuite, Aimery se fraya un passage vers la formation centrale de l'ost, où la bannière normande claquait sous les vents anglais.

Le duc se battait tel un démon surgi des profondeurs. Taillant, fendant, il jouait de l'épée comme d'un instrument de musique, composant une marche funèbre au gré des ennemis occis.

Aimery joignit ses efforts aux siens et, lorsqu'il fut à portée de ses oreilles, cria pour couvrir le fracas des armes.

— Messire Guillaume ! Il faut en finir. La nuitée ne tardera point. Harold doit tomber avant le crépuscule !

— Cela me serait bien doux, tu puis me croire… Hélas, ce couard se cache derrière ses damnés *housecarls* !

Eustache, dont les longues moustaches jaillissaient de son heaume tels des javelots, arriva de l'autre côté du duc.

— Messire Guillaume ! Nous devons mettre un terme à la bastaille, ou nous devrons faire sonner le cor du repli avant de hisser les voiles pour la Normandie… Nous avons eu trop de pertes.

— Je le sais fort bien, morbleu ! s'emporta le duc. Mais je ne puis hâter les mouvements, ou nous ne parviendrons jamais à escalader cette pente glissante encombrée de dépouilles !

Aimery songea à Aelfgyva, qui errait dans l'ost en distribuant de pauvres coups d'épée… S'il la laissait n'en faire qu'à sa guise, elle ne verrait point le soleil se lever.

Au diable Harold et Guillaume ! Je ne l'ai point retrouvée pour la perdre maintenant.

Pas elle !

Pas Aelfgyva. Pas maintenant. Le cœur lacéré, Aimery s'imagina devoir porter son corps mutilé dans ses bras, ramener sa dépouille par-delà les flots jusqu'à Thouars, jusqu'à la crypte où reposaient déjà Berthe, Aelis et Blanche…

Jamais ! Moi vivant, elle ne trépassera point ; cela sera, même si je dois pour cela arrêter une guerre.

— Messire !

Le duc et Eustache se tournèrent d'un même mouvement vers Aimery, qui avait pris sa décision.

— Eustache et moi allons occire le roi. Un mot de vous, et il est déjà en partance pour les enfers !

Interdit, le comte de Boulogne secoua la tête mais Aimery ne lui laissa pas le temps d'exprimer ses doutes.

— Il suffit de quelques hommes, messire ! Nous allons traverser les lignes saxonnes, nous approcher d'Harold et lui arracher son âme corrompue. Cette bastaille prendra fin aussitôt que sa dépouille aura touché le sol, soyez-en sûr !

Guillaume hésita une minute, puis donna ses ordres d'une voix tranchante.

— Fort bien ! Je vous conduirai. C'est à moi, et à moi seul d'occire Harold. Et je ne crois point qu'il lui suffira de choir pour que sonne la fin des combats… Tant que le roi felon sera en un seul morceau, les *housecarls* ne renonceront point : il nous faudra briser Harold. Qu'il n'en reste que des os. Est-ce compris ?

Ils furent interrompus.

Trois *housecarls*, maculés de sang, surgirent dans un hurlement sauvage.

Le premier brandit sa hache... Guillaume tenta une esquive, mais trop tard.

Il ne sera point assez preste. Par l'enfer !

Dans un accès de rage bouillante, Aimery lança Conquérant sus à l'ennemi et perça les entrailles du soldat avant qu'il ait pu abattre son arme redoutable. De forts relents de merdaille se répandirent.

Aimery arracha la pointe de sa flamberge du corps inerte, se redressa sur sa selle.

Guillaume bondit à senestre, Eustache à dextre. Juchés sur leurs montures avides de combat, ils voltèrent avec légèreté jusqu'à trouver l'ouverture attendue...

Deux éclats de fer.

Deux chocs sourds.

Les deux autres *housecarls* tombèrent à leur tour, se tordant dans d'atroces souffrances.

— La peste soit de ces maudits...

Un hurlement coupa net le duc Guillaume. Il écarquilla les yeux. Un autre *housecarl* jaillit derrière le comte de Boulogne, la hache levée haut...

Et son bras vola dans les airs. Coupé net, le membre tournoya un instant dans les airs avant de retomber au sol dans une gerbe sanglante.

Un chevalier normand au large sourire édenté poussa un criement de joie.

— Je l'ai bien fauché, le pourceau ! Par ma foi, ce bras-là ne se dressera plus contre vous, messire le duc.

Guillaume rit à gorge déployée, et en récompense de ses loyaux services il ordonna au chevalier – un certain Gautier Giffard – de les accompagner tous trois dans leur délicate mission. Le bras fort et l'âme hardie de Gautier leur seraient utiles, affirma-t-il en se frayant un chemin dans le chaos de la bastaille.

Aimery poussa Conquérant dans le sillage de son duc, songeant que la ferveur guerrière de ce Gautier pouvait bel et bien leur créer des difficultés… Mais il n'avait guère le choix.

Pour sauver la vie de son intrépide – et déraisonnable – épouse, il lui fallait occire le roi d'Angleterre.

45

Par un étrange caprice du destin, ils étaient quatre.

Quatre cavaliers charriant la mortaille sous leurs sabots.

Quatre guerriers couverts de sang chevauchant vers la fin, au rythme du souffle lourd de leurs destriers aux yeux fous.

Quatre hommes pour tuer un roi et mettre fin à une meurtrière bastaille.

Aimery avait la sensation de s'éloigner du monde. Les bruits de bastaille s'estompaient autour de lui, le sang des trépassés et des bannières se ternissait à ses yeux. C'était comme s'il évoluait dans un autre monde, à mi-chemin entre la terre et l'enfer...

D'ailleurs, ses compagnons et lui ne figuraient-ils point les cavaliers de l'Apocalypse ?

Quatre hommes annonciateurs de la fin.

Quoi qu'il arrive, à présent, la fin était proche... Rien n'arrêterait le destin, Aimery le sentait dans chaque fibre de son être.

Ils furent bientôt devant la formation des *housecarls* protégeant le roi Harold. Une muraille d'écus, une forêt de haches à long manche.

Du sang, partout. Des entrailles. Des criements.

Yerma... Tariq.

Aelfgyva ! Pas Aelfgyva, Seigneur, ayez pitié...

Aimery manqua d'air. Le sol sembla se dérober sous les sabots de Conquérant, ou bien était-ce son impression ? Il se mit à respirer fort, secoua la tête pour chasser ses démons... Il réussit à les dompter pour rester dans le moment présent et ne point se croire retourné à Barbastro.

Ce fut un criement qui acheva de le rappeler céans, en terre anglaise.

— Hors de ces terres, misérable gueux ! Tu ne me déroberas point ma couronne !

Harold.

Juste devant.

Guillaume, Eustache et Gautier ferraillèrent brutalement avec les *housecarls*, œuvrant à s'approcher toujours davantage du roi pleutre qui hurlait des injures depuis les remparts de ses hommes...

Aimery ne les suivit guère.

Comme dans un songe, il mit pied à terre dans le tumulte de fer, de sang et de boue qui ravageait la colline. Indifférent à tout ce qui l'entourait. Avisant la dépouille d'un archer – saxon ou francien, il n'aurait su le dire – il s'empara de son arc et encocha une flèche.

La corde de l'arc frôla son oreille, se tendant dans un gémissement funèbre. Sa jambe blessée vacilla quelque peu, mais tint bon.

Imperturbable, Aimery repéra le roi qui, pour mieux invectiver Guillaume, se penchait au-dessus de ses vaillants *housecarls* du haut de sa monture... Ce serait si simple qu'il lui sembla que Dieu lui-même lui apportait Harold sur un plateau d'argent.

Guillaume serait mécontent. Et après ? Aimery était las de sans cesse obéir à l'un ou l'autre de ses ordres : cette fois, il agissait pour lui. Pour Aelfgyva... Pour qu'un avenir soit possible pour eux.

Il visa soigneusement, un œil fermé.

Une flèche.

Une vie.

Ensuite, tout sera terminé.

Il décocha sa flèche, parcouru de la vibration de l'arc… et vit le roi anglais s'effondrer sur les *housecarls*.

Ensuite, tout fut prestement exécuté.

Les *housecarls*, saisis d'effroi, résistèrent fort peu et ne tardèrent point à abandonner leur roi, moribond mais point encore occis.

Aimery s'approcha, ainsi que ses trois compagnons.

Étendu dans une boue imbibée de sang, Harold gisait, les mains crispées sur la hampe du dard fiché dans son œil droit. Il crachait une bile sombre à chaque expiration et geignait tel un enfançon.

Il poussa un faible criement à l'approche du duc Guillaume, qui se planta au-dessus de lui avec autorité. Il sembla toutefois retenir son souffle une poignée de secondes… Sans doute touché, lui aussi, de trouver son adversaire aussi misérable. Il n'y avait nulle gloire à occire un homme condamné, même sur le champ de bastaille.

Subitement, Aimery fut pris de pitié.

Il se détourna, mal à l'aise.

Un choc sourd et un gargouillis le firent sursauter. Il risqua un regard vers le corps d'Harold, molle poupée de chiffon embrochée par le cœur à la lance du duc Guillaume… Bel et bien trépassé, à présent. Ses yeux vides fixaient le ciel qui s'assombrissait, comme pour ne point regarder en face le trépas d'un roi.

Tout félon fût-il.

À son tour s'avança le comte de Boulogne, épée au clair. La mine aussi sombre que son âme de guerrier. Il souleva la tête d'Harold, la cala sur son genou et, de sa lame, lui entailla le cou jusqu'à l'os. Nul sang ne coula, bien sûr, pas plus que des criements retentirent… Et pourtant, ce silence et cette absence de sang furent plus funestes que l'exécution d'un innocent.

Aimery tressaillit.

Il n'était de pire infamie que de souiller un trépassé… C'était un sacrilège. Un acte de païen. De sauvage. Chacun des hommes présents le savait. Ils étaient tous prêts, cependant, à mettre leur âme immortelle en danger afin d'écarter pour de bon la menace d'une rébellion.

— C'est assez, fit Guillaume d'une voix hachée. Repartons. Les *housecarls* risquent encore de revenir...

— Nous serons maudits, pour sûr, marmonna Eustache sans qu'aucun de ses compagnons ne juge utile de le détromper.

Gautier Giffard s'avança pourtant, s'agenouilla auprès de la dépouille vergoigneusement profanée de feu le roi Harold... Il souleva la tunique de mailles et, de sa dague affûtée, préleva un morceau de chair dans la cuisse du roi.

Horrifié, Aimery jura aussi fort qu'Eustache.

Guillaume saisit Gautier par le bras comme il venait de jeter en l'air le lambeau de chair.

— Que diable fais-tu ? Es-tu fol ?

— Je vous sers loyalement, messire duc... Rien de plus. Il m'a semblé juste que chacun de nous porte un coup contre ce foimenteor.

— Ce que tu as fait là... Ce n'est que barbarie !

Le chevalier haussa les épaules, et son calme fut une horreur de plus dans cette journée de malheur.

— Si je vous ai offensé, messire, je m'en remets à votre clémence.

Guillaume le lacha avec réticence, blême de rage.

— Tu répondras de ton acte. Or i allons !

Et les quatre compères, retrouvant leurs selles, chevauchèrent à la poursuite des fuyards anglais qui s'égaillaient de bastaille tels lièvres devant le loup.

46

La nuitée fut brève, entre la poursuite des troupes saxonnes, le soin des blessés et le conseil ducal, prestement réuni à la lueur des flambeaux.

Aimery, en tant que blessé, avait pu rejoindre sa tente et les siens dès complies[1]. Aelfgyva et lui avaient fort peu dormi, entre explications, rires et larmes, ainsi que quelques querelles prestement oubliées sur leur couche de fortune. Fendeur, étendu à leurs pieds, levait de temps à autre un œil vigilant, battant de la queue à chaque réconciliation.

L'aurore étirait ses bras purs au-dessus de la terre souillée, éclairant crûment les vestiges du combat de la veille.

Aelfgyva, nichée contre son époux, enveloppée dans sa chaleur, savourait le contact de sa peau tout en jouant avec le pendentif à son cou. Elle n'avait point trouvé le temps de parler d'Élinor à son père et pourtant elle songeait, à cet instant de paix arraché à la guerre, qu'elle aurait dû commencer par là...

Comme s'il avait lu dans ses pensées, Aimery bougea. Son bras se referma plus étroitement autour d'elle.

— Le bon jour, ma mie.

Il déposa un tendre baiser sur le sommet de sa tête, se figea devant son absence de réaction.

1. Prière du début de la nuit, avant le sommeil ; environ 21 heures.

— Eh bien ? Que me vaut cette soudaine indifférence ? Ne me dites point que vous souhaitez – encore – revêtir des braies et prendre les armes ?

Aelfgyva étouffa son sourire contre le torse robuste de son époux.

— Nenni, messire... Point pour l'heure. J'ai, toutefois, quelque chose à vous montrer.

Le rire égrillard d'Aimery lui fit rougir les joues.

— Vous m'avez pourtant montré bien des choses, cette nuitée...

— Ce n'est point ce dont il s'agit ! Oh ! messire... En vérité, vous voilà bien dévergoigneux !

— Peut-on se montrer dévergoigneux envers son épouse ?

— Si fait ! Vous venez de le faire.

Le baiser qu'il déposa sur le bout de son nez, aussi léger qu'un flocon de neige mais bien plus brûlant, éteignit aussitôt son courroux.

— Paix, ma mie. Que souhaitez-vous me montrer ?

Sans un mot, elle ôta la chaîne de son cou et ouvrit le pendentif. La mèche blonde et soyeuse tomba dans sa main.

— Ceci, fit Aelfgyva en luttant contre la boule qui obstruait sa gorge, est la preuve que vous n'êtes point maudit, messire. Ni moi non plus.

Elle entendit Aimery retenir son souffle. Ils n'eurent point besoin de mots... Il saisit la mèche entre deux doigts, la caressa avec dévotion. À sa respiration saccadée, Aelfgyva comprit que son époux tentait par tous les moyens de contenir son émotion.

— Comment l'avez-vous nommée ? s'enquit-il finalement, la voix étranglée.

— Élinor.

— Aliénor ?

— Nenni, messire. Il s'agit d'un hommage au prince Tariq, sans qui je ne serais point ici... Il a beaucoup fait pour nous, savez-vous ? Pour notre fille, et pour moi. Dans sa langue, Élinor signifie « Dieu est ma lumière » : cette enfant sera notre lumière, Aimery. Le phare pour guider nos pas.

Elle leva la tête vers son visage. Toujours sans voix, Aimery contemplait les fins cheveux d'or comme s'ils représentaient le salut de son âme. Sans doute était-ce le cas.

Aelfgyva caressa sa joue râpeuse – car il ne l'avait point rasée depuis plusieurs jours.

— Le passé n'est plus. Ne reste que l'avenir, et il promet d'être lumineux ! Faites-moi confiance.

Une larme perla au coin de son œil, qu'Aelfgyva cueillit au bout de son doigt.

— Comment... Comment est-elle ?

— Belle et gente ! Gracieuse tel un cygne sur l'étang. Sa peau paraît de la soie, ses yeux ont la clarté de l'onde pure au petit matin. Elle sent le lait et la laine, et lorsqu'elle serre le doigt, c'est avec la force du guerrier. Je... Je me languis tant d'elle !

— Ainsi que moi.

— Elle vous ressemble, savez-vous ? Lorsqu'elle fronce les sourcils, on jurerait voir son père mécontent d'apercevoir une mouche dans son brouet !

Aimery pouffa, repoussant peur et tristesse. Aelfgyva fut si heureuse de lire la joie dans ses yeux qu'elle se haussa pour l'embrasser. Il la retint un long moment, et ce moment eût duré plus encore si les criements un peu rauques de Jehanounet, qui gagnait sa voix d'homme, n'avaient retenti au-dehors.

— Messire de Thouars ! Le duc requiert votre présence immédiate, à vous et à votre épouse.

Ils échangèrent un soupir. Le nid de paix qu'ils avaient bâti pour la nuitée venait de voler en éclats : les impératifs de la guerre reprenaient leur place.

Le duc Guillaume n'était point seul. Outre ses proches chevaliers et ses deux frères, il était flanqué de plusieurs silhouettes qu'Aelfgyva ne reconnut point, dans la clarté du soleil levant. De hautes et dignes silhouettes, enroulées dans de longs mantels, le voile blanc du deuil rabattu sur le visage... Deux moines, dont Aelfgyva entendit les noms saxons ; un certain Osgop Cnoppe, au nez d'aigle, et son jeune comparse au visage grêlé de boutons, Aethelric Childemaister. Les autres étaient des soldats et des femmes, aurait-on dit, au moins pour deux d'entre elles. Des femmes à la posture élégante et digne, le dos droit, et...

Soudain, Aelfgyva se figea. Son cœur s'emballa. Des picotements agacèrent la pointe de ses doigts et le bout de ses orteils.

Son époux la tira par le bras.

— Eh bien ?

— Là...

— Quoi donques ?

— Ma famille.

Le dernier mot s'était douloureusement extrait de sa gorge, lui évoquant d'étonnante façon la naissance d'Élinor.

Car, si elle n'avait jamais eu la sensation d'appartenir à une famille aimante et unie, c'était pourtant ce qu'elle avait sous les yeux...

Au centre d'une délégation saxonne, sa mère, Eadgyth au col de cygne, patientait, reine brisée au regard noyé de larmes. Des mèches de cheveux, libres et parsemées de fils d'argent, dépassaient de son voile simple aux allures de linceul.

Dame Alversa, à ses côtés, semblait plus petite que dans le souvenir d'Aelfgyva... Elle peina à reconnoître sa grand-mère dans cette vieille femme frêle au visage amaigri.

Le duc Guillaume parla.

Aelfgyva écouta sans le regarder. La concubine d'Harold et sa mère s'étaient présentées afin de récupérer la dépouille de feu le roi d'Angleterre, afin de la ramener en Wessex pour y être inhumée. Il fallait cependant identifier d'abord le corps d'Harold... Et là, Guillaume sollicitait l'aide d'Aelfgyva pour épauler Eadgyth au col de cygne, la reine de fait sinon de titre, évincée pour une femme plus jeune et aux soutiens plus puissants.

Deux dépouilles avaient été transportées aux abords du camp, sans que l'on puisse déterminer avec certitude laquelle était celle d'Harold.

Aelfgyva hocha la tête. Sa voix était faible, mais ne vacilla point.

— Fort bien, messire duc. Nous vous dirons si nous le reconnaissons.

Saxons et Franciens les escortèrent devant les deux dépouilles en question, qui avaient été déposées sur des planches et sommairement couvertes de couvertures de selle, à défaut de draps ni de linceuls.

Puis, soldats et conseillers se retirèrent à quelque distance, d'où ils pouvaient surveiller tout en ménageant l'intimité des Saxonnes. Il ne s'agissait plus de s'arroger la possession d'un corps royal, mais de pleurer un époux et un père...

Les trois femmes échangèrent regards et regrets.

Elles étaient là, toutes les trois. Une même lignée, un même sang... Et une même force. Aelfgyva se sentit étroitement reliée à ces deux femmes, qui rayonnaient malgré la perte de leur seigneur et roi. Un feu intérieur les animait toutes... Le feu de leur lignée.

Harold avait-il donc si peu compté ? Il avait rejoint le Créateur, à présent, mais ses femmes, celles qui l'avaient entouré, se trouvaient toujours céans, bien vivantes et plus fortes que jamais.

Enfin, Aelfgyva s'avança et enlaça sa mère. Elle fit de même avec sa grand-mère.

Un lien de douleur les unissait, désormais. Un lien cuisant, tout de souvenirs et d'affliction.

— Tu la portes, fit dame Alversa en désignant la broche qui retenait les pans du voile de sa petite-fille.

Celle-ci eut un sourire triste.

— Si fait. Je la porte, et elle m'a porté chance. L'âme d'Aethelflaed a guidé mes pas puis soutenu mon bras.

— Alors, tout est bien.

Eadgyth se détourna sans un mot, caressant son ventre rond d'une main distraite. Aelfgyva avait entendu dire que les deux compagnes de son père étaient grosses d'enfançon en même temps.

— Je suppose qu'il fallait en passer par là, dit-elle dans un souffle à peine audible.

— Me pardonnerez-vous, Mère ?

Aelfgyva baissa la tête, peinant à contenir ses larmes. Elle ne se pardonnait point, elle, d'avoir pris les armes contre son propre père... Ce qui avait conduit à son trépas.

Eadgyth haussa les épaules.

— Les hommes se fourvoient. Depuis l'aube des temps, ils croient ferrailler pour l'honneur, lutter pour la gloire et trépasser pour Dieu... En vérité, ce sont les femmes qui décident de l'avenir. De la guerre ou de la paix ; de la vie ou de la mortaille. Harold a cru maîtriser son destin alors qu'il courait à mortaille... Toi, ma fille, tu as simplement écouté la voix de tes ancêtres et suivi ton chemin. Telle était la volonté de Dieu.

Les mots de Tariq résonnèrent aux oreilles d'Aelfgyva, qui trémit en ressentant la puissance de la destinée...

Dieu sait. Moi, je marche.

C'était ainsi qu'elle voyait les choses, elle aussi. Elle avait marché, suivi la voie... Jusqu'au bout.

Sa mère, blême, les yeux pleins de lassitude, se tourna à nouveau vers elle.

— Je ne disposais plus de l'oreille d'Harold depuis fort longtemps : il a refusé de m'écouter lorsque je lui ai conseillé de ne point se précipiter vers le sud. Il a refusé de renoncer à se battre… Rien ne comptait plus, à ses yeux, que la couronne qu'il avait posée sur sa tête.

Dame Alversa, comme à son habitude, revint à l'essentiel en montrant du doigt les deux dépouilles allongées sous des pans de tissu puirant le cheval.

— Lequel est-ce ?

Elle souleva un linceul improvisé, pinça les lèvres sous l'assaut de l'atroce vision et de l'odeur pestilentielle. Puis, elle fit de même avec le second.

Les deux corps se ressemblaient fort, en effet. Même taille, même visage défiguré et éborgné, même moustache raidie de sueur et de sang, même terrible blessure à la gorge… Même l'oreille manquante d'Harold ne pouvait être d'aucun secours, car de mauvaises gens avaient jugé amusant de couper les oreilles à ces deux défunts.

Des touffes de cheveux raides dépassaient de leur casque bosselé. Du sang maculait leurs vêtures de combat, collait le cuir et poissait le fer. Seules quelques différences étaient visibles, mais qui ne permirent point à Aelfgyva de reconnoître son père…

Son père.

L'une de ces deux choses qui ressemblaient davantage à des mannequins d'entraînement faits de sacs de sable qu'à des créatures de Dieu, l'une des deux avait été son père. Un noble seigneur qui lui avait donné le jour.

Ce n'était plus guère qu'amas de chairs déchirées et d'humeurs pourrissantes.

Je n'avais pas le choix ! Mieux vaut lui qu'Aimery… Mieux vaut le passé plutôt que l'avenir.

Le cœur au bord des lèvres, Aelfgyva se détourna pour retrouver son calme.

— Comment allons-nous faire ? Il faut savoir lequel est mon père, afin de l'inhumer avec les honneurs.

— Je sais comment agir.

Dame Eadgyth, rassemblant visiblement tout son courage, s'agenouilla auprès de la première dépouille. Elle glissa ses doigts dans le cou du défunt, ce qui fit basculer sa tête sur le côté dans un déferlement de puiranteur.

La grand-mère d'Aelfgyva recula d'un pas, pressant un pan de son voile contre son nez et sa bouche.

— Seigneur Dieu ! Hâtez-vous, je vous en conjure.

Eadgyth fouilla la chair de ses doigts tremblants, remonta sur la peau écorchée... Finalement, elle trouva ce qu'elle cherchait.

— C'est lui. Voyez, là, cette tache de naissance entre le cou et l'épaule.

Aelfgyva sentit ses jambes vaciller, son cœur manquer un battement puis s'emballer de plus belle.

— Père...

Tombant à genoux, elle pria avec ferveur devant la dépouille ensanglantée de son père, ravalé par la guerre au rang de simple corps anonyme. Elle pria pour le salut de son âme, et aussi pour le pardon de Dieu.

Puis, lorsque les mots se tarirent, elle sentit une large main se poser avec délicatesse sur son épaule. Une vague de chaleur l'envahit aussitôt, apportant le calme dans son âme tourmentée.

— Je ne vous ai point ouï approcher, messire Aimery...

— Venez, ma mie. Ainsi que vous me l'avez dit tantôt, le passé n'est plus : tournons-nous vers l'avenir.

Avec un sourire courageux, Aelfgyva se leva mais se détourna lorsque des hommes d'armes soulevèrent la dépouille de son père. Sa mère et sa grand-mère avaient une discussion houleuse avec le duc Guillaume.

— Le duc ne compte point renvoyer mon père dans le Wessex, n'est-ce pas ?

Aimery eut l'air contrit.

— Il semble impossible de rien vous cacher...

— Il ne le peut, comprit Aelfgyva avec un frisson. Donner

à mon père une sépulture digne de son rang entraînerait la dévotion de ses partisans et de probables révoltes dans les mois ou les années à venir… C'est cela ?

— C'est cela même, ma mie. Nous ne pouvons courir le risque de voir sa mémoire honorée. Je sais que cela doit être douloureux pour vous… Mais Harold ne rentrera point chez lui, pas plus qu'il n'aura de sépulture royale à Westminster[1].

Aelfgyva hocha lentement la tête.

— Où, dans ce cas ?

— Comme Guillaume respecte l'honneur des soldats occis au combat, il va rendre Harold à votre mère… À la condition qu'elle le fasse inhumer dans un lieu tenu secret, sous la conduite de ses hommes.

— Mais où ?

— Peu vous importe, fit Aimery en haussant les épaules. Moi-même, je l'ignore. Sachez seulement que le duc Guillaume a juré de lui donner sépulture chrétienne même si nul ne saura où il repose. Vous ne pourrez vous recueillir sur son tombeau… Voulez-vous un instant, pour une prière de plus ? Je puis demander au duc de…

— Nenni, messire. J'ai déjà prié pour l'âme de mon père, et je prierai pour lui depuis notre foyer. Depuis Thouars. Quand pourrons-nous rentrer ? J'ai tant hâte de retrouver Élinor !

— Je brûle d'impatience aussi… Je parlerai au duc Guillaume. Peut-être pourra-t-il se passer de moi très bientôt. Alors, nous irons chercher notre fille et nous la conduirons chez nous.

Ils échangèrent un faible sourire, épuisés l'un et l'autre de cette guerre sanglante mais heureux de s'être retrouvés.

Pour de bon, cette fois.

Nulle crainte de malédiction pour les séparer, à présent,

1. En effet, la sépulture d'Harold Godwinson n'a pas été retrouvée à ce jour.

et nul conflit entre Poitevin et Saxonne… Ne restait que leur amour, plus fort qu'il ne l'avait jamais été.

Leurs mains se trouvèrent.

Le passé se refermait sans bruit, tandis qu'un chemin nouveau promettait de les mener vers de doux lendemains.

Épilogue

Aelfgyva déposa la petite Élinor dans son berceau d'osier, puis un tendre baiser sur son front tiède. À ses côtés, Aimery se pencha pour faire de même. Ensemble, ils s'apprêtèrent à quitter à pas de loup la chambrine qu'ils occupaient tous trois à Thouars – la chambrine du vicomte. Fendeur se faufila par la porte ouverte pour aller se rouler en boule dans les joncs au pied du berceau, plus vigilant que jamais.

Aelfgyva sourit, amusée.

— Veille, mon brave Fendeur... Veille sur ta jeune maîtresse.

Enfin, elle rejoignit Aimery avec un petit soupir.

— J'ai cru qu'elle ne s'endormirait guère ! À présent qu'elle tient assise, elle ne cesse de se trémousser en tous sens...

— Pressez-vous.

— Si fait, mon ami ! Ne vous tourmentez point, je suis certaine que... Crespina ? Que fais-tu là ?

— Maîtresse, souffla la servante en plongeant dans une courbette. Hedda souhaite savoir si l'enfant est endormie ou si elle doit venir pour la nourrir.

— Dis-lui qu'elle dort du sommeil de l'innocent. Hedda peut prendre un peu de repos.

— Bien, ma dame.

La domestique s'éloigna, sous le regard incrédule d'Aelfgyva.

— Je ne comprends point comment cette becnaude de

Crespina a pu changer si prestement ! Pareille commère... La voilà devenue bien avare de mots.

— L'effet de ma tendre mère, je présume.

— Dame Adénor ? Elle est... encore céans ?

Aimery éclata de rire en serrant la main de son épouse dans la sienne.

— Nenni, ma mie : elle s'est installée à Thouars en notre absence mais a plié bagage avant notre retour. Sans doute redoutait-elle mon ire, après vous avoir laissée vous évader en pleine nuit en rampant dans des conduits saumâtres, grosse de notre enfant et en compagnie d'un prisonnier... Sans parler d'avoir engeôlé votre suivante.

Aelfgyva sourit tendrement à son époux, qui se penchait pour baiser sa main.

— Certes, je peux comprendre cela. Pensez-vous qu'elle ait tourmenté Crespina pour lui faire perdre sa langue trop bien pendue ?

— Je ne le pense point, j'en suis persuadé.

Le vicomte précéda son épouse dans l'escalier à vis. Ils se rendirent tous deux dans le cabinet de travail d'Aimery, où Aelfgyva retrouva avec une joie sereine l'amoncellement d'objets étranges, l'air saturé de parfums exotiques, le goupil des sables figé dans sa marche furtive, ainsi que l'armoire dépourvue de portes et débordant de codex et de rouleaux...

Sur l'écritoire trônait un parchemin.

Aimery s'en saisit et lui lut la missive du roi d'Aragon, ainsi que la réponse qu'il avait formulée. Soucieuse, Aelfgyva secoua la tête.

— Et s'il n'accorde point foi à vos dires ? S'il pense que Tariq se trouve céans ? C'est un roi... Il peut lever un ost, marcher sur Thouars, et...

— En ce cas, il ne trouvera point le prince en ces murs, puisqu'il se trouve en Angleterre.

— Si fait, et cependant… Si le roi Sancho Ramirez portait le fer chez nous ?

Elle leva un regard inquiet sur son époux, qui la rassura à demi.

— Notre famille n'est point en danger. Un roi n'ouvre point de combat onéreux sans être certain de l'issue… Et s'il ne me croit point, le roi Sancho Ramirez doutera également de la nécessité de porter un ost jusqu'ici à travers les monts Pyrénées.

Un peu rassurée, Aelfgyva erra lentement dans la pièce, promenant ses doigts sur une clé de bronze ornée d'arabesques, un coquillage hérissé de piques de nacre, une clochette d'argent, une pierre aux veinures d'un vert éclatant… Toutes ces choses étranges qu'Aimery avait rapportées d'Espagne et qui témoignaient aujourd'hui d'un autre monde. Proche, et lointain à la fois.

Elle sentit son cœur se serrer.

Tariq était resté en Angleterre afin de demeurer au chevet d'Adélaïde, blessée par une flèche au cours de l'assaut d'Hastings. Elle avait été placée dans un couvent où les nonnes veilleraient sur son rétablissement, ainsi que sur celui de nombre de blessés de l'ost normand et poitevin ; dont Eustache aux Grenons, le géant qui, tel Goliath, s'était effondré devant une pierre… Non de fronde, en revanche, puisqu'il avait chu de sa monture en poursuivant les fuyards saxons, et heurté une pierre de la tête. L'image n'en était pas moins frappante aux yeux d'Aelfgyva, qui remerciait Dieu chaque jour d'avoir épargné la vie de son époux.

Elle soupira en reposant une figurine d'ivoire représentant un chameau. Adélaïde, néanmoins, lui manquait cruellement.

— Je prie pour que Tariq reste loin de ce roi d'Aragon…

— Ainsi que moi, ma mie. Rien ne me préoccupe davantage que la sécurité de ceux que j'aime. Tariq, s'il n'est point de mon sang, est tout de même de notre famille.

— Voilà qui est bien vrai.

Elle songea avec un pincement au cœur que Tariq avait eu

raison : Aimery ne vivait que pour protéger ceux qu'il portait dans son cœur. Et elle en faisait partie, bien entendu.

— Qu'en est-il de Yerma et des autres femmes maures ? Ont-elles à redouter le roi d'Aragon, elles aussi ?

Aimery secoua la tête, embarrassé.

— Je ne le pense point. Ce ne sont que des femmes...

Un simple regard courroucé de son épouse suffit à lui inspirer des excuses, qu'il formula en se levant pour l'embrasser.

— Laissez ces hommes se tromper sur la valeur des femmes, murmura-t-il après s'être arraché à ses lèvres. Cela les éloigne de tout danger.

— C'est un fait. Et si...

— Cessez d'y songer. Je vais envoyer ma réponse, et le roi cherchera Tariq ailleurs. Jamais il ne songera à le quérir en Angleterre !

Aelfgyva acquiesça sans formuler ses inquiétudes. Après tout, Tariq avait été vu dans l'ost de Guillaume, certes, cependant le lien ne pouvait se faire aisément entre un prince maure recherché de l'autre côté des Pyrénées et un palefrenier étranger récemment converti, resté en Angleterre pour prendre soin de la servante de son maître...

Dieu sait, et moi je marche, se dit-elle pour apaiser ses craintes. Leur destin, à tous, était entre les mains de Dieu.

Henri lui manquait, lui aussi, mais il était un seigneur d'Angleterre à présent que le duc Guillaume lui avait fait don d'un important domaine saxon. Sa vie était ailleurs. Nul doute qu'il oublierait bientôt les tourments endurés par le rejet de la dame de ses pensées. Les Saxonnes avaient, grâce à Dieu, grand cœur et joli minois, et Henri trouverait sans le moindre doute du réconfort auprès d'une belle Saxonne.

D'autres, comme Jehanounet et Bernabèu, étaient rentrés à Thouars avec eux. Ainsi qu'Hedda, qui se montrait une nourrice parfaite pour Élinor... Aelfgyva résolut de ne point se laisser gagner par la mélancolie.

— Si nous allions porter des nouvelles de son frère à Yerma ? Je gage qu'elle trépigne d'impatience.

— Allez-y, vous, fit Aimery avant de lui donner un autre baiser, plus passionné celui-ci. Ma présence mettrait ces femmes mal à l'aise. Transmettez-leur mes respects !

— Ce sera fait.

— Oh ! Et vérifiez aussi qu'Olivette a bien fait son travail en notre absence. Si c'est le cas, je veillerai à rétribuer sa famille comme il se doit.

Aelfgyva sourit, puis embrassa son époux à son tour.

— Bien, messire ! J'obéis, pauvre servante que je suis.

Ils rejoignirent la porte sans cesser de s'embrasser, et la jeune femme dut empêcher Aimery d'aller plus loin contre le battant de bois.

— Messire, voyons ! Cela ferait la troisième fois depuis ce matin...

— L'arroi depuis la Normandie m'a privé de vous... Je me consume, Aelfgyva !

— Mais il ne serait guère raisonnable de courir le risque d'abîmer vos trésors d'Hispanie... Et vos tapis ! Allons, Yerma se morfond sans doute...

À ces mots, Aimery se redressa.

— Oh. Certes. Allez, mais sachez que j'escompte bien réparation de cet ajournement.

— Soyez serein.

Aelfgyva l'embrassa une ultime fois avant de marcher vers son devoir. Son époux la rappela soudain.

— Ma mie...

— Oïl, messire ?

— Je... Lorsque nous serons mieux installés et que tout sera pour le mieux, je voudrais que vous m'accompagniez.

— Où cela, messire ?

— Dans la crypte.

Aelfgyva approuva, un sourire attendri aux lèvres. Elle laissa Aimery prendre son temps pour trouver les mots.

— Il est temps pour moi non seulement de prier pour leurs âmes, à tous, mais aussi de faire dire des messes pour eux. Blanche, Berthe, Aelis et les enfançons. Viendrez-vous ?

— Certes, mon ami. Je serai à vos côtés. Vous ne serez plus jamais seul.

Comme il se détournait pour masquer une larme, Aelfgyva eut la pudeur de le laisser reprendre ses esprits en paix. C'était là un grand pas qu'il venait de franchir… Un pas de géant vers sa guérison et leur nouvelle vie.

Elle grimpa l'escalier du donjon vers la chambrine que Yerma partageait avec ses suivantes, le cœur plein de liesse à l'idée d'être la messagère de bonnes nouvelles. Tariq était en vie et en sécurité. Cela seul comptait.

Quant à l'avenir… Il faudrait attendre un peu pour savoir ce qu'il lui réservait – ce qu'il leur réservait, à tous. Aux présents comme aux absents.

Mais pour l'heure, Aelfgyva comptait bien savourer cette nouvelle vie qu'elle avait conquise au terme de moult luttes… Une existence simple et douce, fondée sur un amour aussi pur que vaillant ; un amour qui reliait à jamais son cœur à celui d'Aimery, prêt à braver vents et tempêtes.

Note de l'autrice

L'idée de ce roman a éclos dans ma tête après que j'ai eu la chance d'admirer la tapisserie dite de Bayeux, dans la ville éponyme, à l'été 2024. Ce magnifique vestige médiéval, que je vous encourage vivement à voir de vos propres yeux car l'expérience est unique, comporte trois personnages féminins et près de six cents personnages masculins ; une seule de ces trois femmes est nommée…

Une seule.

Ce qui dénote une importance certaine, même si elle reste auréolée de mystère. Cette femme est appelée Aelfgyva, qui est un prénom saxon très courant, communément traduit par Emma, Agathe, ou encore Arlette. Si vous la cherchez, vous la trouverez dans la portion numéro 15 de la tapisserie. Aelfgyva y est représentée sous un portique portant des têtes de dragons, motif scandinave, et la scène est censée se dérouler dans le palais de Rouen de Guillaume le Conquérant. Un ecclésiastique, reconnaissable à sa tonsure, lui touche la joue. Il semble la gifler.

« *Ubi unus clericus et Aelfgyva*[1] », nous dit la légende de la tapisserie. Ce qui prouve que la femme mystérieuse a plus d'importance que le personnage masculin brodé à côté d'elle,

1. « Où se trouvent un clerc et Aelfgyva ».

puisqu'elle porte un nom alors que lui n'est que « un clerc » parmi d'autres.

Qui est cette mystérieuse Aelfgyva, et que fait-elle là ?

Il n'en fallait pas plus pour m'intriguer. J'ai lu tout ce que j'ai pu trouver à son sujet, ce qui reste bien maigre, et puis j'ai commencé à m'intéresser à cette période, aux personnages de la tapisserie ; Guillaume, bien sûr, mais aussi son frère Odon et le fameux Harold Godwinson.

En janvier 2025, je commençai à écrire l'histoire d'Aelfgyva. Du moins, ma version de son histoire. Celle que m'inspirait ce nom, seul vestige d'une femme oubliée des livres d'Histoire.

Plusieurs hypothèses s'offraient à moi. On pense généralement qu'il s'agit d'une femme noble saxonne offerte en mariage à un Normand, et l'hypothèse de la fille de Guillaume de Normandie promise en mariage à un Anglais a été abandonnée de nos jours. Aucune fille de Guillaume n'était à la fois libre et en âge de se marier...

Il semble toutefois qu'il s'agisse bien d'un mariage, puisque la gifle était là pour rappeler, dans le cas d'unions d'importance, les responsabilités endossées. L'accord conclu.

Certains détails à connotation érotique accompagnent cependant la scène, dans les frises supérieure et inférieure, ce qui a pu faire dire qu'il s'agissait d'une allusion à un scandale de l'époque.

Attention, plongée dans les potins de l'an mil !

La femme représentée serait, en ce cas, la grand-tante du duc Guillaume, Emma de Normandie, la femme même qui conféra à Guillaume de légitimes prétentions au trône d'Angleterre. Emma épousa le roi saxon Aethelred le Malavisé (avec qui elle conçut Édouard le Confesseur) en prenant le nom d'Aelfgyva. Un nom vraiment très courant à cette époque, que l'on retrouve partout... Après la mort d'Aethelred, elle fut donnée en mariage à son vainqueur, le roi danois Knut le Grand (dont la concubine s'appelait également... Aelfgyva !), et régna sur l'Angleterre à ses côtés.

Après moult péripéties et décès de plusieurs de ses enfants, lorsque son aîné Édouard le Confesseur monta sur le trône, elle tomba en disgrâce – accusée notamment de fornication avec l'évêque Aelfwine de Winchester... D'où la gifle et les personnages grivois de la tapisserie, censés rappeler la trahison d'Emma de Normandie. Comment admettre, cependant, qu'un évêque soit simplement désigné par les mots « un clerc » ? Cela me paraît peu probable.

Si l'on reste dans le domaine de la trahison, notons que l'identification à Emma de Normandie peut également rappeler une grave trahison de... Godwin de Wessex ! Oui, le père d'Harold, qui à l'époque d'Emma fut coupable d'avoir livré le deuxième fils de celle-ci, Alfred, frère cadet d'Édouard le Confesseur, à leur adversaire Harold Pied de Lièvre (le fils de la concubine de Knut, Aelfgyva... Vous suivez toujours ?).

Ce serait sans doute une façon de sous-entendre que la famille d'Harold est portée à la trahison...

Quoi qu'il en soit, j'ai choisi de faire de mon Aelfgyva la fille d'Harold, donnée en mariage à un seigneur francien afin de sceller davantage le rapprochement entre Guillaume et Édouard le Confesseur. Et je lui ai conféré le prénom Emma, plus aisément prononçable par les Franciens, et couramment interchangeable avec Aelfgyva à l'époque. Précisons qu'il était alors fréquent, pour une femme, de changer de prénom lors de son mariage. Citons l'exemple de la reine Eadgyth, épouse du roi Édouard le Confesseur et elle aussi représentée sur la tapisserie, qui s'appelait Gytha avant son royal mariage.

Pour en revenir à Aelfgyva, sa mère s'appelait vraiment Eadgyth (Édith) au col de cygne – pour la différencier d'autres Eadgyth. Joie des prénoms saxons !

J'ai choisi de lui faire épouser un personnage bien réel, lui aussi, et fort intéressant : Aimery de Thouars (dont la maman s'appelait bien Adénor, bien que l'Histoire ne révèle rien sur son caractère). Ce seigneur a bien accompagné Guillaume en Angleterre, il s'est bien battu à Hastings où il commandait une troupe composée de soldats bretons et poitevins. Il retourna bien à Thouars après Hastings, car il refusa l'offre de Guillaume de s'établir en Angleterre.

En revanche, j'ai pris de (très) grandes libertés pour ce qui concerne sa vie personnelle et familiale. Le véritable Aimery semble avoir filé une vie toute simple avec son épouse, Armengarde de Mauléon, et leur fille Aliénor.

Oui, j'ai choisi le prénom Élinor pour qu'il ressemble à Aliénor, tout en portant les espoirs de rédemption d'Aimery et un héritage multiculturel rendant hommage à Tariq.

Pourquoi Aimery de Thouars ?

Parce qu'un détail de sa vie me tenait à cœur : messire Aimery de Thouars a bel et bien participé à la prise de Barbastro en 1064 – que vous trouverez parfois appelée « croisade de Barbastro ». Je tenais, en effet, à évoquer cet épisode souvent méconnu de l'Histoire, et très important pour l'Occident médiéval. Je vous laisse vous documenter à votre convenance sur le sujet, mais il faut juste retenir que cette guerre « sainte », commanditée par le pape et menée par nombre de seigneurs franciens et chrétiens d'Espagne, préfigure les croisades de par la violence déployée et le traitement réservé aux survivants (torture, meurtre, esclavage).

Beaucoup de personnes et de biens furent ramenés de notre côté des Pyrénées après le sac de la ville… J'ai choisi de créer le personnage de Tariq, accompagné de sa sœur Yerma et des femmes de sa maisonnée, pour représenter ces gens déracinés et menés en France ; même si, dans leur cas, leur sang royal fait d'eux des hôtes de marque et non de vulgaires esclaves. Inclure dans mon histoire les taïfas de l'Espagne musulmane m'a permis de donner un aperçu du cosmopolitisme du XIe siècle, loin de l'image d'un Occident médiéval exclusivement chrétien et refermé sur lui-même.

L'Europe n'était pas, alors, un monde monolithique.

Y coexistaient diverses cultures, langues et religions. Au sein d'un même royaume, les parlers étaient innombrables… Et le champ de bataille d'Hastings a dû ressembler à un joyeux tohu-bohu avec des ordres lancés dans des dizaines de langues différentes. On comprend, dès lors, l'usage répandu des trompes et des cornes pour relayer les directives !

Dans une optique plus large, des gens voyageaient – pas tous, non, mais beaucoup plus que l'on ne croit. Leurs motifs n'étaient certes pas touristiques, mais commerciaux, religieux, militaires, ou bien personnels (comme pour un mariage arrangé ?).

On oublie trop souvent la diversité culturelle du Moyen Âge, le brassage des savoirs. Évoquer les taïfas du nord de la péninsule Ibérique m'a permis d'ouvrir à Aimery et Aelfgyva un accès à un savoir foisonnant : les mathématiques et l'astronomie, la médecine, la littérature, la philosophie et la sagesse antique traduites et transmises en arabe. Tout un héritage au croisement de l'Antiquité classique, de la culture islamique et de l'Europe médiévale.

Les habitants des taïfas du nord de l'Espagne représentent d'ailleurs parfaitement ce brassage à la fois culturel, ethnique et linguistique. Point ici d'image d'Épinal avec des guerriers maures à la peau sombre, directement débarqués des sables d'Arabie et dotés de cimeterres recourbés !

Non.

On parle d'une population extrêmement mêlée, composée d'habitants ibériques (en majorité celtes avec du sang wisigoth et des particularismes locaux), du Proche et du Moyen-Orient, du Maghreb, mais aussi byzantins et italiques… Sans parler des esclaves danois. Chrétiens, juifs et musulmans, plus quelques païens du Nord… Bref, une belle mosaïque de cultures.

J'ai couramment employé le terme « Maure » pour Tariq afin de simplifier les choses, mais la réalité est bien plus complexe.

Je me suis largement appuyée sur la tapisserie dite de Bayeux afin de documenter ce roman – comment y résister ? Ce trésor de l'art médiéval est bien trop fascinant.

Ainsi, les événements de Ponthieu sont réels, de même que l'expédition bretonne de Guillaume et ses vassaux, le sauvetage par Harold de deux personnages dans les marécages environnant le Mont-Saint-Michel… Ces événements sont représentés sur la tapisserie, ainsi que le serment d'Harold – que j'ai situé à Bayeux car il s'agit de l'hypothèse la plus vraisemblable.

Si vous explorez la tapisserie suite à la lecture de ce roman, vous ne manquerez pas non plus la représentation de la comète de Halley (effectivement visible en Angleterre et dans le nord de la France en avril de l'an 1066). Il s'agit d'une très rare représentation de ce phénomène stellaire dans les temps anciens, avant l'époque moderne. « *Isti mirant stella*[1] », nous dit la tapisserie… Et en effet, ce dut être un événement marquant pour l'époque, largement observé et étudié – il n'y a qu'à voir la façon dont la traîne de la comète a été brodée, en suggérant des flammes.

L'Occident ne connaît pas l'origine des comètes mais nourrit des craintes superstitieuses envers celles-ci. Tariq a une autre vision des choses, et pour cause : il a potentiellement eu accès à un savoir astronomique plus avancé. Il a pu lire les œuvres

1. « Ceux-là observent l'étoile. »

de Ptolémée, traduites en arabe, ou bien les observations d'Al-Farghani (IXe siècle), ou d'Ibn Sina, notre Avicenne (Xe et XIe siècles). Il a aussi pu en débattre dans des cercles savants, même s'il n'a pas lu ces auteurs lui-même... Le taïfa de Saragosse était en effet un foyer de savoir, doté d'une bibliothèque étendue sans cesse en recherche de nouvelles copies de manuscrits.

En tout cas, Tariq sait que les comètes se déplacent de façon indépendante des étoiles et des planètes, et qu'elles reviennent à intervalles réguliers. J'ai trouvé intéressant de confronter son point de vue avec celui d'Aelfgyva sur le sujet.

En revanche, j'ai choisi de placer une scène à Falaise par clin d'œil envers mon précédent roman sur l'histoire d'amour entre les parents de Guillaume[1].

Ensuite, en ce qui concerne les détails... L'escalier à vis que j'ai fait figurer dans le donjon de Thouars ne fit vraiment son apparition en France qu'au XIIe siècle, officiellement. J'ai cependant pensé que ce détail ajouterait au prestige du castel à cette époque, et marquerait à la fois la richesse de la famille de Thouars et le goût d'Aimery pour les innovations rapportées de l'étranger.

Pour la fameuse broche d'Aelfgyva, héritée de la lignée de sa mère, et que j'ai attribuée à la Dame des Merciens, la reine Aethelflaed, je me suis inspirée de la Westness Brooch. Il s'agit d'un bijou danois découvert sur l'île de Rousay, au nord de Mainland dans les Orcades, qui date du IXe siècle.

1. Voir *Le Diable de Falaise*, réédité sous le titre *Traître de cœur*, chez le même éditeur.

Le déroulement de la bataille d'Hastings est réaliste, sauf pour ce qui concerne, bien entendu, le rôle qu'y joue Aelfgyva... Il s'agit là d'une fantaisie de ma part, mais pas tant que cela puisqu'elle fait écho aux exploits guerriers de la reine Aethelflaed. Cette dernière, même si elle ne mena peut-être pas de charge sur le champ de bataille, conduisit effectivement son armée et fut une cheffe de guerre active. Cette scène était pour moi une façon de lui rendre hommage, tout comme le moment où Aelfgyva conclut une alliance avec Stigand est un hommage à la reine stratège Emma de Normandie – de qui elle a emprunté le prénom.

De façon générale, le personnage d'Aelfgyva que j'ai imaginé est un hommage aux femmes de pouvoir de Mercie, qui dénotèrent une singulière aptitude à faire entendre leur voix dans un monde essentiellement façonné par et pour les hommes.

Revenons aux hommes, justement ! On sait que quatre hommes allèrent effectivement tuer Harold en fin de journée lors de la bataille d'Hastings ; le duc Guillaume en personne, Eustache aux Grenons, le dénommé Gautier Giffard (que Guillaume de Normandie, devenu le Conquérant, punira plus tard pour son sacrilège sur le corps d'Harold... On pouvait le tuer, mais pas le découper en morceaux !) – et Hugues de Ponthieu.

J'ai remplacé ce dernier personnage par Aimery pour les besoins de l'histoire.

Concernant les autres personnages, l'évêque Stigand est réel – je vous encourage d'ailleurs à vous documenter sur sa vie, car il s'agit d'un personnage à la fois puissant et controversé... Un véritable héros de roman à lui tout seul !

Henri de Ferrières est aussi un personnage authentique, même si je lui ai prêté des traits et des caractéristiques imaginaires, ainsi que le duc Guillaume et son épouse Mathilde, bien sûr, sans oublier leurs enfants, et aussi Odon de Bayeux, Robert de Mortain, Guillaume de Varenne, Eustache aux Grenons.

Turold existe également, et il figure même sur la tapisserie de Bayeux. Nous n'en savons toutefois que fort peu sur lui... Était-il réellement de petite taille, ou est-ce une convention graphique pour la tapisserie ? Ce Turold, qui appartenait vraisemblablement à la suite d'Odon de Conteville, est lui aussi l'un des personnages les plus mystérieux de la tapisserie, et c'est pourquoi j'ai souhaité le faire apparaître dans ce roman.

Enfin, j'ai glissé, en la personne de Jehanounet, un hommage personnel à un lointain cousin, mort pendant la Première Guerre mondiale. Il s'appelait Jean Faux, surnommé Jeannounet, il avait vingt-huit ans et ne revint jamais de l'enfer des tranchées. Que ce simple surnom, glissé entre les pages, puisse honorer sa mémoire.

Pour aller plus loin…

Voici quelques lectures pour les plus curieux d'entre vous, si vous souhaitez en savoir plus sur les événements historiques abordés dans ce roman.

Bouet Pierre et Neveux François (préface de Sylvette Lemagnen), *La Tapisserie de Bayeux. Révélations et mystères d'une broderie du Moyen Âge*, Éditions Ouest-France, 2013.

Clément François, *Pouvoir et légitimité en Espagne musulmane à l'époque des taïfas (V^{e}-IXe siècle)*, Éditions L'Harmattan, 1997.

Clot André, *L'Espagne musulmane, VIIIe-XVe siècle*, Perrin, 1999.

Greimas A. J., *Dictionnaire de l'ancien français jusqu'au milieu du XIVe siècle*, Larousse, 1969.

Lemagnen Sylvette, *La Tapisserie de Bayeux, une découverte pas à pas*, OREP éditions, 2017.

Maalouf Amin, *Les Croisades vues par les Arabes*, J'ai Lu, 1983.

Neveux François et Ruelle Claire, *Guillaume le Conquérant. Le bâtard qui s'empara de l'Angleterre*, Éditions Ouest-France, 2013.

Ramirez Janina, *Femmes remarquables du Moyen Âge*, Éditions Autrement, 2022.

Sénac Philippe et Laliena Corbera Carlos, *1064, Barbastro*, Éditions Gallimard, 2018.

Touati François-Olivier (sous la dir. de), *Vocabulaire historique du Moyen Âge (Occident, Byzance, Islam)*, La Boutique de l'Histoire, 1995.

Vidéo YouTube par « Sur le champ » : « De cavalier à chevalier : la bataille d'Hastings (1066) ».

Remerciements

En ce jour où je viens de poser le point final à ce roman, voici venu le moment des remerciements... Car de nombreuses personnes m'ont épaulée durant l'écriture de cette histoire chère à mon cœur, et je leur dois une fière chandelle !

Tout d'abord, merci à vous, lectrices et lecteurs, qui avez laissé vos pas rejoindre ceux d'Aelfgyva dans cette aventure romanesque. Merci d'avoir prêté l'oreille à ces voix anciennes, de les avoir laissées résonner à nouveau dans le silence d'un monde oublié.

Merci à ma famille, qui supporte mes doutes et mon mauvais caractère dans les périodes d'écriture intensive... ! Alexandre et Héléna, vous avez été top en me laissant du temps pour écrire – même quand vous aviez envie de refaire une partie de Minivilles ou d'Hippos Gloutons.

Plus particulièrement, merci à PF pour nos passionnantes discussions sur l'histoire normande et saxonne, sur la grande Aethelflaed Dame des Merciens, sur la bataille d'Hastings et les taïfas de l'Espagne médiévale. Pour son soutien sans faille dans les moments difficiles. Pour ses relectures tard le soir ou tôt le matin qui ravivaient mon inspiration. Merci pour tout cela.

Merci à Héléna, ma princesse des temps modernes, qui manie aussi bien les poupées que les épées en plastique !

Merci à Alex pour son enthousiasme autour de la tapisserie de Bayeux, qui a nourri ma plume durant des mois. Oui, elle est magnifique ! Et oui, les combats sont presque « de la BD du Moyen Âge ». Promis, on va encore découvrir plein de musées ensemble, et d'autres joyaux historiques.

Merci à Max, mon consultant officiel en armes blanches médiévales et techniques de forge.

Merci à Yves, alias The Parrain, alias mon consultant linguistique en vieux francien, normand et poitevin... Notre travail ensemble fut fort stimulant !

Je tiens également à remercier mon entourage plus large, mes amis du village, qui m'encouragent et s'enthousiasment pour ce que j'écris. C'est un vrai bonheur de vous avoir autour de moi.

Merci également à mon éditrice, Marianne, qui se montre toujours si efficace dans son travail et qui, de plus, croit dans mes projets dès que je lui en parle. Elle a cette capacité à trouver le mot juste, à améliorer le texte sans brider mon goût pour le vocabulaire médiéval, et c'est toujours un plaisir de travailler avec elle.

Je me dois aussi de remercier ma correctrice, Stéphanie, qui a survécu à tous ces termes médiévaux et m'a aidée à les utiliser à bon escient !

Enfin... J'ai une tendre pensée pour deux personnes particulières, qui ne comptent plus parmi les vivants.

Tout au long de l'écriture de ce roman, je me suis nourrie des *Lais* de Marie de France, écrivaine et femme du XIIe siècle, qui eut le courage de déclarer son identité dans un monde d'hommes. Son histoire, son visage, ont disparu. Mais sa voix subsiste : elle nous parle encore, profondément humaine, depuis les limbes du temps.

En son honneur, rappelons les mots par lesquels elle

a traversé le temps... Des mots qui ont soufflé dans mon esprit ces derniers mois.

Marie ai nom, si sui de France[1].

Marie fut une véritable compagne durant l'écriture de ce roman, mais elle ne fut pas la seule...

Au fil des recherches, à mesure que les mots prenaient forme, Aelfgyva est devenue pour moi aussi proche que mystérieuse, aussi familière qu'éloignée dans l'espace et le temps. Elle fut une merveilleuse muse, avec qui je me suis sentie parfaitement à l'aise pour plonger dans l'univers de la conquête normande. Sans elle, sans sa représentation sur la tapisserie, rien de tout cela n'aurait vu le jour.

Ce qui me conduit à tourner mes remerciements vers le ou les commanditaire(s) de cet ouvrage et les ouvrières des ateliers d'Odon de Bayeux, puisqu'il semble avéré que les ateliers de Canterbury, dont hérita Odon avec le comté de Kent après Hastings, comportaient majoritairement des brodeuses. Il est également possible que la tapisserie ait été issue de l'abbaye de Barking, où séjourna Guillaume durant la construction de la Tour de Londres, et où les nonnes possédaient une grande culture et un savoir-faire... de brodeuses.

Qui qu'elles soient, ces brodeuses ne se doutaient probablement pas que leur travail traverserait les siècles jusqu'à nous et au-delà... Et qu'une femme deviendrait l'un des personnages les plus célèbres de la tapisserie !

Enfin, merci à Aelfgyva, qui qu'elle soit et quelle qu'ait été son histoire, pour m'avoir prêté son nom, pour m'avoir inspiré cette geste médiévale destinée à faire revivre gens et vécus qui patientaient, fidèles sentinelles, dans les méandres du temps.

1. « Je me nomme Marie, et je suis de France. »

Puisse-t-elle me pardonner les libertés que j'ai prises afin d'exhumer son nom.

En toute justice (ce qui plairait à Tariq), le mot de la fin lui revient, à elle seule...

Elle avait nom Aelfgyva, et fut femme au XIe siècle.

ÆLFGYVA